Sebastian F. Alzheimer

Kreisverkehr

Ein Mallorca-Reigen

Bibliografische Information Der Deutschen Bibliothek
Die Deutsche Bibliothek verzeichnet diese Publikation in der Deutschen Nationalbibliografie; detaillierte bibliografische Daten sind im Internet über http://dnb.ddb.de abrufbar.

Impressum:

Gesamtherstellung: Satzart Plauen

ISBN 3-00-018844-4

Danksagung

An dieser Stelle möchte ich mich bei allen Menschen bedanken, die bei der Entstehung dieses Buches geholfen haben. Einige von Ihnen möchte ich, ihr Einverständnis vorausgesetzt, auch namentlich nennen.

An erster Stelle danke ich Barbara Nowakowski. Mit Engagement und auch viel Gefühl hat sie nicht wenige Ideen zum Feinschliff des Textes beigesteuert. Außerdem hat sie ihre wertvolle Freizeit geopfert, um mir die nötigen Korrekturhinweise geben zu können.

Der Engel hat in der ersten Phase der Entstehung dieses Buches einige richtungsweisende Anmerkungen zum Inhalt beigetragen.

Frank Irrgang hatte eine sehr gute Idee zum Titel dieses Buches.

Antje Haack gab mir individuelle Einblicke in die Abläufe der Tourismusindustrie.

Sandra Tausch hatte großen Anteil an der Gestaltung des Titelbildes.

Dipl. Med. Barbara Fleischhauer und Dr. Hans-Joachim Fleischhauer beantworteten geduldig meine Fragen zum Bereich der Geriatrie.

Stefan Diebler hat mir einen entscheidenden Kontakt hergestellt.

Nicht zuletzt möchte ich allen Lesern von „Ossi-Land oder was war und was daraus geworden ist“ danken. Jeder einzelne hat mir mit dem Kauf des Buches Mut gemacht, ein zweites Projekt anzugehen und es auch zu vollenden.

Ich hoffe besonders, dass ich die Erwartungen dieser Leser mit meinem „Kreisverkehr – Ein Mallorca-Reigen“ nicht enttäusche.

Sebastian F. Alzheimer

Inhalt

Vorwort

Der Star des Buches ist die wohl zumindest unter den Deutschen beliebteste Mittelmeerinsel. Ich habe mich bemüht, die passenden Kulissen für die jeweiligen Geschichten auszuwählen und dabei auch dem Leser, der noch nie auf Mallorca war, einen möglichst umfassenden Eindruck von der Vielfältigkeit der Insel zu vermitteln. Dabei schreibt allerdings schon der Rahmen dieses Buches eine gewisse Auswahl vor.

Die jeweils abgeschlossenen Geschichten sind wie die Glieder einer Kette inhaltlich miteinander verbunden. Auf diese Weise erlebt der Leser einen Reigen von vielfältigen Emotionen und Eindrücken. Die Protagonisten der Geschichten sind jeweils unterschiedliche Ich-Erzähler und jeder dieser Menschen ist aus einem anderen Grund auf der Insel.

Der Leser wird sich wahrscheinlich in einem der Charaktere aus den 15 Geschichten wieder erkennen. Letztlich ist jeder auf seine Art und Weise auf der Suche nach dem Glück, auch wenn das nicht allen Protagonisten unbedingt bewusst ist.

Ich möchte ausdrücklich darauf hinweisen, dass alle handelnden Personen frei erfunden sind. Auch die Darstellung des Personals in den verschiedenen gastronomischen Einrichtungen entspringt meiner Fantasie. Allerdings gibt es die namentlich genannten Restaurationen wirklich.

Eventuelle Parallelen der Charaktere dieses Buches zu real existierenden Menschen wären rein zufällig. Außerdem liegt es mir völlig fern, irgendjemanden zu beleidigen oder zu diffamieren. Alle Personen, die in den Geschichten vorgestellt werden, möchten bitte als plakative Beispiele für Verhaltensmuster, Erfahrungen und Sichtweisen verstanden werden. Aus diesem Grunde sind sie auch manchmal bewusst überzeichnet.

In diesem Sinne wünsche ich Ihnen, lieber Leser, viel Vergnügen bei der Lektüre.

Jena im Mai 2006

Vaterfreuden

Es ist die ganz normale Hölle. Ich wälze mich unruhig auf einer völlig durchgelegenen Matratze unter dem Quietschen des eisernen Bettgestells hin und her. In unserem schäbigen Hotelzimmer mitten in Arenal schaue ich zum ungezählten Mal auf die roten Leuchtziffern des aus Deutschland mitgebrachten Radioweckers. Es ist 0.33 Uhr. Seit ich mich vor gut einer Stunde todmüde ins Bett fallen ließ, habe ich noch kein Auge zugemacht. Etwas neidisch stelle ich fest, dass meine Frau selig schlummert.

Der Krach, den die Nachtschwärmer unten auf der Straße veranstalten, dringt selbst durch die geschlossenen Fenster zu uns in den vierten Stock herauf. Eine sture Mücke quält mich mit ihren Fluggeräuschen. Selbst wenn ich sie mittlerweile erfolgreich erlegt hätte, würde ich keinen Schlaf finden.

Meine beiden Töchter sind seit über einer halben Stunde überfällig. Sie sollten längst in ihrem Zimmer sein, das direkt neben unserem liegt. Andrea ist sechzehn, ihre kleine Schwester Susi zwei Jahre jünger. Die beiden haben ihre Schnitzel mit Pommes in Rekordzeit verschlungen, bevor sie mit einem fröhlichen Abschiedsgruß in der Menschenmenge verschwanden, die allabendlich über die Strandpromenade wogt.

Wir haben eines dieser vermeintlich spanischen Restaurants ausgewählt, die mit Aufstellern auf den Gehwegen in deutscher Sprache deutsches Essen anbieten. Meine beiden Töchter sind mit dem germanisierten Speisenangebot fast aller Spelunken in diesem Vergnügungsghetto völlig zufrieden. Meine Frau und ich haben dagegen in den ersten Tagen unseres Urlaubs vergeblich nach einem echten iberischen Restaurant Ausschau gehalten.

Die beiden Mädchen haben sich zurecht gemacht, als wollten sie mit ihren Körpern an irgendeinem Bordstein dieses Molochs ein paar Euros extra machen. Meine Frau musste mich mühsam davon überzeugen, dass nun mal viele Mädels im Alter unserer Töchter heutzutage so rumlaufen. Da ich beileibe kein Spießer bin, habe ich mich nach einer Weile damit abgefunden, auch wenn ich den spärlich bekleideten Auftritt meines Nachwuchses in der Öffentlichkeit immer noch für unangemessen halte.

Verdammt, wo bleiben die beiden denn nur? Ich denke darüber nach, in dem Gewühl da unten auf der Straße nach ihnen zu suchen. Bis ich meinen ungehorsamen Nachwuchs sicher in seinen Betten im Nachbarzimmer weiß, kann ich sowieso nicht schlafen.

Mit dem Schlaf gibt es hier außerdem ein grundsätzliches Problem. Selbst beim Sonnenbad am Strand ist an ein Nachholen der in der Nacht verlorenen Ruhezeiten nicht zu denken. Von jedem zweiten Handtuch lärmt ein Ghetto-Blaster, deren Besitzer gänzlich unterschiedliche Musikrichtungen bevorzugen. Zusätzlich wird der Strand von den Ballermännern an der Promenade mit riesigen Boxen beschallt. Die teilweise bereits am Mittag alkoholisierten Sauftouristen, die sich dort täglich zur wohl organisierten Druckbetankung einfinden, grölen die völlig hohlen Texte der extra für dieses spezielle Publikum produzierten Lieder auch noch lauthals mit. Das kann doch kein einigermaßen vernünftiger Mensch in nüchternem Kopf lange aushalten.

Die Folge dieses unerträglichen Platzkonzertes ist es daher, dass ich mich über den Tag regelmäßig aus der mitgebrachten Kühltasche mit Bierdosen versorgen muss, um irgendwann am Nachmittag zumindest für ein oder zwei Stunden einschlummern zu können. Dieser zwangsläufige Alkoholkonsum fördert nicht gerade die Harmonie zwischen meiner Frau und mir. Letztlich halte ich den einen oder anderen ehelichen Zwist immer noch für das kleinere Übel. Wir hätten halt bei unseren Verhandlungen im Reisebüro zwei Hunderter oben drauf legen sollen, um uns einen Urlaub an der heimatlichen Nordsee zu leisten. Dort soll es doch erheblich ruhiger zu gehen.

Als jetzt zum wiederholten Male vor meinem geistigen Auge ein Film abläuft, in dem meinen minderjährigen Mädels von einem einheimischen Don Juan der Kopf verdreht wird, reicht es mir. Ein kurzer Seitenblick verrät mir, dass meine Frau sich durch die nicht unerheblichen Geräusche, die ich beim Aufstehen verursache, in ihren Träumen nicht beeinträchtigen lässt. Das wäre mir aber jetzt auch relativ egal. Über genug Mut für die geplante Rettungsaktion verfüge ich auf jeden Fall. Dafür sorgen schon die zahlreichen Bierchen, die ich mir zum Essen und anschließend an der Bar vor dem Hotel genehmigt habe.

Als ich in weißen Turnschuhen, meinen abgetragenen Lieblingsjeans und einem coolen Hawaii-Hemd auf die Straße vor dem Hoteleingang trete, trifft mich die nächtliche Hitze wie ein Schlag. Zumindest funktioniert die Klimaanlage in unserer noblen Residenz einwandfrei, was mir erst jetzt schmerzlich bewusst wird. Zunächst gehe ich hundert Meter runter zur Strandpromenade, dann biege ich rechts um die Ecke und dringe in das Gewühl der lachenden, grölenden und singenden Menschen ein.

Die vergnügungssüchtigen Damen, die mir meist in größeren Gruppen entgegen kommen, sind im Durchschnitt einige Jahre älter als meine Töchter. In ihrer mehrheitlich recht spärlichen Bekleidung lassen sie mir schnell das Wasser im Munde zusammenlaufen. Dabei muss ich wohl so offensichtlich geifern, dass ich gleich nach wenigen Metern zu hören bekomme, dass ich meine Kinnlade mal schleunigst wieder nach oben klappen soll. Zu allem Überfluss bezeichnet mich die Angegaffte auch noch wenig damenhaft als Opa. Für einige Sekunden bin ich versucht, ihr mit roher Gewalt den mir zustehenden Respekt abzunötigen. Die Tatsache, dass sie zwei muskulöse Typen im Schlepptau hat, lässt mich noch gerade rechtzeitig wieder zur Vernunft kommen. Ich bin zwar ein wenig angetrunken, aber nicht so voll, dass ich den Blick für die Realitäten gänzlich verloren hätte.

Die grellen, bunten Leuchtreklamen der zahllosen Kneipen und Discotheken stechen mir in die Augen. Schon nach einigen Minuten habe ich das Gefühl, dass meine Kehle völlig ausgedörrt ist. Ich brauche dringend was zu trinken. In diesem Chaos werde ich meine Töchter sowieso nicht finden. Meine einzige Chance wäre, wenn sie mir zufällig über den Weg laufen würden. In logischer Konsequenz steuere ich also den nächsten freien Platz vor einer der Straßenkneipen an, die sich entlang der Promenade befinden. Da hier praktisch jeder Kellner Deutsch spricht, kann ich mir problemlos ein frisches Bier bestellen. Als ein ziemlich gestresst wirkender Kerl mein erstes Bier lustlos auf den Tisch vor mir stellt, ordere ich mir gleich ein zweites Glas. Mann, tut das kühle Nass gut.

Ich starre auf die Menge, die sich in beide Richtungen an meinem Platz vorbeibewegt. Eine Truppe von älteren Tanten fällt mir auf. Sie haben sich ähnlich sparsam bekleidet wie meine Töchter. Die alten Schachteln gebärden sich, als wollten sie heute noch unbedingt flachgelegt werden. Sie machen gerade ein paar Jungs an, die ihnen auf meiner Höhe in einheitlichen Fußballtrikots entgegen kommen. Die Kerle, die maximal um die zwanzig sind, scheinen hormonell so unterversorgt zu sein, dass ihnen das Alter der Weiber, von denen sie angebaggert werden, gar nicht auffällt oder einfach nur völlig egal ist.

Nach meinem dritten Bier erkenne ich die Passanten nur noch schemenhaft. Wahrscheinlich wäre ich in den nächsten Minuten in meinem Korbsessel eingepennt, wenn ich nicht in diesem Augenblick zwei mir wohl bekannte Junghühner erspäht hätte. Meine Töchter haben sich jeweils bei einem Gockel eingehängt und brüllen zu viert den Refrain irgendeines völlig versauten Liedes, das mir schon von der Ballermann-Beschallung her bekannt vorkommt.

Ich bin schlagartig hellwach. Beim Aufstehen gehe ich etwas zu heftig vor, sodass ich dabei mein noch halbvolles Bierglas umstoße. Der Inhalt ergießt sich über meine Jeans und mein cooles Hemd. Das stört mich aber in diesem Augenblick überhaupt nicht. Ich stürze wie wild auf die vier singenden Gestalten zu.

Andrea und Susi reißen entsetzt die Augen auf. Die Typen, die in meiner Vorstellung gerade auf dem Weg sind, meinen willenlosen Nachwuchs in irgendeinem schäbigen Hotelzimmer auf die Matratze zu nageln, bleiben dagegen völlig lässig. Der schmierige Kerl, der meine Jüngste eng umschlungen hält, grinst auch noch unverschämt, als ich meine Arme ausfahre, um ihm damit an die Gurgel zu gehen. Als er ungerührt sein rechtes Knie anhebt, um meinen Angriff abzuwehren, nutzt er dabei schamlos die Tatsache aus, dass er gut einen Kopf größer ist als ich. Er trifft mit seiner angewinkelten Gliedmaße meine Weichteile, ohne dass ich vorher auch nur annähernd mit meinen Fingern an seinen Hals herangekommen wäre. Der stechende Schmerz zwischen meinen Lenden lässt mich augenblicklich zur Besinnung kommen.

„Papa, bist Du verletzt?“, will Andrea ehrlich besorgt wissen, als ich mit beiden Händen mein höllisch schmerzendes Gemächt halte.

„Was, der Irre ist wohl Dein Alter?“, fragt der Angreifer, der mich brutal zusammengetreten hat und nun doch ein wenig verunsichert ist. Als Susi bestätigend und leicht verängstigt nickt, bemüht er sich sofort rührend um mich. Er greift mir unter die Arme und hilft mir auf.

Sein Kollege klopft mir kumpelhaft auf die Schulter. „Nichts für ungut, Alter“, redet er beruhigend auf mich ein. „Wir wollten nur Ihre Töchter gegen den Angriff eines Rowdys verteidigen. Wir konnten ja nicht wissen, dass Sie der liebe Papa sind.“ Ich quetsche mir ein tapferes Grinsen ins Gesicht und bin einfach nur dankbar dafür, dass ich nicht ernsthafter verletzt bin.

„Mensch Papa, die Jungs wollten uns doch nur nach Hause bringen“, säuselt meine Kleine und tätschelt mir dabei mitleidig die Wange.

Die Szene ist mir äußerst peinlich, zumal sich mittlerweile ein Haufen sensationsgeiler Vögel um uns geschart hat. Die Gaffer hoffen wahrscheinlich auf eine gepflegte Klopperei. Außerdem ist mir die Lust an erzieherischen Diskussionen gänzlich vergangen. Ich will nur noch in mein Bett. Hoffentlich bekommt meine Frau von dem ganzen Drama keinen Wind.

Ich schlafe etwas länger als üblich. Als ich Yvonne, meine Frau, unter der Dusche laut singen höre, gelingt es mir nur mit erheblicher Mühe, meine Augen zu öffnen. Ein Blick auf den Wecker zeigt mir, dass es 8.47 Uhr ist.

Ich habe zwar keine nennenswerten Kopfschmerzen, dafür trifft mich aber der seelische Kater wie ein Hammer. Ich bete spontan zum Himmel, dass die Ereignisse der letzten Nacht, die mir nun bruchstückhaft ins Gedächtnis zurückkehren, nur ein böser Traum gewesen sein mögen.

Mit an Sicherheit grenzender Wahrscheinlichkeit kann ich davon ausgehen, dass meine beiden Töchter um diese Zeit im Zimmer nebenan noch schlafen. Yvonne wird also nichts von den nächtlichen Peinlichkeiten wissen.

Ich erinnere mich dunkel daran, dass ich mit meinen Töchtern einen Deal habe. Sie werden nichts von dem Aussetzer ihres Vaters erzählen. Im Gegenzug sieht er großzügig über die deutliche Überschreitung der Ausgangszeit durch seine Töchter hinweg. Beide Parteien verfolgen dabei natürlich eigene Interessen. Würde meine Frau von diesen Eskapaden erfahren, könnten die beiden ihre nächtlichen Ausflüge für den Rest des Urlaubs vergessen. Welche Folgen ich dagegen zu erwarten hätte, möchte ich mir lieber nicht im Detail ausmalen.

Ich quäle mich aus dem Bett. Als ich mich endlich zu meiner ganzen Größe aufgerichtet habe, überragen die Gleichgewichtsprobleme deutlich meine Gedächtnislücken. Ich beschließe, rein prophylaktisch einen Problemlöser in Tablettenform einzuwerfen. Am liebsten würde ich den für heute geplanten Ausflug einfach absagen. Den Mietwagen haben wir aber nun mal bestellt, und mein Einkommen als Möbelverkäufer in einem Einkaufscenter am Rande von Dortmund ist leider nicht unerschöpflich. Daher verzichte ich darauf, den in diesem Augenblick durchaus verführerischen Gedanken weiter zu verfolgen, den geplanten Trip abzusagen und mich stattdessen einfach an den Höllenstrand zu legen. Heute könnte ich mit Sicherheit schlafen wie ein Baby, egal wie exzessiv die Sauftouristen auch immer feiern mögen.

Meine Frau reibt sich gerade mit einem Handtuch ihre herrlichen Brüste trocken, als ich ins Bad komme. Unter normalen Umständen würde ich jetzt versuchen, eine kleine Morgennummer abzustauben. Ich bin mir aber nicht ganz sicher, ob mein kleiner Freund schon richtig wach ist. Deshalb lasse ich mir erst einmal einige Liter kalten Wassers über das Gesicht laufen. Dann nehme ich gierig einige Schlucke davon.

Ich muss fürchterlich aussehen, denn mein Schatz macht sich echte Sorgen. „Mein Gott, Manni, wie siehst Du denn aus?“

„Alles im grünen Bereich, Baby, ich konnte nur die ganze Nacht kaum ein Auge zu machen. Irgendwann bin ich noch mal runter zur Bar gegangen und habe mir ein oder zwei Drinks genehmigt.“ Sie wird meine Fahne sowieso riechen, da ist es taktisch klug, zumindest ein kleines, wenn auch recht spätes, alkoholisches Zwischenspiel einzuräumen.

„Ich habe mich so auf den heutigen Ausflug gefreut. Endlich mal raus aus diesem ganzen Wahnsinn. Geht es Dir wirklich gut?“ Ihr Gesichtsausdruck ist nicht vorwurfsvoll, nur ehrlich besorgt, zumindest möchte ich das glauben.

„Klar, Schatz, mach Dir mal keine Gedanken“, versuche ich sie zu beruhigen. „Eine kalte Dusche und ein paar Tassen Kaffee werden Deinen lieben Mann schon wieder unter die Lebenden bringen.“

Sie ist zwar noch nicht so ganz von meiner Regenerationsfähigkeit überzeugt, was ich aus ihrem zweifelnden Schulterzucken und ihren verzogenen Mundwinkeln schließen kann. Trotzdem trocknet sie sich ohne weitere Kommentare die noch feuchten Stellen ihres wohlgeformten Körpers ab.

„Ich schaue mal, ob die Mädchen schon wach sind“, teilt mir Yvonne durch die offene Badtür mit, als ich schon eine Weile unter der Dusche stehe. Ihr knallenges Top und ihre ebenso knapp bemessenen Shorts, die sie für den heutigen Tag ausgewählt hat, wirken äußerst motivierend auf mich. Darüber hinaus hat sie ihre langen, blonden Haare hochgesteckt, wie ich es besonders mag.

Wir sitzen in dem spartanisch ausgestatteten Frühstücksraum, der sich im Keller des riesigen Hotelbaus befindet. Da nur wenig natürliches Licht durch die winzigen Fenster einfällt, erzeugen Neonleuchten an der Decke eine Krankenhausatmosphäre, die auch an besseren Tagen eine äußerst deprimierende Wirkung auf mich hat. An den übrigen Tischen sitzen vereinzelt traurige Gestalten, die wahrscheinlich eine ähnlich kurze Nacht hinter sich haben wie ich. Die Glücklichen, die nicht so blöd waren, für diesen Tag einen Ausflug geplant zu haben, liegen noch brav in ihren Betten.

Der Kaffee schmeckt wie Seife. Der Orangensaft, der aus ein paar Krümeln Konzentrat und 99 Prozent Wasser besteht, verdient seinen Namen kaum. Die Sorte Käse, die es schon die ganze Woche gibt, kann ich langsam nicht mehr sehen. Die rötliche Wurst, die alles andere als vertrauenerweckend aussieht, habe ich vom Beginn des Urlaubs an nicht angerührt. Ich versuche es mit einer Scheibe Toast, etwas Butter und Marmelade. Hunger habe ich nicht, bin aber vernünftig.

„Wo bleiben denn die Mädchen nur?“, wird meine Frau ein wenig nervös. „Wenn wir uns schon den Mietwagen leisten, möchte ich den Tag auch voll auskosten.“

„Keine Sorge, Schatz, die beiden kommen bestimmt gleich. Soll ich Dir noch einen Kaffee holen?“ Ich bin nun doch erleichtert. Die Mädels haben offensichtlich dicht gehalten, als meine Frau in ihrem Zimmer war, um sie zu wecken.

Als wir das Frühstück längst beendet haben, kommen meine beiden Töchter in den Raum. Sie sehen vermutlich nicht viel besser aus als ihr Vater. Besonders beim Anblick meiner Vierzehnjährigen muss ich ein wenig schmunzeln, denn sie hat große Schwierigkeiten, ihre Augen offen zu halten. Ich bemühe mich aber schnell wieder um einen gleichgültigen Gesichtsausdruck, um keine bohrenden Fragen meiner lieben Frau heraufzubeschwören.

„Ihr seht ja gar nicht mal so gut aus.“ Natürlich entgeht ihr das traurige Erscheinungsbild der beiden Nachtschwärmerinnen nicht. „Ist wohl doch etwas spät geworden, was?“

„Können wir nicht einfach wieder ins Bett gehen?“, macht meine Kleine einen verzweifelten Vorschlag, ohne auf die Frage ihrer Mutter einzugehen.

„Ist das nicht eine gute Idee? Dann hättet Ihr auch mal einen ganzen Tag für Euch allein.“ Meine Große versucht, ihre kleine Schwester nach Kräften zu unterstützen. Wenn die beiden das gleiche Ziel haben, können sie sich auch mal absolut einig sein.

„Kommt überhaupt nicht in Frage.“ Mein Schatz reagiert in diesem Fall allerdings ganz in meinem Sinne. Ich habe mir schließlich wegen der beiden ungehorsamen Gören die Nacht um die Ohren geschlagen. Jetzt fehlt nur noch, dass sie ungestraft den geordneten Rückzug antreten können, während ich die Folgen ihrer Exzesse alleine ausbade. Ich brauche auch gar nicht erst erzieherisch einzugreifen, denn diesen Job erledigt meine energische Gattin bereits hervorragend.

„Wir haben für heute extra einen teuren Mietwagen bestellt. Ihr werdet hinterher froh sein, dass Ihr von der Insel etwas mehr gesehen habt, als diesen lauten Strand und ein paar Discos, glaubt mir das mal. Beeilt Euch mit dem Frühstück, Euer Vater und ich sind schon längst fertig und wollen endlich los.“

Den zweifelnden Blick, den meine Große mir zuwirft, übersieht meine Frau zum Glück. „Ich habe aber keinen Hunger und Susi auch nicht“, nörgelt sie, wie von mir nicht anders erwartet.

„Na umso besser“, lässt sich mein Schatz auf keine weiteren Diskussionen mit unserem Nachwuchs ein. „Dann können wir ja gleich losfahren.“

Es ist Sonntag, und wir wollen zu dem Markt nach Pollenca im Norden der Insel. Irgendein Landsmann hatte uns bei einem der letzten abendlichen Umtrünke davon vorgeschwärmt. Sowohl meine Frau als auch die beiden Junghühner in unserer Familie stehen nun mal, wie die gesamte übrige weibliche Bevölkerung, auf Shopping. Daher hielt ich diesen Programmpunkt, trotz meiner grundsätzlichen Abneigung gegen Einkaufsbummel aller Art, in der Planungsphase durchaus für eine gute Idee. Immerhin hätte ein gemeinsamer Ausflug unter normalen Umständen durchaus die Harmonie in unserer Familie fördern können. Wie die Nacht unmittelbar davor verlaufen würde, konnte ich ja nicht ahnen.

Wir fahren mit unserem Mietwagen, einem Ford Focus, über die Autobahn von Palma nach Inca und von dort weiter über eine Landstraße in Richtung Norden. Aufgrund meiner körperlich nicht ganz uneingeschränkten Verfassung verfluche ich das verdammte Kaff, zu dem wir wollen, mit jeder Minute, die unsere Fahrt dauert, ein wenig mehr. Zum Glück funktioniert die Klimaanlage des Kleinwagens einwandfrei, denn draußen herrscht eine Bullenhitze. Ich habe zwar noch einen leichten Schleier vor den Augen, von Kopfschmerzen gibt es aber dank der rechtzeitig eingeworfenen Tabletten weiterhin keine Spur.

Die Mädchen auf der Rückbank versuchen gar nicht erst, den Eindruck zu erwecken, als würde ihnen dieser kleine Ausflug echte Freude bereiten. Bei gelegentlichen Blicken in den Rückspiegel schaue ich in das schmollende Gesicht meiner Großen. Die Mimik der Kleinen kann ich nicht sehen, da sie direkt hinter mir sitzt. Ich gehe aber davon aus, dass sie auch nicht viel motivierter ist.

Kaum haben wir die ersten Kurven auf der Landstraße gemeistert, höre ich von hinten ein würgendes Geräusch. Meine Frau schaut sich alarmiert um. „Was hast Du denn, Susi?“, fragt sie ganz besorgt unser Nesthäkchen.

„Mir ist kotzübel“, macht Susi keinen Hehl aus ihrem Zustand.

Mit einem Seufzer fahre ich bei der nächsten Gelegenheit an den rechten Straßenrand. Die Kleine zögert keine Sekunde mehr, nachdem ich angehalten habe. Sie läuft ein paar Meter auf ein Feld und kotzt sich dann die Seele aus dem Leib.

„Na wunderbar, jetzt können wir unseren Ausflug wohl vergessen“, meint meine Frau ganz verzweifelt. „Hoffentlich hat sie sich keinen Virus eingefangen.“

„Ach wo, wahrscheinlich hat sie gestern Abend nur etwas Falsches gegessen“, fällt mir keine bessere Antwort ein, um Yvonne zu beruhigen.

Meine Große ist jedoch weniger diplomatisch und haut ihre kleine Schwester unverblümt in die Pfanne. „Ich habe sie vor der Sangria gewarnt. Sie wollte ja nicht auf mich hören.“

„Wie bitte“, entrüstet sich meine süße Frau. „Hast Du gerade von Sangria gesprochen? Man weiß doch nie, was die Spanier unter diesem Namen für einen Fusel zusammenmischen. Wie ist sie überhaupt an das Teufelszeug rangekommen?“

„Ach, wir haben zwei nette Jungs getroffen, die haben uns halt in irgend so einem Schuppen zu einem Gläschen eingeladen.“

„Es wird ja wohl nicht bei einem Gläschen geblieben sein“, stellt meine Frau nach meiner Einschätzung eine völlig richtige Vermutung an. „Darüber reden wir noch. Ich lasse mir jedenfalls von Euch beiden halbstarken Alkoholikern nicht den Tag versauen.“

„Wieso, mir geht es doch gut“, bockt das pubertierende Hühnchen auf der Rückbank und überschätzt dabei seine Position maßlos.

„Das ist ja wohl der Hammer“, ist meine Frau kurz vorm Platzen. „Noch bist Du nicht volljährig, mein Fräulein. Die Tatsache, dass Du Deine kleine Schwester nicht davor beschützen kannst, sich von verantwortungslosen Halbstarken abfüllen zu lassen, zeigt mir, dass Du noch sehr weit vom Erwachsensein entfernt bist. Über Eure Abendgestaltung in den nächsten Tagen werde ich mit Deinem Vater noch ausgiebig diskutieren.“

Ich liebe meine Frau besonders, wenn sie so in Fahrt ist. Da dieses Gefecht ganz in meinem Sinne verläuft, lasse ich es auch weiterhin von den weiblichen Familienmitgliedern austragen, ohne mich einzumischen. Einigermaßen zufrieden zünde ich mir eine Zigarette an.

„Muss das jetzt sein“, bekomme ich nun ebenfalls eine Salve von meiner lieben Gattin ab. „Willst Du nachher den Mietwagen reinigen, weil Deine Tochter wegen der Qualmerei auch noch die Sitze vollkotzt?“

„Ist ja schon gut“, gebe ich klein bei und werfe die frisch angezündete Kippe auf die Straßenmitte, ohne auf die latente Waldbrandgefahr zu achten. Meine Frau ist dermaßen in Rage, dass sie diesen Fauxpas gar nicht bemerkt. Susi kommt endlich von ihrer Brechorgie zurück. Sie ist kreidebleich im Gesicht und setzt sich schweigend auf ihren Platz auf der Rückbank.

Während der weiteren Fahrt bemühe ich mich, so weich wie möglich durch die Kurven zu fahren. Trotzdem müssen wir noch einmal anhalten, weil der Magen der Kleinen immer noch Reste der vorabendlichen Mahlzeit enthält.

Gegen Mittag erreichen wir den Ortseingang von Pollenca. Die vermeintlichen Qualitäten des Marktes haben sich offensichtlich unter den Touristen auf der ganzen Insel herumgesprochen. Der öffentliche Parkplatz ist total überfüllt. Daher fahre ich bis zum Ortsausgang Richtung Hafen und biege dann in einem spitzen Winkel nach links in das recht malerische Städtchen ein. Auf der Suche nach dem Marktplatz orientiere ich mich an der Kirchturmspitze, die ab und zu zwischen den Häusern hindurch zu sehen ist.

„Wo willst Du denn hin, Papa?“, fragt Susi mit piepsiger Stimme. Es geht ihr immer noch nicht viel besser.

Mein väterliches Herz wird ein wenig weicher, obwohl ich ihr aus erzieherischen Gründen diesen körperlichen Tiefpunkt durchaus gönne. „Ich suche einen Parkplatz möglichst nah am Zentrum, Mädels“, antworte ich. „Ihr wollt doch bei der Hitze bestimmt so wenig wie möglich laufen, oder etwa nicht?“ Ich bin auch deshalb wild entschlossen, weil ich alles andere als ein Wanderfreak bin.

„Du regelst das schon“, kommentiert meine liebe Frau mein Vorhaben mit einem nicht zu überhörenden zweifelnden Unterton in der Stimme.

Ich kurbele wie bescheuert durch die engen Gassen, ohne eine freie Lücke für meinen Kleinwagen zu entdecken. Schließlich kommen wir wieder am Ortseingang raus, wo sich der überfüllte öffentliche Parkplatz befindet. Ich unterdrücke krampfhaft den Drang zu fluchen.

„Dann müssen wir eben doch hier irgendwo an der Straße parken und die paar hundert Meter laufen“, macht meine Frau einen für mich völlig inakzeptablen Vorschlag.

Ich fühle mich in meiner männlichen Ehre verletzt. Seit wir unsere unfreiwillige Runde durch den Ort drehen, traut sie mir nicht zu, dort einen Parkplatz zu finden, wo ich es mir vorstelle. Das sehe ich an ihrem verkniffenen Gesichtsausdruck. „Kommt überhaupt nicht in Frage“, stelle ich dank meines westfälischen Dickschädels in einem Tonfall fest, der jede weitere Widerrede meiner weiblichen Mannschaft im Keim erstickt.

Es herrscht gespannte Stille in unserem Fahrzeug, als ich erneut um den spitzen Winkel in den Ort einbiege. Ich entscheide mich dann für eine andere Seitenstraße als bei meinem ersten Versuch. Tatsächlich fährt hier gerade ein Peugeot aus einer Reihe am Straßenrand geparkter Autos heraus. „Na, wer sagt's denn“, bin ich nun innerlich wieder im Gleichgewicht.

„Du bist der Größte“, bemerkt meine Sechzehnjährige. Der Eindruck, dass sie mich nicht ehrlich bewundert, kann meine gute Laune jetzt auch nicht mehr trüben. Ich setze zügig rückwärts in die Parklücke.

Wir steigen aus und wollen uns gerade entfernen, als der Motor des verstaubten Renaults angelassen wird, der direkt vor unserem Wagen steht. Ein uralter Spanier sitzt am Steuer, der offensichtlich nicht mehr über alle zum Autofahren nötigen Sinne verfügt. Neben ihm thront eine Oma mit lila gefärbtem Haar. Der Kerl nähert sein Gefährt bedrohlich der Stoßstange meines Mietwagens, ohne Anstalten zu machen, die Bremse zu betätigen. Die zahlreichen Beulen in seiner Karre zeigen mir, dass dieses Fahrverhalten zu seiner üblichen Praxis gehört.

Meine Frau bemerkt ebenfalls die drohende Kollision und reagiert geistesgegenwärtig, indem sie mit der Faust auf die Heckscheibe des Renaults hämmert. Dabei brüllt sie so laut, dass selbst der vermutlich schwerhörige Opa reagiert, der nach meiner Meinung längst in ein Altersheim gehört, damit er in seinem unmittelbaren Umfeld keinen Schaden mehr anrichten kann. Gerade noch rechtzeitig bremst er sein Gefährt ab, schaut sich sichtlich erschrocken um und glotzt ein paar Sekunden auf die spärlich bedeckten Brüste meiner Frau, die laut lamentierend an die Fahrertür herangetreten ist. Offensichtlich gibt ihm sein altersschwaches Hirn in letzter Sekunde noch den entscheidenden Hinweis, dass er mit seiner Gattin erhebliche Probleme bekommen wird, wenn er sich nicht sofort wieder auf die Straße konzentriert. Er gibt etwas zu viel Gas und fährt mit quietschenden Reifen davon.

Wir kommen zunächst an einem Platz vorbei, auf dem eine Reihe fliegender Händler billige Schuhe und Klamotten anbieten. Zu meiner Erleichterung zeigen alle drei Mädels wenig Interesse an dem ausgestellten Sortiment. Sie wollen sich lieber die Stände anschauen, die nach der Schilderung unseres Empfehlungsgebers in den Gassen um die Kirche herum Schmuck und Kunsthandwerk anbieten.

An einem der ersten kleinen Verkaufsstände, auf den wir schon nach wenigen Metern Fußmarsches treffen, verhakt ein englisch sprechender Händler aus Werbegründen kleine Gebilde aus Metall und bringt sie dann mit einem einzigen Handgriff wieder auseinander. Einige Passanten sind stehen geblieben und schauen ihm ganz begeistert zu, was ich überhaupt nicht verstehen kann.

Meine Jüngste sieht das offensichtlich anders als ihr Vater. Sie drängelt sich durch die Leute bis zu dem Tapeziertisch vor, auf dem er die zu verhakenden Metallfiguren ausgestellt hat. Ihre Magenprobleme scheinen wie weggeblasen zu sein.

Der langhaarige Gaukler führt ihr einen seiner Tricks vor und fordert sie dann auf, es ihm nachzutun. Meine Tochter versucht sich ein paar Sekunden erfolglos an der Lösung des Problems, verliert dann aber schnell die Lust daran. „Das ist doch Beschiss“, meint die Kleine, als wir uns weiter durch das Menschengewühl kämpfen, das immer dichter wird.

Nach einigen Metern biegen wir nach rechts in eine Gasse ab, die direkt auf die Kirche zuführt. Die Luft steht hier, und der Schweiß tritt mir auf die Stirn, obwohl ich nur ein Trägerhemd, eine kurze Sporthose und Gummilatschen trage.

Meine Frauen lassen keinen der zahlreichen Stände aus, an denen billiger Schmuck angeboten wird. Sie probieren diverse Stücke. Dabei fragen sie die Händler, die für mich fast alle aussehen, als wären sie erst kürzlich aus irgendeinem Knast entflohen, ob es dieses oder jenes Teil nicht noch etwas größer oder kleiner gibt und kriegen sich vor lauter Begeisterung gar nicht mehr ein.

Ich bin völlig abgemeldet. Wenn ich ehrlich zu mir bin, hatte ich es aufgrund intensiver Erfahrung in solchen Angelegenheiten auch nicht anders erwartet. Meine Füße schmerzen fürchterlich. Ich Idiot hätte mir wenigstens Turnschuhe anziehen sollen, auch wenn das geschlossene Schuhwerk bei der Hitze nicht unerhebliche Schweißfüße zur Folge gehabt hätte. Bei den Ausdünstungen der Hundertschaften von kaufwilligen Touristen, die sich durch diese Gassen zwängen, wäre mein Fußgeruch kaum nasal ins Gewicht gefallen.

Zur Freude unserer Haushaltskasse können sich die Damen zu keiner Kaufentscheidung durchringen, bis wir den Gemüsemarkt auf dem Platz vor der Kirche erreichen, auf dem die Bauern der Umgebung ihre landwirtschaftlichen Produkte feilbieten. Die Menschenmassen machen einen unbeschreiblichen Lärm, der zusätzlich zu den Schmerzen in den Füßen auch noch Leid in meinen Gehörgängen verursacht.

Die Riemen meiner Latschen haben meine Füße schon ziemlich wund gerieben. Ich schwitze intensiv den Suff der letzten Nacht aus und habe einen höllischen Durst. Mein geschulter Blick verrät mir allerdings, dass die Menschenmenge nicht nur den Platz um die Verkaufsstände völlig verstopft, sondern auch sämtliche Stühle der zahlreich vorhandenen Bars und Cafeterias besetzt hält.

„Ich krepiere gleich vor Durst", mache ich aus meinem Leid keinen Hehl. Ich hätte aber wissen müssen, dass ich auf weibliches Mitgefühl in solch einer Situation kaum zählen kann.

„Nun hab Dich mal nicht so", kommt von meiner Gattin genau die Reaktion, die ich befürchtet habe. „Wir haben doch erst vor einer halben Stunde angefangen. Da drüben in den niedlichen Gassen neben der Kirche gibt es noch weitere Stände. Wie Du weißt, haben wir ja auch noch gar nichts Passendes gefunden."

„Papa, Du willst doch sicher nicht, dass wir völlig umsonst hergefahren sind", setzt meine Große noch einen drauf. Ich meine, den Anflug eines schadenfrohen Grinsens um ihre Mundwinkel huschen zu sehen. Ich könnte der fiesen Göre eiskalt den Hals umdrehen.

„Na gut Mädels, dann lasst uns mal zügig weitergehen. Wir sind schließlich nicht zum Vergnügen hier", biete ich so viel Tapferkeit auf, wie es mein gestresster innerer Schweinehund noch zulässt. Dieses Verhalten ist allerdings weniger meiner Einsicht als vielmehr der Tatsache zu verdanken, dass ich immer noch keinen freien Platz an den Tränken erspähe.

Während wir uns durch eine Gasse zwängen, die entlang der linken Kirchenwand führt, bemerke ich schmerzhaft, dass meine Shorts seit den letzten Ferien ein wenig zu eng geworden sind. Ich hätte mir vor diesem Urlaub einfach mal eine Neue leisten sollen, anstatt darauf zu bestehen, meine abgetragene Lieblingshose wieder mitzunehmen. Ich habe mir das Teil vor einigen Jahren während eines Türkeiurlaubs gekauft. Seitdem habe ich mein Gewicht nicht ganz halten können.

Zum Glück bemerken meine Mädels zunächst nicht, dass ich mittlerweile mit gespreizten Beinen weitermarschiere, um den Druck ein wenig von den gereizten Punkten zu nehmen. Die Damen sind völlig in ihre Preisverhandlungen mit einem dieser Halsabschneider vertieft. Unter normalen Umständen hätte ich penibel darauf geachtet, dass sie sich nicht über den Tisch ziehen lassen. In meiner Lage habe ich aber ganz andere Sorgen. Bestimmt sehe ich aus, als hätte mir irgendeine Schwuchtel vor kurzem einen verbraten. Zu meinem Glück wird aber in diesem Menschenstrom kaum jemand sehen können, in welch seltsamer Weise ich mich fortbewege.

Die weiblichen Familienmitglieder sind sich an einem Stand kurz vor dem Ende der Gasse endlich mit einem Händler einig geworden. Ich darf das Portemonnaie zücken und brav bezahlen, was ich auch ohne zu Murren mache. Auf keinen Fall will ich meine Tortur unnötig verlängern. Außerdem befindet sich ein paar Meter weiter vorne ein weiterer Platz. Weinrote Sonnenschirme mit Reklameaufschriften, die ich über der wogenden Menschenmenge sehen kann, nähren nun meine Hoffnung auf eine wohlverdiente Rast.

Meine Töchter haben sich je einen überdimensionalen Ring aus Plastik gegönnt. Meine Frau hat sich für eine bunte Perlenkette entschieden, die sie sichtlich stolz um den Hals trägt.

„Na, da bin ich aber froh, dass Ihr alle noch was Schickes gefunden habt“, heuchle ich. „Jetzt haben wir uns aber was zu trinken verdient.“

„Du warst wirklich tapfer, Manni“, bekomme ich ein unerwartetes Lob von meiner süßen Frau. Außerdem erhalte ich von meinen Töchtern je einen dankbaren Kuss auf die Wange.

Meiner Jüngsten bleibt der seltsame Gang ihres Vaters leider nicht verborgen. „Hast Du Dir in die Hose gemacht, Papa?“, will sie wissen, als wir langsam über die „Placa dels Seglars“ gehen und dabei Ausschau nach einem frei werdenden Tisch halten.

„Natürlich nicht“, zische ich sie mächtig genervt an. „Meine Füße schmerzen, ich habe mir einen Wolf gelaufen, und der Krach hier macht mich nahezu rasend.“

„Typisch Mann“, ist alles, was meine verständnisvolle Frau zu meinem erbarmungswürdigen Zustand zu sagen hat. „Wenn wir einmal im Urlaub schön bummeln wollen, machst Du hier einen auf sterbenden Schwan.“ Das Lob, das ich eben noch von ihr bekommen habe, ist schon wieder vergessen.

Ich habe jetzt einfach keine Lust, mich zu streiten. „Schaut lieber mal, wo ein Tisch frei wird“, fordere ich die holde Weiblichkeit zu aktiver Mithilfe auf.

Vorne rechts am Beginn einer scheinbar endlosen Treppe, die von Zypressen gesäumt einen Berg hinaufführt, erspähe ich ein braungebranntes Pärchen in Fahrradklamotten, das sich gerade von seinen Stühlen erhebt. Ohne an meine körperlichen Einschränkungen zu denken, stürze ich los und erreiche den Tisch kurz vor einer fetten Engländerin. Ich lasse mich dankbar in einen der Holzklappstühle mit braunem Stoffbezug fallen und höre irgendetwas Ordinäres von der unansehnlichen Kuh. Ich kann mit meinem in der Schule erlernten Oxford-Englisch nicht alles verstehen, auf jeden Fall kommt „Fucking Germans“ drin vor. Ich grinse die fluchende Alte von der Insel ein wenig übertrieben an. Mein Triumphgefühl wird aber augenblicklich durch einen stechenden Schmerz zwischen meinen Beinen und an den wund gescheuerten Stellen meiner Füße abgelöst. Der kleine Zwischensprint, den ich soeben eingelegt habe, fördert nicht gerade den Heilungsprozess, den ich mir durch den auf dem Weg hierher gewählten Spreizgang erhofft hatte.

„Echt coole Einlage, Papa“, meint meine Große anerkennend.

Wir warten seit einer Viertelstunde darauf, dass einer der beiden Kellner uns berücksichtigt. Mit der Versorgung der gut zwei Dutzend Tische sind sie einfach überfordert. Obwohl wir direkt am Eingang des „Cafe del Calvari“ sitzen, und sie ständig an uns vorbei kommen, ignorieren sie uns bisher. Meine Frau legt ein für meinen Geschmack absolut überzeugendes Lächeln auf. Selbst ihr sexy Outfit und die neue Perlenkette um ihren Hals können die Kerle bis jetzt nicht dazu motivieren, an unserem Tisch anzuhalten und die Bestellung aufzunehmen.

„Papa, ich habe Durst“, nörgelt meine Kleine zum wiederholten Mal. „Kannst Du Dich nicht mal kümmern.“

„Ich muss unbedingt was essen“, stimmt ihre Schwester in das töchterliche Gemecker ein.

Einige Vertreter der harten Touristenfraktion nehmen trotz der sengenden Hitze die 365 Stufen zur Kapelle auf dem Kalvarienberg in Angriff. Ich bin weit davon entfernt, persönlich den zweifellos herrlichen Blick von oben genießen zu wollen. Stattdessen angele ich einen Reiseführer aus der Tasche meiner Frau und lese daraus aus Versehen ausgerechnet die Stelle vor, die den Blick vom Gipfel über die Stadt besonders empfiehlt. Eigentlich will ich nur meinen schlecht gelaunten weiblichen Anhang die Zeit etwas verkürzen und mich darüber hinaus ein wenig von meinen eigenen körperlichen Beschwerden ablenken.

„Wir sollten uns diese tolle Aussicht nach einer kleinen Stärkung gönnen, wenn wir schon mal hier sind." Meine liebe Frau macht einen Vorschlag, mit dem ich nun überhaupt nicht gerechnet habe. Ich hätte einfach meine Schnauze halten sollen. Jetzt habe ich ein neues Problem.

„Guck Dir mal meine Füße an", spekuliere ich auf weibliches Mitleid. Sie soll ruhig mal ein Auge auf die lädierten Stellen unter den Gummiriemen meiner Latschen werfen. Am liebsten würde ich auch noch meine Hose runterziehen, um sie mit dem Anblick meines malträtierten Gemächtes endgültig davon zu überzeugen, dass ich beim besten Willen keinen Meter mehr gehen kann.

„Warum hast Du Dir keine ordentlichen Schuhe angezogen", ist ihre gnadenlose Antwort. „Du wusstest doch, dass wir uns heute einiges anschauen wollen."

Wahre Liebe gibt es nur unter Männern, ist mein spontaner Gedanke. Wenn wir die Frauen nicht zur möglichst regelmäßigen Paarung bräuchten, kämen wir auch wunderbar ohne sie aus. „Ihr könnt gerne die Stufen raufwandern, wenn Ihr wollt. Ich bleibe auf jeden Fall so lange hier sitzen."

„Ich bleibe auch hier", beschließt meine Jüngste in ihrer kindlichen Naivität. Dabei hat sie jedoch nicht mit dem energischen Widerstand ihrer Mutter gerechnet. „Kommt überhaupt nicht in Frage. Ihr beiden kommt schön mit und lasst Eurem Vater mal seine wohlverdiente Ruhe." Der verächtliche Unterton in ihrer Stimme ist nicht zu überhören. Dann bekommen meine Töchter auch noch ihre Breitseite. „Außerdem seid Ihr zwei ja offensichtlich Freunde der ausgiebigen Bewegung. Wenn Ihr Euch bis in die frühen Morgenstunden im Nachtleben rumtreiben könnt, tut Euch diese Abwechslung auch mal ganz gut."

Wir drei Verschwörer schauen uns völlig verdutzt an. Das triumphierende Lächeln, das meine Gattin zur Schau trägt, zeigt mir, dass ich sie heute Nacht einfach unterschätzt habe. Eine gewisse Bewunderung angesichts dieser diffizilen Form der Strafe für die beiden Gören kann ich ihr nicht absprechen. Meine Töchter wagen keinen Widerspruch. Außerdem haben sie schnell erkannt, dass sie von mir in dieser Angelegenheit keine Unterstützung erwarten können.

Die Mädels haben sich nach dem Essen an die Bewältigung des Kalvarienbergs gemacht. Die Kleine hat vor dem Aufbruch noch versucht, den Eindruck zu erwecken, als käme ihre Übelkeit plötzlich zurück. Meine Frau ließ sich aber auf keine Diskussionen ein. Die Drohung, dass Susi den Rest des Urlaubs ausschließlich in Gesellschaft ihrer Eltern verbringen dürfe, machte ihr schließlich Beine. Die Große war so klug, erst gar keinen Versuch dieser Art zu unternehmen.

Mit nahezu unmenschlicher Geduld wartete ich auf die Lieferung meines zweiten Bieres. Ich hatte es mir bestellt, sobald die drei außer Sichtweite waren. Das erste Glas hatte ich mir bereits zum Essen genehmigt.

Das Glas ist beinahe schon wieder geleert, und die Drehungen in meinem Hirn nehmen langsam Fahrt auf. Die gnadenlose Hitze und die wenigen Stunden Schlaf in der vergangenen Nacht sorgen dafür, dass mein Körper den Widerstand gegen den Alkohol sehr schnell aufgibt. Ich starre durch einen dezenten Schleier auf meinen Augen auf das menschliche Gewimmel vor mir.

Drei junge Mädels kommen vorbei. Sie gehen einige Stufen der für mich schier endlos scheinenden Treppe hinauf, überlegen es sich dann aber wieder anders. Alle drei haben mächtige Büffelhüften, die unter ihren Bauchfreitops hervorquellen. Ihre sportliche Einstellung passt zu ihren Figuren.

Ich ertaste unvermittelt den in den letzten Jahren beständig angewachsenen Fettring an meiner Hüfte. Heute ist der falsche Tag, um mit einer Diät zu beginnen, denke ich, und schaffe es nach einer Weile, mir gegen jede Regel der Vernunft noch ein drittes Bier zu bestellen.

Während ich auf den Nachschub warte, sehe ich an einem der Nachbartische die dicke Engländerin, die vorhin den Kampf um diesen Tisch gegen mich verloren hat. Sie hat ihre roten Haare kurz geschoren, und ihre schneeweiße Haut ist mit Sommersprossen übersät. Zu einem lila T-Shirt trägt sie recht knappe Shorts. Das empfinde ich selbst in meinem Zustand als eine kaum erträgliche visuelle Zumutung, denn ihre umfangreichen Beine, die sie lässig übereinander geschlagen hat, weisen eine Reihe von Krampfadern und Besenreißern auf, die mich spontan an eine Landkarte erinnern. Vielleicht will sie ja ihrer Umgebung auf diese Weise zeigen, wo sie schon überall gewesen ist.

Ihr Begleiter, auf den sie unablässig einquasselt, hat sich eine Gürteltasche um den mächtigen Bierbauch geschnallt, der auch durch ein weites, dunkelgrünes Polo-Shirt nicht kaschiert werden kann. Als der Kellner mir gerade mein drittes Bier bringt, nimmt er das Basecap von seinem Schädel. Mit Hilfe der Kopfbedeckung, die mit dem Emblem eines englischen Fußballvereins bestickt ist, erschlägt der grobe Kerl gekonnt eine Fliege, die sich allzu vertrauensselig auf der Lehne seines Stuhls niedergelassen hat. Nach dem kaltblütigen Mord grinst er triumphierend und setzt sich die Tatwaffe wieder auf seinen mächtigen, beinahe haarlosen Schädel. Die Dicke hat sich durch diese Aktion nicht eine Sekunde in ihrem Redeschwall unterbrechen lassen.

Drei spanische Omas in schwarzen Kleidern fallen mir auf. Das liegt nicht etwa an ihrer Bekleidung, sondern vielmehr an der Tatsache, dass es hier offensichtlich auch noch den einen oder anderen Einheimischen gibt. Bisher konnte man den Eindruck gewinnen, dass das Kaff komplett von Ausländern belagert ist.

Von meinen drei Frauen ist immer noch nichts zu sehen. Ich muss ein wenig grinsen, als ich mir vorstelle, wie meine Töchter völlig frustriert die schier endlosen Stufen hinaufsteigen. Für den Kellner muss ich zum Stammgast mutiert sein, denn er beobachtet mich schon freiwillig. Gerade kommt er wieder vorbei und schaut mich fragend an.

„Bring mir mal noch 'n Bier, mein Freund", lalle ich und vergesse dabei völlig, dass ich mich nicht auf meiner Liege am Strand befinde. Darauf kann ich, ohne Aufsehen zu erregen, jederzeit friedlich entschlummern, wenn ich voll bin.

Ich werde unsanft wachgerüttelt. Das erste, was ich durch meine mühsam geöffneten Augen wahrnehme, ist eine baumelnde Perlenkette. Dann sehe ich zwei herrliche Möpse, die dicht vor meinem Gesicht aus ihrer Verpackung zu hüpfen drohen.

„Aufwachen, verdammt noch mal. Das kann doch wohl nicht wahr sein." Die Augen meiner lieben Frau sind vor Wut weit aufgerissen, als sie sich an meine Töchter wendet. „Euer Vater ist ja total voll."

Die beiden stehen mit knallroten Gesichtern hinter ihrer Mutter, die meinen Oberkörper so intensiv schüttelt, dass ich beinahe seekrank werde. Unter Aufbringung aller körperlicher Reserven quäle ich mich aus meinem Klappstuhl hoch. Die Schmerzen an den Füßen und im Schritt holen mich schnell wieder in die Realität zurück.

„Wie viele Gläser hast Du denn gesoffen?", werde ich wütend gefragt.

„Keine Ahnung", gebe ich ehrlich zu. Ich kämpfe gegen ein fast übermächtiges Schwindelgefühl an, was zur Folge hat, dass ich mit dem Oberkörper hin und her schwanke, bis ich mein Gleichgewicht einigermaßen wiedergefunden habe. Ich sehe im Augenwinkel, wie meine aufs Äußerste erregte Gattin bei dem freundlichen Kellner bezahlt, während meine Kleine wegen meines peinlichen Auftritts nur verzweifelt den Kopf schüttelt. Die Große will offensichtlich verhindern, dass man sie irgendwie mit mir in Verbindung bringen kann. Sie hat sich schon einige Meter in Richtung Kirche entfernt.

Als wir nach einem für mich extrem schmerzhaften Rückmarsch endlich an unserem Kleinwagen ankommen, lasse ich mich völlig erschöpft in den Beifahrersitz fallen. Es kommt mir so vor, als ob meine Füße an den aufgeriebenen Stellen nur noch aus blankem Fleisch bestehen. Einen Kontrollblick in meine Hose verkneife ich mir, da mir auch ohne einen weiteren schockierenden Anblick schon kotzübel ist.

Meine Mädels verzichten auf jeglichen kritisierenden Kommentar. Das ist allerdings wahrscheinlich weniger auf besondere Rücksichtnahme, als vielmehr auf die Erkenntnis bei der Damenwelt zurückzuführen, dass ich dafür in meinem Zustand sowieso wenig empfänglich wäre. Schon bevor wir den Ortsausgang von Pollenca erreichen, falle ich in einen komatösen Schlaf.

Ich schrecke aus nervösen Träumen auf, als der Motor des Wagens abgestellt wird. Zunächst denke ich, dass es bereits dunkel geworden ist. Dann stelle ich fest, dass wir uns in einer Tiefgarage befinden.

„Na, hat der Herr einigermaßen ausgeschlafen?" Meine Frau befindet sich immer noch in einer äußerst aggressiven Stimmung.

„Wo sind wir überhaupt?" Ich versuche gar nicht erst, bei ihr Verständnis für meinen Zustand zu erzeugen.

„Da wir den Wagen nur für heute zur Verfügung haben, wollen Deine Töchter und ich uns noch ein wenig in Palma umschauen."

„Ich kann keinen Meter mehr gehen. Das musst Du doch einsehen."

„Das ist nun wirklich Dein Problem, mein Guter." Yvonne lässt sich keinen Deut erweichen. „Entweder Du wartest hier im Auto und schläfst weiter Deinen Rausch aus, oder Du kommst mit."

„Ich will auf keinen Fall die nächsten Stunden in diesem dunklen Loch verbringen. Viel schlimmer kann es ja nicht mehr werden." Ich verachte mich für meine Feigheit vor dem Feind, spure dann aber trotzdem.

Wir steigen die Treppen aus der Tiefgarage herauf und kommen direkt an der Placa Mayor heraus, was ich mühsam einem Schild an einer Hauswand entnehme. Auf der Suche nach einem geöffneten Geschäft überqueren wir den Platz in Richtung Süden.

Wir kommen durch einen breiten Torbogen. Auf den Steinen in dem Durchgang sitzt ein hagerer, relativ junger Kerl in völlig verschmutzten und teilweise zerrissenen Klamotten und spielt auf einer Blockflöte eine Melodie, die mir irgendwie bekannt vorkommt. Neben ihm liegt ein verlauster Köter auf einer schmuddeligen Decke. Der Kerl verspielt sich mehr als einmal, sodass sich das Vieh wahrscheinlich die Schlappohren zuhalten würde, wenn es nur könnte.

Meine Damen nehmen keine Notiz von der armen Sau und sind schon an ihm vorbei gegangen. Da kommt mir eine Idee. Ich zücke meinen Geldbeutel und nehme einen Zwanzig-Euro-Schein heraus. Damit wedele ich demonstrativ in der Luft herum, bis ich sicher bin, dass meine Frau genau gesehen hat, was ich in der Hand halte. Die Vorstellung, dass sie sich über diese unplanmäßige Ausgabe gewaltig ärgert, erfüllt mich mit einem gewissen Triumphgefühl. Zum ersten Mal an diesem Tag habe ich die Macht über eine Situation, und sie kann nichts dagegen machen. Ich lege das Geld zu den wenigen Münzen in einen schäbigen Hut, den der dilettantische Flötist vor sich auf dem Boden liegen hat.

„Wir Männer müssen doch zusammenhalten“, sage ich zu meinem bedauernswerten Geschlechtsgenossen. Ich gehe einfach davon aus, dass er mich verstehen wird.

Der Kerl ist so glücklich, dass er sein Spiel abrupt unterbricht. „Danke Mann“, sagt er auf Deutsch. „Du hast es mit Deinen drei Weibern bestimmt auch nicht leicht.“

„Das kannst Du wohl sagen“, antworte ich und beneide ihn für ein paar Sekunden. Er muss, außer auf seinen Köter, auf niemanden Rücksicht nehmen. Die persönlichen Bedürfnisse der vierbeinigen Kreatur werden wohl ganz leicht unter denen meiner drei Frauen liegen.

Für die nächsten Meter sind meine Schmerzen wie verflogen. Ich fühle mich riesig, nicht zuletzt auch deshalb, weil mich endlich mal einer versteht. „Na Mädels, alles schön bei Euch?“, frage ich in die Runde, als ich wieder aufgeschlossen habe.

„Was ist denn mit Dir passiert?“, will meine völlig verdutzte Frau wissen.

„Nichts weiter, ich freue mich einfach nur auf einen richtig erholsamen Tag an unserem herrlichen, ruhigen Strand.“

Glück

Ich hätte in meiner Kindheit öfter auf der Flöte üben sollen. Eigentlich liegt es nicht in meiner Absicht, die vorbei kommenden Touristen zu vertreiben. Sie sollten sich schon nah genug an mich heran trauen, um ein paar Münzen in den uralten Hut werfen zu können, den ich vor mir auf das Pflaster gelegt habe. Vielleicht hat die Hälfte der edlen Spender einfach nur Mitleid mit meinem bedauernswerten Hund, der täglich stundenlang die meist recht schrillen Geräusche ertragen muss, die ich meinem Holzinstrument entlocke. Jede einzelne Spende, die ich trotz der geringen Qualität meiner künstlerischen Darbietung erhalte, erscheint mir daher umso nobler.

Ich sitze auf dem Steinboden am Rande der Placa Mayor. Es ist später Nachmittag, und ich kann mich einfach nicht an die Hitze gewöhnen, die hier täglich zu dieser Jahreszeit herrscht. Seit einigen Tagen bekomme ich Konkurrenz von einem Spanier, der mit einer Konzertgitarre ausgerechnet griechische Weisen spielt. Zumindest beherrscht er im Gegensatz zu mir sein Instrument recht gut, auch scheinen die Touristen sein Repertoire als durchaus angemessen zu empfinden. Immerhin sind alle Tische des Restaurants, in dessen Auftrag er spielt, besetzt.

Mein Hund ist zwar eine treue Seele, aber nicht besonders fleißig. Als ich ihm vor einigen Wochen ein Stück Schinken von einem Sandwich hinwarf, beschloss er, mir nicht mehr von der Seite zu weichen. Ich hatte gegen einen guten Kumpel nichts einzuwenden und habe versucht, ihm einige Kunststückchen beizubringen, damit er sich seine tägliche Ration selber verdienen kann. Rambo, auf den Namen habe ich ihn schließlich getauft, war jedoch so clever, sich beim Training nicht allzu geschickt anzustellen. Vielleicht schätzte er sein Talent auch einfach nur realistisch ein und wollte sich in der Öffentlichkeit nicht blamieren, wie es sein Herrchen täglich praktiziert. Letztlich ist der Hund auch nur ein Produkt der heutigen Konsumgesellschaft. Wofür soll er etwas zu unserem Verdienst beitragen, wenn er auch ohne Gegenleistung von mir seine tägliche Ration bekommt? Ich tätschele meinem vierbeinigen Kameraden kumpelhaft den Schädel, wofür er mich dankbar anglotzt.

Während ich meiner Flöte einigermaßen erträgliche Töne zu entlocken versuche, erspähe ich im Augenwinkel zwei weibliche Teenies, aus denen durchaus etwas werden kann, wenn sie noch ein paar Jahre auf der Weide waren. Sie unterhalten sich mit ihrer spärlich bekleideten Mutti, die eine knallbunte Perlenkette um den Hals trägt. Die drei Frauen gehen achtlos an mir vorbei.

Einige Meter hinter ihnen humpelt ein Typ in einem recht merkwürdigen Spreizgang über den Platz. Der seltsame Vogel bleibt unmittelbar vor meinem ausgelegten Hut stehen. Er nestelt zu meinem Erstaunen einen Zwanziger aus seinem Geldbeutel. Mit einem gehässigen Grinsen in Richtung seiner Mädels wirft er den Schein in meinen Hut.

Nach einer Weile führe ich meine Blockflöte wieder zum Mund und spiele irgendein Kinderlied, das mir gerade in den Sinn kommt. Die Melodie erfordert grundsätzlich keine besondere Virtuosität vom Interpreten, was meinem Selbstbewusstsein aber nicht schadet. Ich habe in der letzten Zeit gelernt, mich auch über kleine Erfolge zu freuen.

Eine Familie aus der Heimat kommt an mir vorbei. Die Frau trägt ein langes Sommerkleid. Ihr mächtiger Vorbau wird durch einen tiefen Ausschnitt noch besonders hervorgehoben. Bei dem fantastischen Anblick verliere ich einen Augenblick die Konzentration, wodurch ich den einzigen falschen Ton in dem Lied produziere.

Das vielleicht achtjährige Mädchen, das einige Meter vor seinen Eltern herläuft, bleibt unmittelbar vor mir stehen und lauscht sichtlich fasziniert meinem Flötenspiel. Sie ist von ihren Eltern mit einem schicken Kleidchen ausstaffiert worden. Die Kleine findet meinen Hund ganz niedlich, wie sie sich gegenüber ihren Eltern ausdrückt.

Er schaut die Kleine aus seinen treuen Augen mitleiderregend an, was er extrem gut beherrscht. Irgendwie muss er in seinem beschränkten Denkvermögen kapiert haben, dass ein Zusammenhang besteht zwischen der Nahrung, die er von mir bekommt und dem Klimpern der Münzen, die in meinen Hut geworfen werden. Letztlich trägt er also doch in gewisser Weise zu unserem Einkommen bei. Immerhin hat er eine Methode gefunden, die von ihm keine sonderlich großen Anstrengungen erfordert.

Die attraktive Frau kann die Begeisterung ihrer Tochter nicht ganz teilen. „Na ja, niedlich ist vielleicht das falsche Wort", sagt sie und hält die Kleine am Arm fest. Wahrscheinlich befürchtet sie, dass ihr Sprössling sich einige poussierliche Tierchen einfangen könnte, wenn sie meinem Kameraden noch näher kommt.

Der Papa unseres kleinen Fans trägt ein Marken-T-Shirt und eine kurze Sporthose der gleichen Herstellerfirma. Er hat kurze graumelierte Haare und sieht ähnlich ansprechend aus wie seine Frau. „So toll spielt der Kerl ja nun auch wieder nicht, als dass wir uns hier länger als nötig aufhalten müssten." Er hält mich aufgrund meiner braungebrannten Haut und meiner tiefschwarzen Haare offenbar für einen Einheimischen. Außerdem geht er wohl davon aus, dass Spanier grundsätzlich kein

Deutsch verstehen. Ich nehme ihm das nicht übel, zumal er mit seiner Kritik nicht ganz Unrecht hat.

„Wollen wir dem armen Mann nicht wenigstens etwas Geld geben, damit er dem süßen Hund etwas zu essen kaufen kann?“ Die Kleine lässt sich in ihrer Begeisterung für meinen Kumpel nicht von ihren Eltern beeinflussen.

Die schicke Mutti ist wohl die Finanzministerin der Familie, was nach meinen Erfahrungen heutzutage immer mehr in Mode kommt. Sie fischt eine Münze aus dem Portemonnaie in ihrer Handtasche und gibt sie ihrer Tochter. Mit einem strahlenden Lächeln kommt die Kleine ein paar Schritte auf uns zu und wirft die Euro-Münze zu den anderen in meinen Hut. In diesem Augenblick ist mein Liedchen beendet.

„Vielen Dank, meine Kleine, das ist wirklich sehr nett“, sage ich und lächle sie an. Viel mehr als über das Geld, das ich eigentlich gar nicht nötig habe, freue ich mich über den entgeisterten Gesichtsausdruck ihres Papas, der sich nun doch ein wenig zu schämen scheint, weil er sich eben auf Deutsch abfällig über meine musikalischen Fähigkeiten geäußert hat.

Geschichten dieser Art erlebe ich fast täglich. Hätten allein die Kinder zu sagen, könnte ich von meinen hiesigen Konzerteinnahmen ein wahres Luxusleben führen. Viele verklemmte Eltern behandeln mich aber wie einen Aussätzigen, dessen vermeintlicher Misserfolg im Leben womöglich auf sie abstrahlen könnte.

Die Placa Mayor ist ziemlich gut gefüllt. Die Touristen, die keine Spanier sind, denken um diese frühe Abendstunde schon ans Essen. Sie lassen sich von penetranten Kellnern zu den Tischen vor den zahlreichen Restaurants lotsen. Die meisten Angesprochenen sind vom ausgiebigen Bummel durch die Stadt so gestresst, dass sie nicht mehr allzu viel Widerstandskraft aufbringen können.

Ich erfreue mich hier regelmäßig am Anblick der einheimischen Damen der gehobenen Einkommensklassen. Gerade kommt eine solche Augenweide vorbei. Sie hat glatte, schwarze Haare, die ihr bis auf den straffen Hintern fallen, der in einem langen Jeansrock steckt. Er reicht bis über den Schaft ihrer hellen Cowboystiefel. Ein pinkfarbenes Top bedeckt ihre kleinen, festen Brüste. Sie trägt zwei Einkaufstaschen mit den Aufschriften von teuren Boutiquen, die ganz in der Nähe liegen. Ich kenne die Läden gut, weil ich dort ab und zu ein Accessoire für eine der Frauen kaufe, die ich den Discos unten am Hafen regelmäßig abschleppe.

Während ich mich an einer volkstümlichen Weise auf meiner Blockflöte versuche, fällt mir eine hellblonde Deutsche auf, die ihre halblangen Haare zu einem Pferdeschwanz zusammengebunden hat. Sie bildet in ihrer Erscheinung eine nicht unangenehme Abwechslung zu den dunklen spanischen Frauentypen, die um diese Zeit das Straßenbild bestimmen. Rosa Tops scheinen in diesem Jahr besonders angesagt zu sein. Dazu trägt sie eine knallenge, helle Jeans. Ihre Füße stecken in teuren Pumps. Ihre Figur ist sehr überzeugend, obwohl sie eindeutig älter ist, als sie sich gibt.

In der einen Hand hält sie eine Einkaufstasche mit dem Logo eines der führenden Schuhgeschäfte der Stadt. Mit der anderen Hand hat sie sich bei einem Schönling eingehängt, der deutlich jünger ist als sie. Wenn sie sich körperlich weiter so fit hält, wie sie es offensichtlich zurzeit tut, hat sie sich den Kerl auch redlich verdient.

Der Typ ist eindeutig Spanier, hat seine schwarzen Haare reichlich pomadisiert und sie wie seine Partnerin ebenfalls am Hinterkopf zu einem Pferdeschwanz zusammengebunden. Seine dunkle Haut steht in krassem Gegensatz zu der weißen Hautfarbe seiner Partnerin, die offensichtlich nicht zu den Sonnenanbeterinnen gehört. Sie lächelt den Schönling total verliebt an.

Ich kann von ihrem Glücksgefühl ein paar Sekunden später überdimensional profitieren, denn sie wirft einen 5-Euro-Schein in meinen Hut. Mein tierischer Kamerad wundert sich heute schon zum zweiten Mal, dass er gar kein Klimpern hört. Ich bedanke mich artig mit einem Nicken in ihre Richtung, während ich weiterspiele. Sie strahlt erst mich und dann ihren Typen an. Genieße es, solange es noch so schön ist, denke ich, während sie am Arm ihres Geliebten über die Placa zu schweben scheint.

Zwei Geschäftstypen in dunklen Anzügen kommen vorbei. Krawattenträger sieht man auf dieser Insel wohl auch nur in Palma.

Trotz der großen Menschenmenge, die sich von allen Seiten auf die Placa und von ihr weg bewegt, hat man nicht den Eindruck von Hektik, die in Zentren deutscher Großstädte herrscht.

Ich habe mir heute den Feierabend wahrlich verdient. Die Summe, die sich in den letzten Stunden in meinem Hut angesammelt hat, interessiert mich nicht. Ich stecke das Geld, ohne es zu zählen, in meine Hosentasche. Dann setze ich mir die schäbige Kopfbedeckung auf, die mich einmal während meiner Studienzeit in Hamburg einen Haufen Geld gekostet hat. Ich halte das olle Ding immer noch für außerordentlich kleidsam. Rambo wedelt vor Freude mit dem Schwanz, weil er sich endlich bewegen kann. Ich müsste dringend aus diesen ollen Klamotten raus, will mir aber vorher noch einen Drink zum Feierabend gönnen.

Vor meinem Lieblingscafé an der Placa del Marques del Palmer entdecke ich einen freien Tisch und setze mich in einen der dunkelbraunen Korbstühle mit weinroten Stoffeinlagen.

Der Wirt kennt mich gut, da ich hier fast täglich meinen Feierabend beginne. Freundlich begrüßt er mich und bringt mir nach wenigen Minuten einen Cuba Libre, auf den ich mich schon den ganzen Tag gefreut habe.

„Wie waren die Geschäfte heute?", fragt er mich.

„Mehr als zufriedenstellend", antworte ich in einem Spanisch, das ich in den letzten zwei Jahren, seit ich mich auf der Insel aufhalte, immer weiter perfektioniert habe.

Am Tisch neben mir sitzt ein alter Spanier mit einem langen, grauen Bart. Ein Basthut sitzt leicht schräg auf seinem Schädel, und ein Zeichenbrett liegt auf seinem Schoß. Mit einer Feder skizziert er die Fassade des Gebäudes direkt gegenüber. Das Mauerwerk ist in Gelb und Orange gehalten, während die Fensterläden im gleichen Grün gestrichen sind wie diejenigen an der Placa Mayor. Die schmalen Balkone werden von schwarzen, kunstvoll geschmiedeten Eisengittern geziert. Nur die knallroten Werbeschilder der deutschen Maklerfirma, die daran befestigt sind, stören das Gesamtbild ein wenig. Ich denke schon eine Weile darüber nach, mir hier im Zentrum eine kleine Wohnung zu kaufen.

Ein älteres Ehepaar sitzt links neben mir. Die Frau hat blonde, kurze Haare und trägt ein weißes Kostüm. Eine goldene Uhr an ihrem linken Handgelenk, für die eine Verkäuferin im Einzelhandel ein halbes Jahr arbeiten müsste, und eine nicht minder wertvolle, goldene Halskette demonstrieren ihren Reichtum, den sie nicht unbedingt zu verbergen sucht.

Die Haare des Mannes sind weiß, am Hinterkopf befindet sich eine lichte Stelle. Er trägt ein rosafarbenes, kurzärmeliges Hemd. Einen gelben Pullover hat er locker über seine Schultern gelegt.

Je ein Glas Champagner steht vor den beiden auf dem Tisch. Sie nippen von Zeit zu Zeit dezent daran, haben sich aber offensichtlich nicht viel zu sagen.

Zwei spanische Schwuchteln kommen Hand in Hand vorbei. Sie sind beide von oben bis unten in Weiß gekleidet. Nur die rote Tasche mit der schwarzen Aufschrift eines sündhaft teuren Herrenausstatters hebt sich von der einfarbigen Erscheinung der beiden Süßen ab.

Einige Meter von meinem Platz entfernt steht ein junger Baum. Vier Holzbänke, die dringend einen frischen Anstrich gebrauchen könnten, sind um den dünnen Stamm aufgestellt. Auf einer der Bänke sitzt eine

Frau, die mir irgendwie bekannt vorkommt. Ihre Augen sind rot angelaufen. Offensichtlich hat sie geweint. Ich erkenne das lange Kleid wieder, dann beeindruckt mich erneut ihre Oberweite. Ich warte noch einige Minuten, um festzustellen, ob ihr Mann irgendwo auftaucht. Ihre kleine Tochter, die meinen Hund so mochte, ist nicht zu sehen.

Plötzlich geht ein Zucken durch ihren Oberkörper, und sie beginnt zu schluchzen. Ich stehe auf und gehe die wenigen Meter zu ihr hinüber, dann berühre ich sie mit meiner Hand sanft an der rechten Schulter. Sie fährt erschrocken herum. Vielleicht hat sie ein wenig die Hoffnung, dass es ihr Mann sein könnte, der sich ihr unbemerkt genähert hat. Ihr Gesichtsausdruck zeigt zunächst Erstaunen, dann erkennt sie mich offensichtlich und gewinnt gleich einen Teil ihrer Selbstsicherheit zurück. Das schließe ich aus dem unverhohlenen Rümpfen ihrer schönen Nase. Die Menschen gehen nun mal in ihrer Beurteilung anderer zunächst von Äußerlichkeiten aus. Warum sollte das jetzt und hier anders sein?

„Kann ich Dir irgendwie helfen?“, frage ich sie und lasse dabei bewusst die förmliche Anrede weg.

„Ich weiß nicht, wie Du mir helfen könntest.“ Zumindest lässt sie sich auf einen Versuch ein.

„Na, zum Beispiel mit einem kühlen Drink“, antworte ich. „Mir hilft ein Cuba Libre immer, wenn es mir nicht so gut geht. Welchen Drink bevorzugst Du denn?“

„Gin Tonic wäre jetzt ganz angenehm“, sagt sie und lächelt tapfer. „Zum Glück habe ich wenigstens genug Geld dabei.“

„Warum müsst ihr Mädels immer zuerst ans Geld denken“, bemerke ich, während sie sich von der Sitzbank erhebt. „Mach Dir darüber mal keine Sorgen, ich habe mehr als genug davon.“

Ihr Blick erscheint mir für einen Moment recht ungläubig. Wahrscheinlich hielt sie mich bisher einfach nur für einen Schnorrer. Als sie aber mein selbstsicheres Lächeln sieht, kommen ihr offenbar erste Zweifel daran, denn ihre Gesichtszüge entspannen sich merklich.

Wir gehen zu meinem Tisch. Sie schaut mit einem unsicheren Seitenblick zu meinem Hund herab, der sich unter einem der Stühle ausgestreckt hat.

„Keine Angst, er beißt genauso wenig wie sein Herrchen“, sage ich. „Entspann Dich einfach.“

Nachdem ich für sie einen Gin Tonic und für mich noch einen Cuba Libre bestellt habe, schweige ich bis wir die Getränke serviert bekommen. Es erscheint mir angemessen, sie noch eine Weile mit ihren Gedanken allein zu lassen. Bis zum ersten Schluck aus ihrem Glas hat sie sich einigermaßen beruhigt.

„Sag mal, Du sitzt hier doch den ganzen Tag rum und bettelst." Ihre weibliche Neugier gewinnt langsam die Oberhand über ihre Verzweiflung, in der sie sich noch vor einigen Minuten befand. „Ist das so lukrativ, dass Du an den teuersten Stellen von Palma fremde Frauen zu Drinks einladen kannst?"

„Nun ja, alleine von meinen beschränkten musikalischen Fähigkeiten könnte ich sicher nicht leben."

„Wovon lebst Du dann? Du trägst zwar schäbige Klamotten, aber Du siehst nicht so aus, als würdest Du Tag und Nacht auf der Straße leben. Deine Hände sind sehr gepflegt, Dreckkrusten auf Deiner Haut kann ich ebenfalls nicht sehen."

„Alle Achtung, Du schaust schon sehr genau hin. Vor einigen Stunden hast Du Dir nicht so viel Mühe gemacht."

„Da hast Du wohl Recht. Ich hätte mich halt näher an Dich herantrauen müssen, um zu bemerken, dass Du nicht derjenige bist, für den Du Dich ausgibst." Sie nimmt noch einen tiefen Schluck aus ihrem Glas.

„Du siehst also, dass es mir wahrscheinlich zurzeit viel besser geht als Dir. Willst Du mir erzählen, was passiert ist?"

Sie schaut intensiv in meine blauen Augen. Ich fühle mich stark genug, um ihrem Blick standhalten zu können. Das liegt aber auch daran, dass ich nicht nur Neugier darin zu erkennen meine.

„Wir haben den Fehler gemacht, zu glauben, dass diese Insel auch gescheiterte Ehen kitten kann", sagt sie schließlich und nippt an ihrem Glas, während wieder Tränen in ihre schönen, grünen Augen schießen.

Ganz sanft berühre ich ihren Unterarm, mit dem sie krampfhaft ihr Glas festhält. „Ich heiße übrigens Nico", sage ich, um überhaupt etwas zu sagen. „Du solltest zumindest wissen, wie der Mann heißt, dem Du Dinge erzählst, die nicht unbedingt jeden etwas angehen, oder?"

„Ich bin Marina", informiert sie mich nach einer halben Ewigkeit, in der sie wohl überlegt hat, ob sie nicht doch noch vor mir weglaufen soll.

„Wenn Du willst, kannst Du mir gerne erzählen, was passiert ist. Ich habe viel Zeit."

Nun zögert sie nicht mehr. „Ich glaube, dass ich heute ebenfalls eine Menge Zeit habe. Wir haben uns wieder einmal fürchterlich wegen einer Lappalie gestritten. Bert, mein Mann, wollte nicht einlenken und ich auch nicht. Da hat er Manuela, unsere Tochter, an die Hand genommen und beschlossen, dass sie sofort zurück ins Hotel fahren. Ich blieb stur und habe gesagt, dass ich auf keinen Fall mitkommen werde. Ich wollte mit meiner Wut einfach nur allein sein. Manuela kennt das schon von mir. Deshalb war sie auch nicht völlig verstört, wie man es von einem Mädchen ihres Alters wegen eines elterlichen Streits eigentlich erwarten müsste. Bis später, Mama, hat sie noch zu mir gesagt, bevor sie gegangen sind. Es war ein Fehler, auf diese Insel zu kommen. Vor acht Jahren haben wir unsere Hochzeitsreise hierher gemacht und wollten in unserem Hotel von damals das wieder finden, was wir in den letzten Jahren verloren haben. So einfach ist das."

„Ich weiß, dass Ihr nicht die einzigen seid, die von dieser Insel wahre Wunder erwarten", sage ich nach einer kurzen Pause. „Leider passieren sie aber nur recht selten. Besser ist es allemal, seinem Glück selber ein wenig auf die Sprünge zu helfen."

„Wie meinst Du das?"

„Keine Umgebung der Welt wird ein Problem lösen, dass wir uns selber geschaffen haben. Da kann sie so schön sein, wie sie will. Für mich ist der Wechsel in ein anderes Land immer nur eine Flucht vor den Problemen Zuhause."

„Und was machst Du hier? Warum bettelst Du ausgerechnet hier im Urlaubsparadies? Ist es hier etwa einfacher als in Hamburg oder München? Wovor bist Du weggelaufen?"

„Das sind aber viele Fragen auf einmal, Mädchen." Ich bin erfreut über ihr Interesse, zumal ich sie von ihren eigenen Problemen ablenken kann, was durchaus in meinem Sinne ist. „Ich will Dir ja alles erzählen, aber das wird etwas Zeit brauchen. Ich würde mich gerne duschen und frische Sachen anziehen. Dann können wir auch etwas essen gehen, wenn Du willst. Ich lade Dich ein."

Sie schaut mich mit ihren schönen Augen an. Ihre Verwunderung macht diese Frau noch reizvoller. „Sag mal, wer bist Du eigentlich? Du bist doch kein Penner, wie Du es allen hier vormachen willst."

„Lass Dich überraschen", antworte ich und versuche, durch diese Andeutung ihre Spannung noch einmal zu erhöhen. „Wenn ich mich in meinem Hotelzimmer ein wenig frisch gemacht habe, erzähle ich Dir, was Du wissen willst."

„In deinem Zimmer? Du wohnst in einem Hotel? Habe ich Dich eben richtig verstanden?"

Ich lächle sie an und lasse mir Zeit mit der Antwort. „Ich sagte doch, dass Du Dich einfach überraschen lassen sollst."

Während wir durch enge Gassen in Richtung Hafen gehen, sage ich nichts. Einer der Jungs, denen es wirklich schlecht geht, sitzt in einem Hauseingang. Er kann nicht mal Blockflöte spielen. Ich hole meine Tageseinnahmen aus der Hosentasche und drücke sie der armen Sau in die Hand. Aus den Augenwinkeln heraus beobachte ich die Reaktion der faszinierenden Frau, die neben mir hergeht. Sie scheint sich überhaupt nicht über mein Verhalten zu wundern.

Ab und zu schaut sie mich an, als könne sie an meinem Gesicht ablesen, mit wem sie es zu tun hat. Bisweilen werden ihre Augen ein wenig feucht. Offensichtlich kämpft sie innerlich immer noch mit sich um die Entscheidung, ob sie einfach ein Taxi nehmen und zu ihrem Mann und ihrer Tochter fahren soll. Die Neugier auf meine Geschichte und die Wut über das Verhalten ihres Mannes siegen aber letztlich. Kurz bevor wir mein Hotel erreichen, bricht sie ihr Schweigen.

„Hör mal, ich will heute Nacht auf keinen Fall zurück zu meinem Mann. Ich weiß, dass meine Tochter bei ihm in guten Händen ist. Er ist zumindest ein liebevoller Vater, auch wenn er als Ehemann nichts taugt. Ich möchte Manuela unbedingt anrufen, damit sie sich keine Sorgen machen muss. Es sollte mich nicht wundern, wenn Du in Deinem Beutel auch ein Handy versteckt hast."

Wer sagt's denn, denke ich triumphierend und lächle sie dabei verständnisvoll an. Sie weiß offenbar genau, was sie will. Ob ich in ihrer Überlegung dabei lediglich als Notlösung fungiere, ist mir in diesem Augenblick nicht wichtig. Dafür gefällt mir die Frau einfach zu gut.

Als ich ihr mein Handy reiche, streiche ich mit meinem Zeigefinger über ihren schlanken Handrücken. Sie schaut mich schweigend an, dabei huscht aber der Ansatz eines Lächelns über ihr Gesicht.

Während sie telefoniert, gebe ich Rambo am Empfang ab. Der Kasten hat immerhin vier Sterne. Man wird sich über die Nacht um meinen Kameraden kümmern. Ich konnte den Manager nicht davon überzeugen, dass ich das Tier mit in meine Suite nehmen darf.

„Dieses Arschloch", ist das erste, was Marina zu mir sagt, als sie das Telefonat beendet hat. Ihr schönes Gesicht ist vor Wut wieder rot angelaufen. Sie kämpft erneut mit den Tränen. Ich nehme sie in den Arm und halte sie ganz fest, ohne etwas zu sagen. Sie klammert sich an mich, weint aber nicht.

„Er will sich morgen um einen Rückflug kümmern, wenn ich nicht sofort in unser Hotel nachkomme. Er wollte nicht, dass ich mit unserer Tochter spreche. Es reicht mir endgültig."

„Wenn Du willst, hole ich Dir ein Taxi. Vielleicht solltest Du die Angelegenheit sofort regeln", mache ich noch einen zaghaften Vorschlag, dessen Umsetzung aber nicht unbedingt in meinem Interesse liegt.

„Ich habe mich entschieden", antwortet sie ohne zu zögern. „Was zu besprechen ist, kann auch noch bis morgen warten. Das Problem läuft mir jetzt nicht mehr weg. Außerdem soll der Scheißkerl schon mal einen Vorgeschmack auf das bekommen, was ihn in Zukunft erwartet." Sie hält mich weiter fest umklammert und schaut mir dabei tief in die Augen. „Ich bleibe heute Nacht hier in Palma, mit Dir oder ohne Dich."

Mit dem Verlauf dieser Geschichte bin ich bisher äußerst zufrieden, versuche aber, ihr durch meine Mimik nicht unbedingt zu verraten, was mir wirklich durch den Kopf geht. „Ich kann Dich für Deinen Mut nur bewundern", sage ich zu der Frau, die ich erst seit gut zwei Stunden kenne.

Ich komme schneller zum Ziel, als ich zu hoffen gewagt hatte. Marina ist völlig begeistert von dem alten Herrenhaus, in dem sich das Hotel befindet. Die luxuriöse Umgebung trägt dazu bei, dass sie sich schneller entspannt, als ich es erwartet hatte.

Ich habe uns über den Zimmerservice eine Flasche Sekt bestellt, bevor ich unter die Dusche springe. Jetzt genieße ich das wohlige Gefühl des lauwarmen Wassers auf meiner Haut. Ich überlege noch, ob ich mir zur Entspannung einen runterholen soll, als ich Marinas Hände auf meinem Rücken spüre. Ich liebe Frauen, die wissen, was sie wollen, denke ich, als ich mich langsam umdrehe. Sie steht nackt vor mir und lächelt mich an. In den nächsten Minuten merke ich zu meiner Begeisterung, dass ihr Mann sie seit langer Zeit sexuell sträflich vernachlässigt haben muss. Ich bin ihm ehrlich dankbar dafür, verstehen kann ich ihn aber nicht.

Wir liegen angenehm erschöpft auf dem riesigen Doppelbett. Sie gibt mir zu verstehen, dass sie noch lange nicht genug hat. Mir geht es genauso. Wir sind uns daher schnell einig, dass wir vorerst das Zimmer nicht verlassen wollen. Über das Haustelefon bestelle ich uns etwas zu essen. Bis der Zimmerservice die ausgewählten Leckereien liefert, genießen wir beide schweigend das Gefühl der Befriedigung, vielleicht auch Erleichterung.

Später essen wir ein paar Happen, lächeln uns ab und zu an und haben gar keinen Drang nach Konversation. Erst als wir beide einigermaßen satt sind, nimmt sie das Gespräch wieder auf. „Nun erzähl mir mal, wer Du wirklich bist." Die weibliche Neugier lässt sich halt nur eine Weile unterdrücken.

„Ich glaube, dass ich einfach nur Glück gehabt habe", antworte ich, während ich mit den Fingern meiner rechten Hand zärtlich ihren Rücken streichle.

Sie liegt mit dem Kopf auf meiner Brust und bearbeitet mit ihren langen Fingernägeln langsam die Innenseiten meiner Oberschenkel. „Hast Du im Lotto gewonnen?", fragt sie mich.

„Das nimmst Du nicht im Ernst an, oder?“

„Natürlich nicht, nun lass Dir doch nicht alles aus der Nase ziehen.“

„Der liebe Gott oder wer auch immer hat mich geistig so ausgestattet, dass mir in der Schule alles zuflog. Ich brauchte mich nicht ernsthaft anzustrengen, um mein Abitur mit Bestnoten abzuschließen. Besonders hatten es mir die Naturwissenschaften angetan. Ich studierte Chemie und entwickelte in meiner Freizeit ein Lösungsmittel, für das ich ein Patent anmeldete. Damit hatte ich finanziell ausgesorgt. Das ist nun fast fünfzehn Jahre her. Seitdem brauche ich mich aus wirtschaftlichen Gründen in meinem Leben nicht mehr anzustrengen. Eigentlich lief die ganze Angelegenheit wie von selber. Ich würde das schon irgendwie auch als Glück bezeichnen. Andere Menschen strecken sich ihr Leben lang, um sich ein Häuschen am Stadtrand zu erarbeiten, oder nehmen sogar einen Kredit auf, um ein paar Tage auf dieser Insel verbringen zu können. Mir ist alles zugeflogen. Klingt wie ein Märchen, ist aber so.“

„Bis hierher kann ich Dir ja noch folgen, aber was soll Deine tägliche Show auf der Straße? Dass es nicht chronischer Geldmangel sein kann, ist mir ja nun längst klar.“

„Weißt Du, wenn Dir schon als junger Mensch alles zufliegt, erreichst Du irgendwann einen Punkt, an den andere vielleicht nie in ihrem Leben kommen. Du hast alles, aber irgendwie fehlt Dir trotzdem etwas. Frauen, Partys, Geld, alles schön und gut. Ich wollte einfach sehen, wie das ist, kämpfen zu müssen.“

„Das hört sich ja ganz toll an“, gibt sie sich noch nicht zufrieden. „Aber was hat das Luxusleben am Abend denn mit Kampf zu tun? Dein Kollege, dem Du vorhin Deine ganzen Tageseinnahmen gegeben hast, wird jetzt wohl kaum in einer Suite liegen und es sich gut gehen lassen.“

Ich muss lachen. „Die Antwort ist doch ganz einfach. Ich bin auch nur ein Mensch. Die Erfahrungen und Eindrücke, die ich am Tag auf der Straße sammle, reichen mir völlig aus. Das ist zwar nicht konsequent, aber dafür ehrlich.“ Mein kleiner Freund erwacht aufgrund Marinas manueller Zuwendung zu neuem Leben.

„Passiert Dir so etwas wie heute nacht öfter?“, will sie von mir wissen.

Ich habe mit dieser Frage gerechnet. Sie ist nicht die erste Frau, die sie mir stellt. „So etwas wie mit Dir habe ich noch nie erlebt“, antworte ich. Dabei bemühe ich mich, so glaubhaft wie möglich zu klingen, weil ich denke, dass sie es gerne hören möchte.

Sie muss lachen. „Du bist ein charmanter, aber ein schlechter Lügner.“

Ich bin von dieser Frau absolut begeistert, nicht nur sexuell. Jede Minute mit ihr koste ich voll aus, weil ich weiß, dass ich sie wahrscheinlich nach diesem Erlebnis nicht mehr wiedersehen werde. Als ich nach nur wenigen Stunden Schlaf die Augen öffne, steht sie schon unter der Dusche. Ich stelle durch einen Blick auf den Wecker auf meinem Nachttisch fest, dass es kurz vor neun ist.

Ich warte, bis Marina, die lediglich mit einem Handtuch um ihre nassen Haare bekleidet ist, aus dem Bad kommt. Den Anblick ihrer überaus erregenden Körperformen sauge ich in mich auf, als würde ich ein Foto machen.

Sie streichelt mein Gesicht und schaut mich für eine Weile schweigend an. „Ich weiß, was Dir durch den Kopf geht, aber ich muss gehen. Ich habe keine Ruhe mehr", spricht sie das aus, was ich schon befürchtet hatte.

„Der Rausch ist verflogen, willst Du das sagen?"

„Es war wunderbar, das hast Du sicher heute Nacht gespürt", sagt sie und sorgt damit für die Befriedigung meiner männlichen Eitelkeit, die ich dringend benötige.

„Ich kann das Kompliment nur an Dich zurückgeben. Dein Mann wird womöglich eine wunderbare Frau verlieren." Ich bedaure den Kerl wirklich ein wenig.

„Ich werde mich jetzt anziehen und mir dann ein Taxi nehmen. Ich muss die Sache zuende bringen, auch wenn ich am liebsten bei Dir bleiben würde."

Mein letzter Versuch, sie noch umzustimmen, scheitert leider. Sie lässt meine zärtlichen Berührungen nur für ein paar Sekunden zu, dann schiebt sie sanft meine Hand weg und steht auf. Ein wenig enttäuscht bleibe ich liegen und schaue ihr beim Anziehen zu.

„Was auch immer bei Euch schief gelaufen ist, Ihr müsst herausfinden, was genau es war, damit der nächste Versuch besser läuft."

Sie lächelt gequält. „Das ist wirklich ein lieber Versuch, mir zu helfen. Die Nacht mit Dir lässt mich nun viele Dinge klarer sehen. Das ist Dein Beitrag zur Lösung meines Problems. Insofern kannst Du auch ein wenig stolz auf Dich sein." Mir ist nicht ganz klar, was sie meint.

Als sie sich angekleidet hat, kommt sie noch einmal zu mir ans Bett und gibt mir einen langen Kuss. "Haben wir uns heute Nacht nicht gegenseitig dabei geholfen, dass wir jeweils das Glück bekommen, das wir uns vorstellen?", fragt sie mich schließlich.

Verdammt, wenn ich mich nicht sofort zusammenreiße, werde ich auch noch sentimental. Ich will aber nicht, dass sie das merkt, obwohl mich das Gefühl beschleicht, dass sie sich heute Morgen besser fühlt als ich.

„Ich wünsche Dir wirklich, dass Du die Dinge so regeln kannst, wie Du es Dir jetzt vorstellst“, sage ich und meine es ehrlich. Trotzdem fällt mir dieser Abschied schwerer, als ich es gewohnt bin.

„Mach es gut und denk ab und zu an mich.“ Mit diesen Worten steht sie auf und geht aus dem Zimmer, ohne sich noch einmal umzuschauen.

Irgendwie fühle ich mich gar nicht gut. Ich liege auf meinem Bett und starre eine ganze Weile an die Decke. Es hätte nur noch gefehlt, dass sie mir ein paar Scheine auf den Nachttisch gelegt hätte, denke ich unvermittelt.

Als ich mich in meinem Straßenoutfit und Rambo an meiner Seite Richtung Placa Mayor bewege, habe ich immer noch das Gefühl, dass ich heute Nacht ausgenutzt worden bin. Das ist eine Empfindung, mit der ich noch vor wenigen Stunden überhaupt nicht gerechnet hätte. Stattdessen muss ich mir eingestehen, dass ich gerne noch ein paar Tage mit Marina verbracht hätte. Vor kurzem war ich noch sicher, dass für mich alles nach Plan lief. Jetzt fühle ich mich irgendwie als Verlierer.

Apathisch setze ich mich auf meinen Stammplatz an der Placa. Es ist bereits später Vormittag, und die ersten Touristen suchen sich Plätze vor den Restaurants, um zu Mittag zu essen. Ich bin überhaupt nicht in der Stimmung, mein Instrument zu bearbeiten. Unweigerlich stelle ich mir vor, wie Marina gerade mit ihrem Mann Klartext redet. Oder hat sie heute Nacht erkannt, dass sie von ihm doch nicht loskommt? Ich werde es wohl nie erfahren.

Hätte ich mich besser gefühlt, wenn sie heute morgen völlig die Fassung verloren hätte, wenn sie mich vielleicht sogar angebettelt hätte, sie bei mir zu behalten, wie ich es in der Vergangenheit von Frauen anderen Kalibers nicht selten erlebt habe?

In diesem Augenblick frage ich mich, was ich eigentlich hier zu suchen habe. Ich tue so, als sei ich die ärmste Sau der Welt, dabei mache ich eigentlich nur Experimente mit Netz und doppeltem Boden. Bis vor wenigen Stunden dachte ich, dass ich alles unter Kontrolle habe, dass ich wirklich weiß, was ich will. Eigentlich habe ich bisher ein Zwitterdasein geführt.

Marina hat dagegen eine Entscheidung getroffen, wie auch immer sie ausgefallen sein mag. Dabei ist sie in einer viel schwierigeren Situation als ich. Frauen wie sie trifft man leider nicht jeden Tag. Ich fühle mich in diesen Minuten, als hätte ich die Chance auf das große Glück in meinem Leben völlig vermasselt.

„Junger Mann, wollen Sie uns nicht etwas vorspielen?"

Ich brauche einen Augenblick, um aus meiner Gedankenwelt in die Wirklichkeit zurückzukehren. Dazu muss ich mir die Augen reiben, um wieder klar sehen zu können.

Vor mir steht eine Reisegruppe, die ausschließlich aus Senioren besteht. Eine der alten Damen hat mich offensichtlich angesprochen. Sie steht nur einen halben Meter entfernt von mir und lächelt mich mit ihrem übertrieben geschminkten und leicht aufgedunsenen Gesicht an.

Ich überlege einen Augenblick, was ich tun soll. Dann versuche ich, meiner Blockflöte eine Melodie zu entlocken, bekomme aber außer einem traurigen Fiepen keinen Ton heraus.

„Ich kann heute nicht spielen, tut mir leid", sage ich recht sanft, obwohl ich eigentlich heftiger reagieren wollte.

„Jeder hat mal einen schlechten Tag", versucht mich die Alte zu trösten. Der Versuch ist ja ganz nett, hilft mir aber nicht, mich grundlegend besser zu fühlen. Sie beugt sich zu meinem Hut herunter und wirft eine Zwei-Euro-Münze hinein. „Mehr kann ich mir bei meiner spärlichen Rente nicht leisten", entschuldigt sie sich auch noch bei mir.

Ich kann einfach nichts dazu sagen und nicke nur, was sie aber offensichtlich als ausreichende Dankesgeste deutet.

„Dann mach es mal gut, mein Junge", sagt sie, bevor sie in einem seltsamen Watschelgang hinter ihrer Reisegruppe her trottet, die von einer kleinen, energischen Spanierin bereits weitergetrieben wurde. Sie hält einen gelben Regenschirm hoch, damit sie für alle Mitglieder ihrer Gruppe weithin sichtbar ist.

Ich bleibe noch eine Weile tatenlos sitzen. Schließlich stehe ich auf und packe mein hölzernes Instrument für immer in den Stoffbeutel. Rambo wundert sich, dass es schon weitergeht. Er hatte es sich eben erst richtig gemütlich gemacht.

Schmerzen

Wieso gibt das gutmütige alte Mädchen diesem Penner auch noch Geld, frage ich mich unweigerlich, als ich mich umschaue, um zu sehen, wo Herta bleibt.

Der ungepflegte junge Mann sitzt apathisch da und ist auch noch zu faul, seine Flöte zu spielen. Unsereiner hat sein Leben lang schwer gearbeitet, um sich von seiner Rente wenigstens ab und zu eine Reise wie diese leisten zu können, und der junge Kerl ist nicht in der Lage, sich sein Geld auf ehrliche Art und Weise zu verdienen. Zu meiner Zeit hätte es das nicht gegeben. Dem hätten sie schon beigebracht, seinen Hintern in Bewegung zu setzen.

Ich bekomme gerade noch mit, wie Herta eine Münze in seinen Hut wirft und ihm irgendetwas sagt. Ich bin zwar schon ein ziemlich alter Kerl, wie alle anderen aus unserer Gruppe, leide aber noch nicht, wie viele in meinem Alter, unter Schwerhörigkeit. Trotzdem kann ich natürlich auf die Entfernung von gut dreißig Metern nicht hören, was sie dem tatenlosen Musiker zu sagen hat.

Herta trägt ein helles weites Sommerkleid. Es kann aber nicht ganz verbergen, dass ihr Körper weit von Idealmaßen entfernt ist. Trotzdem bewegt sie sich in einem für mich recht erstaunlichen Tempo über den Platz. Ich bleibe stehen, bis sie schwer atmend bei mir angekommen ist, um ihr deutlich meine Meinung zu sagen.

„Wenn Du solchen Faulpelzen weiterhin Geld zusteckst, brauchen wir uns nicht zu wundern, wenn wir bald die Jugend finanzieren müssen, und nicht umgekehrt, wie es eigentlich sein sollte."

„Lass mich doch", entgegnet Herta immer noch ein wenig keuchend. „Weißt Du denn, warum der arme Kerl da sitzt und betteln muss? Vielleicht hat er einen schweren Schicksalsschlag hinter sich."

„Das mag ja alles sein, aber deswegen ist er körperlich immer noch sehr gut in der Lage, mit seinen Händen sein täglich Brot zu erarbeiten."

Während dieses kleinen Disputes haben wir den Anschluss an unsere Reisegruppe verloren. Die spanische Reiseführerin scheint es mächtig eilig zu haben. Wir bekommen aber kein Problem, in dem Gewirr aus Touristen, die in alle Richtungen über den Platz strömen, unsere Gruppe wiederzufinden. Der leuchtend gelbe Schirm, den die Spanierin als Orientierungshilfe über ihrem Kopf schwenkt, ist auch für diejenigen unter uns von weitem gut zu erkennen, die bereits mit altersbedingter Sehschwäche zu kämpfen haben.

Ich würde sagen, dass sich meine eigenen körperlichen Einschränkungen einigermaßen in Grenzen halten, weshalb ich auch noch recht gut zu Fuß bin. Nur beim Sitzen habe ich einige Probleme.

Aufgrund Hertas nicht zu überhörender Atemnot läuft ihr Kopf hochrot an. Bei anderen Teilnehmern unserer Reisegruppe hätte ich mir jetzt ernsthafte Sorgen gemacht, da hier auf dem windgeschützten Platz eine sengende Hitze herrscht. Ich konnte jedoch während der diversen Besichtigungen, die wir in den letzten Tagen gemeinsam hinter uns gebracht haben, feststellen, dass das alte Mädchen zäher ist, als es aussieht. Wir schließen so zügig, wie es ihre dicken Beine zulassen, zu unserer Gruppe auf, die sich gerade in Richtung Westen von der Placa Mayor entfernt.

Eine breite Steintreppe führt hinunter auf die Placa Riera, wo unser Bus schon auf uns wartet. Natürlich gibt es den einen oder anderen unter uns, dessen Knochen nach einem langen Arbeitsleben erheblich abgenutzt sind. Denen kommt der gläserne Fahrstuhl, der sich direkt neben der Treppe befindet, sehr gelegen. Daneben gibt es aber auch Altersgenossen unter uns, die jede Art von Bewegung möglichst vermeiden wollen. Wir haben erst vor einer Viertelstunde unser Mittagessen in einem der Straßenrestaurants an der Placa Mayor eingenommen, sodass es keinem von uns schaden würde, wenn er sich ein wenig bewegt, bevor wir wieder im Bus sitzen müssen. Das sehen aber gerade die Kollegen und Kolleginnen, die sich durch eine überdurchschnittliche Körperfülle hervortun, ganz anders.

Mir graut es jetzt schon vor der Fahrt, weil mir meine Hämorrhoiden ernsthaft zu schaffen machen. Ich gehöre beileibe nicht zu den Vertretern meiner Altersklasse, deren Lieblingsbeschäftigung es ist, in der Öffentlichkeit ausgiebig über körperliche Beschwerden, vor allem natürlich über die eigenen, zu diskutieren. Die Schmerzen beim Sitzen sind aber weiß Gott kein Zuckerschlecken.

„Sie haben ungefähr eine halbe Stunde Zeit, sich auszuruhen“, informiert uns unsere Reisebegleiterin. „Wir fahren nun weiter nach Valldemossa. Freuen Sie sich schon mal auf eines der schönsten Dörfer der Insel.“

Die kleine Spanierin hat lange, schwarze Locken. Zu einer weißen Bluse trägt sie eine dunkelblaue, eng anliegende Hose, wodurch recht wohlgeformte Beine und ein knackiger Hintern zu erkennen sind. Entweder hält sie sich regelmäßig durch Sport fit, oder die Strapazen ihres Jobs sorgen für diesen äußerst angenehmen Anblick. Die Formen der meisten Damen in unserer Gruppe sind dagegen weniger dazu angetan, den Casanova in den männlichen Teilnehmern zu wecken.

Wenn wir nachher in diesem Dorf angekommen sind, werde ich unsere attraktive Reiseführerin mal ein wenig umwerben. Wer sagt eigentlich, dass sich solch ein Versuch in meinem Alter nicht mehr gehört? Vorher muss ich aber die Fahrt überstehen.

Unsere Gruppe ist mehr oder weniger zufällig zusammen geführt worden und setzt sich aus Gästen verschiedener Hotels an der Ostküste zusammen. Wir haben das Angebot unseres Reiseveranstalters angenommen, durch einen Tagesausflug etwas mehr von der Insel zu sehen als die unmittelbare Umgebung unseres Hotels in Cala Ratjada. Den einen oder anderen Mitreisenden habe ich allerdings während des Aufenthaltes auf Mallorca bereits etwas näher kennen gelernt.

Wir fahren auf der Straße 111, die direkt nach Valldemossa führt. Wir haben das Stadtgebiet von Palma noch nicht verlassen, aber mein Hintern brennt schon wieder wie Feuer. Ich müsste dringend austreten. Das ganze ist mir ziemlich peinlich, darum versuche ich, gegenüber meinem Nachbarn so zu tun, als könnte ich die Fahrt genießen. So unauffällig wie möglich ändere ich in regelmäßigen Abständen meine Sitzposition, um mir etwas Linderung am Gesäß zu verschaffen, obwohl ich aus leidiger Erfahrung weiß, dass diese Maßnahme mir auch nicht grundlegend weiter hilft.

Hans sitzt neben mir am Fenster und ist um die 75 Jahre alt. Er hat mir neulich beim Abendessen erzählt, dass er Werksleiter im Bergbau irgendwo im Ruhrpott war. Er sieht noch ziemlich rüstig aus und ist ein ganz netter Kerl.

„Sag mal Willi, wie hieß noch mal die Stadt, durch die wir hier gerade fahren?“, fragt er mich. Würde ich ihn nicht schon seit ein paar Tagen kennen, müsste ich mich über seine Frage einigermaßen wundern. Sein Kurzzeitgedächtnis muss mittlerweile völlig den Geist aufgegeben haben.

„Palma“, gebe ich in relativ lautem Tonfall geduldig zur Antwort. Er hat mich im Flieger, in dem ich zufällig neben ihm saß, ungefragt darüber informiert, dass er ein wenig schwerhörig ist. Diese eigene Beurteilung seiner eingeschränkten Hörfähigkeit ist allerdings maßlos untertrieben, denn manchmal habe ich das Gefühl, dass er beinahe taub ist. „Das ist die Hauptstadt der Insel. Ist eine schöne Stadt, nicht wahr?“, füge ich in guter Absicht noch hinzu.

„Was hast Du gesagt?“

Diese Frage kommt für mich zwar nicht unerwartet, trotzdem bin ich nun doch leicht genervt. Ich zwinge mich aber zu einem weiteren Versuch, die abgefragte Information an den Mann zu bringen.

„P-a-l-m-a, die Hauptstadt von M-a-l-l-o-r-c-a.“ Ich betone jeden Buchstaben einzeln und hoffe, dass er zumindest Teile des Gesagten von meinen Lippen ablesen kann.

„Ja, ja, ich hab ja schon verstanden“, erwidert Hans, der meine Bemühungen nun wieder übertrieben findet.

„Du brauchst mit dem Kerl aber nicht zu reden, als sei er geistig zurückgeblieben“, bekomme ich von Gitti eine verbale Breitseite. Sie sitzt auf der anderen Gangseite neben mir, ist 69 Jahre alt und die beste Freundin der dicken Herta, die wiederum neben ihr am Fenster Platz genommen hat.

„Ist ja schon gut“, sage ich, dann rutscht mir zu meinem Ärger doch ein Satz über meine eigenen Nöte raus. „Ich habe es halt mit meinem brennenden Hintern nicht ganz einfach und bin deshalb vielleicht ein wenig gereizt.“

Ich hätte mir denken müssen, dass meine Äußerung unweigerlich eine Jammer-Litanei der anderen Passagiere zur Folge haben würde. Was mich aber noch viel mehr beschämt, ist die Tatsache, dass wir uns in einer der ersten Reihen hinter dem Fahrer befinden. Neben ihm sitzt nämlich die attraktive Spanierin. Natürlich hat sie meine Beschwerde gehört, die alles andere als schmeichelhaft für mich ist. Daher schickt sie mir einen bedauernden Blick zu. Mitleid und Hämorrhoiden sind bestimmt keine gute Basis für einen erfolgversprechenden Annäherungsversuch. Ich versuche zu retten, was noch zu retten ist.

„Es geht aber schon wieder, man gewöhnt sich halt an alles“, sage ich mit fester Stimme, um möglichst tapfer zu wirken. Darüber hinaus bemühe ich mich um ein gewinnendes Lächeln, was ich mir aber letztlich hätte sparen können, denn sie schaut schon wieder nach vorne.

An meiner Stelle greift nun Karl-Heinz, ein 72 Jahre alter ehemaliger Bankangestellter, der direkt vor mir sitzt, das allseits beliebte Thema auf, das ich ungewollt angeschnitten habe. „Mensch Willi“, wendet er sich jammernd an mich, „sei bloß froh, dass Du es noch nicht mit der Prostata hast. Ich könnte schon wieder aufs Klo, will das aber den lieben Mitreisenden nicht zumuten. An so was kannst Du Dich nie gewöhnen.“

„Das glaube ich Dir gerne“, schaltet sich auch Herta in das Gespräch ein. „Das Taubheitsgefühl in meinen Beinen wird immer schlimmer. Ich versuche mich ja zusammenzureißen. Wenn meine Füße aber noch mehr anschwellen, müssen wir anhalten, damit ich mir wenigstens mal kurz die Beine vertreten kann.“

„Mir geht es auch nicht viel besser als Karl-Heinz“, informiert uns Gitti ebenfalls über den Grad ihrer Beschwerden. „Da hat man vier

Kinder auf die Welt gebracht, und das ständige Laufen zum Klo ist das, was man ewig davon übrig behält.“

„Hoffentlich hast Du genug „Tena Lady“ eingepackt“, heuchelt Herta Mitgefühl, aber nur, damit sie bezüglich ihrer eigenen Beschwerden noch einen drauf legen kann. „Leider gibt es gegen die ständigen Wadenkrämpfe, die meine Thrombose zur Folge hat, keine Einlagen.“

„Ja, ja, wenn mir mal wenigstens Einlagen helfen würden“, gibt jetzt auch noch der 77 jährige Josef seinen Senf dazu. Er war Bauunternehmer, bis er die Firma aus Altersgründen an seinen Sohn übergeben hat. Der schaffte es innerhalb von wenigen Jahren, das väterliche Unternehmen in den Sand zu setzen. Jetzt muss Josef mit uns als Pauschaltourist in diesem engen Bus sitzen, anstatt sich von laufenden Pensionszahlungen aus seiner Firma eine Finca leisten zu können, wie er es ursprünglich geplant hatte.

„Unser einer kann noch nicht einmal einen Pups lassen, ohne dass dabei was in die Hose geht“, gibt er von seinem Platz neben Karl-Heinz unappetitliche Details zum besten. „Könnt Ihr Euch vorstellen, wie unangenehm das ist?“

„Wenn Du noch präziser wirst, wird es für alle hier unangenehm“, versuche ich das allgemeine Gejammer zu stoppen, das ich dummerweise selbst in Gang gesetzt habe.

„Wie meinst Du das?“, will Josef völlig pikiert von mir wissen.

„Ganz einfach, was in Deiner Hose vor sich geht, solltest Du in Zukunft im Detail schön für Dich behalten. Erstens sind hier auch Damen anwesend“, dabei schaue ich Beifall heischend nach rechts, von wo mir Herta und Gitti ein aufmunterndes Lächeln schenken. „Und zweitens könnte es sein, dass die Folgen des Kontrollverlustes über Deinen Schließmuskel noch harmlos sind gegen das Drama, was sich hier abspielen wird, wenn ich aufgrund Deiner Schilderungen die Regie über meinen Mageninhalt verliere.“

„Wer den Schaden hat, braucht für den Spott halt nicht mehr zu sorgen“, resigniert Josef, zumal Gitti und Herta nun auch noch gehässig über ihn lachen.

Auch die Reiseführerin amüsiert sich köstlich über meine wohlformulierte Spitze, was meiner Hoffnung neue Nahrung gibt, doch noch ihr Interesse an mir wecken zu können. Ich schätze sie auf zirka fünfzig, sodass der Altersunterschied zwischen uns nur rund fünfzehn Jahre beträgt.

Hans, der von der ganzen Diskussion aufgrund seiner Schwerhörigkeit bisher nichts mitbekommen hat, bemerkt durch das laute Gelächter der Damen, dass er irgendetwas verpasst haben muss. „Was habt Ihr gesagt?“, will er von mir wissen.

Ich winke nur ab, weil ich nicht noch mehr Öl ins Feuer gießen will, indem ich Josefs Gebrechen noch einmal so lautstark auswerte, dass es auch Hans verstehen kann. Er kennt meine Geste schon. Grundsätzlich hat er sich eine gewisse Gleichgültigkeit angeeignet, da sowieso nicht jeder in seinem Umfeld bereit ist, für ihn ständig alles Gesagte zu wiederholen.

Herta und Gitti stellen ihr schadenfrohes Gelächter relativ schnell wieder ein. Meine Hoffnung auf andere Gesprächsthemen löst sich jedoch bald in Luft auf, denn Herta wird sichtlich nervös. Ihr permanenter Bluthochdruck, der durch ihre starren Gefäße hervorgerufen wird, sorgt auch ohne äußere Einflüsse dafür, dass sie ständig aufgeregt ist. Zu ihren geschwollenen Füßen kommen nun auch noch Wadenkrämpfe hinzu, worüber sie ihre Freundin Gitti gerade informiert.

„Normalerweise stellen sich die Beschwerden erst nach ungefähr einer Stunde Fahrt ein, wie Du ja weißt.“ Herta wählt natürlich einen Lautstärke, die sicherstellt, dass wir anderen an ihrem Leiden ebenfalls ausgiebig teilhaben können. „Ich weiß nicht, ob ich es noch bis zu unserem Ziel aushalte“, stöhnt sie und reibt sich ihre schmerzenden Beine.

Ich möchte weiß Gott nicht mit ihr tauschen. Mein Hintern brennt aber mittlerweile dermaßen, dass ich froh bin über das Theater, das Herta veranstaltet. Dadurch muss ich mir nicht die Blöße geben, selbst die Reiseleitung zu bitten, schnellstmöglich eine Toilette anzufahren.

„Junge Frau, es tut mir ja leid, aber ich muss mich dringend mal bewegen“, ruft sie der Spanierin zu.

Diese ist alles andere als erfreut über die ungeplante Unterbrechung der Fahrt, die sich scheinbar nicht mehr verhindern lässt. „Es dauert nur noch gut fünfzehn Minuten, bis wir unsere nächste Station erreichen. Meinen Sie nicht, dass Sie es noch so lange aushalten können?“

Herta kommt gar nicht zu einer Antwort, denn vorher erhält sie unerwartet Schützenhilfe von Josef. „Fräulein, Herta ist nicht die einzige, die dringend eine Pause braucht. Ich müsste unbedingt mal austreten, auch wenn das hier offensichtlich einige äußerst amüsant finden.“ Er hat das gehässige Gelächter der Damen noch nicht ganz verwunden, muss sich jetzt aber zwangsläufig mit einer der Spötterinnen verbrüdern.

„Wenn ich ehrlich bin, geht es mir genauso wie den beiden“, formuliert auch Karl-Heinz den dringenden Wunsch nach einer kurzen Pause.

Die Reiseführerin beugt sich seufzend ihrem Schicksal und gibt dem Busfahrer auf Spanisch eine knappe Anweisung. Wir kommen an der Uni und dann an der Hotelfachschule vorbei. Kurz danach gelangen wir in einen kleinen Ort namens Sesgleieta.

Unmittelbar hinter der Kirche gibt es zu unserem Glück einen Parkplatz. Auf der gegenüber liegenden Straßenseite befindet sich die Bar „Sa Taverna“, die von vielen Mitgliedern unserer Reisegruppe als Rettung in letzter Sekunde angesehen wird. Das kann man aus zahlreichen Seufzern der Erleichterung schließen, die aus allen Ecken des Busses zu hören sind.

Bevor hier die eine oder andere Ladung noch ungewollt in die Hose geht, lenkt der Fahrer den Bus zügig auf den Platz. Da auch ihm die allgemeine Unruhe an Bord nicht entgangen ist, öffnet er bereits die Türen, ehe wir endgültig zum Stehen gekommen sind.

„Hier können Sie ihren Bedürfnissen nachkommen. Ich wäre Ihnen aber dankbar, wenn Sie sich im Interesse der übrigen Fahrgäste ein wenig beeilen würden“, macht die energische Reiseführerin den Erleichterungsbedürftigen unter uns verbal Beine. „Aufgrund unseres engen Zeitplanes geht diese außerplanmäßige Pause leider von der Zeit in Valldemossa ab.“

Diejenigen, die sich dringend auf die eine oder andere Art und Weise Erleichterung verschaffen müssen, interessiert diese Ankündigung nun wirklich nicht. Von verschiedenen Plätzen im Bus ist jedoch dezentes Genörgel zu vernehmen. Nicht alle Passagiere sind mit dieser Pause einverstanden.

Dafür verlassen neben Herta, Gitti, Josef, Karl-Heinz und mir auch einige andere Leidensgenossen zügig den Bus. Sie hatten sich nicht getraut, ihre Beschwerden offen auszusprechen.

Wer gut zu Fuß ist, kann sich als erster seine ganz persönliche Linderung verschaffen. In diesem Fall zählt die gute Erziehung, die ich genossen habe, überhaupt nichts mehr. Ich habe das Gefühl, dass mein Darmausgang jeden Augenblick explodieren kann. Es ist Siesta-Zeit, sodass das einzige Herrenklo in dem dunklen Schuppen zu meinem Glück unbesetzt ist. Ich sitze noch keine Sekunde auf der Schüssel, als es unter höllischen Schmerzen förmlich aus mir herausschießt.

Mein Darm ist in wenigen Augenblicken entleert, nur kann ich das Gefühl der Erleichterung kaum genießen. Mit dem Klopapier reibe ich mir so vorsichtig wie möglich den Ausgang ab. Den Kontrollblick auf das benutzte Papier verkneife ich mir. Ich kann jetzt kein Blut sehen. Außerdem jammert Josef erbärmlich vor der Tür.

„Mensch, beeil Dich bloß, sonst gibt es hier noch ein Riesen-Drama.“ Was denkt der eigentlich, was ich gerade erlebe?

Nebenan auf der Damen-Toilette spielen sich ähnliche Szenen ab, deren Verlauf ich Dank der dünnen Holzwände, die unseren Sanitärbereich von dem der holden Weiblichkeit trennen, deutlich folgen kann.

Herta war trotz ihrer Thrombose schneller als Gitti, die nun ähnlich wie Josef erbarmungswürdig wimmert und ihre Freundin dringend zur Eile ermahnt.

Karl-Heinz, der ebenfalls vor meiner Klotür stehen muss, scheint sich längst in sein Schicksal ergeben zu haben, denn von ihm ist keinerlei Protest zu hören.

Ich versuche, meinem Hintern noch etwas Kühlung zu verschaffen, indem ich kaltes Wasser über das Papier laufen lasse, mit dem ich die Endreinigung der geschundenen Stellen vornehme. Dann öffne ich die Tür und erlöse Josef, der mich fast umrennt, von seiner Not. Ich meine, ein paar feuchte Tropfen auf seiner hellen Hose sehen zu können. Sie befinden sich genau da, wo ich sie auch erwartet hätte.

Das Drama aus Verzweiflung und anschließender Erleichterung zieht sich noch eine ganze Weile hin. Mir geht es schnell besser. Ich gehe zurück zu unserem Bus und warte auf dessen Schattenseite darauf, dass wir weiterfahren können.

Im Osten erhebt sich das Tramuntana-Gebirge, in dem irgendwo unser Ziel liegen muss. Die Spanierin steht einige Meter von mir entfernt und raucht eine Zigarette. Sie zieht ziemlich hektisch daran. Offensichtlich macht sie sich Sorgen um den Zeitplan, der erheblich ins Wanken gerät.

„Es kommt sicher auf ein paar Minuten mehr oder weniger an unserer nächsten Station nicht an, oder?"

„Eigentlich haben Sie ja Recht", antwortet sie und zeigt mir ein sehr ansprechendes Lächeln. „Leider empfinden das aber nicht alle Fahrgäste so. Ich möchte anschließend keine Probleme mit meinem Chef bekommen, weil es Beschwerden gibt. Ihre Landsleute sind nun mal von Natur aus ziemlich ungeduldig."

„Ich muss ehrlich sagen, dass Sie eine sehr charmante Reiseführerin sind. Wenn es Ihnen hilft, werde ich Ihrem Chef gerne davon berichten."

Wir kommen auf einer gut ausgebauten Straße aus dem Tal heraus und fahren den Hügel hinauf, auf dem Valldemossa liegt. Man hat bereits beim ersten Anblick den Eindruck, dass es sich lohnen wird, hierher gekommen zu sein. Wir fahren um das Zentrum des Städtchens herum zum Busparkplatz, der beinahe vollständig belegt ist.

„So, bitte alle aussteigen", ruft die Reiseführerin, nachdem der Fahrer das Gefährt gekonnt in eine der letzten Lücken eingeparkt hat. „Wir haben nicht ganz zwei Stunden Zeit. Schließlich wollen wir uns noch den Sonnenuntergang am Son Marroig gönnen. Vorher ist ein Imbiss in einem sehr romantischen Restaurant direkt an der Steilküste geplant. Lassen Sie also noch Platz in ihren Mägen."

Ich weiß nicht, ob ihr die Ironie in ihrer Äußerung bewusst ist. Wenn man sich die Staturen mancher Passagiere anschaut, muss man zwangsläufig davon ausgehen, dass sie nun direkt das nächste Café ansteuern, um sich mit Kuchen oder Eis zu versorgen. Die Befürchtung unserer spanischen Führung, dass wir auf der Weiterfahrt noch die eine oder andere unfreiwillige Pause einlegen müssen, ist daher nicht ganz unbegründet.

„Folgen Sie mir bitte, ich werde Ihnen die Sehenswürdigkeiten des Ortes zeigen." Sie spannt wieder ihren gelben Regenschirm auf.

Eigentlich steht mir der Sinn nach einem frischen Bier. Die Hitze macht mir erneut zu schaffen, seit ich den klimatisierten Bus verlassen habe. Wenn ich Hertas knallroten Kopf sehe, muss ich auch ernsthaft um die Reste ihrer Gesundheit fürchten.

„Etwas Bewegung wird mir jetzt gut tun", sagt sie zu ihrer Freundin Gitti und versucht sich an einem tapferen Lächeln.

„Wir können uns ja immer noch abseilen", antwortet Gitti und setzt dabei eine verschwörerische Miene auf.

„Denjenigen unter Ihnen, die sich alleine umschauen möchten, sei gesagt, dass wir uns um 16 Uhr wieder hier am Bus treffen. Seien Sie bitte pünktlich." Die Spanierin scheint ihre Ohren überall zu haben. Diese Fähigkeit ist sicher unerlässlich für ihren Beruf.

Direkt vor dem Parkplatz führt eine Straße, die für Autos gesperrt ist, nach Süden. Rechts und links befinden sich diverse Restaurants, Bars und auch allerlei Läden, in denen man mehr oder weniger sinnvolle Dinge kaufen kann.

Die Häuser sind, wie fast überall auf der Insel, aus hellen Bruchsteinen erbaut. Die hölzernen Fensterläden sind durchgehend dunkelgrün gestrichen. Offensichtlich hat man sich irgendwann auf diese Farbe geeinigt. Die Gassen sind mit Natursteinen gepflastert, die sich in ihrem hellen Farbton dem Mauerwerk der Gebäude anpassen. Schon nach den ersten Metern stelle ich fest, dass man hier vom Boden essen könnte. Die Stadtreinigung funktioniert offenbar einwandfrei.

Die Spanierin beginnt die Führung mit allgemeinen Informationen zur Geschichte des Ortes. Ich gebe schnell meine erfolglosen Versuche auf, Blickkontakt zu ihr herzustellen. Sie hat genug damit zu tun, ihre Schäfchen in dem Gewimmel, das hier herrscht, zusammenzuhalten.

Die Tischreihen vor den gastronomischen Einrichtungen würden ja zum Verweilen einladen, wenn sie nicht beinahe alle besetzt wären.

Zum Glück spendet uns eine Reihe ausgewachsener Bäume ausreichend Schatten, sodass der Spaziergang trotz der Hitze zunächst einigermaßen erträglich ist.

Die Damen in unserer Gruppe sind wie üblich von den unzähligen Boutiquen begeistert. Immer wieder schwärmen einzelne von ihnen aus, um sich die angebotenen Waren genauer anzuschauen. Unsere Reiseführerin scheint kurz vor einem Nervenzusammenbruch zu stehen. Ständig muss sie auf Mitglieder unserer Gruppe warten, die sozusagen vom rechten Weg abgekommen sind. Immer wieder ermahnt sie die Abweichler, ihr doch zügig zu folgen, allerdings nur mit mäßigem Erfolg.

Herta und Gitti schauen sich begeistert die Postkarten auf einem metallenen Ständer an, der sich vor einem der Geschäfte befindet.

„Wie wäre es denn, wenn die Damen sich dieses Städtchen erst einmal in Natura anschauen, statt jetzt schon die Ausstattung ihrer Fotoalben zu planen", mache ich den beiden einen wohlgemeinten Vorschlag.

„Lass uns doch, Willi", bittet Herta mich um Nachsicht. „Ich will meinen Enkelkindern zeigen können, wo wir überall waren. So schöne Fotos können wir mit unseren einfachen Fotoapparaten auf keinen Fall schießen."

„Ich verstehe ja, was Du meinst", antworte ich. „Wenn Ihr aber so weiter macht, hätte es der Kauf eines Bildbandes von Mallorca in einer heimischen Buchhandlung auch getan. Außerdem ist unsere nette Reiseführerin jetzt schon total entnervt, weil wir nur sehr schleppend vorankommen."

Die beiden alten Damen mögen ja körperlich schon ein wenig eingeschränkt sein. Ihre weiblichen Instinkte funktionieren jedoch noch tadellos. Gitti und Herta werfen sich gegenseitig einen verschwörerischen Blick zu und schütteln sich dann gleichzeitig vor Lachen.

„Was ist denn daran so witzig, dass ich unserer spanischen Führung organisatorisch ein wenig unter die Arme greifen will?", mache ich einen kläglichen Versuch, sie auf eine falsche Fährte zu locken.

„Glaubst Du etwa wirklich, dass wir noch nicht bemerkt haben, wie Du der schicken Reiseführerin ständig schöne Augen machst?", fragt Gitti mich.

Ich überprüfe durch einen Kontrollblick über meine rechte Schulter, ob die Spanierin diese Szene mitbekommen hat. Als ich den wedelnden Regenschirm viel weiter vorne über den Köpfen der Menschenmenge sehe, bin ich einigermaßen erleichtert. Natürlich entgeht auch das den beiden Matronen nicht.

„Keine Angst, mein Guter", beruhigt mich Herta. „Wir gönnen Dir doch einen kleinen amourösen Erfolg." Wieder grinst sie ihre Freundin verschmitzt an.

„Allerdings", bestätigt Gitti, „Du solltest Dich weniger um uns, als um Deine Favoritin kümmern, wenn Du heute noch Erfolg haben willst", macht sie mich auf die Tatsache aufmerksam, dass ich schon im wahrsten Sinne des Wortes einiges an Boden verloren habe.

„Wenn Ihr nur ein Wort gegenüber jemand anderem über meine Absichten verliert, drehe ich Euch Täubchen genüsslich die Gurgel um." Mit dieser dezenten Drohung beginne ich meine Aufholjagd durch das Menschengewühl, um wieder zur Spitze der Gruppe aufzuschließen.

Ich erreiche den gelben Regenschirm erst, als wir uns auf der Placa Ramon Llull befinden, von der aus eine steinerne Treppe zur Kartause ansteigt. Meine körperliche Konstitution habe ich um einiges überschätzt, denn ich schwitze fürchterlich und bin auch ziemlich außer Atem.

„Mein Gott, wie sehen Sie denn aus? Sie sind ja knallrot im Gesicht." Die Spanierin scheint sich ernsthafte Sorgen um meine Gesundheit zu machen.

Das Letzte, was ich jetzt gebrauchen kann, ist Mitleid. Ich verfluche die Tatsache, dass ich meinen Hometrainer in den letzten Monaten nur noch als Kleiderständer benutzt habe. Bis zu diesem Augenblick hielt ich mich noch für denjenigen in unserer Gruppe, der körperlich am besten in Schuss ist. Offenbar habe ich dabei die Tatsache übersehen, dass ich einfach nur der Einäugige unter den Blinden bin. Mir läuft vor Scham der kalte Schweiß den Rücken herunter, als ich bemerke, dass einige Mitglieder unserer Gruppe schadenfroh grinsen.

„Sie sollten sich unbedingt dort drüben im Schatten ein wenig ausruhen", setzt die Reiseführerin noch einen drauf, sodass alle meine Hoffnungen endgültig in sich zusammenbrechen. Wahrscheinlich werde ich jetzt auch noch aschfahl im Gesicht. Mein Selbstbewusstsein sinkt auf den Nullpunkt.

„Schauen Sie mal, vor dem Café da drüben wird gerade ein Tisch frei. Wenn Sie sich beeilen, können Sie sich dort bei einem kühlen Getränk ausruhen. Sicher wird der eine oder andere Ihrer Bekannten auch gerne eine Pause einlegen wollen." Ich bekomme keine Gelegenheit, zu widersprechen. Dabei ist jetzt das Letzte, was ich gebrauchen kann, die Gesellschaft von wirklich alten, jammernden Gestalten.

„Meine Damen und Herren, wer von Ihnen sich noch die Kartause ansehen möchte, folgt mir bitte. Die übrigen können sich ja dem Herrn hier anschließen." Sie zeigt dabei auf mich. Ich werde ein ganz klein bisschen zornig. Sie fährt aber ungerührt fort. „Wir kommen später wieder hier vorbei und nehmen Sie mit zurück zum Bus." Danach lächelt sie mich eher besorgt als liebevoll an.

Ich beschließe, mich den Tatsachen zu stellen, zumal mein Hintern wieder fürchterlich brennt. Ich muss dringend auf ein Klo, ob ich will oder nicht.

Ich sitze auf einer Kloschüssel im Café „Sa Cartoixa“ und lasse es ordentlich laufen. Zu meinem Frust kommen auch noch die Schmerzen, an die man sich wohl nie gewöhnt. Ich verschaffe meinem Hintern in erprobter Manier Kühlung.

Natürlich haben sich Josef und Hans die Gelegenheit nicht entgehen lassen, sich ebenfalls von der Gruppe abzuseilen. Sie sitzen zusammen mit Thrombose-Herta draußen an einem Tisch, den wir vor wenigen Minuten ergattern konnten. Gitti entwickelt dagegen heute eine Energie, die ich ihr gar nicht zugetraut hätte. Nachdem sie kurz die Toilette aufgesucht hatte, folgte sie der Gruppe zur Kartause.

Ich lasse mir noch etwas kühles Wasser aus dem Hahn über mein Gesicht und den Nacken laufen. Ein Blick in den Spiegel bestätigt mir, dass sich meine Gesichtsfarbe einigermaßen normalisiert hat. Ich bin ganz zufrieden mit meinem Aussehen, als ich die Toilette wieder verlasse.

An meinem Platz steht bereits ein Glas mit kühlem Bier, als ich zurück an unseren Tisch komme. Ich stoße mit Josef an, der sich auch für den erfrischenden Gerstensaft entschieden hat, nachdem ich mich wegen meiner Sitzprobleme vorsichtig in meinen Korbstuhl gesetzt habe. Dann nehme ich erst einmal einen kräftigen Schluck, worauf sich meine Laune augenblicklich bessert.

Herta und Hans haben eine mächtige Portion Eis bestellt. Unsere füllige Reisegefährtin sorgt dafür, dass sie auf keinen Fall an Gewicht verliert, indem sie auch auf eine standesgemäße Fuhre Schlagsahne nicht verzichtet. Hans hat sich in dieser Beziehung besser im Griff.

Herta sieht meinen missbilligenden Blick, als ich die Sahne auf ihrem Eis unbewusst etwas zu lange mustere. „Heute Mittag in Palma habe ich ja nur einen kleinen Salat gegessen“, teilt sie mir ungefragt mit und wartet dann darauf, dass ich ihr die Absolution erteile. Ich bin aufgrund meiner eigenen körperlichen Probleme in diesem Augenblick gnädig gestimmt und tue ihr den Gefallen. Sie lächelt erleichtert und macht sich gierig über den Turm aus Speiseeis her.

Die spanische Kellnerin hat halblange, blond gefärbte Haare und als Kontrast dazu einen dunkelroten Lippenstift aufgetragen, der aber etwas übertrieben wirkt. Ihre tiefe Männerstimme will nicht so recht zu ihrer besonders fraulichen Figur passen, flößt mir allerdings einigen Respekt ein.

Hans veranstaltet eine recht ansehnliche Sauerei beim Essen. Mit zitternder Hand führt er den kleinen Löffel mit Eis zum Mund und trifft die Öffnung meist nur mit Mühe. Der Anblick seines verschmierten Gesichts verursacht mir einen kleinen Anfall von Übelkeit.

Herta konzentriert sich auf ihren eigenen Essvorgang, dagegen ist Josef genauso angewidert wie ich. Bei dem Versuch, Hans auf die von ihm veranstaltete Sauerei hinzuweisen, bedient er sich jedoch aufgrund der Schwerhörigkeit seines Gegenübers einer erheblichen Lautstärke. Herta wird dadurch urplötzlich aus ihrer Glückseligkeit aufgeschreckt, sodass ihr der mit einer ansehnlichen Portion beladene Löffel, den sie sich gerade in den Mund schieben will, aus der Hand fällt. Er landet in ihrem Schoß und saut ihr helles Sommerkleid mit buntem Eis und Sahne ein.

„Bist Du völlig irre", schnauzt sie Josef an, als sie hektisch mit einer Serviette versucht, den Schaden in Grenzen zu halten.

Der taube Hans ist zumindest nicht blind und wundert sich über Hertas Verhalten. „Ich wusste gar nicht, dass Du auch an dem Parkinson-Syndrom leidest", bemitleidet er sie ehrlich.

Josefs lautstarken Hinweis auf seine verstellte Zieleinrichtung beim Essen hat er offensichtlich nicht gehört, denn Hans macht keine Anstalten, seine Mundwinkel zu säubern. Stattdessen versucht er mit zitternder Hand, einen weiteren Löffel Eis aus der Schale zu fischen.

„Ich wollte doch nur...", Josef kommt nicht dazu, die Rechtfertigung für sein Verhalten zuende zu bringen.

„Ich fahre nie wieder mit so einer Horde seniler Trottel in den Urlaub." Herta ist total verzweifelt, als sie bemerkt, dass sie die kühle Köstlichkeit mit ihrer Serviette nur noch ausgiebiger auf ihrem Kleid verteilt. „Hoffentlich bekomme ich diese Schweinerei mit Wasser wieder heraus." Mit diesen Worten steht sie abrupt auf, um sich zur Toilette zu begeben. Das hätte sie vielleicht etwas überlegter tun sollen, denn wir vernehmen plötzlich einen schrillen Aufschrei. Sie greift sich mit schmerzverzerrtem Gesicht an die umfangreiche Hüfte. Durch die abrupte Bewegung hat sie sich offensichtlich einen Hexenschuss eingefangen.

„Das kann doch alles nicht wahr sein", stöhnt sie und verharrt in halb gebückter Haltung. Vor Verzweiflung und Schmerzen schießen ihr die Tränen ins Gesicht, dessen Farbe in Bruchteilsekunden von entspanntem Blass in ein angestrengtes Rot gewechselt ist.

Josef, der durch seine unüberlegte Äußerung das ganze Drama erst heraufbeschworen hat, ist peinlich berührt, aber genauso hilflos wie ich. Verschämt versuche ich festzustellen, wie die übrigen Gäste reagieren.

Eine sehr ansprechend aussehende Deutsche, die ich auf Ende Dreißig schätze, springt herbei und greift Herta entschlossen unter die Arme. An dem Tisch, von dem die spontane Helferin aufgesprungen ist, sitzen ihr Mann und zwei Jungs, die zwischen 15 und 17 Jahre alt sein mögen. Sie sind an dem Drama durchaus interessiert, bleiben aber passiv.

Herta jault trotz der Hilfsmaßnahme vor Schmerzen und ist nicht in der Lage, ihren Oberkörper vollständig aufzurichten.

„Ich befürchte, dass wir einen Arzt holen müssen“, meint ihre Helferin.

„Nein, lassen Sie das vorerst sein“, bringt Herta unter Mühen heraus. „So etwas passiert mir doch nicht zum ersten Mal. Ich muss mich nur hinsetzen. Wenn ich Glück habe, gibt sich das gleich wieder.“

„Na gut, wenn Sie meinen.“ Die junge Frau hilft der Leidenden, sich wieder in ihren Stuhl zu setzen. „Kann ich noch irgendetwas für Sie tun?“

„Vielen Dank, aber jetzt muss ich einfach eine Weile abwarten.“ Herta quält sich ein tapferes und dankbares Lächeln in ihr hochrotes Gesicht. Dabei reibt sie sich weiterhin die schmerzende Stelle.

„Sicher können Ihnen ja auch die Herren hier behilflich sein, wenn es nicht besser werden sollte“, sagt die Helferin mit einem vorwurfsvollen Blick in unsere Richtung, bevor sie sich wieder zu ihren Männern begibt.

Herta lacht nur bitter, nachdem sie uns der Reihe nach giftig gemustert hat. „Mensch Hans, nun mach Dir doch wenigstens mal den Mund sauber“, herrscht sie den völlig konsternierten Schwerhörigen an, der ihrem Befehl unverzüglich Folge leistet. Offensichtlich hat sie in ihrem energischen Tonfall den einzigen Frequenzbereich getroffen, den Hans noch hören kann.

Mir liegt der Hinweis auf der Zunge, dass sie vielleicht doch mal ernsthaft über eine Diät nachdenken sollte. Ich verkneife mir aber die Klugscheißerei, da Herta im Augenblick schon genug gestraft ist. Die Reste ihrer Eisportion haben sich mittlerweile verflüssigt und bilden nur noch eine traurige Suppe in dem gläsernen Kelch.

Wir lassen Herta mit ihrem Leid alleine. Instinktiv registrieren wir drei Männer, dass wir am besten erst einmal schweigen. Um mich von der ganzen Angelegenheit ein wenig abzulenken, schaue ich mir unsere Umgebung etwas genauer an. Irgendwie müssen wir ja die Zeit überbrücken, bis unsere Gruppe vom Besuch der Kartause zurückkehrt.

Zwei Tische weiter sitzt ein Ehepaar in meiner Altersstufe, das allerdings nicht zu unserer Gruppe gehört. Die beiden schweigen sich gekonnt an. Sie sind noch zu zweit und sollten eigentlich dankbar dafür sein.

In solch einem ruhigen Augenblick kommen mir regelmäßig Erinnerungen an die Zeit, als ich noch zusammen mit meiner Elfi durchs Leben gehen durfte. Ich habe mich aber dazu erzogen, nie lange in einer trübseligen Stimmung zu verharren. Aus Dankbarkeit für die Zeit, die ich noch habe, bin ich mir das schuldig.

Ein einsames Glas Orangensaft steht halbleer vor ihnen auf dem Tisch. Gut, dass ich rechtzeitig an meine Rente gedacht habe. Es würde mich an der Stelle des alten Herrn schon ziemlich frustrieren, wenn ich mir auf einer Reise wie dieser nicht mal ein eigenes Bier leisten könnte.

Die Gebäude um uns herum muten in ihrer Bauweise mittelalterlich an. Da ich den Rest der Führung ja nun verpasst habe, bin ich auf eigene Einschätzungen angewiesen. Halb rechts vor mir führt eine Treppe zu der Kartause empor. Ich bedaure jetzt, dass ich an der Besichtigung zwangsläufig nicht teilnehmen konnte. Wer weiß, ob ich in meinem Leben noch einmal die Gelegenheit haben werde, hierher zu kommen.

Nach einer Weile sehe ich den gelben Regenschirm auf der Treppe vor der Kartause. Im Schlepptau der Reiseführerin folgen unsere tapferen Gefährten. Schon auf die Entfernung von vielleicht fünfzig Metern kann ich die angestrengten Züge und hochroten Farbtöne ausmachen, die in den meisten Gesichtern zu sehen sind. Nun bin ich wieder froh, dass ich hier sitzen durfte, auch wenn die Pause nur mit Abstrichen wirklich erholsam war.

Hans und vor allem Josef, der sich nicht ganz zu Unrecht schuldig an Hertas Leiden fühlt, schauen drein wie begossene Pudel, während sich die Spanierin bei Herta nach ihrem Befinden erkundigt. Die Geplagte ist kaum in der Lage zu antworten, daher trifft unsere Reiseführerin kurz entschlossen eine Entscheidung. „Ich gehe mal telefonieren, Sie warten bitte alle hier. Nachdem sich ein Arzt die Sache angeschaut hat, werden wir sehen, ob und wie wir unser Programm fortsetzen können." Selbst in dieser angespannten Situation scheint sie noch um die Zufriedenheit der Reisegruppe mit ihrer Dienstleistung zu fürchten.

Wir sitzen wieder im Bus und sind auf dem Weg zu unserer nächsten Station. Es soll ein Restaurant mit einer Terrasse auf den Klippen hoch über dem Meer sein. Unsere Reiseführerin hat versucht, uns mit der Aussicht auf einen atemberaubenden Blick zu motivieren, was ihr sicher bei allen Unbeteiligten an dem kleinen Drama auch gelungen ist.

Herta ist nicht mehr an Bord. Der Arzt hat ihr eine den Schmerz lindernde Spritze gegeben und dann entschieden, dass sie mit einem

Krankenwagen zurück nach Palma gebracht werden muss. Josef ist immer noch untröstlich.

Mir ist die Lust an romantischen Ausblicken einigermaßen vergangen. Das liegt aber nicht nur an Hertas Schicksal, denn mein Hintern schmerzt schon wieder höllisch.

Moral

„Mann, diese Hitze macht mich echt fertig. Valldemossa ist zwar ganz schön, aber Mama und Papa hätten ohne uns fahren sollen. Ich habe ja überhaupt keinen Bock auf diesen Trip“, beschwere ich mich bei meinen dreizehnjährigen Bruder Markus.

„Das kannst Du wohl sagen. Ich hätte viel lieber mit meinen Kumpels am Strand gespielt“, seufzt er.

Wir verbrüdern uns in unserem Leid, obwohl wir bei anderer Gelegenheit schon aus Prinzip gegensätzlicher Meinung gewesen wären. Außerdem kommt mein kleiner Bruder langsam in die Pubertät. Das zeigt sich in den letzten Tagen vor allem daran, dass er ständig mit meiner Freundin Anne zu flirten versucht. Sie findet das auch noch süß, was ich wiederum gar nicht nachvollziehen kann.

Wir trotten gut zwanzig Meter hinter unseren Eltern her. Mama ist von dem Angebot in den zahlreichen Geschäften hellauf begeistert. Gerade biegt sie wieder in einen der Läden ein. Papa schaut sich nach uns um, verdreht genervt die Augen und folgt ihr ins Innere des Geschäfts.

„Was hat sie denn nun wieder entdeckt?“, will Markus von mir wissen.

Mama hat ihm vor dem Urlaub seine dunkelblonden Haare extrem kurz geschoren. Dadurch sieht er auf seiner kleinen Birne aus wie ein Vietnam-Kämpfer. Diese haartechnische Radikal-Kur konnte ich auf meinem eigenen Kopf gerade noch verhindern. Meine blonden Haare trage ich halblang, worauf die Mädels in unserer Schule echt abfahren. Deshalb kann ich mich über mangelnden Erfolg an der Baggerfront wirklich nicht beschweren.

Markus trägt wie ich das aktuelle Trikot von 1860 München, dazu eine kurze Nike-Sporthose. Unsere nackten Füße stecken in coolen weißen Turnschuhen der gleichen Marke.

„Was weiß ich denn“, blaffe ich meinen Bruder an. Seine dämlichen Fragen gehen mir nun doch gehörig auf die Nerven, auch wenn ich ähnlich empfinde wie er.

Ständig muss ich an Anne denken. Sie ist sechzehn und hat eine supergeile Figur. Ich habe sie vor ein paar Tagen am Strand von Sant Elm kennen gelernt. Wir wohnen dort in der Apartment-Anlage „Don Camilo“. Zwei Drittel unseres Urlaubs sind leider schon vorbei.

Wer weiß, ob ich Anne nach den Ferien noch mal wieder sehen kann, denn sie kommt aus der Ecke von Bremen, und wir wohnen in Regensburg. Das ist ja nun mal nicht gerade die gleiche Gegend. Statt einen ungestörten Tag mit ihr am Strand verbringen zu können, muss ich mit meinem Bruder und meinen Eltern auf heile Familie machen. Mann, kotzt mich das an.

Wir stehen vor dem Geschäft, in dem sich außer unseren Eltern noch gut zehn oder zwölf andere Touristen gegenseitig auf den Füßen stehen. Ich kann durch die Schaufensterscheibe sehen, wie Mama einige Basthandtaschen in verschiedenen poppigen Farben auf ihre Qualität überprüft und offensichtlich mit Papa die Frage diskutiert, welche ihr am besten steht. Papa mimt gekonnt den ehrlich Interessierten. Ich kenne diese Szenen von zahlreichen anderen Anlässen in den vergangenen Jahren. Mama kann sich nicht entscheiden, sodass er schließlich zähneknirschend dem Kauf von einer gelben und einer lila Tasche zustimmt. Mama strahlt über das ganze Gesicht und gibt Papa dankbar ein Küsschen auf die Wange, nachdem er brav bezahlt hat.

„Schaut mal Jungs, sind die nicht chic?“, fragt sie uns ganz stolz, als sie aus dem Laden kommt.

„Klar Mama“, antwortet Markus, ohne eine Miene zu verziehen.

Mit Mühe entlocke ich mir ein Grinsen, von dem ich hoffe, dass es einigermaßen überzeugend wirkt. „Ich hätte mich auch nicht entscheiden können.“

„Du alter Charmeur“, flötet Mama glücklich und zwickt mir liebevoll in die Wange, was ich überhaupt nicht mag.

Papa steht hinter ihr und wirkt alles andere als entspannt. „Wir sollten mal langsam die Kartause ansteuern“, macht er nun seine eigenen Ansprüche geltend.

„Klar Schatz“, hat Mama keine Einwände. Sie ist allerbester Laune. Als Architekt interessiert sich Papa nun mal brennend für alle historischen Bauwerke, wofür Mama vollstes Verständnis hat.

Markus und ich haben diesen Wahn unseres Vaters bereits in zahlreichen Urlauben verflucht. Schon seit Jahren sehne ich mich nach dem Tag, an dem ich endlich alleine in den Urlaub fahren darf. In dieser Beziehung ist aber mit meinen konservativen Eltern nicht zu reden. Ich füge mich also zähneknirschend in mein Schicksal und richte mich innerlich auf einen weiteren kulturellen Höhepunkt in meinem noch jungen Leben ein.

Papa muss zunächst am Kassenhäuschen neben dem Eingang der Kirche insgesamt 25 Euro für unsere Familie hinlegen. Mit dem Geld hätte ich mir einen schönen Abend in der Disco machen können, schießt es mir spontan durch den Kopf. Ich bin aber schlau genug, meine Gedanken für mich zu behalten.

Wir treten in das dunkle und angenehm kühle Innere der Kirche ein. Sofort beginnt Papa mit einem Referat über die Geschichte und den Baustil des alten Gemäuers. Mir ist es bis heute ein Rätsel, wie man sich für einen Haufen Steine dermaßen begeistern kann, zumal ich schon Gebäude dieser Art gesehen habe, die mir deutlich besser gefallen haben.

Wir verlassen die Kirche durch einen Seitenausgang und kommen in den Innenhof des angrenzenden Klosters. Eine spanische Oma fegt mit einem Bastbesen den Steinboden. Eine andere wischt mit einem feuchten Lappen die grün gestrichenen Lamellen der Holzjalousien, die vor den zahlreichen Fenstern im Mauerwerk angebracht sind.

Während Papa uns zu den Zellen führt, in denen früher Kartäusermönche gehaust haben, klärt er uns über deren ärmliche Lebensweise auf. Die armen Kerle durften nur einmal in der Woche miteinander reden, in der übrigen Zeit war Schweigen geboten. Auch schienen die Jungs allein von Wasser und Brot gelebt zu haben. Mein Ding wäre das nicht gewesen, zumal an schmutzige Spielchen mit irgendwelchen Mädels schon gar nicht zu denken war.

Mama klebt förmlich an Papas Lippen und stellt immer wieder Zwischenfragen, die er ihr liebend gern beantwortet. Gerade gelangen wir in eine Zelle, in der ein ziemlich bekannter polnischer Komponist mit seiner Geliebten gelebt hat. Sie soll eine berühmte Schriftstellerin gewesen sein.

Während ich meine Eltern beobachte, bin ich wieder ein wenig optimistischer gestimmt, denn ihre Ehe ist schon seit längerem in einer echten Krise. Papa versucht gegenüber uns Jungs so zu tun, als sei alles in bester Ordnung. Ich musste aber vor einiger Zeit mitbekommen, wie Mama ihm vorwarf, dass er eine Geliebte hätte. Sie war dermaßen wütend, dass sie auch meine Anwesenheit nicht davon abhielt, solche Vermutungen zu äußern. Seit diesem Tag mache ich mir einige Sorgen um den Fortbestand unserer Familie.

Wir kommen in einen kleinen Garten, der sich nach Süden an die Zelle anschließt. Er ist auf beiden Seiten durch hohe Steinmauern begrenzt. Es gibt hier je einen Orangen- und Zitronenbaum, ein paar Rosen und einen kleinen Brunnen. Zwischen den Bergen hindurch hat man einen tollen Blick auf die Tiefebene, die sich an das Tramuntana-Gebirge anschließt. Da die anwesenden Mönche ja meistens geschwiegen haben, wird das lautstarke Gezwitscher der Vögel damals das einzige Geräusch gewesen sein, das der Komponist und die Schriftstellerin hier vernommen haben. Auf jeden Fall hätte sie zu ihrer Zeit nicht der Krach des Baggers stören können, der weiter unten im Dorf eine Grube aushebt.

Papa erzählt uns soeben Details aus dem Wirken des Komponisten, als Mama eine Äußerung macht, die dem Tag eine völlig neue Wendung gibt.

„Tom hätten Deine Geschichten bestimmt auch interessiert."

Papas braungebranntes Gesicht wird augenblicklich aschfahl.

Tom und seine Frau Marion wohnen ebenfalls im „Don Camilo". Sie saßen zufällig im gleichen Flieger wie wir. Meine Eltern haben sich sofort mit den beiden angefreundet und bisher auch alle Abende mit ihnen verbracht.

Marion ist Hausfrau und kümmert sich hauptamtlich um ihre Tochter Franziska, die genauso alt ist wie Markus. Er hat die Kleine gleich am ersten Tag am Strand intensiv angebaggert, biss bei ihr aber auf Granit. Hühner in ihrem Alter stehen nun mal auf deutlich ältere Typen.

Das Junghuhn ließ also meinen Bruder eiskalt abblitzen und bemühte sich stattdessen ernsthaft um meine Aufmerksamkeit. Ihr kindisches Werben ging mir aber ganz schön auf die Nerven.

Zum Glück lernte ich schon am zweiten Tag Anne kennen. Wir knutschten abends am Strand demonstrativ vor Franziskas Augen rum, sodass die Göre schnell merkte, dass sie bei mir keinen Blumentopf gewinnen konnte. Sie fand schließlich unter den Jugendlichen am Strand einen fünfzehnjährigen Typen aus Stuttgart, der sich ihrer annahm.

Marion hat eine super Figur, die sie sich durch regelmäßige Fitness-Studio-Besuche erarbeitet hat. Ihre Titten sind fest, aber für meinen Geschmack ein wenig zu klein. Mama hat dagegen ordentlich Holz vor der Hütte, und ist auch sonst um einiges fülliger. Papa hat das bisher nie gestört. Marion ist erst Anfang dreißig und damit gut zehn Jahre jünger als Mama. Vielleicht liegt darin ja der wahre Grund für Papas Interesse.

Tom ist zwar kein Schönling, dafür aber eine echte Frohnatur. Er hat eine ausgeprägte Bierwanne, die er ohne Scham am Strand zur Schau trägt.

Papa fährt dagegen regelmäßig Fahrrad, das immer in Reichweite in seinem Büro steht. Sobald mal ein oder zwei Stunden Zeit sind, schwingt er sich auf das teure Gerät und erreicht dadurch, dass er immer noch eine ziemlich sportliche Figur hat.

Mama stört Toms Bierbauch nicht im Geringsten. Sein Humor und seine ununterbrochen gute Laune haben es ihr vom ersten Augenblick an angetan. Mir ist sehr bald aufgefallen, dass sie über jeden noch so dummen Spruch von dem Witzbold übertrieben laut lacht.

Papa fand das Geturtel zwischen Mama und Tom in den ersten Tagen noch ganz amüsant, doch irgendwann schlug seine Stimmung um. Er betrachtet den Kerl mit wachsender Skepsis. Vor ein paar Tagen hat es deswegen den ersten lautstarken Krach zwischen meinen Eltern gegeben. Sie waren beide zu dem Zeitpunkt ziemlich voll und haben sich in ihrer Rage gegenseitig das Interesse an Marion und Tom eingestanden.

Meine katholischen Eltern, die uns an jedem Sonntag zum Kirchgang nötigen, baggern also ordentlich an den neuen Bekannten herum, was ich von den beiden bisher nicht kannte. Die katholische Lehre von Moral und Treue erscheint für mich neuerdings in einem ganz anderen Licht.

Bis heute kannte ich das Bäumchen-Wechsel-Dich-Spiel nur von meinen Kumpels und mir. Es gehört bei uns zum guten Ton, ständig neue Mädels auszuprobieren und dabei auch wenig Rücksicht darauf zu nehmen, ob eine der Kirschen in festen Händen ist oder nicht.

„Kannst Du nicht mal für ein paar Stunden diesen Typen unerwähnt lassen?“ Papas Laune sinkt in Bruchteilen von Sekunden auf den Nullpunkt.

„Wieso, ich wollte Dir doch nur damit sagen, dass Du so toll erzählen kannst“, verteidigt sich Mama.

Aber das Kind ist schon in den Brunnen gefallen. „Das mag ja sein, aber mir ist es ein Rätsel, wie Du meine Reden bewundern kannst und Deine Gedanken dabei automatisch zu diesem Kasper wandern.“

„Er ist doch einfach nur ein netter Kerl“, versucht sie zu verharmlosen.

„Klar doch, weil er einfach nur ein netter Kerl ist, musst Du auch ständig an ihn denken. Diese weibliche Logik kann ich einfach nicht nachvollziehen.“ Papa versucht krampfhaft, sich einigermaßen unter Kontrolle zu halten. Immerhin befinden wir uns in einer kirchlichen Umgebung.

Mama sieht die Zeit für einen Gegenangriff gekommen. „Ich halte mich doch auch zurück.“

„Wie meinst Du das? Was willst Du denn damit sagen?“ Papa weiß genau, worauf Mama hinaus will.

„Jetzt hör aber auf, mein Lieber“, giftet sie ihn an. „Du weißt genauso gut wie ich, dass Du neuerdings auf kleine Titten und straffe Ärsche stehst.“ Ihr ist völlig egal, wo wir uns befinden. Auch die Tatsache, dass Markus und ich diese Auseinandersetzung genau mitbekommen, kann sie von ihrem Wutanfall nicht abhalten.

„Mama, muss das sein?“ Markus ist immer um Harmonie bemüht und kann die Streiterei unserer Eltern noch weniger ertragen als ich. „Könnt Ihr nicht wieder lieb miteinander sein. Es ist doch bisher so ein schöner Tag gewesen.“

Mama und Papa werfen sich noch ein paar böse Blicke zu. Dann sind sie sich stillschweigend darüber einig, dieses Gefecht unverzüglich zu beenden.

Mama streichelt Markus über seine kurz geschorenen Haare und versucht, ihn beruhigend anzulächeln. „Du hast ja Recht, mein Schatz. Manchmal haben Dein Vater und ich eben auch unsere Probleme. Das ist aber ganz normal. Du brauchst Dir keine Sorgen zu machen, ist es nicht so, Werner?“ Sie wirft Papa einen herausfordernden Blick zu.

Er atmet tief durch und nickt dann bestätigend. „So was kommt in den besten Familien vor, mein Sohn. Die Führung ist sowieso beendet, und ich brauche jetzt erst einmal ein kühles Bier.“

Wir sitzen im Schatten eines großen Baumes vor dem Café „Sa Cartoixa“. Papa hat sich das erste Glas in einem Zuge in den Hals geschüttet und sich gleich ein Zweites bestellt. Die dunkle Stimme der blond gefärbten Kellnerin kann einem regelrecht Angst einjagen. Mama nippt ab und zu an ihrem Glas Rotwein. Meine Eltern haben noch kein Wort miteinander gesprochen, seit wir hier Platz genommen haben.

Markus und ich konzentrieren uns mehr oder weniger auf unsere Cola. Ich fühle mich total unwohl, weil ich befürchten muss, dass der Krach noch einmal entbrennen könnte, wenn nur einer von uns ein entsprechendes Stichwort gibt. Deshalb ziehe ich es vor, gar nichts zu sagen. Auch Markus begreift instinktiv, dass es in dieser Situation besser ist, zu schweigen. Normalerweise versucht er bei vergleichbaren Anlässen, mit lustigen Sprüchen die Stimmung aufzulockern. Offensichtlich fällt ihm aber im Augenblick kein Passender ein.

Am Nachbartisch sitzen vier Zeitgenossen in äußerst fortgeschrittenem Alter. Zwei Greise haben sich jeweils ein Bier bestellt. Ein Dritter versucht, einigermaßen unfallfrei eine ansehnliche Portion Eis mit zitternder Hand in seinen Mund zu befördern. Die Runde wird von einer verfetteten, alten Schachtel komplettiert, die sich ebenfalls mit einer Mega-Portion Eis beschäftigt und in dem Essvorgang völlig aufgeht. An dem Tisch herrscht für eine Weile andächtiges Schweigen, genau wie an unserem.

Plötzlich werden wir jedoch aus unseren Gedanken gerissen, denn einer der Biertrinker brüllt scheinbar unvermittelt seinen zitternden Kollegen an. Der dicken Eisvertilgerin fällt vor Schreck der Löffel aus der Hand und landet mit einer gehörigen Portion des klebrigen Zeugs in ihrem Schoß. Als sie entsetzt aufspringt, erstarrt sie mitten in der Bewegung. Mit einem schrillen Schmerzensschrei auf den grell bemalten Lippen fasst sie sich an ihre umfangreiche Hüfte und verharrt in gebückter Haltung. Die drei alten Säcke starren sie tatenlos mit offenen Mündern an.

Mama fasst sich spontan ein Herz, eilt zu der Alten rüber und versucht ihr zu helfen, was diese aber nicht so recht annehmen will.

„Dann kann es ja nicht so schlimm sein", kommentiert Papa ein wenig gehässig ihr Verhalten. Er ist offensichtlich dankbar dafür, dass er seinen Frust auf jemand anderen abladen kann.

Nachdem sich Mama vergewissert hat, dass die Alte einigermaßen allein klar kommt, kehrt sie zurück an unseren Tisch.

„Du hast dich toll geschlagen, Mama", erhält sie ein Lob von Markus. Er ist froh, eine Gelegenheit zu bekommen, bei der er die Stimmung in unserer Runde wieder aufbessern kann.

„Ja wirklich, Johanna, schön, dass Du so entschlossen gehandelt hast." Selbst Papa ergreift die Chance, um den Streit von vorhin vergessen zu machen.

Mama schlürft genüsslich den Rest aus ihrem Rotweinglas und scheint in diesem Augenblick sehr zufrieden mit sich zu sein.

Marion liegt barbusig auf ihrem Badehandtuch, als wir am späten Nachmittag unsere gewohnten Liegeplätze am Strand von Sant Elm einnehmen. Tom kommt gerade aus dem pisswarmen Wasser des Mittelmeeres und schiebt dabei stolz seine Wampe vor sich her. Die frühreife Franziska ist nirgendwo zu sehen. Wahrscheinlich macht sie außerhalb des Sichtfeldes ihrer Eltern Fummelübungen mit ihrem Freund.

„Na, habt Ihr die Insel ordnungsgemäß unsicher gemacht?" Tom grinst über das ganze Gesicht. Offensichtlich ist er sehr erfreut darüber, dass wir früher zurückgekehrt sind, als meine Eltern es am Vorabend angekündigt hatten.

Marion wird wach und richtet sich halb auf. Sie blinzelt gegen die Sonne und lächelt Papa glücklich an, als sich ihre Blicke treffen, worauf die Überreste seiner schlechten Laune deutlich sichtbar verfliegen.

Im Gegenzug macht Mama dem dicken Witzbold unverhohlen schöne Augen. Sie zieht ihr Strandkleid und ihr Bikini-Oberteil aus, das sie darunter getragen hat, und legt sich dann auf den Rücken. Tom gehen beim Anblick ihrer riesigen Brüste gehörig die Augen über.

Papa entgeht das natürlich auch nicht. Statt allerdings ein weiteres Fass aufzumachen, legt er sich neben Marion und beginnt gleich, ihr von unserem Ausflug zu berichten. Dabei baut er den einen oder anderen Gag ein. Sie lacht dankbar über jeden dummen Spruch von ihm. In gleichem Maße amüsiert sich Mama über die nicht immer wirklich treffenden Pointen, die Tom zum Besten gibt. Man könnte den Eindruck gewinnen, dass hier alles in wunderbarer Ordnung ist. Ich werde nur das ungute Gefühl nicht los, dass heute Abend noch irgendetwas passiert.

Markus und ich ziehen uns dezent zurück. Wir haben Anne und ein paar Kumpels weiter hinten am Strand entdeckt. Die Erwachsenen kommen offenbar auch sehr gut ohne uns aus.

Wir sitzen beim Essen in einem der Restaurants, die sich direkt am Meer auf den Felsen befinden. Es ist gegen 21 Uhr, und alle Tische sind besetzt. Es ist immer noch sehr warm und völlig windstill.

Rechts von uns sind Lichter auf der Insel „Sa Dragonera“ zu sehen. Das Felsmassiv, aus dem die Insel besteht, ragt wie eine drohende Wand in einigen hundert Metern Entfernung aus dem Meer auf.

Auf allen Tischen stehen Windlichter, die eine romantische Stimmung erzeugen sollen. Die Turteltauben sitzen sich jeweils gegenüber und unterhalten sich angeregt.

Markus und ich vertilgen eine leckere Pizza. Die Erwachsenen sind noch bei der Vorspeise, haben aber schon eine Flasche Wein geleert und gerade die nächste bestellt.

Am frühen Abend hatten sich die beiden Paare vor der Bar am Eingang des Ortes bereits einige Mixdrinks genehmigt. Die lockere Stimmung änderte sich auch nicht, als wir zuhause duschten und uns für den Abend umzogen. Mama und Papa taten so, als hätte es den Krach heute Nachmittag nicht gegeben.

Im Gegenteil quasselte vor allem Mama ununterbrochen dummes Zeug. Sie verträgt den Alkohol nicht ganz so gut wie Papa, der allerdings auch schon nicht mehr nüchtern war, als wir zusammen mit Marion und Tom zum Abendessen aufbrachen.

Auf dem kurzen Weg vom Hotel zum Restaurant legte Papa einen Arm um Marions schlanke Hüften, Tom tat es ihm mit Mama gleich. Sie ließ sich diesen offenen Annäherungsversuch genauso gerne gefallen wie Marion den von Papa.

Mama trägt eine schicke Bluse und hat einen Knopf mehr als üblich offen gelassen, Papa scheint das nicht bemerkt zu haben. Er hat nur noch Augen für Marion, die sich ebenfalls ziemlich sexy herausgeputzt hat. Zu einem äußerst knapp bemessenen Jeans-Mini-Rock trägt sie ein knallenges türkisfarbenes Bauchfrei-Top. Ihre blonden Haare hat sie zu einem Pferdeschwanz zusammengebunden, der sie noch jugendlicher aussehen lässt, als sie sowieso schon wirkt.

Im Verlaufe der zweiten Flasche Wein wird die Stimmung bei den Erwachsenen immer ausgelassener. Der Gesprächsinhalt dreht sich anfangs dezent, dann aber zunehmend offener um das alte Rein-Raus-Spiel. Man berichtet sich gegenseitig über das erste Mal und die mit der Zeit zunehmenden sexuellen Erfahrungen, die man vor allem während des Studiums gemacht hat.

Dabei erfahre ich, dass Marion Sozialpädagogik studiert hat. Sie beendete ihr Studium, obwohl ihre Tochter Franziska eher kam, als es von ihr und Tom geplant war.

Ihr Mann bekam unmittelbar nach seinem Studium eine Anstellung am Finanzamt München, sodass die finanzielle Zukunft der Familie abgesichert war. Er verlangte von Marion, dass sie sich ausschließlich um die Erziehung ihrer Tochter kümmern sollte. Sie gehorchte ihm brav und war ab diesem Zeitpunkt nur noch Hausfrau und Mutter, während Tom unaufhaltsam die Karriereleiter emporstieg.

Tom lässt durchblicken, dass er und seine Frau für gelegentliche sexuelle Abwechslungen durchaus offen sind. Das hätte die ganzen Jahre die Liebe frisch gehalten, wie er sich ausdrückt.

Ganz gegen meine Erwartungen findet Mama seine Erklärungen durchaus interessant. Sie kann gar nicht genug hören von den sexuellen Ausflügen der beiden, aus denen sie selbst im Beisein ihrer Tochter keinen Hehl machen.

Ich sehe unweigerlich meine Eltern auf der sonntäglichen Kirchenbank sitzen. Sie tun zumindest so, als würden sie andächtig beten. Ich höre auf der anderen Seite die Moralpredigten unserer Eltern, die Markus und ich immer wieder über uns ergehen lassen mussten. Vor allem Papa versuchte uns zu vermitteln, dass wir mit der Auswahl der Mädels vorsichtig sein sollten. Sex sei etwas, das wir uns möglichst für die Frau unseres Lebens aufsparen sollten. Wenn ich jetzt zunehmend klarer mitbekomme, dass er über die Jahre seine ganz eigene Moral entwickelt hat, bin ich schon ziemlich enttäuscht von ihm. Auch Mamas ständige Eifersuchtsanfälle bekommen jetzt einen anderen Anstrich. Ich habe von dieser peinlichen Show gehörig die Schnauze voll, außerdem habe ich mich mit Anne verabredet.

Als Markus und ich aufstehen, vergisst Mama völlig, uns eine Uhrzeit zu nennen, zu der wir in unserem Zimmer sein sollen. Sie wünscht uns nur viel Spaß und wendet sich dann wieder ihrem potentiellen Lover zu.

Papa scheint unseren Abgang überhaupt nicht zu registrieren. Als ich meinen Stuhl zurückschiebe, um aufzustehen, sehe ich zufällig, dass er unter dem Tisch mit seinem schuhlosen linken Fuß die Innenseite von

Marions rechtem Oberschenkel bearbeitet. Sie kichert nur noch ziemlich besoffen und lässt sich sein Werben gerne gefallen.

Ich versuche erst gar nicht herauszufinden, was auf der anderen Seite unter dem Tisch zwischen Mama und Tom abläuft.

Anne und ich haben uns einen ruhigen Platz am Ende des Strandes gesucht. Die Stelle liegt in absoluter Dunkelheit.

Wir knutschen ein wenig, aber ich kann dabei nicht die Begeisterung aufbringen, die ich am Beginn unserer Beziehung an den Tag gelegt habe. Ständig muss ich darüber nachdenken, was meine Eltern wohl in diesem Augenblick treiben.

Anne kann gar nicht entgehen, dass ich in Gedanken ganz woanders bin. Obwohl sie sich alle erdenkliche manuelle Mühe gibt, wird mein kleiner Freund nur zu einem Halbstarken. Irgendwann stellt sie resignierend ihre Handarbeit ein.

„Sag mal, was ist denn heute nur mit Dir los?"

„Es liegt nicht an Dir, Schatz", gebe ich in monotonem Tonfall von mir, ohne sie dabei anzusehen. Wir sitzen nebeneinander, und ich habe meinen Arm um ihre Hüften gelegt. Völlig geistesabwesend streichele ich ihren linken Oberschenkel.

Oben im Lichtschein der Straßenlaternen herrscht noch ein reger Fußgängerverkehr. Ein Strom von Touristen pendelt zwischen dem Kern des Ortes mit seinen Bars und Restaurants und der großen Hotelanlage, in deren Nähe wir im Sand liegen.

„Davon bin ich auch nicht ausgegangen." Ich bemerke zunächst die Verschärfung in Annes Tonfall nicht. „In den letzten Nächten hast Du bei mir keine Wünsche offen gelassen. Aber heute gibt mir Dein Verhalten ehrlich zu denken."

Ich kann wegen der Dunkelheit ihre Augen nicht sehen, vermute aber, dass sie vor Wut funkeln. „Ich sagte doch schon, dass es nichts mit Dir zu tun hat. Du brauchst Dir wirklich keine Gedanken zu machen." Ohne es zu wollen, wird mein Tonfall ebenfalls etwas bestimmter. Ich erschrecke darüber und versuche schnell, die Situation wieder zu entschärfen. „Du bist wirklich total geil, Baby", säusele ich und mache noch einmal einen Versuch, in Fahrt zu kommen.

Mit meiner linken Hand wandere ich von ihrem Oberschenkel hoch zur Knospe ihrer linken Brust, die sicher noch nicht ganz ausgewachsen ist. Mit der anderen Hand fahre ich über die Innenseite ihres rechten Oberschenkels. Wir küssen uns, wobei ich mit meiner Zunge den Eindruck von Leidenschaft zu vermitteln versuche, die ich nicht wirklich aufbringen kann.

Anne unternimmt noch einen letzten Vorstoß, meinen Jungen mit ihren schlanken Fingern aufzurichten, aber es will einfach nicht klappen.

„Vielleicht solltest Du es mal mit Blasen versuchen.“ Kaum habe ich den Satz rausgelassen, bereue ich ihn auch schon.

„Ich sollte es mal mit Blasen versuchen?“. Sie gibt sich erst gar keine Mühe, den Spott in ihrer Stimme zu verbergen. „Vielleicht willst Du mich nun auch noch fragen, ob mir das öfter passiert.“ Sie schiebt meine Hand von ihrer Muschi weg und zieht ihr T-Shirt wieder über ihre von mir frei gelegten Brüste. Dann steht sie auf, zupft ihren superknappen Mini-Rock gerade und klopft den Sand von ihren Klamotten.

Ich liege da wie ein Idiot und verfluche den Hänger zwischen meinen Beinen, während die Vision von meiner Mutter, die sich willig von Tom durchvögeln lässt, durch meine Birne geistert. „Das kannst Du doch jetzt nicht machen, Baby.“ Mehr fällt mir nicht ein.

„Such dir eine andere Bläserin, die Deinen Pimmel wieder aufrichtet“, faucht sie mich an. „Ich werde meine Zeit hier jedenfalls nicht weiter vergeuden, Sportsfreund.“ Mit diesen Worten wendet sie sich von mir ab und stapft energisch durch den Sand in Richtung der kleinen Promenade.

Mir fällt kein passender Spruch mehr ein. Außerdem will ich sie gar nicht wirklich zurückholen. Für eine Auseinandersetzung habe ich jetzt einfach keinen Mumm, mir ist eher zum Heulen zumute.

Wütend ziehe ich meine Hose hoch, dann bleibe ich kraftlos auf dem Rücken liegen und starre mit hinter dem Kopf verschränkten Armen in den klaren Sternenhimmel.

Ich muss eingeschlafen sein. Plötzlich schrecke ich durch lautes Gelächter aus einem Traum hoch, an dessen Inhalt ich mich aber nicht erinnern kann. Nach einer Weile registriere ich, wo ich mich befinde. Dann schaue ich mich vorsichtig um, ohne mich aufzurichten. Die Stimmen kommen mir sofort bekannt vor. Offensichtlich bleibt mir heute aber auch gar nichts erspart.

Vom Licht der Straßenlaternen angeleuchtet, wanken vier Gestalten durch den Sand in die Richtung der aufgestapelten Strandliegen, die einige Meter von mir entfernt eine Reihe von mannshohen Türmen bilden.

Ich drehe mich vorsichtig auf den Bauch. Die Dunkelheit würde mich ausreichend vor den Blicken der vier Betrunkenen verbergen. Weder meine Eltern noch Tom oder Marion machen sich jedoch die Mühe, nach potentiellen Beobachtern Ausschau zu halten.

Mama lacht laut, als sie sich mit Tom in dem Zwischenraum von zwei Stapeln aus Plastikliegen in den weichen Sand fallen lässt. Papa liegt bereits neben Marion in einem anderen Zwischenraum, der nur einige Meter vom provisorischen Liebesnest seiner Frau entfernt ist.

Marion lässt sich nicht lange bitten, zieht Papas kurze Hose runter und beginnt wie wild zu blasen, während mein Vater ihren Zopf löst und mit beiden Händen durch ihre blonden Haare fährt. Ich kann Papas Stöhnen deutlich bis zu meiner Position hören.

Tom und Mama sind im Sand nun auch recht aktiv geworden. Während Toms Gesicht irgendwo zwischen Mamas Schenkeln klemmt, tut sie es in ihrer Aktivität Marion gleich.

Die lustvollen Seufzer der beiden Paare nehmen an Lautstärke ständig zu. Ich muss befürchten, dass man sie bis hinauf zur Strandpromenade hören kann, was den kopulierenden Kombattanten aufgrund ihres nicht unerheblichen Alkoholpegels offensichtlich völlig egal ist.

Mamas orale Qualitäten scheinen so ausgeprägt zu sein, dass Tom sich schon nach wenigen Minuten nicht mehr zurückhalten kann. Während Marion fleißig auf Papa reitet, schiebt Mama plötzlich Toms Kopf von ihrer Muschi weg und richtet ihren Oberkörper auf. Sie versucht mit beiden Händen ihre zerzausten Haare einigermaßen in Ordnung zu bringen. Während sie ihre Brüste wieder in den BH verpackt und ihre Bluse zuknöpft, faucht sie irgendetwas in Toms Richtung.

Ich vermute, dass sie sich über seine Schnelligkeit beschwert, kann aber kein Wort verstehen. Mama muss schlagartig nüchtern geworden sein, denn sie spricht energisch, aber sehr leise. Nebenan kommen Marion und Papa gleichzeitig zum Höhepunkt, was ich aus nur teilweise unterdrückten Schreien schließen kann. Dann lässt Marion sich schwer atmend auf Papas Oberkörper herabsinken, ohne von ihm abzusteigen.

Tom versucht währenddessen, beruhigend auf Mama einzureden. Er streichelt ihr mit der einen Hand durchs Haar, während er sich mit der anderen Hand die Hose hoch zieht. Mama schiebt mit einer energischen Bewegung seine Hand weg und steht dann auf. Sie sucht ihre Handtasche, die irgendwo im Sand liegt, findet sie nach einigen Sekunden, bückt sich, um sie aufzuheben und schwankt dann einige Male hin und her, als sie ihren Oberkörper wieder aufgerichtet hat. Sie lässt ihren völlig konsternierten Partner einfach sitzen und schwankt rüber zu der Stelle, wo Marion und Papa immer noch ineinander verkeilt ihren Blutdruck runterfahren.

„Das Ganze hier ist doch einfach nur zum Kotzen“, brüllt sie die beiden an. Dann dreht sie sich um und geht so zügig, wie es ihr körperlicher Zustand noch zulässt, hinauf zur Strandpromenade. Dort wendet sie sich nach rechts und torkelt über den Gehsteig in die Richtung, in der sich unser Appartement befindet.

Tom hat scheinbar seine Fassung schnell wieder gefunden. Nachdem er sich fertig angekleidet hat, geht er zu der Stelle rüber, an der seine Frau und Papa immer noch damit beschäftigt sind, ihre Kleidung in Ordnung zu bringen.

„Na, wie war's, Ihr zwei?", fragt er völlig ungerührt.

Ich kann zwar seine Mimik nicht erkennen, aber ich könnte schwören, dass er zufrieden grinst. Am liebsten würde ich ihm ins Gesicht springen, kann mich aber so gerade noch beherrschen.

„Du bist ja wirklich eine total coole Sau, was?" Papa gibt Marion einen Kuss auf die Stirn und steht dann auf. Tom erkennt, dass es besser für ihn ist, auf Papas Frage nicht zu antworten.

Papa ist schon einige Meter über den Strand gegangen, als er sich noch einmal umdreht. „Deine Frau ist wirklich klasse, Alter", ruft er dem Typen zu, der seine Gattin eben noch als Samenklo benutzt hat. Dann dreht er sich um und verschwindet in gerader Linie auf dem gleichen Weg, den Mama ein paar Minuten zuvor genommen hat.

Tom und Marion tuscheln irgendetwas, das ich nicht verstehen kann, dann küssen sie sich und verlassen anschließend Arm in Arm den Ort des sexuellen Experimentierfeldes.

Ich kann die ganze Nacht kaum ein Auge zu machen. Immer wieder schrecke ich aus nervösen Träumen auf. Ich frage mich wiederholt, ob das, was ich vorhin miterlebt habe, einfach nur Einbildung war. Mein Bruder liegt ahnungslos im Bett neben mir und schläft tief und fest.

Im Nachbarzimmer, wo sich meine Eltern befinden, ist alles still. Es gibt keine Eifersuchtsszene von Mama, die ich eigentlich erwartet hätte. Letztlich hat sie ja auch in dieser Nacht kein Recht dazu.

Plötzlich muss ich an Anne denken. Ich erschrecke über die Tatsache, dass ich mich nur verschwommen an ihr Gesicht erinnern kann. Ihre wenig verständnisvolle Reaktion auf meine seelische Verwirrung und deren Folgen zeigt mir, dass ich sie möglichst schnell vergessen sollte.

Das unterschiedliche Verhalten meiner Eltern beschäftigt mich immer noch. Wie wäre dieser Versuch verlaufen, wenn Tom sich etwas mehr Mühe gegeben hätte? Hätte sich Mama anders verhalten, wenn der Akt befriedigender für sie ausgefallen wäre? Soll ich zu verstehen geben, dass ich alles gesehen habe? Scheiße, ich weiß überhaupt nicht mehr, was ich denken soll. Irgendwann schlafe ich dann doch noch ein.

Ich werde erst wieder wach, als Mama mich in scheinbar bester Laune weckt. Ich bin sofort hellwach. Habe ich alles nur geträumt?

Wir sitzen in unserem Ford Fiesta und fahren auf der Straße 711 von Palma Richtung Norden.

Die Landschaft war zunächst noch ziemlich langweilig und flach. Jetzt türmen sich die ersten Berge vor uns auf. Wir fahren weiter durch die Täler. Die Straße steigt nur ganz allmählich an. Papa darf kurz vor dem Tunnel nach Soller an einer Mautstelle vier Euro abdrücken. Durch den Tunnel erreichen wir die andere Seite des Gebirges in wenigen Minuten.

Mama scheint zwar auf den ersten Blick sehr gut gelaunt zu sein. Als Papa sie eben fragte, ob wir den romantischen Umweg über die Serpentinenstraße in Kauf nehmen wollen, hat sie mit dem Hinweis abgelehnt, dass der ganze Urlaub ihr bisher schon romantisch genug gewesen sei.

Kurz vor Soller biegen wir an einem Kreisverkehr nach links, fahren einige hundert Meter den Ort entlang, bevor wir in einem weiteren Kreisverkehr den Abzweig nach Fornalutx erreichen. Der Ort ist unser heutiges Reiseziel.

Beim Frühstück hatte Mama den Eindruck von Fröhlichkeit vermitteln wollen und uns gefragt, was wir denn heute unternehmen möchten. Markus und ich wären uns noch einen Tag zuvor schnell dahingehend einig gewesen, den Tag am Strand bei unseren Kumpels und Freundinnen verbringen zu wollen. Da ich aber kein Interesse daran hatte, Anne über den Weg zu laufen, war mir jedes Tagesziel auf dieser Insel recht. Es ist ja nicht gerade so, als hätte ich noch nie einen Korb bekommen. Die gestrigen Umstände waren jedoch etwas zu deprimierend für mich.

Mama und Papa waren sich offensichtlich unausgesprochen darin einig, Tom und Marion an diesem Tag auf keinen Fall sehen zu wollen. Daher kam der schnelle Entschluss, sich irgendein Tagesziel für einen weiteren Ausflug zu suchen. Beide sind wohl davon überzeugt, dass der Schein einer gut funktionierenden Ehe um jeden Preis gewahrt bleiben muss.

Wüsste Papa, dass ich ihn dabei beobachten musste, wie er sich von einer geilen Blonden einen blasen ließ, während Mama nebenan das gleiche mit einem fetten sexuellen Egoisten machte, würde er sich in Zukunft mit Sicherheit jegliche Moralpredigten sparen.

In mir kommt bei diesen Gedanken fast ein Gefühl von Dankbarkeit auf, denn ich habe mit eigenen Augen gesehen, dass alle nur mit Wasser kochen, auch wenn sie sich noch so viel Mühe geben, ihre Umwelt vom Gegenteil zu überzeugen.

Wir befahren eine steil ansteigende, kurvige Straße. Ab und zu überholen wir einen Fahrradfahrer, der sich bei der sengenden Hitze tapfer den kilometerlangen Anstieg hinaufquält. Schließlich erreichen wir einen Abzweig, von dem es rechts steil bergab nach Fornalutx geht. Am Ortseingang befindet sich ein kleiner öffentlicher Parkplatz. Wir haben Glück, dass an diesem späten Vormittag noch eine Stelle für unseren Mietwagen frei ist.

Mama ist völlig begeistert von dem Bergpanorama, das sich vor allem Richtung Norden darbietet. Papa beginnt gleich, nachdem wir ausgestiegen sind, über die Bauweise der Natursteinhäuser des Ortes zu referieren. Mama stellt, wie auch sonst bei solchen Gelegenheiten üblich, interessierte Fragen, die Papa ihr gerne beantwortet. Beiden fällt es auf diese Weise leichter, den Schein zu wahren.

Wir gehen über die schmale Durchgangsstraße des Ortes und kommen nach wenigen Metern zum zentralen Platz, der allerdings sehr übersichtlich ist. Es gibt einen kleinen Lebensmittelladen und diverse Bars mit zahlreichen Tischen davor. Zwar sind viele Stühle besetzt, aber wir haben kein Problem, noch einen freien Tisch zu finden. Meine Eltern haben sich für das Café „Can Benet" entschieden. Von unseren bequemen Korbstühlen aus können wir das Geschehen auf dem Platz hervorragend überblicken.

„Ich habe einen höllischen Durst", meint Papa und bestellt sich ein kühles Bier. Mama scheint ebenfalls vom Nachdurst gepeinigt zu sein und schließt sich seiner Entscheidung an. Markus und ich genehmigen uns eine eiskalte Cola.

Am Tisch direkt vor uns sitzt eine junge Frau. Ihr vielleicht dreijähriger Sohn, der noch auf etwas unsicheren Beinchen die Umgebung erkundet, kommt ab und zu an den Tisch, um einen Schluck von dem frisch gepresstem Orangensaft aus seinem Glas zu trinken. Währenddessen unterhält sich seine Mutter in fließendem Spanisch mit der Kellnerin. Mit ihrem Sohn spricht die Frau allerdings Deutsch.

Irgendwann kommt eine ebenfalls recht junge Spanierin hinzu. In einem Kinderwagen führt sie ein kleines Mädchen mit, das nach meiner Schätzung vielleicht anderthalb Jahre alt sein mag. Die Spanierin setzt sich zu der Deutschen an den Tisch und beide Frauen quasseln in Spanisch wahrscheinlich über Kindererziehung. Mamas Gesichtszüge hellen sich sichtlich beim Anblick des Kinderglücks auf.

Papa erzählt uns einige Details zur Baugeschichte der Kirche. Seine Schilderungen, die mich an anderen Tagen einfach nur gelangweilt hätten, haben dieses Mal eine beruhigende Wirkung auf mich.

„Der ideale Ort zum Abschalten“, sage ich in meiner ehrlichen Begeisterung für das Ambiente dieses Ortes, der weder Krach noch Hast zu kennen scheint.

„Was hast Du gesagt, Matts?“ Mama war bei der Beobachtung der beiden jungen Mütter völlig in Gedanken versunken.

„Ich sagte nur, dass dieser Ort ideal zum Relaxen sein muss. Hier könnte man bestimmt wunderbar alleine Urlaub machen und die Dinge zuhause mit einer gewissen Distanz sehen.“ Unwillkürlich versuche ich, ihr eine seelische Hilfestellung zu geben.

Während Papa mit Markus scheinbar völlig entspannt rumalbert, atmet Mama tief durch. „Der Gedanke ist mir auch schon gekommen“, erwidert sie und kommt dabei gar nicht auf Idee, dass ich irgendetwas von den Ereignissen der letzten Nacht mitbekommen haben könnte.

Paradies

Es ist bereits später Vormittag, als ich meine hellgrüne Einkaufstasche aus Bast nehme, die mir Rudi, mein Mann, vor einigen Monaten gekauft hat, und nach meinem dreijährigen Sohn rufe. Fridolin muss irgendwo durch die Hallen unseres Hauses toben.

Rosalia putzt gerade eine der zahlreichen Steinstufen in der Eingangshalle und singt dabei ein spanisches Volkslied. Sie ist fünfzig Jahre alt und liebt dieses Haus genauso wie ich. Beinahe fünfhundert Quadratmeter Wohnfläche sind von mir alleine nicht sauber zu halten, zumal ich mich hauptsächlich um unseren Sohn kümmern möchte.

Für Rudi stand es außer Frage, dass wir Rosalia vom deutschen Vorbesitzer unseres Hauses übernahmen. Er lebte hier fast zehn Jahre mit seiner Frau, nachdem er seine Firma in Köln verkauft hatte. Mit fortschreitendem Alter ist er schwer krank geworden. Er meinte, die medizinische Versorgung wäre daheim in Deutschland immer noch etwas fortschrittlicher als hier, was ich selber bisher nicht bestätigen kann.

Wir haben ihm das Haus durch die Vermittlung eines deutschen Immobilienmaklers für etwas mehr als 1,5 Millionen DM abgekauft. Die Verhandlungen waren nicht allzu schwierig, da auch die Frau des Vorbesitzers durch die schwere Krankheit ihres Mannes andere Sorgen hatte, als um ein paar Tausend DM zu feilschen, wie sie sich mir gegenüber einmal ausdrückte.

Schon bei unserem ersten Aufenthalt auf der Insel, der mittlerweile sechs Jahre zurückliegt, beschlossen wir, uns hier nach einer eigenen Immobilie umzuschauen. Wir waren beide vom ersten Tag an total verliebt in die abwechslungsreiche Landschaft, die wir ausgiebig erkundeten, und natürlich auch in die etwas eigenwillige mallorquinische Küche. Nicht zuletzt gaben die herrlichen Golfplätze, die überall auf der Insel angelegt sind, den Ausschlag für unsere schnelle Entscheidung. Selbstredend konnte Rudi es von Anfang an nicht unterlassen, seine Aufenthalte auf den Grüns ausgiebig zur Knüpfung von Geschäftskontakten für seine Bank in Frankfurt zu nutzen.

Ich habe Rosalia noch nie mit schlechter Laune erlebt. Mein Sohn sieht in ihr längst einen Ersatz für seine Oma, denn wir treffen meine Eltern, die in Wiesbaden wohnen, nur noch zweimal im Jahr. Rudis Eltern sind bei einem Autounfall ums Leben gekommen, lange bevor wir uns kennenlernten.

Fridolin rennt die von Rosalia frisch gewischte Treppe herunter. Sie warnt ihn auf Spanisch vor der Glätte der noch feuchten Steinstufen.

Der Kleine versteht zwar ohne Zweifel jedes Wort, ignoriert die Gefahr aber trotzdem. Ohne auszurutschen erreicht er den Innenhof, wo er mir ausgelassen in die ausgebreiteten Arme springt.

Rosalia lächelt uns beide liebevoll an, als wir um den steinernen Springbrunnen im Zentrum des Innenhofes herum zu dem kunstvoll verzierten Eisentor gehen, durch das man auf die enge Gasse vor unserem Haus gelangt.

Es sind nur wenige Meter bis zum kleinen Marktplatz des Ortes. Ich komme an den Tischen der Cafés „Deportivo“ und „Can Benet“ vorbei, die fast vollständig mit Touristen besetzt sind, und freue mich schon auf den café solo, den ich mir gleich nach dem Einkauf gönnen werde.

Selbst diejenigen, die sich nur ein oder zwei Stunden Zeit nehmen, um den Zauber dieses fantastischen Ortes zu genießen, werden unwillkürlich von einer fast andächtigen Ruhe ergriffen. Die meisten Neuankömmlinge beginnen mit einem Erkundungsgang durch die engen Gassen, die über steile Treppen den Berg hinauf führen, an dem der Ort angelegt ist.

Man bewundert die Fassaden der kleinen Häuser mit ihren grün gestrichenen, hölzernen Fensterläden. Hier gibt es auch keine abgeblätterte Farbe oder gar halb verrottete Holzläden, wie man sie von manchen anderen Orten in südlichen Ländern kennt.

Die Hausbesitzer versuchen, sich gegenseitig in der Gestaltung der Eingangsbereiche oder der kleinen Gärten vor ihren Domizilen zu übertreffen. Vor den Hauseingängen stehen Tontöpfe mit Kakteen oder bunten Blumen in allen denkbaren Farben, die einen willkommenen Kontrast zu den hellen Sandsteinmauern der Gebäude bilden. Die Gärten vor den Häusern im oberen Bereich des Dorfes sind ebenfalls liebevoll gestaltet. Pinien wechseln sich mit Agaven und Obstbäumen ab. Die Begrenzungsmauern der Grundstücke sind nicht selten mit bunt blühenden Büschen und Blumen berankt.

Die einzigen Geräusche, die man aus der Umgebung vernimmt, sind das Zirpen der Grillen und das Läuten der Glöckchen, die zahlreiche Ziegen um den Hals tragen, die durch die Oliven- und Orangenhaine am nördlichen Ende des Dorfes streifen.

Entlang dieser Haine führt eine breite Steintreppe in gerader Linie bis zum Ende des Dorfes den Berg hinauf. Nachts wird sie von einigen grün gestrichenen, eisernen Straßenlaternen beleuchtet, die in regelmäßigen Abständen aufgestellt sind. Vom oberen Ende der Treppe aus kann man über einen Pfad zu verschiedenen Wanderwegen gelangen, die in die Berge der Umgebung führen. Von dort aus hat man einen faszinierenden Blick auf die mächtigen Erhebungen, die das Dorf von drei Seiten einschließen.

Wenn man all diese Eindrücke in sich aufgenommen hat, fehlt beim anschließenden Verweilen vor einem der Cafés an der Placa gänzlich das Verlangen nach Konversation. Man genießt das Gefühl der Ruhe, die nur ab und zu von dem Motorgeräusch eines Fahrzeugs unterbrochen wird, das die schmale Straße befährt, die von Soller aus durch den Ort die Berge hinauf führt. Ab und zu halten Lieferwagen vor einem der wenigen Geschäfte. Die Fahrer nachfolgender Fahrzeuge, die deswegen einige Minuten am Weiterfahren gehindert werden, warten geduldig, Aggressivität scheint es hier nicht geben zu können.

Während man seinen Kaffee oder ein Glas frisch gepressten Orangensaft genießt, hängt man unwillkürlich seinem Traum von einem eigenen Domizil in diesem Ort nach. So ist es Rudi und mir gegangen, und so wird es vielen der hier sitzenden Gäste auch gehen.

Links von mir führt eine breite Treppe entlang einer Häuserwand zur alten Pfarrkirche hinauf. Eine ungefähr acht Meter hohe Mauer aus hellem Stein begrenzt den Rest des Marktplatzes auf dieser Seite. Oben auf der Mauer verhindert ein grünes Eisengeländer, dass unvorsichtige Kirchgänger oder Touristen auf die Placa stürzen könnten.

Ich gehe quer über den Platz, auf dessen Mitte eine riesige Platane steht, rüber zu dem kleinen Lebensmittelgeschäft, das sich auf der nordöstlichen Ecke des Platzes direkt neben dem Café „Sa Placa“ befindet.

Fridolin sprintet zu der kleinen Steinsäule, die neben der Platane aufgestellt ist und aus einem Hahn Trinkwasser spendet. Es gehört zu unserem täglichen Ritus, dass er sich dort mit einem Schluck versorgt und ein wenig mit dem laufenden Wasser spielt, während ich schon meinen Gang durch den Laden beginne.

Während ich langsam an den Regalen entlang gehe, lasse ich unwillkürlich noch einmal das Telefongespräch Revue passieren, das ich vorhin mit meinem Mann geführt habe. Er hat sein Kommen für das Wochenende mit der Begründung abgesagt, dass er eine wichtige Konferenz vorbereiten müsse, die am Montag stattfinden soll.

Seine Absagen haben sich in den letzten Wochen gehäuft. Ich kann die in mir erneut aufkeimende Unruhe nicht mehr unterdrücken. Bisher hat er es sich mit ganz wenigen Ausnahmen nicht nehmen lassen, am Wochenende zu uns zu kommen. Er liebt unseren Sohn abgöttisch, zumindest ging ich bislang davon aus. Unser Haus war für ihn die Erfüllung eines Traumes, das hat er immer wieder betont. Unsere Ehe schien bis vor kurzem völlig harmonisch zu sein, wenigstens war das mein Eindruck.

Wenn es mal Probleme gab, dann nur deswegen, weil ich seit der Geburt unseres Sohnes nicht mehr ständig Lust auf Sex hatte. Rudi hat sich zwar nicht direkt beschwert, aber ich habe gespürt, dass es für ihn nicht immer einfach war, von mir abgewiesen zu werden. Ab und zu habe ich mit ihm geschlafen, wenn ich das unweigerliche Gefühl hatte, den Bogen langsam zu überspannen. Ich habe ihm meine Lust nur vorgespielt, wobei ich mich aber alles andere als gut fühlte. Bisher war ich der Meinung, dass er von meinem nicht ganz freiwilligen Schauspiel einigermaßen überzeugt war.

Ich versuche, mich wieder auf meinen Einkauf zu konzentrieren. Fridolin kommt hinzu und macht diverse Vorschläge. Natürlich handelt es sich dabei ausschließlich um Schokolade und andere Süßigkeiten.

Er schafft es schließlich, mich wieder auf andere Gedanken zu bringen. Trotzdem gehe ich heute unbeabsichtigt über das übliche Maß hinaus auf seine Einkaufswünsche ein. Das wird mir aber erst bewusst, als wir den Laden wieder verlassen, und ich einen Plastikbeutel mehr am Arm habe als sonst.

Mein Lieblingsplatz vor der Bar „Deportivo" ist noch frei. Rudi und ich hatten uns damals bei unserem ersten Besuch zufällig für diesen Tisch entschieden und haben die Wahl seit dem Tag beibehalten. Außerdem habe ich über die Jahre eine Freundschaft zu der Kellnerin Anna entwickelt.

Als sie mir einen Espresso und Fridolin einen Orangensaft bringt, fragt sie mich auf Spanisch, ob es mir heute nicht gut geht. Ich erschrecke ein wenig über die Tatsache, dass man mir offensichtlich meine Sorgen ansieht, worauf ich mich sogleich bemühe, ein einigermaßen überzeugendes Lächeln aufzusetzen.

Sie schaut mich trotzdem für einige Augenblicke zweifelnd an. Zeit für weitere Nachfragen bleibt ihr aber nicht, weil sie sich um zwei maßlos verfettete Deutsche kümmern muss, die sich je eine große Portion Eis mit Sahne bestellen. Natürlich reden sie mit der Kellnerin in ihrer Muttersprache, denn wie fast alle Landsleute erwarten sie, dass die Bedienungen hier Deutsch verstehen.

Ich versuche den Zauber dieses Ortes zu genießen und daraus meine innere Ruhe wiederzufinden. Für eine Weile gelingt mir das auch.

Eine vierköpfige Familie entscheidet sich für einen freien Tisch vor der Bar „Can Benet". Die beiden Jungs tragen Fußballtrikots von einem Verein, den ich nicht kenne, was allerdings nicht viel zu sagen hat. Auch mein Mann gehört nicht zu den Fußballanhängern. Er meint, die

Balltreterei sei ein Proleten-Sport, außerdem könne man dabei nicht so gute Geschäfte machen wie beim Golf.

Die Eltern sehen ziemlich gestresst aus. Entweder sind sie gerade erst auf der Insel angekommen und noch müde von der Reise, oder sie haben in der letzten Nacht zu viel gefeiert. Als sich beide ein Bier bestellen, tippe ich spontan auf die zweite Variante.

Fridolin trinkt einige Schlückchen von seinem Orangensaft und rennt dann rüber zu der Steinbank, die vor der steilen Wand am westlichen Ende des Platzes aufgestellt ist. Dort sitzen, wie jeden Tag um diese Zeit, zwei spanische Opas, mit denen mein Sohn gerne ein paar Worte wechselt. Das geschieht jedoch nicht ganz uneigennützig, da die beiden alten Männer immer eine Süßigkeit in der Hosentasche haben, die sie dem Kleinen gerne zukommen lassen, wenn er sie besucht.

Anna kommt noch einmal an meinen Tisch und spricht mich erneut auf meine Stimmung an. „Sag mal, Beate, was ist denn mit Dir los? Ich sehe Dir doch an, dass es Dir nicht wirklich gut geht. Eine glückliche Frau wirkt so, wie Du in den letzten Jahren ausgesehen hast." Ich will ihr gerade antworten, da wird sie von einem älteren englischen Ehepaar energisch herbeigerufen.

Bevor ich mich unvermittelt wieder auf meine düsteren Gedanken konzentriere, kommt Carmen mit ihrer eineinhalbjährigen Tochter Sophie, die sie in einem Kinderwagen vor sich herschiebt, fröhlich lächelnd zu meinem Platz. Ich kenne Carmen seit einigen Monaten. Paco, ihr Mann, ist Profispieler beim mallorquinischen Erstliga-Fußballverein Real. Sein Job bringt es nun mal mit sich, dass er sehr viel auf Reisen ist. Insofern geht es Carmen ähnlich wie mir. Sie machte jedoch bisher auf mich immer einen sehr zufriedenen und ausgeglichenen Eindruck.

„Hola Beate", begrüßt sie mich fröhlich. „Wo ist denn Dein Sohn?"

Ich brauche gar nicht zu antworten, denn Fridolin kommt quer über den Platz gerannt. Er hat die kleine Sophie in ihrem Kinderwagen längst entdeckt und lässt es sich natürlich nicht nehmen, seine Freundin sofort zu begrüßen. Der Anblick der beiden sorgenfreien Kinder erfüllt mich mit einer Freude, die aber wohl keinen positiven Einfluss auf mein Äußeres hat.

„Sag mal, Du schaust aber gar nicht glücklich aus. Ist irgendetwas passiert, das ich wissen sollte?"

Auch Carmen kann ich nichts vormachen. Wir kennen uns zwar noch nicht allzu lange, trotzdem habe ich das Gefühl, ihr absolut vertrauen zu können. Immer ist sie gut gelaunt, kann aber auch Ernsthaftigkeit und Feinfühligkeit aufbringen, wenn es vonnöten ist. Das lässt mich wiederum annehmen, dass sie sich in einem außergewöhnlichen seelischen Gleichgewicht befindet.

„Ach, ich weiß auch nicht so recht." Noch habe ich mich nicht dazu durchgerungen, ihr reinen Wein einzuschenken. Carmen lässt es zunächst dabei bewenden und albert ein wenig mit unseren Kids herum.

Aus dem Augenwinkel heraus beobachte ich den deutschen Familienvater am Nachbartisch, wie er mit seinem jüngeren Sohn Späße macht. Die Frau wirkt dagegen sehr nachdenklich, vielleicht auch gelangweilt. Ich frage mich, ob ich mit meinem Mann auch so dasitzen werde, wenn unser Sohn mal das Alter ihrer Kinder erreicht hat. Oder bin ich dann längst alleine oder gar mit einem anderen Mann zusammen?

„Hallo, junge Frau, hörst Du mir überhaupt zu? Oder hast Du plötzlich die spanische Sprache verlernt?" Carmen lächelt mich aufmunternd an.

„Entschuldige, hast Du gerade etwas zu mir gesagt?"

„Ich habe Dich gefragt, ob wir nachher, wenn unser Nachwuchs seinen wohlverdienten Mittagsschlaf hält, eine kleine Plauderstunde bei mir einlegen wollen."

Ich zögere nur einige Augenblicke, dann nicke ich. „Ich komme gerne zu Dir. Außerdem merke ich mal wieder, dass man Dir sowieso nichts vormachen kann."

Carmen streichelt mir mit ihrer schlanken rechten Hand über meine Wange und verabschiedet sich dann. „Bis nachher also." Mein Sohn gibt der kleinen Sophie ein Abschiedsküsschen, was einfach zum Verlieben aussieht.

„Ganz der Vater", sagt Carmen noch im Weggehen und lacht dabei.

Ich spüre bei dieser Äußerung plötzlich einen Stich im Magen. Die Antenne von Carmen ist offenbar doch nicht ganz so fein eingestellt, wie ich sie bisher eingeschätzt hatte.

Fridolin hat gierig seine Suppe gelöffelt und sich dann unter Rosalias Aufsicht zum Mittagsschlaf hingelegt.

Von innerer Unruhe angetrieben, habe ich danach die wenigen Meter zu Carmens Hauseingang im Laufschritt zurückgelegt. Seit unserem Treffen auf der Placa habe ich mich immer weiter in meine Ängste hineingesteigert. Auch Rosalia fragte mich, ob sie mir irgendwie helfen könne. Ich dankte ihr, sagte aber, dass ich vielleicht später auf ihr Angebot zurückkommen würde.

Vorsichtig klopfe ich an die Glasscheibe, die in die hölzerne Eingangstür eingelassen ist. Ich will die kleine Sophie nicht aufwecken. Carmen lächelt wie immer, als sie mir öffnet.

„Sophie ist gerade eingeschlafen“, flüstert sie. „Wir sollten trotzdem noch ein paar Minuten besonders leise sein. Wenn sie mitbekommt, dass Besuch da ist, werden wir keine Ruhe mehr finden.“

Ich ziehe meine leuchtend gelben Flip-Flops aus und gehe barfuß über den angenehm kühlen Steinboden. Carmen trägt ebenfalls keine Schuhe. Wir gehen durch ein sehr geschmackvoll eingerichtetes Wohnzimmer hinaus auf die kleine Terrasse. Wild rankender Wein, dessen Wachstum über ein Gestell aus Eisenstangen geleitet wird, bietet uns ausreichend Schatten. Von hier aus schauen wir auf die Oliven- und Orangenhaine am nördlichen Ende des Dorfes. Es ist Siesta-Zeit, selbst die Ziegen in den Hainen scheinen vor der Hitze zu kapitulieren.

„Was möchtest Du trinken?“, fragt Carmen.

„Am liebsten ein Glas Champagner“, sage ich aus einer spontanen Laune heraus, ohne vorher darüber nachgedacht zu haben.

„Warum eigentlich nicht“, meint Carmen und schwebt schon in Richtung Küche davon, bevor ich meinen Wunsch noch einmal korrigieren kann. Meine spanische Freundin kommt mit einer goldfarbenen Flasche „Freixenet“ unter dem Arm und zwei Sektgläsern in der Hand zurück. Gekonnt befreit sie den Flaschenhals vom Korken, ohne dass dabei ein nennenswertes Geräusch entsteht.

Wir stoßen an, nachdem sie uns eingeschenkt und sich auf einen Stuhl neben mich gesetzt hat. Dann kann sie aber ihre Neugier nicht mehr im Zaum halten, wofür ich allerdings vollstes Verständnis habe. Mir würde es an ihrer Stelle auch nicht anders gehen.

„Ach, weißt Du, was soll ich lange um den heißen Brei herumreden. Ich habe einfach das Gefühl, dass Rudi in Deutschland eine andere hat.“

Carmen scheint überhaupt nicht überrascht zu sein. Sie nimmt noch einen Schluck von dem eiskalten Sekt und sagt erst einmal gar nichts. Während wir uns gegenseitig anschauen, registriere ich zum ersten Mal bewusst die Schönheit ihrer großen braunen Augen.

„Bist Du darüber ehrlich überrascht?“, fragt sie mich schließlich.

Jetzt ist es an mir, noch einen Schluck aus dem Glas zu nehmen. Mit solch einer Antwort hätte ich nun gar nicht gerechnet. Ich muss sie einen Augenblick verdauen. Carmen ergreift meine freie Hand, denn in der anderen halte ich immer noch das halbleere Sektglas. Sie sucht wieder den Blickkontakt zu mir.

„Wie meinst Du das?“ Als Antwort fällt mir nichts Besseres ein.

„Na, wir sind doch beide in einer ähnlichen Lage. Unsere Männer sind ständig beruflich unterwegs. Paco bewegt sich zum Beispiel gerade über irgendeinen Trainingsplatz bei Madrid, wo seine Mannschaft morgen ihr Punktspiel bestreitet. Abends liegt er völlig kaputt in seinem Hotelzimmer, zumindest gehen wir Spielerfrauen von solch einem Tagesablauf aus." Sie trinkt den Rest aus ihrem Glas und schenkt uns beiden dann nach. „Was macht Dein Mann im Augenblick?"

„Ich weiß es nicht", gebe ich kleinlaut zu. „Wir haben bisher selten über Details seiner Arbeit gesprochen. Am Anfang unserer Beziehung habe ich ihn ein paar Mal danach gefragt. Er hatte aber keine rechte Lust, mit mir über seinen Job zu sprechen. So hat es sich ergeben, dass wir mit der Zeit das Thema mehr oder weniger ausgeklammert haben."

„Ich verstehe", sagt Carmen nachdenklich, als ich nicht weiterrede. „Ich wollte mit meiner Frage auch nicht unbedingt auf Details im Job Deines Mannes hinaus. Ich wollte eigentlich von Dir wissen, ob Du darüber informiert bist, wo er in diesem Augenblick ist, wo er heute abend ist, wo er morgen früh ist."

Über die Antwort auf diese Frage brauche ich nicht lange nachzudenken. „Er erzählt mir ständig etwas von Sitzungen, die anstehen, wo und mit wem die stattfinden, frage ich nicht. Es hat mich auch bisher nicht interessiert."

Ich nehme noch einen Schluck Sekt und merke, wie der Alkohol aufgrund der Hitze langsam wirkt. Allerdings empfinde ich das Gefühl als recht angenehm. Auch die Tatsache, dass Carmen erneut meine Hand nimmt und sie ein wenig streichelt, erzeugt ein gewisses Wohlbefinden in mir, obwohl unser Gesprächsthema alles andere als entspannend für mich ist.

„Du hast mir noch gar nicht erzählt, wie Du überhaupt auf den Gedanken gekommen bist, dass Dein Mann Dir untreu geworden sein könnte", stellt Carmen fest.

„Er hätte früher kein einziges Wochenende bei seinem Kind und in seiner Villa verpasst."

„Und bei seiner Frau?"

„Auch nicht bei seiner Frau", gebe ich etwas zu schnell und ein wenig zu laut als Antwort auf die Frage der schönen Spanierin, deren Hand mittlerweile über meinen linken Oberschenkel wandert, während sie uns noch einmal nachschenkt.

In mir streiten zwei Gefühlswelten. Die Wut und Unsicherheit wegen der vermuteten Untreue meines Mannes, die meine Gedanken in den letzten Stunden beherrschten, wird nun zunehmend abgelöst durch ein sich immer weiter steigerndes Genießen der Zärtlichkeiten, die mir meine Freundin zukommen lässt. Ich wehre mich aber innerlich noch gegen die Vorstellung, mich von einer Frau verwöhnen zu lassen. Mit der Zeit sorgt der Sekt dafür, dass ich immer lockerer werde.

Nach einer Weile ertappe ich mich dabei, wie ich meine Beine leicht spreize, um es ihren Fingern einfacher zu machen. Gleichzeitig ermutige ich sie durch ein leises Stöhnen, das ich nur mühsam gedämpft halten kann.

Sie rückt noch näher an mich heran und plötzlich küssen wir uns leidenschaftlich. Sie legt mit ihrer Zunge eine Fertigkeit vor, die ich noch bei keinem Mann erlebt habe. Ich versuche ihr etwas von dem wiederzugeben, was sie in mir an Gefühlen verursacht.

Vorsichtig taste ich mich zu ihren herrlichen Brüsten vor, während sie gekonnt mit den Zärtlichkeiten an meinem Oberschenkel fortfährt. Ich bin so erregt wie lange nicht mehr.

„Lass uns ins Schlafzimmer gehen", flüstert sie mir ins Ohr, das sie zuvor eine Weile mit ihrer Zunge verwöhnt hatte.

Wie elektrisiert lasse ich mich sanft von ihr führen. Ich vergesse alles um mich herum und genieße es, mich völlig gehenzulassen. Es ist ein nie da gewesenes Erlebnis für mich, als wir uns auf ihrem riesigen Ehebett in einen Rausch hineinsteigern.

Wir haben jegliches Gefühl für die Zeit verloren. Erst als im Nachbarzimmer die kleine Sophie zu weinen beginnt, erwachen wir aus unserem traumhaften Zustand. Carmen steht hastig auf, nachdem wir uns noch einmal leidenschaftlich geküsst haben, zieht sich ihr Kleid an und geht dann rüber ins Kinderzimmer.

Ich erschrecke ein wenig, als ich an meinen eigenen Sohn denke, beruhige mich aber schnell wieder, da ich ihn bei Rosalia in guten Händen weiß. Ein Blick auf meine gelbe Armbanduhr zeigt mir, dass es erst halb vier ist. Es könnte also durchaus sein, dass Fridolin noch schläft. Nachdem ich mich einigermaßen zurecht gemacht habe, gehe ich ebenfalls rüber ins Kinderzimmer, wo Carmen noch damit beschäftigt ist, ihre Tochter anzuziehen.

Ich spüre immer noch eine gewisse Erregung, während ich den fast perfekten Körper meiner spanischen Freundin anschaue. Ich horche in mich hinein und kann keine Spur von Scham oder gar einem schlechten Gewissen erkennen. Völlig ausgefüllt von diesem Glücksgefühl gebe ich Carmen noch einen Abschiedskuss auf die Wange und flüstere ihr ins Ohr, dass es wunderbar gewesen ist. Sie lächelt mich an und wendet sich dann wieder ihrer Tochter zu. Leise verlasse ich ihr Haus.

Als ich durch das Eisentor in unseren Innenhof trete, werde ich fröhlich von meinem Sohn begrüßt. Rosalia lächelt mich ebenfalls an. Ihr Blick erzeugt jedoch in mir das Gefühl, bei etwas Verbotenem ertappt worden zu sein.

Es ist später Nachmittag und ich sitze wieder vor der Bar „Deportivo“. Mein Sohn tobt mit zwei anderen deutschen Jungs, die er erst vor ein paar Minuten kennengelernt hat, über die Placa. Ich bestelle mir bei Anna ein Glas Vino Tinto.

„Sag mal, Du siehst ja viel besser aus als heute vormittag“, stellt sie mit einem süffisanten Lächeln fest. „Hast Du eine gute Nachricht bekommen?“ Offenbar kann ein schönes Erlebnis in wenigen Stunden schon erhebliche Veränderungen in einem Menschen bewirken, die auch sofort nach außen sichtbar werden.

„So etwas in der Richtung ist passiert“, antworte ich und lächle ebenfalls.

Anna wendet sich einem Gast an meinem Nachbartisch zu. Er bestellt sich einen café con leche. Ich schätze ihn auf Mitte dreißig. Er hat kurze, dunkelblonde Haare, und trägt einen Dreitagebart. Seine Beine stecken in einer verwaschenen Jeans, und sein Oberkörper wird von einem eng anliegenden, blauen T-Shirt bedeckt. Sein Gesicht ist braun gebrannt. Eine rote Kladde liegt auf dem Tisch vor ihm, in die er sich ab und zu mit einem Kugelschreiber Notizen macht. Er hat seinen Kaffee zwar auf Spanisch bestellt, nach seiner Aussprache würde ich ihn aber trotzdem als Deutschen einschätzen.

Ich befinde mich immer noch in einem Hochgefühl, das auch Anna nicht entgangen ist. Mir ist zurzeit überhaupt nicht nach Ruhe oder schweigendem Genuss dieses Gefühls zumute. Ich habe einfach Lust, mich zu unterhalten. Außerdem interessiert mich, was er zu schreiben hat. Nicht zuletzt sieht er auch noch recht gut aus.

Mir fällt auf, dass ich solche Gedanken in den vergangenen Jahren überhaupt nicht gehabt habe. Solange ich in meinem inneren Gleichgewicht war, konzentrierte ich mich auf meinen Sohn und meinen Gatten. Ich frage ihn, ob er aus Deutschland kommt.

„Richtig vermutet“, antwortet er mit einem charmanten Lächeln. „Seit der Wende wohne ich in Weimar.“

„Mir ist aufgefallen, dass Sie sich ständig Notizen machen. Da sie aus der Klassiker-Stadt kommen, würde es ja nahe liegen, dass Sie etwas mit Literatur zu tun haben.“

„Wieder richtig“, antwortet er. „Ich arbeite gerade an meinem zweiten Roman.“

Ich bin nun ehrlich interessiert. „Wollen Sie sich nicht zu mir setzen und mir ein wenig davon erzählen?“

Er lässt sich nicht lange bitten, nimmt seine Kladde und seine Kaffeetasse und setzt sich auf den Stuhl neben mir. „Mein Name ist übrigens Sebastian“, stellt er sich vor und gibt mir die Hand.

„Ich bin Beate, sehr angenehm. Du hast eben gesagt, dass Du seit der Wende in Weimar lebst. Wo kommst Du denn ursprünglich her, was hat Dich nach Weimar verschlagen?“ Ich duze ihn unwillkürlich, was ihn aber überhaupt nicht zu stören scheint.

Er schaut mir einige Sekunden in die Augen, sagt aber nichts und lacht dann stattdessen.

„Ich bin eben neugierig“, antworte ich und muss ebenfalls lachen.

„Na gut, ich komme ursprünglich aus Westfalen, kurz nach der Maueröffnung hat es mich nach Thüringen gezogen, die Liebe war Schuld.“

„Das ist ja interessant. Wie hast Du denn den Osten erlebt? Ich kann mir vorstellen, dass das eine ganz schöne Umstellung für Dich gewesen sein muss.“

„Das ist allerdings wahr“, antwortet er und wirkt für einen Augenblick etwas nachdenklich. Seine Gesichtszüge hellen sich aber sehr schnell wieder auf. „Du brauchst einfach nur mein erstes Buch zu lesen. Darin bekommst Du eine detaillierte Antwort.“

„Ich fürchte, dass ich noch nicht davon gehört habe“, sage ich mit dem Gefühl, mich irgendwie dafür entschuldigen zu müssen.

Er spürt das sofort. „Da gehörst Du wohl zu der überwiegenden Mehrheit unserer Landsleute. Ich bin für eine ganze Weile auf der Insel. Wenn wir uns noch einmal wiedersehen, bringe ich Dir ein Exemplar mit, versprochen.“

„Das wäre wirklich toll. Über eine Widmung darin würde ich mich natürlich auch freuen“.

Er strahlt über das ganze Gesicht. „Bisher haben wir nur von mir gesprochen“, stellt er fest. „Was machst Du denn hier auf der Insel?“

„Das erzähle ich Dir nur, wenn ich Dich zu einem Glas Wein einladen darf“, gebe ich zur Antwort. Er nimmt meine Einladung ohne zu zögern an.

Ich gebe Anna ein Handzeichen. Als sie an unseren Tisch kommt, um meine Bestellung aufzunehmen, schaut sie mich etwas unsicher an. Ich glaube nicht, dass sie mich jemals mit einem anderen Mann außer meinem eigenen vor ihrer Bar sitzen sah.

Meine Aufmerksamkeit wird einen Augenblick von einer kleinen Gruppe Wandervögel abgelenkt, die energischen Schrittes über die Treppe, die von der Kirche auf die Placa führt, herabsteigen. Das Trio wird von einem drahtigen Mann angeführt, den ich auf Mitte Fünfzig schätze. Mit einigem Abstand folgen ihm zwei weitere Männer, die sich ungefähr in seinem Alter befinden, wobei derjenige, den ich für den Jüngsten der drei halte, körperlich am meisten mitgenommen aussieht.

Der Anführer trägt ein kariertes Hemd, festes Schuhwerk und eine lederne Wanderhose, die bis auf die Mitte seiner strammen Waden reicht. Mit einem langen Stock, den er in der rechten Hand hält, stößt er sich im Takt seiner Schritte vom Boden ab. Als er die Mitte der Placa erreicht und einen ersten Blick auf die malerische Umgebung wirft, liegen seine zwei Gefährten, die ähnlich wie ihr Anführer gekleidet sind, noch um einige Meter zurück.

Wenige Minuten später folgen drei Frauen, die wohl die Gattinnen der energischen Wanderer sind. Die Damen sehen ohne Ausnahme sehr angestrengt aus. Zwei von ihnen würde ich als vollschlank bezeichnen, die Dritte ist recht ansehnlich und auch um einige Jahre jünger als ihre Gefährtinnen.

Die Frauen pausieren kurz auf dem Treppenabsatz vor der Kirche, bevor sie gemächlich die breite Treppe herabsteigen. Der Anführer macht durch seinen genervten Gesichtsausdruck keinen Hehl daraus, dass er für die sichtlich gestressten Damen kein Verständnis aufbringt.

„Dieses Wandervolk ist mir immer schon irgendwie fremd gewesen“, sage ich zu Sebastian.

„Du sprichst mir aus der Seele“, antwortet er. „Diese Leute kommen mir grundsätzlich völlig verbissen vor. Vielleicht sollten sie alles einfach etwas lockerer sehen. Schau Dir nur mal den Chef der Truppe an. Er fixiert die Nachzügler, als hätten sie etwas verbrochen. Offensichtlich geht er zum Lachen in den Keller.“

Anna bringt uns zwei Gläser Rotwein.

„So wie Du mit der Kellnerin sprichst, bist Du aber auch nicht als Touristin im herkömmlichen Sinne hier“, stellt Sebastian fest, als wir angestoßen haben. „Ihr beide scheint Euch schon länger zu kennen.“

„Gut beobachtet, ich wohne seit einigen Jahren hier im Ort, und Anna ist mittlerweile so etwas wie eine Freundin geworden.“

„Das hört sich ganz danach an, als wärest Du einer unserer Landsleute, die sich den Traum vom eigenen Heim im Paradies wirklich erfüllt haben. Viele reden davon, aber die wenigsten setzen es schließlich um. Das habe ich schon auf früheren Reisen festgestellt.“

„Tja, da liegst Du völlig richtig. Im Gegensatz zu den meisten anderen waren mein Mann und ich jedoch finanziell und organisatorisch in der Lage, unseren Traum sehr schnell Wirklichkeit werden zu lassen.“

Ich weiß nicht, ob sich unbewusst mein Tonfall verändert hat, zumindest schaut mich Sebastian etwas zweifelnd an und macht eine kurze Pause, bevor er wieder etwas sagt. „Ich kann mir nicht helfen, aber ich habe das Gefühl, dass irgendetwas an der Verwirklichung Deines Traumes nicht ganz so gelaufen ist, wie Du Dir das vorgestellt hast." Während er das sagt, schaut er mir forschend in die Augen, als könnte er darin schon die Antwort auf seine Frage lesen.

Meine gute Laune trübt sich wieder ein. „Du hast nicht ganz Unrecht. Sagen wir mal, dass auch hier im Paradies nicht alles so läuft, wie man sich das vorher vorgestellt hat."

Sebastian akzeptiert meine zögernde Haltung und bestellt uns noch ein Glas Rotwein. Dann erzählt er mir von seinem ersten Roman. Die Begeisterung in seinen Augen und der Elan in seiner Rede beweisen, dass mir jemand gegenüber sitzt, der offenbar seinen Weg gefunden hat. Darüber hinaus stelle ich nach einer Weile fest, dass ich mein eigenes Problem für die Zeit seines Berichts völlig vergessen hatte. Das lag auch daran, dass er mich mehrmals zum Lachen bringen konnte.

„Ich bin ein wenig neidisch auf Dich", bemerke ich unwillkürlich, als er bei Anna zwei Tassen mit starkem Kaffee für uns bestellt. Er hat wohl bemerkt, dass ein weiteres Glas Rotwein für mich nicht gut sein würde. Auf meine Äußerung erwidert er nichts, sondern schaut mich nur fragend an.

„Du scheinst jemand zu sein, der das Leben führen kann, das ihn ausfüllt, wirklich zufrieden macht", sage ich schließlich.

„Und Du hast das Gefühl gehabt, dass es Dir genauso ging, bis Du erkannt hast, dass doch irgendetwas nicht stimmt. Ist das ungefähr richtig?"

Ich zögere einen Augenblick mit meiner Antwort. „So könnte man es beschreiben."

Sebastian lässt sich Zeit mit seiner nächsten Frage, bis Anna uns den starken Kaffee mit Milch gebracht hat. „Willst Du mir erzählen, was schief gelaufen ist?"

Ich berichte ihm offen und detailliert, was mich beunruhigt. Auf der einen Seite tut es mir irgendwie gut, mir einige Dinge von der Seele zu reden, andererseits kommt dabei das Gefühl der Verzweiflung wieder in mir auf, das mich in den letzten Wochen beherrschte.

„Leider kenne ich Deinen Mann nicht", entgegnet Sebastian, ohne weiter nachzudenken, als ich meinen Bericht beendet habe. „Als Außenstehender fällt mir auf, dass der entscheidende Unterschied zwischen Dir und ihm die Tatsache ist, dass Du hier im Paradies geblieben bist, wie Du es nennst, und er zurück in den Alltag gekehrt ist und dort auch in den letzten Jahren weiter gelebt hat. Ich kann mir vorstellen, dass für ihn der Abstand immer größer wurde, er irgendwann die Verbindung zu dem Leben hier verloren hat, was letztlich Dein Leben ist, nicht seins. Er kommt ja eigentlich nur zu Besuch her, wenn man es so sehen will."

Ich spüre, dass er ehrlich bemüht ist mir zu helfen. Das tut mir gut. Verstärkt wird dieses wohlige Gefühl noch durch die Erinnerung an das schöne Erlebnis mit Carmen, das ich heute genießen durfte.

„Ich würde mich sehr freuen, wenn Du zum Abendessen bleiben würdest“, höre ich mich spontan sagen. Meine innere Spannung hat sich wieder gelöst.

„Gerne, Ich habe alle Zeit der Welt“, sagt der Mann, den ich erst seit ein oder zwei Stunden kenne und lächelt mich dabei vielsagend an.

Frust

Es sind nur noch wenige Minuten Marsch bis zum zentralen Platz von Fornalutx, wo ich für unsere Wandergruppe eine Pause eingeplant habe, die fast alle Mitglieder auch dringend nötig haben. Das permanente Gejammer von Maria, meiner Frau, und ihrer nicht minder weinerlichen Freundin Petra geht mir bereits den ganzen Tag gehörig auf die Nerven.

Wir waren noch keine halbe Stunde unterwegs, als sich meine Gattin zum ersten Mal über Schmerzen an der linken Ferse beklagte. Petra stimmte kurz danach dankbar in die beständigen Beschwerden ihrer Freundin ein. Ich halte mich selbst für einen recht genügsamen Menschen, aber wenn einem der ganze Tag mit endlosem Gejaule versaut wird, kann man schon ein wenig ungehalten werden.

Ganz anders ist dagegen Ulli, die Frau von Winfried, die um einige Jahre jünger ist als meine Gattin und ihre Freundin. Sie ist genauso angestrengt wie die beiden etwas schwergewichtigen Damen, dafür würde sie sich aber lieber auf die Zunge beißen, als sich über Kleinigkeiten zu beschweren. Außerdem bildet ihre äußerst frauliche Figur einen mehr als angenehmen Kontrast zu der Körperfülle, mit der nun mal Maria und Petra ausgestattet sind.

Wir haben Winfried, der Sparkassen-Vorstand in einer Kleinstadt in Mecklenburg ist, und seine Frau in unserem Hotel „Es Port" in Port de Soller kennen gelernt.

Ulli ist Anfang Vierzig und hat sich bis vor kurzem um die Erziehung ihrer beiden Kinder gekümmert, wie sie uns erzählte. Der Nachwuchs studiert jetzt in Berlin, sodass sich Ulli zurzeit nach einer sinnvollen Beschäftigung umschaut, was bei der heutigen Arbeitsmarktlage gar nicht so einfach ist. Aus finanziellen Gründen hätte sie es allerdings nicht nötig.

Winfried ist fast zehn Jahre älter als seine Frau. Er hat im Gegensatz zu mir alles richtig gemacht. Von seinem Gehalt kann er sich und seiner Familie ein mehr als angenehmes Leben finanzieren. Außerdem wird er nicht jeden Morgen neben einer unansehnlichen Partnerin wach, ganz im Gegenteil.

Kurt war bis zur Wende ein hoher Offizier bei der Nationalen Volksarmee. Er ist nun in den Sechzigern und hat es mit seiner Gattin auch nicht viel besser getroffen als ich. Wir kennen uns schon seit einer Ewigkeit und wohnen fast Tür an Tür in einem Elfgeschosser in Berlin-Mitte. Nach seiner Entlassung aus der NVA hat er sich mit seiner Frau an einem Lebensmittelladen versucht, der mehr schlecht als recht lief.

Vor einigen Monaten haben sie sich zur Ruhe gesetzt. Ihre Rente reicht nur für ein bescheidenes Dasein aus. Das ist nun der Dank für Jahrzehnte treuer Dienste am Vaterland. Über diese Ungerechtigkeit denke ich lieber nicht länger nach, sonst werde ich noch zorniger.

„Wenn ich ehrlich bin, könnte ich jetzt erst einmal ein frisches Bierchen vertragen", stöhnt Winfried und lächelt dabei gequält. Er sieht nicht mehr allzu frisch aus. Wahrscheinlich hofft er auf ein Lob, zu dem ich mich aber noch nicht so recht durchringen kann.

„Das haben wir uns ja nun auch redlich verdient", stimmt ihm Kurt zu und nimmt mir damit die Entscheidung ab.

„Wenn du noch ein paar Tage weiter so mitziehst, wird aus Dir wieder ein ganz ansehnlicher Kerl", ziehe ich Winfried ein wenig auf und relativiere damit Kurts Lob.

Winfried ist körperlich bei weitem nicht so gut in Schuss wie Kurt und ich. Das kommt sicher auch daher, dass er sich täglich seinen Hintern in seinem Chefsessel wund sitzt. Dieser Tatsache muss er halt auf unseren Wanderungen Tribut zollen.

Die zwei Grazien und die attraktive Ulli bewegen sich nun auch langsam die Treppe herab.

„Los doch, Mädels", kann ich mir eine Aufforderung zu etwas mehr Elan nicht verkneifen. „Ihr habt doch sicher genauso viel Durst wie wir. Die Erfrischungen warten nur darauf, dass Ihr die letzten Meter auch noch hinter Euch bringt."

„Wenn es nur schon die letzten Meter für heute gewesen wären", stöhnt mein nervendes Weib.

„Da hast Du leider Recht. Wir müssen ja noch die Kilometer bis zum Bahnhof von Soller bewältigen", stellt Petra verzweifelt fest.

„Das schafft Ihr Mädels mit links", kommt mir Kurt zuvor. „Es geht bis dahin doch nur noch bergab."

Meine Äußerung zu dem Genörgel der beiden Schwergewichte wäre wohl etwas weniger motivierend ausgefallen. Ulli lächelt nur, obwohl ich ihr ansehen kann, dass sie genauso kaputt ist wie ihre beiden Gefährtinnen. Sie verhält sich aber so, wie ich mir das auch von meiner Gattin wünschen würde.

„Na, Mädel, geht's einigermaßen?", frage ich sie und versuche mich dabei in einem aufmunternden Lächeln, was mir offensichtlich auch gut gelingt, denn Ulli strahlt mich dankbar an. Meine Gattin wirft mir daraufhin einen bösen Blick zu, der mich aber nur köstlich amüsiert.

Während wir Männer uns mit einem kühlen Bier stärken, trinken die Frauen frisch gepressten Orangensaft und Wasser.

Der ältere Herr, der uns bedient, versteht recht gut Deutsch und kann auch ein paar Brocken in unserer Sprache sprechen. Ich registriere das wohlwollend, letztlich gehört sich das auch so. Immerhin bestreiten die Leute hier ihren Lebensunterhalt hauptsächlich mit dem schwer verdienten Geld von uns deutschen Urlaubern.

Wir sitzen vor einer Bar in recht bequemen Korbsesseln mit weichen Polstereinlagen. Es ist mir ein Rätsel, warum sich einige Leute vor der benachbarten Bar auf unbequemen Holzstühlen einen schmerzenden Hintern holen. Mit deutscher Gemütlichkeit hat diese wenig ansprechende Möblierung ja nun wirklich nichts zu tun.

Die Frauen schwärmen von der Schönheit dieses Ortes. Ich muss einräumen, dass die Spanier hier ein wirklich sehr gelungenes Kleinod geschaffen haben. Die Gassen und auch der zentrale Platz sind von vorbildlicher Sauberkeit. Das hätte ich diesen Südländern gar nicht zugetraut.

Zu dem sehr ansprechenden Ambiente passt es, dass sich auch die Damenwelt hier überdurchschnittlich motivierend präsentiert. Drüben vor der Bar mit den unbequemen Stühlen sitzt eine junge Frau, die sich angeregt mit einem jüngeren Kerl unterhält. Sie trinken Rotwein und himmeln sich gegenseitig an. Mit dem Typen würde ich jetzt gerne tauschen. Na ja, man kann eben nicht alles im Leben haben.

„Wir sollten langsam aufbrechen, damit wir rechtzeitig zum Buffet zurück in unserem Hotel sind", versuche ich vor allem die Frauen unserer Gruppe aus ihrer Lethargie zu reißen. Das erwartete Gestöhne setzt natürlich an der Matronenfront sofort wieder ein. Nur Ulli ist durch die Aussicht auf ein baldiges Ende unserer heutigen Wanderung genug motiviert, um sich ohne Murren zu erheben.

Jedes Paar begleicht getrennt seine Rechnung bei dem alten Mann. Winfried, der als erster zahlt, gibt ihm ein etwas übertriebenes Trinkgeld. Ich lasse mir daher auf den Cent genau herausgeben, weil ich diese Ausländer nicht über Gebühr verwöhnen will. Kurt sieht das genauso wie ich.

Auf dem Marsch zum Bahnhof nehmen wir die direkte Strecke. Die enge Straße von Fornalutx nach Soller wird beidseitig von schätzungsweise anderthalb Meter hohen Mauern aus Natursteinen begrenzt. In dem Tal, das wir durchwandern, wechseln sich Obstbäume mit Gemüsefeldern ab.

Während ich noch einmal den Anblick der Berge um uns herum genieße, kehren meine Gedanken unweigerlich in die Vergangenheit zurück.

Wir fuhren in jedem Sommer ins Erzgebirge, wo wir mit Kurt, seiner Frau und anderen Bekannten ausgedehnte Wanderungen unternahmen. Die Welt war damals noch in Ordnung. Maria sah recht ansprechend aus und war auch körperlich ziemlich fit. Seitdem unsere Kinder aus dem Haus sind, hat sie sich regelrecht gehen lassen. Sie hatte keine Aufgabe mehr, zumal sie nach der Maueröffnung irgendwann ihren Job im „Konsum" verlor, in dem sie als Kassiererin gearbeitet hatte. Die Folge war eine über Jahre beständige Gewichtszunahme, die meiner Frau ihr heutiges unansehnliches Äußeres bescherte.

Natürlich fielen ihr dadurch unsere Wanderungen, die wir auch regelmäßig an Wochenenden in der näheren Umgebung Berlins unternahmen, immer schwerer. Ich sehe allerdings überhaupt nicht ein, dass ich deshalb mein einziges Hobby aufgeben soll. Zum Glück habe ich in Kurt einen Gesinnungsgenossen gefunden, sodass wir beide nicht allein auf die Gesellschaft unserer Ehefrauen angewiesen sind.

Die zufällige Bekanntschaft von Ulli und Winfried kommt mir in diesem Urlaub sehr gelegen. Das liegt aber weniger an der Tatsache, dass ich diesen Erfolgstypen ertragen muss, sondern allein daran, dass ich mich an dem Anblick und der gewinnenden Art seiner Frau erfreuen kann. Heutzutage muss ich mich zwangsläufig mit kleinen Dingen zufrieden geben. Das war vor der Wende noch ganz anders.

Ich saß in einem Amt, in dem ich über die Genehmigung von Ausreiseanträgen zu entscheiden hatte. Wenn man sah, welch asoziale Elemente damals zu mir kamen und unserem Staat den Rücken kehren wollten, musste man sich nicht wundern, dass es wirtschaftlich immer weiter bergab ging. Statt sich am Aufbau und Gedeihen unseres Gemeinwohls zu beteiligen, wollten sie lieber in den Westen ausreisen, wo sie sich ohne große Anstrengung hätten durchfüttern lassen können. Diejenigen, die es gewohnt waren, anzupacken, kamen gar nicht erst auf die Idee, abhauen zu wollen. Den meisten von diesen Verrätern an unserem System konnte ich Dank meiner Position den Zahn schnell ziehen. Damals war ich noch wer.

Mit der Wiedervereinigung habe ich natürlich meine Stelle verloren. Auf einmal war ich ein Geächteter, dabei habe ich mich immer korrekt verhalten, mich penibel an das geltende Recht gehalten. Was über Jahrzehnte richtig war, wurde auf einmal als Verbrechen angesehen.

Einige meiner damaligen Bekannten haben ihr Fähnlein schnell nach der geänderten Windrichtung gedreht. Sie wollten meine Frau und mich von heute auf morgen nicht mehr kennen. Dieser Gesinnungswandel kommt bis heute für mich nicht in Frage. Ich bin immer noch davon überzeugt, dass wir im Osten das bessere System hatten. Das Problem war letztlich einfach die Tatsache, dass zu wenige meiner Landsleute ernsthaft mitgezogen haben. Was daraus wird, wenn man den Leuten zu viele Freiheiten lässt, sehen wir ja heute. Arbeitslose ohne Ende, Pleiten in Massen und eine Kaste von ganz wenigen Bonzen, die sich den großen Kuchen teilen. Eine schöne Scheiße ist das. Hätten die ganzen Idioten, die damals auf die Straße gingen, geahnt, was auf sie zukommt, hätten sie wahrscheinlich lieber die Klappe gehalten. Jetzt ist es leider zu spät.

Irgendwann habe ich mich zwangsläufig mit dem neuen System arrangiert. Das war ein simples Gebot der Selbsterhaltung. Aufgrund meiner Vergangenheit war die Jobsuche allerdings mehr als schwierig. Schließlich bekam ich eine Anstellung als Kassierer in einem dieser neuen Supermärkte.

Ich fügte mich in den Arbeitsprozess so gut ein, dass ich den Laden irgendwann leiten durfte. Das wäre natürlich nicht gelaufen, wenn ich meine Überzeugung nicht irgendwann für mich behalten hätte. Zwar geht mir das auch heute noch gewaltig gegen den Strich, letztlich hatte ich aber keine andere Wahl.

Winfried ist dagegen einer von diesen farblosen Typen, die sich damals gekonnt bedeckt gehalten haben. Er hat sich nach der Wende gleich wunderbar in das neue System integriert, was man an seiner makellosen und steilen Karriere sehen kann. Mann, wie ich diese Typen hasse. Am liebsten würde ich ihm dafür wenigstens für eine Nacht mal seine Frau ausspannen, als Ausgleich sozusagen. Die Krönung wäre ja noch, wenn er zufällig hinzu käme und mir dabei zugucken müsste, wie ich sie ordentlich durchvögele.

„Emil, worüber lachst Du denn?“

Ich war so in Gedanken versunken, dass ich gar nicht bemerkt habe, wie Ulli zu mir aufschloss. Ich muss laut gelacht haben, als ich mir soeben Winfrieds leidende Miene vorstellte.

„Ach, ich genieße einfach den Augenblick.“ Mir fällt nichts besseres ein, deshalb lenke ich gleich von ihrer Frage ab. „Ich hätte gar nicht gedacht, dass Du noch so fit bist, alle Achtung.“ Kurt und Winfried haben sich zu den beiden Matronen zurückfallen lassen, was ich durch einen verstohlenen Kontrollblick über meine rechte Schulter feststelle. Wahrscheinlich wollen sie etwas Motivationsarbeit leisten, damit wir heute noch ankommen.

Während wir schweigend nebeneinander durch Soller gehen, beschließe ich, heute Abend an der Bar einen Versuch zu unternehmen, bei ihr zu landen. Sie braucht mal wieder einen richtigen Mann nach den vielen Jahren mit so einem Weichei wie ihrem Bankfritzen. Meine Gattin wird, wie an den letzten Abenden auch, wieder so kaputt sein, dass sie bald nach dem Abendessen in der Kiste verschwinden wird, was mir grundsätzlich durchaus recht ist, vor allem heute.

Wir gelangen schließlich zum zentralen Platz von Soller, wo die altertümliche Bimmelbahn zum Hafen abfährt. Die Grazien und ihre Begleiter sind so weit zurückgefallen, dass Ulli und ich beschließen, uns noch einen Drink in einer der vielen Bars zu gönnen, die es rund um den Platz gibt.

Die Fassade der Kirche beeindruckt mich, während ich mir mein Bier schmecken lasse. Ulli feiert den erfolgreichen Abschluss der heutigen Wanderung mit einem Glas Rotwein. Ich raspele noch ein wenig Süßholz, um meine abendlichen Chancen bei ihr zu erhöhen, denn ich schätze meine Erfolgsaussichten gar nicht mal als unrealistisch ein. Als endlich auch die Nachzügler eingetroffen sind, haben wir unsere Gläser schon geleert. Maria und Petra lassen sich völlig erschöpft auf zwei freie Stühle an unserem Tisch sinken.

„Nix da, Mädels“, scheuche ich sie aber gleich wieder auf. „Ihr wollt doch sicher das Buffet im Hotel nicht verpassen. Also sollten wir uns zügig zur Bahn begeben.“

„Du elender Sklaventreiber“, faucht mich meine Frau an.

Ich lächele nur freundlich.

Unser Hotel befindet sich in einem aus dem 17. Jahrhundert stammenden Herrenhaus, das man in seinem ursprünglichen Charakter belassen hat. Nur der Bettenanbau am hinteren Teil des Gebäudes ist neu errichtet worden. Vor und neben dem Haupthaus wurde ein sehr ordentlich gepflegter Garten angelegt. Er senkt sich terrassenförmig bis zu dem großen Pool ab, der vom Hotelgebäude aus nicht zu sehen ist.

Wir gehen durch einen kleinen Innenhof und kommen an der Bar vorbei, wo sich einige unserer Mitbewohner einen Aperitif schmecken lassen. Es ist nun doch schon halb acht geworden. Im Speisesaal, an dem wir auf unserem Weg zum Fahrstuhl vorbeikommen, herrscht ein reges Treiben. Es sind nur noch wenige Tische frei. Diese Tatsache bleibt meiner lieben Frau, die natürlich extrem von Hunger gepeinigt ist, auch nicht verborgen. Daher entwickelt sie beim Duschen und Umkleiden einen Elan, den sie über den ganzen Tag nicht aufbringen konnte. Vor Jahren hat sie sich eine wenig ansprechende Kurzhaarfrisur zugelegt, weswegen die Prozedur vor dem Spiegel keine sonderlich lange Zeit in Anspruch nimmt. Ihr Aussehen ist gelinde gesagt sexuell wenig aufregend, was mir aber heute völlig egal ist. Ich habe schließlich andere Pläne.

Wir wollen in den Speisesaal eintreten, als ich das Schild mit der Aufschrift „completo" erblicke, das mit einem Klebestreifen auf der Glastür befestigt ist.

„Das kann doch nicht wahr sein", stöhnt Maria. Ausnahmsweise fühle ich die gleiche Verzweiflung wie meine Frau.

Unsere Bekannten sind noch nicht da. Zumindest gehe ich davon aus, denn in dem Gewühl, das in dem riesigen Saal herrscht, könnten wir sie von unserer Position aus sowieso nur schwer ausmachen. Da Ulli lange blonde Haare hat, wird sie kaum so schnell mit ihrer Abendtoilette fertig sein wie meine Frau.

„Lass uns an der Bar einen Aperitif nehmen", schlage ich vor. Normalerweise würde ich mich jetzt bei der Leitung des Hotels beschweren. Diese Südländer sind ja bekanntermaßen alles andere als Logistikexperten. Heute will ich jedoch auf keinen Fall in negative Stimmung geraten, die für Ulli mit Sicherheit wenig anziehend wirken würde, außerdem könnte mich ein kleiner Whisky Cola jetzt innerlich etwas lockerer machen.

Zähneknirschend stimmt mein Weib meinem Vorschlag zu. Sie tut mir allerdings nicht den Gefallen, sich auch ein Mixgetränk zu bestellen, das sie ganz im Sinne meiner Planung des weiteren Abends noch schneller müde gemacht hätte als sonst üblich. Stattdessen soll ich ihr nur eine Cola ordern, die allerdings dem Erhalt ihrer Körperfülle auf jeden Fall zuträglich sein wird.

Wir befinden uns in einem rustikal eingerichteten Raum, an dessen Kopfende sich eine liebevoll restaurierte Olivenpresse befindet. Die dunkelbraunen Stützbalken, die an beiden Seiten des Raumes stehen, bilden einen angenehmen Kontrast zu den tadellos weiß gestrichenen Wänden. Dezent verteilte Lampen tauchen den Raum in ein warm wirkendes gelbliches Licht. Hier ist es deutlich kühler als draußen auf der Terrasse. Wir sitzen mit dem Rücken zur Wand auf einer Holzbank, die im gleichen dunklen Farbton gehalten ist wie die Deckenbalken. Alle hölzernen Sitzgelegenheiten in dem Raum sind mit weißen Kissen ausgelegt.

Rechts von uns befindet sich die Bar, von der ich soeben unsere Getränke geholt habe. Wir sind nicht die einzigen, die auf frei werdende Plätze im Speisesaal warten müssen. Die anwesenden Gäste sind fast durchgehend ungefähr in unserem Alter.

Kurt und Petra erscheinen nach einer Weile und sind aufgrund des Versorgungsengpasses ebenfalls einigermaßen ungehalten. Auch die beiden besorgen sich zwangsläufig einen Drink von der Bar, bevor sie sich zu uns setzen.

„Das Warten sind wir ja von früher noch gewohnt“, knurrt mein Freund. „Wenn man bedenkt, dass wir hier eine ganze Menge harte Euros gezahlt haben, könnte ich schon ein wenig wütend werden.“

Uns gegenüber sitzen einige Engländer in tiefen Sesseln, vor denen flache Tische stehen. Bunte Kacheln sind auf die Platten geklebt. Sie dienen als Stellflächen für Gläser oder Tassen.

Eine wenig ansehnliche Frau in den Vierzigern mit kurzen grauen Haaren redet wild gestikulierend auf ihre Tochter ein. Diese hat lange, schwarze Haare, die zu einem Pferdeschwanz zusammen gebunden sind, wirklich lecker, die Kleine.

In einem anderen Sessel sitzt ein Deutscher in Wanderklamotten. Er ist offensichtlich so geschafft, dass er sich zum Abendessen nicht einmal mehr umgezogen hat. Er hält ein Longdrinkglas in der Hand und rutscht immer tiefer in die Kissen, während ihm langsam die Augen zufallen. Seine Alte stiert auch nur schweigend vor sich hin. Das Glas, das vor ihr auf dem Beistelltisch steht und mit einer roten Flüssigkeit gefüllt ist, hat sie noch gar nicht angerührt.

Kurt kommt von einem Kontrollgang zurück und teilt uns mit, dass nun ein Tisch mit der benötigten Personenzahl auf der Terrasse frei geworden ist. Erfüllt von grenzenloser Erleichterung schnellen unsere Ehefrauen von ihren Plätzen hoch. Die beiden Schwergewichte entwickeln eine erstaunliche Agilität auf dem Weg durch den überfüllten Speiseraum zu der mit wildem Wein überrankten Terrasse.

Wir nehmen auf schwarz gestrichenen, schweren Metallstühlen Platz, deren Sitzflächen ebenfalls mit weißen Kissen ausgelegt sind. Ein Kellner kommt an unseren Tisch, bei dem ich eine Flasche Rotwein bestelle. Winfried und Ulli sind immer noch nicht da.

Die Damen warten nicht mal, bis die Getränke serviert werden. Sie steuern ohne weitere Verzögerung das reichlich gefüllte Buffet an und laden sich ihre Teller leicht übertrieben voll. Mit glücklichen Gesichtsausdrücken kehren sie zügig zu unserem Tisch zurück und machen sich dann gierig über die ausgesuchten Leckereien her.

Beide haben sich Kombinationen von Gerichten zusammengestellt, die es in dieser Form auf keiner Speisekarte der Welt gibt. Hühnerbeine sind mit verschiedenen Fischfilets verkeilt, auf denen sich jeweils noch ein oder zwei Scheiben eines Bratens türmen. Dazu sind die restlichen Freiflächen auf den überdimensionalen Tellern mit so ziemlich jeder angebotenen Beilage zugekleistert. Auf gesunde Ernährung, wie zum Beispiel einen der schmackhaften Salate, wird im Interesse der möglichst effektiven Magenfüllung dankend verzichtet.

Kurt und ich haben uns schon vor Jahren damit abgefunden, dass unsere Frauen wohl nicht mehr vernünftig werden, infolge dessen natürlich auch nie wieder eine einigermaßen akzeptable Figur erlangen werden.

„Lasst es Euch schmecken, Mädels“, muntere ich sie in einem Anfall von Verständnis für ihre Gier auf, der bei mir sonst gänzlich unüblich ist.

Am Nachbartisch sitzt ein Deutscher, den ich auf Anfang Vierzig schätze. Er hält Händchen mit seiner Partnerin, die ihm gegenüber sitzt. Sie hat schwarze, lockige Haare, schwarze Augen und kaffeebraune Haut. Sie sagen kein Wort und himmeln sich nur schmachtend an. Meine Herren, denke ich, der Kerl hat sich ja was ganz besonders Feines gegönnt.

Als unsere Frauen ihren ersten Teller geleert haben und sich wie selbstverständlich zur Abholung des zweiten Ganges erheben, beschließe ich, nicht mehr auf Ulli zu warten. Der Wein verursacht schon die ersten Drehungen in meinem Schädel. Wenn ich nicht sofort etwas esse, kann ich den restlichen Abend abhaken.

Als wir vom Buffet zurückkehren, sehe ich Winfried und Ulli, die durch den Speisesaal kommen und offensichtlich nach uns Ausschau halten. Ich winke ihnen mit schon etwas unkontrollierten Bewegungen, was mein Weib mit einem bösen Blick quittiert. Wenn ich nicht aufpasse, merkt sie noch was. Das wäre ja nun mehr als peinlich.

Ulli setzt sich auf den freien Platz mir gegenüber. Winfried nimmt den letzten zur Verfügung stehenden Stuhl neben seiner Frau und gegenüber meiner lieben Gattin. Das Subjekt meiner Begierde strahlt über das ganze Gesicht. Ihre tollen, langen Haare hat sie hochgesteckt. Sie scheint allerbester Laune zu sein, ebenso wie ihr lieber Mann. Mich befällt spontan der unangenehme Gedanke, dass die beiden soeben eine ausgiebige Nummer geschoben haben könnten. Zumindest sieht es ganz danach aus, wenn man das zufriedene Grinsen dieses Sparkassenheinis sieht. Als die beiden sich auch noch verliebt anhimmeln, während sie mit ihren Weingläsern anstoßen, ist für mich alles klar. Ich könnte kotzen vor Neid. Womit hat dieser Wendegewinnler so eine geile Braut verdient?

Mein Frust steigert sich noch einmal, als die beiden Turteltauben Hand in Hand, wie zwei verliebte Teenager, zum Buffet gehen.

Ich ordere beim Kellner eine weitere Flasche Wein. Die sicher recht leckeren Gerichte zwinge ich mir in kleinen Happen lustlos in den Mund, da ich für die kulinarischen Feinheiten heute einfach keinen Sinn habe. Stattdessen stürze ich mir den Inhalt des nächsten Glases in zwei oder drei Zügen in den Hals, was meiner liebenswürdigen Ehefrau natürlich nicht entgehen kann.

„Was ist denn nur heute mit Dir los?“, will sie berechtigterweise wissen.

Ich ärgere mich am meisten darüber, dass während unserer Wanderung meine Phantasie mit mir durchgegangen ist. Wie kam ich nur auf die Idee, dass diese fantastische Frau mit einem alten Sack wie mir abziehen würde?

„Ach, ich bin halt nur ein wenig geschafft“, versuche ich meine wahren Gefühle zu kaschieren. „Schließlich bin ich auch nicht mehr der Jüngste.“ Dabei entfährt mir ein ziemlich besoffenes Gelächter.

Ulli und Winfried kommen zurück an unseren Tisch. Sie prosten sich ein weiteres Mal mit einem verliebten Lächeln zu und beginnen dann, die kalorienarm zusammengestellte Essensauswahl auf ihren Tellern zu verspeisen.

Als unsere gierigen Ehefrauen ihren Nachtisch verputzt haben, ist der Whisky Cola, den ich mir als Dessert bestellt habe, schon zur Hälfte geleert. Ich sehe alles nur noch durch einen dezenten Schleier. Die Geräusche, die beim Abräumen des Geschirrs durch die emsigen Bediensteten des Hotels verursacht werden, dringen wie durch Watte an meine Ohren.

Ulli sagt irgendetwas zu mir, was ich akustisch nicht realisieren kann. Ich entscheide mich dafür, so unverfänglich wie möglich zu lächeln. Dieses wird von Ulli dermaßen motivierend erwidert, dass ich sie am liebsten hier und jetzt flachlegen würde. Offenbar ging aber soeben erneut meine Fantasie mit mir durch, denn Ulli wendet sich wieder liebevoll ihrem Gatten zu.

Noch gebe ich mich nicht ganz geschlagen. Ich versuche, mit meinem linken Fuß Ullis Beine zu erreichen, um ihr meine Absichten zu signalisieren. Da ich völlig benebelt bin, ist auch meine Zieleinstellung leicht verstellt. Ich fahre versehentlich zärtlich am Unterschenkel von Kurt auf und ab, der links neben Ulli sitzt.

Der Kerl schafft es, trotz der Tatsache, dass er auch schon ordentlich getankt hat, mir einen Blick zuzuwerfen, den nur ich verstehe. Da meine Birne vom Suff sowieso schon knallrot sein muss, bemerkt niemand der anderen die peinliche Berührung, die mich befällt. Ich ziehe meinen Freiersfuß dezent zurück und gebe das Unternehmen endgültig auf.

Mein Whisky Cola ist noch nicht ganz geleert, als Winfrieds Stimme an mein Ohr dringt. „Wir ziehen uns zurück, ihr Lieben.“

Seit wann bin ich Dein Lieber, wäre mir um ein Haar entfahren. Stattdessen stürze ich den Rest aus meinem Glas runter und halte es dann in die Höhe, um einem der Lakaien zu signalisieren, dass er mir schleunigst Nachschub bringen soll.

„Komm schon, Emil", sagt eine weibliche Stimme, die ich schon seit Jahrzehnten kenne. „Lass uns hier den Platz räumen. Es warten immer noch Leute auf einen freien Tisch."

„Maria hat Recht", erhält sie Schützenhilfe von meinem Freund Kurt. „Wenn Du unbedingt noch einen Absacker brauchst, sollten wir den hinten im Garten nehmen."

Ich nicke zustimmend, aber nur, weil es mein Kumpel vorgeschlagen hat. Als ich mit einiger Mühe aufstehe, werde ich ungebeten von meiner fürsorglichen Frau gestützt.

„Lass gut sein, Maria, ich schaffe das schon noch alleine, bin schließlich kein alter Tattergreis, wie viele der hier Anwesenden." Ich bin nicht mehr in der Lage, mit einem scharfen Blick zu überprüfen, ob irgendwer der übrigen Tischbesatzungen meine wenig einfallsreiche Spitze mitbekommen hat. Ulli und Winfried sind jedenfalls schon verschwunden. Schade, denke ich, liebend gern hätte ich diesen Möchtegern-Manager dazu aufgefordert, von mir einen Gruß mit reinzuschieben.

Ich bin total voll. Meine Frau ist gegen ihre sonstige Gewohnheit immer noch anwesend. Wir sitzen unter alten Bäumen an einem kleinen Metalltisch. Kurt gönnt sich seinen wasweissichwievielten Gin Tonic. Petra und meine Frau sind auch nicht mehr ganz nüchtern und bleiben tapfer bei Rotwein.

Kurt lallt irgendetwas, das ich erst nach zweimaligem Nachfragen verstehe. „Was ist denn heute nur passiert, Alter, so habe ich Dich ja selten erlebt."

„Wenn ich diese Typen sehe, die heute mit unserer alten Heimat nichts mehr zu tun haben wollen, könnte ich mich einfach nur noch gepflegt übergeben." In meinem Suff fällt mir nichts Besseres ein, als meinen seelischen Zustand auf das Lieblingsthema zwischen Kurt und mir zu schieben.

„Eigentlich war mir dieser Kerl von Anfang an suspekt", bekomme ich unerwartete Unterstützung von meinem Freund. Er ist genauso voll wie ich, sonst wäre er auf dieses billige Ausweichmanöver niemals herein gefallen.

Ich spüre plötzlich kraulende Finger in meinem Nacken. Als ich zur Seite blicke, schaue ich in das unter normalen Umständen wenig erbauende Gesicht meiner Gattin, die mich beruhigend anzulächeln versucht.

„Reg Dich doch nicht auf, Emil", säuselt sie mir ins Ohr. „Die alten Zeiten kommen halt nicht mehr wieder, so sehr wir uns das auch wünschen. Lass uns doch den Abend genießen."

Ein Gedanke formt sich in meiner besoffenen Birne, der mir seit Jahren fremd ist. Ich versuche mich daran zu erinnern, wann ich zum letzten Mal mit meiner Frau geschlafen habe. Ich muss wohl über den ganzen Tag dermaßen mit meiner Hormonproduktion beschäftigt gewesen sein, dass ich nun nach dem Zusammenbruch all meiner schmutzigen Phantasien nicht mehr allzu wählerisch bin.

„Wenn ich Dich nicht hätte“, entfährt es mir unvermittelt. Der ungläubige Blick meines Freundes zeigt mir, dass ich soeben etwas von mir gegeben habe, dass ihm wie eine Äußerung aus dunkelster Vergangenheit vorkommen muss.

Wir liegen in unseren zusammen geschobenen Betten. Das Zimmer ist völlig dunkel. Meine emsige Frau versucht schon seit einer Weile, meinen ungeübten Lümmel auf Vordermann zu bringen. Erst als ich es endlich schaffe, mich auf die Vorstellung zu konzentrieren, es der geilen Blonden zu besorgen, um die ich mich den ganzen Tag vergeblich bemüht habe, bekommen wir mit vereinten Kräften einen einigermaßen akzeptablen Ständer aufgebaut.

Ich rammele los wie ein Blöder, weil ich die Blonde ordentlich bestrafen will. Nach wenigen Stößen bin ich fertig und habe sie damit so erniedrigt, wie sie es verdient hat. Ich schlafe sofort nach meinem Orgasmus ein und träume von den guten alten Zeiten, in denen ich noch was zu sagen hatte.

Als der Wecker, wie jeden Morgen, um sechs Uhr klingelt, stelle ich ihn sofort wieder aus und drehe mich noch einmal auf die andere Seite. Meine Frau scheint ihn überhört zu haben, zumindest reagiert sie überhaupt nicht. Nachdem ich noch eine Weile gedöst habe, werde ich endgültig von meinem seelischen Kater geweckt.

Ich kann mich dunkel daran erinnern, dass wir noch Sex hatten. Meine Frau und ich haben eigentlich seit Urzeiten eine stillschweigende Vereinbarung, die besagt, dass der Austausch von Körperflüssigkeiten zwischen uns grundsätzlich nicht mehr stattfindet. Bisher konnte ich damit auch sehr gut leben.

Ich torkele ins Bad, wasche mir das Gesicht und werfe eine Tablette ein, die meinen Brummschädel hoffentlich bald vertreibt. Unter der kalten Dusche werde ich langsam wieder klar im Kopf. Die Blonde hat mir schöne Augen gemacht, zumindest habe ich mir das eingebildet. Ich Idiot bin natürlich gleich darauf angesprungen und hätte beinahe die Kontrolle über mich verloren, was ich mir nie verziehen hätte. Wenn ich eins hasse, dann ist es der Verlust der Kontrolle über mich und mein menschliches Umfeld. Das wird mir so schnell nicht wieder passieren.

Als ich mit einem Handtuch um meinen straffen Bauch, auf den ich in meinem Alter einigermaßen stolz sein kann, aus der Dusche komme, dreht sich meine Frau verschlafen um und lächelt mich an. Sehe ich da einen Anflug von Verliebtheit, den ich nur noch aus grauer Vorzeit kenne? Bilde Dir bloß keine Schwachheiten ein, hätte ich am liebsten gesagt, kann mir das aber gerade noch verkneifen. Ich gewinne die Kontrolle über mich langsam wieder zurück.

„Guten Morgen“, sage ich so wenig emotional wie möglich. „Du solltest Dich auch langsam anziehen. Wir haben heute ein strammes Programm vor uns.“

Wir bekommen zum Frühstück den gleichen Tisch wie gestern Abend. Heute sind wir die letzten, die zur ersten Mahlzeit des Tages erscheinen.

Das Pärchen, das mir gestern Abend schon aufgefallen ist, zählt offensichtlich auch zu den Frühaufstehern. Der Kerl himmelt die ihm gegenüber sitzende kaffeebraune Schönheit schon wieder völlig verzaubert an. Wenn ich ehrlich bin, kann ich ihn durchaus verstehen.

Petra und auch Kurt dagegen sehen gar nicht mal so gut aus. Sie rührt lustlos mit einem Löffel in ihrem Kaffee herum. Vor ihr steht ein Teller, auf dem Brotkrümel, Eierschalen und die Haut von mindestens einer Orange und diversen Kiwis zu sehen sind. Trotz der außerplanmäßigen Saufeinlage des letzten Abends scheint Petra der Appetit nicht vergangen zu sein.

Kurt nippt an einem Glas Tomatensaft und ist noch ziemlich bleich im Gesicht. Eine angebissene Scheibe Brot mit Käsebelag liegt unbeachtet auf seinem Teller. Zur Begrüßung zwängt er sich ein müdes Grinsen in sein Gesicht.

Ulli und Winfried sind dagegen bester Laune, als wir erscheinen. Ich brauche nicht allzu viel Phantasie, um zu erahnen, warum sie so entspannt aussehen. Mit einiger Befriedigung stelle ich fest, dass mich diese Vorstellung mittlerweile völlig kalt lässt.

„Wir werden heute über Cap Gros nach Muleta wandern“, informiere ich unsere Gruppe. „Da wir schon ziemlich spät dran sind, sollten wir uns bald aufmachen.“

Ich sehe wenig Begeisterung in den Gesichtern von Kurt und Petra. Die Gesichtszüge meiner lieben Frau spiegeln nacktes Entsetzen wider, was ich durch einen kurzen Seitenblick mit einiger Belustigung feststelle.

„Wir fahren heute mit einem Mietwagen nach Palma“, flötet Ulli voller Begeisterung und lächelt dabei ihren Mann verliebt an.

Ganz gegen meinen Willen spüre ich erneut Wut in mir aufkommen. Die beiden sind aber nun mal erst in diesem Urlaub zufällig zu uns gestoßen, sodass ich ihnen wohl kaum Befehle erteilen kann. Meine Frau und unsere Freunde haben mich dagegen seit Jahren als Leitwolf akzeptiert und sich auch damit abgefunden, dass ich keinen Widerspruch dulde.

Meine Gattin scheint aber den Verlauf der letzten Nacht leicht überinterpretiert zu haben. „Ach Emil, wollen wir uns nicht anschließen? Es ist doch gestern Abend so spät geworden. Wenn ich mir unsere beiden Freunde so anschaue, hätten sie bestimmt auch nichts gegen einen erholsamen Ausflug mit dem Auto.“

Bevor Petra und Kurt etwas erwidern können, ersticke ich diesen kleinen Aufstand im Keim. „Kommt überhaupt nicht in Frage. Wir vier sind hierher gefahren, um zu wandern. Wenn Ihr Besichtigungstouren mit dem Auto machen wollt, dann ohne mich. Die Müdigkeit wird uns schon aus den Knochen fahren, wenn wir erst einmal unterwegs sind.“

„Ist ja schon gut“, kapituliert Kurt ganz gegen meine Erwartung als erster.

Die beiden Matronen murren nur, ohne einen weiteren Versuch zu unternehmen, mich umzustimmen. Ich habe wieder alles im Griff.

Harmonie

Wir haben vor einigen Tagen geheiratet, und ich bin immer noch angenehm erschöpft von unseren ausgedehnten Liebesspielen. Trotzdem kann ich meinen Blick nicht von meiner wunderschönen Frau abwenden. Das „Es Port“ ist einfach fantastisch. Wahrscheinlich würde ich in meiner derzeitigen Stimmung jedes Hotel fantastisch finden.

Vor zwei Jahren habe ich mich von meiner ersten Frau scheiden lassen. Ich habe über Monate gelitten wie ein Hund. So geht es wahrscheinlich jedem Mann, der wegen einem Konkurrenten nach 15 Jahren Ehe verlassen worden ist. Zum Glück ist diese schlimme Phase längst vorbei.

Auf der Frühstücksterrasse, die sich direkt unter unserem Fenster befindet, herrscht zu dieser frühen Morgenstunde schon dezente Geschäftigkeit. Die Wanderfreaks, die das Hotel überwiegend bevölkern, gehören offenbar mehrheitlich zu den Frühaufstehern.

Ich habe Agnes, meine zweite Frau, im Februar beim Rosenmontagszug in Köln kennengelernt. Sie hat schwarze lockige Haare und kaffeebraune Haut. Ihre Vorfahren kommen aus der Karibik. Als ich sie zum ersten Mal sah, verliebte ich mich sofort in ihre schönen, schwarzen Augen. Genau das teilte ich ihr spontan mit und traf dabei zu meinem großen Glück auch noch die richtige Tonlage. Von dem Augenblick an habe ich sie nicht mehr von der Angel gelassen.

Nachdem wir uns vom hervorragend ausgestatteten Buffet versorgt haben, suchen wir uns auf der Terrasse einen freien Tisch. Ich gönne mir neben einem frischen Obstsalat eine riesige Portion Rührei, um meine Tanks wieder aufzufüllen.

Nach einer Weile fällt mir auf, dass an unserem Nachbartisch die gleichen komischen Käuze sitzen wie gestern Abend. Zwei Paare sind mit den üblichen Wanderklamotten ausstaffiert. Das dritte Paar, das etwas jünger zu sein scheint, ist sommerlich gekleidet.

Die älteren Paare an dem Tisch haben gestern Abend beim Essen so oft alkoholischen Nachschub geordert, dass es uns schon unangenehm aufgefallen war. Später haben sie vor der Bar weiter gesoffen, bis der eine von den beiden alten Säcken beim Aufstehen von seiner fülligen Gattin gestützt werden musste. Die Typen werden mit ihren weiblichen Schlachtrossen noch ein richtiges Feuerwerk in der Kiste abgebrannt haben, schießt es mir nicht ganz ohne Schadenfreude durch den Kopf.

„Worüber lachst Du denn?“, möchte meine süße Frau von mir wissen.

„Ich habe mir gerade vorgestellt, wie die komischen Vögel, die uns gestern Abend aufgefallen sind, sich in ihrem Zustand im ehelichen Schlafgemach angestellt haben."

„Du kannst wohl im Augenblick an nichts anderes mehr denken", kommentiert sie meinen zurzeit recht begrenzten Horizont und schenkt mir dazu ein zauberhaftes Lächeln.

Ich schmelze gleich dahin. „Na ja, ist das ein Wunder, wenn ich Dich den ganzen Tag anschauen darf?"

„Mehr davon", sagt sie und drückt zärtlich meine Hand.

Wir lassen uns reichlich Zeit beim Essen. Ich genieße jeden Augenblick. Es wird zwar von Minute zu Minute wärmer, aber die Blätter des rankenden Weines über unseren Köpfen spenden uns ausreichend Schatten. Ich schenke uns noch einmal frischen Kaffee nach.

Die Gesichter der übrigen Gäste wirken meist so verschlafen, als wären deren Besitzer erst vor wenigen Sekunden aus dem Bett gestiegen. An den Tischen wird überwiegend geschwiegen. Das Frühstück in Hotels hatte für mich immer schon einen besonderen Unterhaltungswert.

An einem Tisch, der etwas weiter entfernt ist, sitzt eine alte Schachtel, die aussieht, als hätte sie gerade in eine Steckdose gegriffen. Ihre schlohweißen Haare stehen wild zerzaust in alle Richtungen von ihrem Kopf ab.

„Schau mal", sage ich zu meiner Frau. „Die Tante da drüben ist nach dem Aufstehen wohl gnadenlos am Spiegel vorbei gelaufen."

„Vielleicht ist das ja der neueste Modeschrei, dafür sind die beiden da topfit." Sie macht mich auf ein weiteres Wandererpaar aufmerksam. Sie kommen mit energischem Schritt an unserem Tisch vorbei.

Der Mann hat kurz geschorene, graue Haare und einen gut gepflegten, ebenfalls grauen Bart. Er ist drahtig und hoch gewachsen. Auf seinem Weg über die Terrasse nimmt er gehörig Tempo auf.

Seine Frau ist deutlich kleiner als er. Sie schafft es aber trotzdem, mit ihm Schritt zu halten. Für ihr Alter hat sie einen ziemlich knackigen Hintern.

An einem anderen Tisch in unserer Nähe sitzt eine auffallend gut gebaute Frau. Sie trägt eine knallenge, lange Sommerhose und ein hautenges Top in Leopardenfellmuster. Goldene Armreifen um beide Handgelenke bilden einen erotischen Kontrast zu ihrer braunen Haut. Ihre manikürten Fingernägel sind dezent lackiert und ihre halblangen, braunen Haare nach hinten geföhnt.

Der Kerl, der ihr gegenüber sitzt, trägt eine Markenjeans und ein weißes T-Shirt. Er ist groß und äußerst kräftig. Seine Füße stecken in braunen Cowboystiefeln. Eine dicke Goldkette hängt um seinen muskulösen Hals. Seine hellgrau gefärbten, langen Haare sind im Nacken mit einem Gummi zusammengebunden.

„Den Kerl und die Schnalle habe ich irgendwo schon mal gesehen", sage ich zu meiner Frau.

„Ach ja, wo denn?", ist sie sofort ganz interessiert.

Ich warte noch einen Augenblick, bevor ich antworte. Sie wird schon ganz ungeduldig. „Das war in einem Beate Uhse Film", antworte ich schließlich. „Oder war es in einer Produktion von Teresa Orlowski, ich weiß es nicht mehr genau."

Meine Frau schaut mich zweifelnd an, runzelt nachdenklich ihre Stirn und muss dann lachen. „Kannst Du nicht für einen Moment ernst sein?"

Nach einem sehr entspannten Tag haben wir nun einen Mordshunger. Auf die allabendliche Schlacht am Buffet in unserem Hotel haben wir wahrlich keine Lust. Die überlassen wir lieber den deutschen Spießern. Es wird schon dunkel, als wir entlang des Kanals Richtung Uferpromenade von Port de Soller gehen.

An diesem herrlichen Sommerabend führt die mit Beton ausgegossene Rinne kein Wasser. Sie soll Regen oder Schmelzwasser aus dem Tramuntana-Gebirge durch den Ort direkt ins Meer leiten. Es hat aber in den Bergen, die sich hinter dem Ort auftürmen, seit längerer Zeit nicht mehr geregnet.

Ich lege meinen linken Arm um die Schulter meiner Frau. Sie lächelt mich glücklich und entspannt an. Wir sind an diesem Tag mit unserem kleinen Mietwagen zum Strand von Es Trenc gefahren, wo das türkisfarbene Wasser mich an einen Karibik-Urlaub mit meiner ersten Frau erinnerte.

In unserer Nähe lagen zwei braungebrannte spanische Lesben, die ab und zu ein wenig knutschten. Während meine Frau sich einen ausgiebigen Nachmittagsschlaf gönnte, hatte ich meine Phantasie mal wieder nicht im Griff, obwohl ich mich in den letzten Tagen über mangelnden Sex beileibe nicht beschweren kann. Ich stellte mir vor, mit den beiden überaus gut gebauten Miezen in den Dünen, die direkt an den Strand angrenzen, schmutzige Spielchen zu veranstalten.

Wir biegen rechts um eine Hausecke und kommen an diversen Straßenkneipen und kleinen Geschäften vorbei. Die uralte Bimmelbahn rumpelt über die Gleise, die entlang des natürlichen Hafenbeckens führen. Sie bringt einige Urlauber auf ihrer letzten Tour an diesem Tag nach Soller, das zwei oder drei Kilometer entfernt im Hinterland liegt. Schroffe Felsen und Berge umrahmen das beinahe kreisrunde Hafenbecken, das einen Durchmesser von einigen hundert Metern hat. Diverse Segel- und Motoryachten sind an den langen Stegen befestigt. Fischerboote dümpeln weiter vorne friedlich und verlassen auf dem Wasser. An einer breiten Betonpier liegen Personenfähren, die bei gutem Wetter Touristen in die traumhafte Bucht von Sa Calobra bringen.

Wir kommen an zwei Restaurants vorbei, die bis auf den letzten Platz besetzt sind. Im dritten Etablissement, das wir uns von außen näher anschauen, sind dagegen noch einige Tische frei.

„Was meinst Du?", frage ich meine Frau, während wir Arm in Arm die ausgehängte Speisekarte studieren.

„An die spanische Vorstellung von Gemütlichkeit werde ich mich wohl nie ganz gewöhnen", meint sie und spielt damit auf die Tatsache an, dass die Bude hell erleuchtet ist und dadurch ein wenig wie die Wartehalle eines Bahnhofs wirkt.

„Wahrscheinlich ist das hier das Spanischste von allen Restaurants im Ort. Die übrigen Lokale sind doch eher so eingerichtet, wie es unsere deutschen Landsleute erwarten. Womöglich ist dafür das Essen hier das Beste", erwidere ich und bringe damit meine bescheidene Erfahrung mit mediterranen Restaurants zum Ausdruck.

Als wir die Tür zum Gastraum öffnen, nutzt ein kleiner, fetter Köter die Gelegenheit, um auf die Straße zu entwischen. Rechts und links gibt es jeweils drei bis vier Holztische, die entlang der Wände aufgestellt sind. Wir entscheiden uns für einen freien Tisch in der linken hinteren Ecke, von dem aus wir einen guten Überblick über das gesamte Restaurant haben. Die Klimaanlage funktioniert einwandfrei.

Uns gegenüber befindet sich eine brusthohe Holztheke, hinter der ein älterer Herr die bestellten Getränke vorbereitet. Links von uns, am Kopfende des Raumes, steht eine gläserne Vitrine, in der verschiedene Weinflaschen gekühlt werden. Die Wände sind gelb gestrichen und an einigen Stellen mit naiven, bunten Ölgemälden dekoriert.

Wir studieren die einfache Karte, die uns ein junges Mädchen bringt. Sie sieht unscheinbar aus, ist aber sehr nett. Wir vermuten, dass sie die Tochter des Hauses ist. In der Küche, deren Eingang sich hinter der Vitrine befindet, können wir eine spanische Oma wirken sehen.

„Du musst mich auch mal ausreden lassen", sagt eine blonde Deutsche, die an dem Tisch direkt an der Glasfront zur Strasse sitzt. Sie redet so laut mit ihrem Partner, dass wir den Satz trotz der nicht unerheblichen Geräuschkulisse, die von den übrigen Gästen erzeugt wird, deutlich verstehen können. Ich schaue einen Augenblick von meiner Karte auf und sehe, dass die Blonde ein weißes, enges Top trägt. Ich schätze sie auf Mitte Zwanzig. Ihre Brüste sind ziemlich klein und ihre langen Beine stecken in einer engen Hose. Ihre Haare hat sie streng nach hinten zu einem kleinen Dutt zusammengesteckt. Sie stützt ihre Ellenbogen auf die Tischplatte und fuchtelt mit ihren rot lackierten Fingernägeln vor dem Gesicht eines etwa fünfzigjährigen, grauhaarigen Typen herum, während sie weiter energisch auf ihn einredet.

Der Kerl trägt ein gelbes, teilweise beflecktes T-Shirt und eine uralte Jeans. Er sitzt mit dem Rücken zu uns, sodass ich sein Gesicht nicht sehen kann.

Die Blonde hat leider ihren Tonfall wieder gemäßigt, deshalb kann ich nicht verstehen, was sie ihm nun mitzuteilen hat.

„Mann, die Tante scheint ja Haare auf den Zähnen zu haben", sage ich mehr zu mir selbst, als zu meiner Frau, die auf meine Äußerung gar nicht eingeht.

Die nette Bedienung kommt an unseren Tisch, um die Bestellung aufzunehmen. Ich bestelle Gazpacho, eine kalte Gemüsesuppe, als Vorspeise und als Hauptgang Filetsteaks mit Salat.

„Wenn Du mich nur mal zwei Minuten erklären lassen würdest...", höre ich wieder einen Gesprächsfetzen von der energischen Landsfrau am Fenstertisch.

Ich werde nun doch langsam neugierig, kann aber leider wieder nicht mehr verstehen als dieses Fragment, weil drei deutsche Kerle, die schon zu den älteren Semestern gehören, plötzlich laut über irgendeinen Witz lachen. Sie sitzen am Nachbartisch des Pärchens und tragen zu meinem Erstaunen alle drei für diese Jahreszeit unpassende, schäbige Wollpullover.

„Es würde mich ja schon interessieren, was die beiden da hinten zu regeln haben", sage ich zu Agnes.

„Zumindest scheint der Kerl überhaupt nicht zuhören zu können", meint sie, ist aber noch nicht ernsthaft an dem Thema interessiert.

Als die Bedienung den mallorquinischen Rotwein auf den Tisch stellt, können wir wieder einen Gesprächsfetzen vom Fenstertisch aufschnappen, weil die drei Deutschen ihr Gelächter für den Augenblick abgeschlossen haben. „...meine Intelligenz und meine Lebenserfahrung...", mehr ist nicht zu hören, weil der kleine, fette Köter, den der Opa gerade wieder hereingelassen hat, aus irgendeinem unerfindlichen Grund anfängt zu kläffen.

„Kann das elende Vieh nicht seine verdammte Schnauze halten", entfährt es mir unvermittelt. Das ältere Ehepaar, das uns direkt gegenüber sitzt, kommt aus England und kann mich zum Glück nicht verstehen.

„Ich wusste gar nicht, dass Du so neugierig bist", stellt meine Frau fest, nachdem wir den Wein probiert haben, der ausgezeichnet schmeckt.

Da der Rebensaft von der Insel erfahrungsgemäß recht teuer ist, sind wir erfreut darüber, dass er hier ausnahmsweise als Hauswein für einen erschwinglichen Preis angeboten wird.

„Du mit Deinen fast fünfzig Jahren kannst mich ja nicht mal ausreden lassen...“, kommt nun von der Blonden die nächste verbale Attacke auf ihren deutlich älteren Partner. Ich versuche noch mehr mitzubekommen, was aber durch das erneute, lautstarke Gelächter der drei Deutschen verhindert wird.

„Worum geht es denn da nun?“ Ich werde immer ungeduldiger.

„Woher soll ich das denn wissen. Sie ist bestimmt noch keine dreißig Jahre alt. Ihr Gesprächspartner könnte doch locker ihr Vater sein. Wahrscheinlich ist sie irgend so ein verwöhntes Bonzentöchterchen mit einem Vaterkomplex“, stellt Agnes dann aber doch eine erste Vermutung an.

„Der Kerl scheint es finanziell nicht allzu dicke zu haben, so wie der gekleidet ist“, bemerke ich dazu. „Die Schnalle trägt dagegen einige goldene Ringe an ihren zarten Fingerchen. Vielleicht ist er irgend so ein Künstlertyp. Diese Spinner gibt es doch reichlich hier auf der Insel.“

„...nein, das habe ich nicht gesagt...“, ist der nächste Satz, den wir verstehen können. Er macht uns aber auch nicht viel schlauer. Nun haben die beiden unsere ganze Aufmerksamkeit. Während wir essen, versuchen wir angestrengt, mehr von dem Gesprächsinhalt mitzubekommen.

Da der Typ nun mal mit dem Rücken zu uns sitzt und recht leise redet, können wir nicht ein Wort von dem aufschnappen, was er sagt. Immer dann, wenn die übrigen Gäste zufällig alle zusammen eine Sprechpause machen, können wir das eine oder andere Fragment dessen hören, was die Blonde von sich gibt.

„... Du bist ja doof, Mann bist Du doof ...“, nimmt die junge Frau nun noch einmal merklich Fahrt auf. „Das ist ja lächerlich, Du bist ja völlig bescheuert ... nun lass mich doch mal ausreden ... Du lässt mich ja nicht ausreden ... wenn Du mir nur zwei Minuten Zeit geben würdest ...“

„Das gibt's doch nicht.“ Ich verzweifle fast. „Langsam aber sicher beschleicht mich der Verdacht, dass die Torte das absichtlich macht. Die redet doch immer das gleiche, ohne auch nur irgendetwas auszusagen.“

„Wenn der Kerl sie nun mal nicht ernsthaft zu Wort kommen lässt“, ergreift meine Frau jetzt automatisch die Partei für ihre Geschlechtsgenossin.

„Typisch Frau, Du weißt doch gar nicht, um was es geht. Vielleicht macht sie ihm irgendwelche unbegründeten Vorwürfe.“

„Das glaube ich nicht. Der Typ nimmt sie eindeutig nicht für voll. Wahrscheinlich hat sie in der Vergangenheit brav funktioniert und muckt nun aus irgendeinem Grund auf. Damit kommt der Kerl offensichtlich nicht klar."

„Ich möchte nur mal wissen, wie sie mit ihren noch nicht mal dreißig Lebensjahren auf die Idee kommt, von Lebenserfahrung sprechen zu dürfen. Intelligenz will ich ihr ja nicht absprechen, aber von Erfahrung kann sie wohl nicht ernsthaft reden wollen."

„Wer weiß, was die Kleine in ihrem Leben schon durchgemacht hat", legt sich meine Frau nun immer eindeutiger fest. „Man kann auch in solch jungen Jahren durchaus schon einiges mitgemacht haben."

Ich schüttele nur mit dem Kopf, behalte meine Gedanken aber erst einmal für mich. Die Tatsache, dass meine Frau sich so klar auf die Seite ihrer Geschlechtsgenossin schlägt, macht mich ein klein wenig zornig.

Schließlich erheben sich die drei deutschen Witzbolde von ihren Plätzen. Ein letzter Sketch hat noch einmal einen lautstarken Lachsturm zur Folge. Dann verziehen sie sich endlich, was meine Hoffnung nährt, dass wir ab sofort mehr von dem Streitgespräch drüben am Fenster mitbekommen werden.

Uns gegenüber sind nun nur noch zwei Tische besetzt. Das englische Ehepaar ist noch da, man ist gerade beim Kaffee angekommen. Am Tisch daneben hat vor kurzem ein deutsches Pärchen Platz genommen.

Er trägt einen blauen Blazer mit goldenen Knöpfen und darunter eine kariertes Hemd mit einem Halstuch im offenen Kragen. Er sitzt stocksteif auf seinem Holzstuhl und verzieht keine Miene. Wahrscheinlich hat man ihm in einem katholischen Jungeninternat beigebracht, was Selbstkontrolle bedeutet.

Seine Partnerin wirkt auch eher wie eine Klosterschülerin. Sie ist spindeldürr, trägt ein nicht ganz billiges Kostüm und hat ihre dunklen Haare streng nach hinten gekämmt, ähnlich wie die blonde Streithenne. Die beiden schauen die meiste Zeit schweigend in die Runde und haben sich offenbar nicht allzu viel zu sagen.

Die streitsüchtige Schnalle ist mächtig in Fahrt. Sie klopft sich gerade mit der flachen Hand mehrfach vor die Stirn. Dann wiederholt sie die Prozedur an der Platte ihres Gegenübers. Ihre Augen sprühen förmlich Funken, als sie ihm schließlich ihre rot lackierten Krallen in die Wangen spießt.

„Mann, die arme Sau hat bei der Furie wirklich keinen leichten Stand", kommentiere ich ihre Handgreiflichkeiten.

Meine Frau sieht das schadenfrohe Grinsen um meine Mundwinkel, das ich gar nicht erst zu unterdrücken versuche. „Du scheinst Dich ja an dem Drama ausgiebig zu weiden", stellt sie lapidar fest. „Ich weiß wirklich nicht, was an so einer Auseinandersetzung lustig sein soll."

Bevor ich mir eine Erklärung für mein Verhalten einfallen lassen muss, können wir zum ersten Mal etwas von dem aufschnappen, was der Typ sagt, nachdem die Blonde erneut festgestellt hat, dass er sie nicht ausreden lassen will.

„Wenn Du schon in der Einleitung eine These aufstellst, in der ein grundsätzlicher Fehler ist, kann ich Dich nicht ausreden lassen", informiert er ungewollt auch uns über seinen Standpunkt.

„Was ist das denn für ein überhebliches Arschloch", entrüstet sich meine Frau. „Wie kann er entscheiden, ob ihre Meinung grundsätzlich von vornherein abzulehnen ist? Er lässt sie ja gar nicht erst erklären, wie sie das meint."

„Was genau meint sie denn?", frage ich nach.

„Na ja, was auch immer es ist, er muss sie doch wenigstens erklären lassen, wie sie das sieht."

„Ja, aber wenn sie doch von vornherein grundsätzlich auf dem Holzweg ist, würde ich mir an seiner Stelle den Quatsch auch nicht bis zum Ende anhören."

„Du findest sein Verhalten wohl völlig in Ordnung?" Meine Frau wird nun, ähnlich wie ihre kämpferische Geschlechtsgenossin, zumindest leicht ungehalten.

„… es fehlt ihr eindeutig an Intellekt", stellt die blonde Furie gerade fest, sodass ich nicht antworten muss. Jetzt haben wir einen neuen Puzzlestein, um weitere Vermutungen anzustellen.

„Aha, natürlich geht es um eine andere Frau, und Intelligenz scheint ja das Lieblingsthema Deiner überaus energischen Kampfgefährtin zu sein", stelle ich spontan fest.

„Also, Du bist ja wirklich unmöglich. Bestimmt regt sie sich völlig zu Recht auf. Der alte Sack in seiner unverschämten Arroganz würde mich genauso auf die Palme bringen", bestärkt meine Frau ihre Position.

„Sie hat immerhin über fünfzig Vorst…gespräche hinter sich", verteidigt der Grauhaarige die Frau, um die es offensichtlich geht. Wir können den Mittelteil des Wortes nicht verstehen, weil der Engländer in diesem Augenblick einen etwas zu tiefen Zug aus seiner Zigarre nimmt. Ein trockener, recht lautstarker Husten ist die Folge.

„Siehst Du, die Frau, der die Blonde die Intelligenz abspricht, hat reichlich Vorstandsgespräche hinter sich", stelle ich eine Vermutung an.

„Ich habe Vorstellungsgespräche verstanden", kontert Agnes kampfeslustig. „Sie kann sich auch vergeblich als Verkäuferin in einer Boutique beworben haben. Wenn sie über fünfzig Mal abgelehnt wird, spricht das ja nun nicht gerade für sie, schon gar nicht für ihre Intelligenz."

Wir müssen unseren Disput unterbrechen, denn die Streithenne steht plötzlich auf und fegt an uns vorbei zur Toilette, deren Eingang sich links neben der Vitrine befindet. Ich überlege einen Augenblick, ob ich feststellen soll, dass die verwöhnte Göre sich wahrscheinlich erst mal das Näschen pudern muss. Im Interesse der Eskalationsverhinderung an unserem Tisch verkneife ich mir aber den Spruch. Stattdessen bestelle ich für meine Frau einen Milchkaffee und für mich einen carajillo, einen starken Kaffee mit Cognac.

Kaum ist die Blonde hinter der Toilettentür verschwunden, greift der Grauhaarige ihr Portemonnaie, das auf dem Tisch liegt. „Aha, alles da", sagt er zu sich selbst, als er den Inhalt studiert hat.

„Der arme Kerl hat bestimmt keinen Cent in der Tasche", kommentiert meine Frau sein seltsames Verhalten. „Der hat sich mit seinem intellektuellen Getue eine junge, reiche Tussi gesucht, die kritiklos zu ihm aufschaut. Womöglich hat er sie heute mit einer Schwärmerei von seiner Ex-Frau zur Weißglut gebracht. Jetzt will er nur feststellen, ob er nachher in der Küche noch Teller abwaschen muss, oder ob seine Geldgeberin wie immer brav das Essen bezahlen kann."

„Ich finde es äußerst interessant, was Ihr Frauen alles aus ein paar Sprachfetzen herauslesen könnt, die Ihr irgendwo aufschnappt", werde ich nun auch ein wenig aggressiv. Die Vermutungen meiner Frau erscheinen mir gar nicht sonderlich abwegig. Da ich aber nun mal von vornherein emotional eher die Partei des Typen ergriffen habe, will ich meine Position nicht kampflos aufgeben.

Meine Frau kann nicht sofort reagieren, da die Torte schon wieder aus der Toilette kommt. Mit energischem Schritt geht sie zurück zu ihrem Tisch. Bei dieser Gelegenheit kann ich feststellen, dass sie einen recht ansprechenden Po hat, was ihr sofort ein paar Sympathiepunkte bei mir einbringt.

„Geiler Arsch", entfährt es mir, ohne dass ich über die Folgen meines Spruches nachgedacht hätte. Der Rotwein ist nicht nur sehr lecker, sondern mittlerweile auch alle. Der nicht unerhebliche Alkoholgehalt darin hat mir ungewollt die Zunge gelockert.

„Typisch Mann", ergreift meine Frau dankbar die Gelegenheit, mir einen Rüffel zu verpassen. „Wir brauchen gar nicht von Intelligenz oder anderen wirklich relevanten Themen zu sprechen. Sobald Ihr Typen einen geilen Hintern oder ein paar ansprechende Titten seht, ist es mit der Blutversorgung Eurer maskulinen Hirne vorbei."

Ich nippe verschämt an meinem carajillo. Der Alkohol fährt mir direkt ins Hirn und fördert nicht gerade meine Konzentrationsfähigkeit.

„Sie ist doch so eine nette Frau, ich weiß gar nicht was Du hast", lässt der Typ nun hören. Der Schnalle schießt daraufhin erneut die Zornesröte ins Gesicht.

Dummerweise geht in diesem Augenblick die Eingangstür auf, und zwei junge Spanier betreten den Raum. Sie kommen zur Theke vor, bestellen sich bei dem Opa zwei Bier und beginnen gleich lautstark mit der Tochter des Hauses zu flirten. Da sie nur wenige Meter von unserem Tisch entfernt stehen, übertönt ihr Gelaber das Gespräch am Fenstertisch dermaßen, dass wir davon kein Wort mehr verstehen können.

„So eine Scheiße, jetzt werden wir nie endgültig erfahren, worum es wirklich ging", bedaure ich die Entwicklung der ganzen Angelegenheit.

„Wieso, die Sache ist doch völlig klar", ist meine Frau in ihrer femininen Art fest davon überzeugt, dass sie alle Geheimnisse bereits gelöst hat. „Wir sind soeben Zeuge des ganzen Aussteigerglücks auf der Insel geworden. Der Kerl scheint sich in der letzten Stunde um Kopf und Kragen geredet zu haben. Jetzt muss er sich eine neue reiche, junge Frau suchen, die ihm sein Schmarotzertum finanziert."

„Vielen Dank für die erschöpfende, psychologische Analyse des Geschehens, dessen Zeuge wir werden durften", bemerke ich sarkastisch und schlucke den Rest des carajillos herunter.

Als ich mir einen Zweiten bestelle, sehe ich im Augenwinkel, wie die streitsüchtige Henne den Typen doch tatsächlich anlächelt und ihm mit einer Hand zärtlich über die Wange streichelt. Ich kann ein plötzlich in mir aufkommendes Triumphgefühl nicht ganz unterdrücken.

„Der Kerl weiß offensichtlich genau, wie er mit verwöhnten, reichen Hühnern umgehen muss. Meine Achtung hat er jedenfalls", bemerke ich mit einem zufriedenen Grinsen im Gesicht, obwohl ich mir eingestehen muss, dass ich selbst nicht mit diesem Ergebnis der Auseinandersetzung gerechnet hätte.

„Mit der Intelligenz der blöden Kuh scheint es ja wirklich nicht allzu weit her zu sein", ist meine Frau nun ganz enttäuscht über die vermeintliche Niederlage ihrer Favoritin in diesem Kampf der Geschlechter.

„Nimm es nicht so schwer", versuche ich sie zu trösten und nehme dabei liebevoll ihre Hand in meine. „Irren ist schließlich weiblich."

Liebe

Hansi und ich kommen am frühen Abend mit der Personenfähre vom traumhaften Strand Sa Calobra zurück nach Port de Soller. Zu diesem Zeitpunkt ahne ich noch nicht, dass ich keine 24 Stunden später unsere Beziehung endgültig beenden werde. Als Inhaberin einer Boutique in Port d'Andratx kann ich mir nur einen einzigen freien Tag in der Woche leisten, der bisher sehr harmonisch verlaufen ist. Die Harmonie zwischen uns wird allerdings nur noch andauern, bis wir unser Essen bestellt haben.

Hansi, der mein Vater sein könnte, hatte mir fest versprochen, zumindest über den Tag auf Alkohol zu verzichten. Sein Versprechen hielt er auch bis vor einer Stunde ein, als er sich an der Strandbar die ersten beiden Biere des Tages genehmigte.

Es ist schon einige Monate her, dass wir uns vor dem Café „Samoa" kennenlernten. Es liegt nur wenige Meter von meiner Boutique entfernt unmittelbar am Hafenbecken. Nach einem anstrengenden Arbeitstag genoss ich die letzten wärmenden Strahlen der Frühjahrssonne, die langsam hinter dem Berggipfel im Südwesten verschwand. Ohne an etwas Bestimmtes zu denken, betrachtete ich die unzähligen Villen und Wohnanlagen, mit denen der mächtige Berg bis zum Gipfel bebaut ist. Dieses Panorama lässt erahnen, warum so viele gut Betuchte sich gerade hier niedergelassen haben.

Die Konzentration zahlungskräftiger Kunden macht diesen Standort für mein Geschäft besonders interessant. Vor einigen Jahren bekam ich zunächst die Gelegenheit, in den Semesterferien meines Jurastudiums hier zu jobben. Dadurch konnte ich nebenbei auch meine Spanischkenntnisse ausbauen, die vorher nur spärlich vorhanden waren. Die Flüge zahlte mein Vati, dem keine Kosten zu groß waren, um seiner einzigen Tochter alles das zu ermöglichen, was sie sich in den Kopf gesetzt hatte. Als ich schließlich das Angebot meiner Chefin bekam, den Laden zu übernehmen, da sie sich zur Ruhe setzen wollte, musste ich nicht lange überlegen. Das nötige Kapital bekam ich zu einem äußerst günstigen Zinssatz von meinen Eltern.

Selbst mein Vater, der ursprünglich so stolz darauf gewesen war, dass ich Juristin werden würde, versuchte erst gar nicht, mich von meiner Idee abzubringen. Er wusste aus früheren Auseinandersetzungen zwischen uns, dass ich immer mit allen Mitteln bereit bin, meinen Kopf durchzusetzen.

Das Studium war für mich seit einigen Semestern lediglich ein lästiges Übel. Ich wäre ja sowieso nur eine von unzähligen Juristen gewesen, die nach dem Examen verzweifelt eine Anstellung suchten. Mit dem Angebot meiner Chefin waren auch die kläglichen Überreste von Motivation zur Fortsetzung meines bisher eingeschlagenen Weges verflogen.

Die Saison hatte noch gar nicht richtig begonnen. Ich war an diesem Tag mit dem Auspacken der neuen Kollektionen beschäftigt. Nur gelegentlich verirrte sich eine interessierte Kundin in mein Geschäft. Viele Damen der örtlichen Gesellschaft hüten über die Woche ihre Villen und beaufsichtigen den Nachwuchs, während ihre Männer in Deutschland die Kohle ranschaffen. Die muss natürlich wieder ausgegeben werden. Ich helfe ihnen mit meinem exquisiten Angebot dabei.

Hansi saß an einem der übrigen Tische und zeichnete mit einem Bleistift voller Hingabe die Fischerboote, die von den Plätzen vor dem Café wunderbar zu sehen sind. Er war in seine Arbeit vertieft und nahm um sich herum überhaupt nichts war. Während ich ihn beobachtete, bewunderte ich seine Fähigkeit, bei der künstlerischen Arbeit völlig abschalten zu können.

Irgendwann fragte ich ihn, ob ich mich zu ihm setzen und ihm über die Schulter schauen dürfte. Ich hatte durchaus damit gerechnet, dass er nicht gestört werden wollte. Er nahm sich aber Zeit, mich ausgiebig zu mustern und lud mich dann ein, neben ihm Platz zu nehmen. Heute bin ich nicht mehr sicher, ob es damals mein Glück war, dass er mich nicht abgewiesen hat.

Ich stellte sehr schnell fest, dass er bezüglich seiner Lebensweise keine Konzessionen macht. Das belastet die Beziehung zu ihm zwar von Zeit zu Zeit, hat mich aber von Beginn an auch irgendwie fasziniert. Leider erstreckt sich seine Unfähigkeit zu Kompromissen mit wenigen Ausnahmen auch auf seinen Alkoholkonsum, was ich aber erst wesentlich später feststellte. Ich war anfänglich voller Hoffnung, dass meine Liebe ihn ändern könnte. Seit einiger Zeit muss ich mir aber eingestehen, dass ich meinen Einfluss auf ihn überschätzt habe. Nichts und niemand wird ihn mehr ändern, damit muss ich mich abfinden oder unsere Beziehung beenden.

„Wollen wir nicht auch langsam aussteigen?“

Hansis von unendlichem Zigarettenkonsum rauh gewordene Stimme holt mich abrupt aus meiner Gedankenwelt zurück. Das Schiff hat längst angelegt, und wir sind die letzten Passagiere an Bord.

„Klar Schatz“, sage ich und bin immer noch mit meinen Gedanken in der Vergangenheit. „Entschuldige, aber ich habe einfach die Ruhe genossen.“ Warum ich ihm in diesem Augenblick ungefragt so einen Unsinn erzähle, weiß ich selbst nicht.

Er lächelt mich an und streichelt mir liebevoll über meine Haare. In diesem Augenblick ist es so wie am Anfang unserer Beziehung. Er kann so herrlich verständnisvoll sein. Für meine Stimmungen musste ich mich bisher nie rechtfertigen. Warum tue ich das aber neuerdings?

Während wir Arm in Arm über den Anlegesteg aus Beton gehen, einigen wir uns darauf, in einem der kleinen Restaurants an der Uferpromenade den Tag ausklingen zu lassen. Als wir das ausgewählte Lokal betreten, sind wir die ersten Gäste. Ich hätte zwar lieber draußen gesessen, Hansi ist es aber zu warm. Er zieht den Aufenthalt in einem klimatisierten Raum vor.

Wir bestellen uns eine Flasche Hauswein und je eine Seezunge mit Salat. Während wir auf das Essen warten, beobachte ich durch die große Glasscheibe das Treiben auf der Straße. Dabei genieße ich die Tatsache sehr, dass wir auch mal für eine Weile nebeneinander schweigen können, was ich für ein ganz besonderes Geschenk halte. Ich kenne sonst kaum ein Paar, das dazu in der Lage ist, ohne dabei ein ungutes Gefühl zu verspüren. Die meisten Menschen fühlen sich doch grundsätzlich dazu verpflichtet, irgendetwas zu sagen, sei es auch noch so banal. Das Sprechen an sich ist bei dieser Einstellung entscheidend, nicht der Inhalt dessen, was gesagt wird.

Wir genießen unseren Fisch, der vorzüglich zubereitet ist. Der Gastraum füllt sich langsam. Am Nachbartisch nehmen drei ältere deutsche Männer Platz, die sich ziemlich lautstark unterhalten. Warum müssen sich unsere Landsleute nur immer und überall in den Mittelpunkt spielen?

Wir haben unsere Mahlzeit noch nicht ganz beendet, da klingelt Hansis Handy. „Was gibt's?“, fragt er, und ich weiß sofort, dass es seine Frau Martina ist. Sie haben sich getrennt, kurz bevor er auf die Insel kam. Seltsamerweise haben weder er noch sie bis heute die Scheidung eingereicht.

„Tut mir leid, aber Du weißt doch, dass ich selbst keine regelmäßigen Einnahmen habe. Damit musst Du schon alleine fertig werden.“

Meine entspannte Stimmung schlägt augenblicklich in Aufregung um. Nach meinem Wissen meldet sich Martina immer nur dann, wenn sie finanzielle Probleme hat. Die Kinder der beiden sind seit langem aus dem Haus. Sie ist zurzeit mal wieder arbeitslos.

„Hör mal, Schatz, ich würde Dir ja gerne helfen, aber Du weißt doch, dass ich das nicht kann. Du brauchst gar nicht zu weinen, es geht wirklich nicht.“

Mein Blutdruck steigt beständig an. Wenn er sie auch noch als Schatz bezeichnet, was nicht zum ersten Mal in meinem Beisein passiert, ist es schnell mit meiner Selbstbeherrschung vorbei. Ich bringe alle Kraft auf, um ihm nicht das Telefon aus der Hand zu reißen und der unverschämten Tussi die Meinung zu geigen. Stattdessen nehme ich noch einen tiefen Schluck aus meinem Weinglas.

„Nicht weinen“, sagt Hansi und macht mir dabei den Eindruck, als wolle er auch gleich in Tränen ausbrechen.

Ich bin kurz vor der Raserei und ergreife unbewusst erneut mein Weinglas, stelle es aber sofort wieder hin, schließlich muss ich nachher noch fahren.

„Hör zu“, säuselt er in einem beruhigenden Ton in sein Handy. „Ich werde sehen, was sich machen lässt. Aber versprechen kann ich Dir wirklich nichts. Das musst Du verstehen. Komm, hör auf zu weinen. Ich melde mich in den nächsten Tagen noch mal, versprochen.“

Ich zwinge mich mit aller Kraft zur Ruhe. Während er noch eine Weile leise auf seine Frau einredet, kommt ein weiteres Paar herein. Sie hat kaffeebraune Haut und trägt ihre langen, schwarzen Haare offen. Er sieht ebenfalls äußerst ansprechend aus.

Endlich beendet Hansi das Gespräch. „Sag jetzt nichts“, ist sein erster Kommentar.

Meine Gesichtsfarbe wird die Stimmung, in der ich mich befinde, exakt widerspiegeln. Ich zwinge mich daher dazu, erst einmal seiner Aufforderung nachzukommen. Hansi schenkt erneut Rotwein in sein Glas und bestellt sich dann bei der Tochter des Hauses, die uns sehr nett bedient, einen Cognac. Ich halte das für keine gute Idee, weiß aber auch, dass jegliche kritisierende Äußerung von mir sinnlos wäre. Schließlich kann ich mich nicht mehr zurückhalten.

„Hör mal Hansi, Ihr lebt seit Jahren getrennt, und sie ist eine erwachsene Frau...“.

„Ich weiß, was Du sagen willst“, unterbricht er mich, was ich total hasse.

„Du bist doch nicht dafür verantwortlich, dass ...“, weiter komme ich wieder nicht, denn er fällt mir erneut ins Wort.

„Du brauchst mich nicht zu belehren, Baby.“

Normalerweise mag ich es ja, wenn er mich so nennt. In diesem Augenblick empfinde ich es aber eher als herablassend, was meine Wut nur noch mehr steigert. „Du musst mich doch mal ausreden lassen.“

„Tut mir leid, aber das ist gar nicht nötig“, erwidert er und nimmt noch einen Schluck Rotwein. Die Tatsache, dass er immer, wenn wir streiten, extrem leise redet, bringt mich zusätzlich auf die Palme. Man könnte dadurch den Eindruck gewinnen, als könnte ihn überhaupt nichts in Rage versetzen.

„Wenn Du mich nur mal zwei Minuten erklären lassen würdest …“, unternehme ich einen weiteren Versuch, meinen Standpunkt erläutern zu können.

„Du brauchst mir nichts zu erklären, ich kenne Dich und weiß, was Du sagen willst.“ Mit einem Leuchten in den Augen bedankt er sich bei der jungen Kellnerin, die ihm seinen Cognac bringt.

Ich bestelle mir einen café solo. Für eine Weile starre ich auf meine rot lackierten Fingernägel. Ich fühle mich völlig machtlos, weil ich diese Situation kenne. Trotzdem will ich mich nicht damit abfinden, dass er sich immer noch für seine Frau verantwortlich fühlt.

Martina ist fast zehn Jahre jünger als Hansi. Er hatte zuhause alles in der Hand, bis er irgendwann ausstieg und auf diese Insel kam. Sie hielt es nie lange an einer Arbeitsstelle aus. Dafür ist sie viel zu flatterhaft. Stattdessen verließ sie sich blind auf ihren Mann.

Er führte über Jahre eine Werbeagentur und konnte damit mehr schlecht als recht die Familie finanziell über Wasser halten. Als seine beiden Töchter endlich ihre eigenen Familien gegründet hatten und nicht mehr auf ihn angewiesen waren, beschloss er, nur noch von seinem künstlerischen Talent zu leben. Er veräußerte seine Firma für eine Summe, von der er auf der Insel ein winziges Appartement erwerben konnte. Die Erlöse aus dem Verkauf seiner Bilder auf den verschiedenen Touristenmärkten der Insel reichen so eben aus, um seinen täglichen Alkohol- und Zigarettenbedarf zu decken. Das alles weiß Martina ganz genau, trotzdem versucht sie immer wieder in unregelmäßigen Abständen, ihn anzupumpen.

Öfter, als ich es mir eingestehen will, gebe ich Hansi einen finanziellen Zuschuss, wenn es mal wieder äußerst knapp für ihn geworden ist. Ich werde jedoch das Gefühl nicht los, dass er ab und zu einen Teil davon seiner lebensunfähigen Frau zukommen lässt.

„Du mit Deinen fast fünfzig Jahren kannst mich ja nicht mal ausreden lassen.“ Ich komme mit meinem erneuten Versuch, ihm die Augen zu öffnen, wieder nicht weiter.

„Ich will dazu nichts hören, das weißt Du doch.“

„Nun lass mich doch mal ausreden. Aufgrund meiner Intelligenz und Lebenserfahrung solltest Du mir schon zutrauen können, dass ich manche Dinge durchaus realistisch einschätzen kann.“ Mehr fällt mir in meiner Hilflosigkeit nicht ein.

„Weißt Du, Baby, es gibt für Dich wirklich keinen Grund, eifersüchtig zu sein.“

Das ist ja nun der Gipfel. Wenn Männern nichts mehr einfällt, kommen sie mit der alten Eifersuchtsleier. Ich bin kurz vorm Explodieren und muss mich irgendwie abreagieren, sonst passiert hier noch ein Unglück. „Du bist ja doof, Mann bist Du doof. Das ist ja völlig bescheuert." Ich bekomme mich erst wieder in den Griff, als ich meine Fingernägel sehe, die sich tief in seine Wangen eingraben.

Er bleibt völlig ruhig. Ich hätte ihm wohl die Augen auskratzen können, ohne dass er auch nur den Versuch unternommen hätte, das zu verhindern. Diese Selbstbeherrschung in Konfliktsituationen liebe ich unter normalen Umständen an ihm. Bei Anlässen wie diesen lässt sie mich jedoch Dinge tun, die ich schon wenige Sekunden später bereue. Ich nehme einen Schluck Kaffee und bemühe mich mit aller Kraft, meine Ruhe wieder zu finden.

„Hör mal, Baby, wenn Du schon in der Einleitung eine These aufstellst, in der ein grundsätzlicher Fehler ist, kann ich Dich nicht ausreden lassen. Ich weiß doch, dass Du davon ausgehst, ich würde mich noch irgendwie für Martina verantwortlich fühlen. Du denkst daher auch, dass ich ihr ab und zu Geld zukommen lasse. Sag mir mal, wovon ich solche Zuwendungen finanzieren soll. Wenn sie mich völlig verzweifelt anruft, dann habe ich einfach nur Mitleid. Ich rede ihr ein wenig gut zu, das ist alles. Das tue ich nur deshalb, weil ich weiß, dass ihr das hilft. Wo ist dabei das Problem?"

Ich fahre mich ein wenig runter, zumal er mir mit seiner Erklärung für einen Augenblick den Wind aus den Segeln nimmt. „Hansi, siehst Du nicht, dass es ihr eindeutig an Intellekt fehlt. Sie ist doch bis heute nicht in der Lage, eine Arbeit langfristig durchzuziehen."

„Immerhin hat sie in den letzten Wochen über 50 Vorstellungsgespräche hinter sich. Das zeigt doch, dass sie sich wirklich bemüht."

„Was auch immer sie anstellt, Du verteidigst sie. Du kannst Dir gar nicht vorstellen, wie mich das ankotzt." Die Wut steigt wieder in mir hoch. Bevor die Situation erneut eskaliert, stehe ich auf und gehe durch den Raum zur Toilette.

Im Augenwinkel sehe ich, wie das deutsche Paar, das in der Ecke vor der Toilettentür sitzt, mich fragend anschaut. Wir müssen eine tolle Show geliefert haben. Ich kann nur hoffen, dass sie nicht allzu viel mitbekommen haben.

Mit kaltem Wasser bespritze ich mein Gesicht, schaue einen Augenblick in den Spiegel und überlege, was ich hier eigentlich mache. Ich weiß, dass ich gegen Hansi nicht ankomme. Zwei oder drei Sätze von ihm können mich genauso schnell wütend machen, wie mich wieder beruhigen. Ich will mich heute nicht mehr streiten. Es hat ja doch keinen Zweck.

Hansi nimmt noch einmal das Thema auf, als ich mich wieder gesetzt habe. „Sie ist doch so eine nette Frau, ich weiß gar nicht…“

Dieses Mal lasse ich ihn nicht ausreden. „Ich will es nicht mehr hören.“ Mir fehlt jetzt die Kraft, um den Disput fortzusetzen.

„Du bist doch meine Nummer eins, Baby“, kommt nun eine völlig unerwartete Kehrtwendung von ihm. „Du bist eine tolle Frau, intelligent, schön und auch noch erfolgreich. Dafür bewundere ich Dich, und das weißt Du. Natürlich kann Martina dir nicht das Wasser reichen, das habe ich Dir aber schon vielfach gesagt. Du hast es gar nicht nötig, Dich mit ihr messen zu lassen, weil dieser Vergleich für mich überhaupt nicht zur Debatte steht. Komm schon, es war so ein schöner Tag. Lass uns wieder lieb sein.“

Ich schmelze dahin, ohne es zu wollen. Alle zärtlichen Gefühle, die ich für ihn empfinde, kommen schlagartig wieder. Ich kann gar nicht anders, als sein Gesicht zu streicheln und ihn dabei anzulächeln. Ich bin kurz davor, in Tränen auszubrechen.

Als ich schließlich die Rechnung bezahle, ist der Gastraum fast leer. Wir stehen auf und Hansi nimmt mich in den Arm. Dann verlassen wir das Restaurant. Durch die Glasscheibe meine ich erkennen zu können, dass das deutsche Paar, das noch immer hinten in der Ecke sitzt, uns mit konsternierten Gesichtern nachschaut.

Es ist Montagmittag und ich genieße meine Pause vor der Bar „Central“ direkt am Hafenbecken. Jose, der Kellner, hat schon vor einer Weile eine dunkelblaue Stoffplane über ein in den Boden eingelassenes Eisengestell gezogen, damit die Gäste an ihren Tischen vor der immer heißer brennenden Sonne einigermaßen geschützt werden.

Vor mir steht ein Glas Wasser und je eine Portion Oliven und eingelegte Fische, die ich mir mit einigen Stückchen Weißbrot als Mittagessen schmecken lasse. Hansi hatte mir versprochen, zu meiner Pause herzukommen. Er ist jedoch nicht erschienen. Ich habe aber keine Lust, mich aufzuregen, dafür ist der Tag viel zu schön. Gestern Abend habe ich wieder einmal gesehen, dass ich ihn so nehmen muss, wie er ist. Zurzeit bin ich auch wohl bereit dazu.

Die Plätze auf der Terrasse, auf der ich mich befinde, sind fast alle besetzt. Die Kellner müssen mit den Getränken und Speisen von der Bar aus über die Straße zu unseren Tischen gehen. Die Motorboote und Segelyachten liegen bewegungslos auf der stillen Wasseroberfläche. Dieser Anblick hat schon immer eine beruhigende Wirkung auf mich gehabt.

Um mich herum sitzen Touristen, die wegen der sengenden Hitze mehr oder weniger in Lethargie verfallen sind. Links neben mir schweigen sich zwei Pärchen an.

Die ursprünglich schneeweiße Haut der blonden Frau ist von einem mächtigen Sonnenbrand knallrot gefärbt. Ihre schwarzhaarige Freundin, deren Haut dunkelbraun ist, hat da schon besser aufgepasst. Beide Frauen tragen einfache Shorts und billige Blusen, was ich als Expertin sofort erkenne.

Ihre Männer würde ich nicht im Traum nehmen. Beide haben ansehnliche Bierbäuche, an deren Ausbau sie gerade trotz der Hitze geduldig weiter arbeiten. Zwei leere Bierkrüge stehen vor ihnen auf dem Tisch. Auf Deutsch bestellen sie sich soeben Nachschub. Die beiden Typen tragen fleckige Trägerhemden und kurze Sporthosen einer Namenlosfirma.

Am Tisch zu meiner Rechten studiert eine kurzhaarige Engländerin seit einer ganzen Weile eine Karte von Mallorca, statt den Anblick der Umgebung zu genießen.

Ich habe meine Mahlzeit beendet. Während ich auf meinen Kaffee warte, findet das angeregte Gespräch einer etwas seltsamen Runde am Tisch neben der Engländerin meine Aufmerksamkeit.

Ein schlaksiger Typ mit langen blonden Haaren gibt eine Äußerung von sich, die ich einfach nicht überhören kann.

„Frauen gehören einfach uns Männern, letztlich werden wir nie wirklich Respekt zeigen.“ Der Kerl trägt eine lange Jeans einer exklusiven Marke und ein am Kragen weit offen stehendes Hemd, dessen Qualität ebenfalls darauf schließen lässt, dass er nicht gerade zur Unterschicht gehört.

Der Kerl war mir in der letzten Zeit schon mehrmals aufgefallen. Er lungert seit Wochen in den verschiedenen Kneipen des Ortes herum. Meistens ist er ziemlich voll. Ich schaue etwas genauer hin und habe den Eindruck, dass er auch jetzt schon wieder nicht mehr ganz nüchtern ist. Vor ihm steht ein halbleeres Glas mit Gin Tonic.

Eine Frau, die ich auf Mitte bis Ende Dreißig schätze, sitzt neben ihm. Sie ist mächtig aufgedonnert. Über einer weißen Hose aus Segeltuch trägt sie eine pinkfarbene Seidenbluse. Ihren langen blonden Haaren hat sie vor kurzem eine frische Dauerwelle verabreicht. Um ihren schlanken Hals glitzert eine Goldkette. Auch ihre Finger und Handgelenke sind mit Gold geschmückt. Sie nippt an einem Glas Sekt, bevor sie auf die Äußerung des Blonden reagiert. „Diese Einstellung finde ich zwar nicht gut, habe aber auch längst erkannt, dass Ihr Typen genau damit durch die Welt lauft.“

Ein zweiter Kerl sitzt ein wenig zusammengesunken auf seinem Holzstuhl und stiert schweigend in sein leeres Bierglas. Er ist ähnlich exklusiv gekleidet wie sein Kumpel. Seine Haare sind schwarz gelockt.

„Wie meinst Du denn das?“, will der Blonde von der Frau wissen.

„Antonio dachte bis vor kurzem auch, dass er so mit mir umspringen könnte. Seit einem halben Jahr bin ich nun schon mit Gregor zusammen. Antonio schaute sich das bisher in aller Seelenruhe an. Jetzt bekommt er doch langsam Muffe. Gregor ist ein Supertyp, einen Meter 98 und lange schwarze Haare. Ich hatte nur zwei Nächte mit ihm verbracht, da wurde ich beim Friseur schon von einer Bekannten auf die Affäre angesprochen. Dieses Kaff ist halt ein Dorf.“

„Du bist eben auch nur ein Mensch, ich meine als Frau“, kommentiert ihr Gesprächspartner, der eindeutig besoffen sein muss, die Ausführungen seiner Gesprächspartnerin.

„Da hast Du allerdings Recht“, antwortet sie. Im Gegensatz zu mir versteht sie offensichtlich sehr gut, was der Kerl ihr damit sagen will. Wahrscheinlich ist das Glas Sekt in ihrer Hand nicht das erste des Tages.

Der Kellner kommt vorbei, und der Typ bestellt in tadellosem Spanisch für alle eine neue Runde.

„Ich habe meine Finca längst an den Golfplatz-Typen verkauft. Meine Wohnung behalte ich aber. Antonio habe ich mittlerweile rausgeschmissen, was er immer noch nicht als Beendigung unserer Beziehung verstehen will. Ich würde jedenfalls nie wieder mit einem Typen zusammenziehen.“

„Wenn Du jemanden nicht mehr magst, oder Du das Gefühl hast, dass jemand Dich echt verarscht, musst Du einfach auf den Tisch hauen. Das hast Du völlig richtig gemacht“, bestätigt sie der Blonde in ihrem Verhalten.

„Ach was, eben hast Du noch ganz anders dahergeredet“, mischt sich nun der Gelockte zum ersten Mal in das Gespräch ein. „Wenn ich mich recht erinnere, hast Du Dich vorhin noch über den Hausmeister Deiner Wohnanlage aufgeregt. Als ich Dir sagte, Du solltest den Typen rausschmeißen, war seine ewige Schlamperei nun doch wieder nicht so schlimm.“

Ich kann wiederum nicht ganz nachvollziehen, wovon diese seltsamen Vögel eigentlich reden. Ich habe allerdings jetzt keine Zeit, um den Zusammenhang zwischen scheiternden Beziehungskisten und einem unzuverlässigen Hausmeister zu erkennen, wenn ich weiter zuhören will.

„Ich brauche dringend eine Kopfschmerztablette“, stöhnt die Frau. Ich habe nicht den Eindruck, dass sie ihren Gesprächspartnern tatsächlich geistig folgt. Sie kramt eine Weile in ihrer sündhaft teuren Handtasche herum und wird schließlich fündig. Mit einem Schluck Sekt spült sie die Tablette herunter. Währenddessen führen die Kerle ihre Unterhaltung weiter, ohne dass sich die Frau noch mal einmischt.

„Wofür hast Du überhaupt einen Hausmeister?“, präzisiert der Gelockte das Problem mit dem unzuverlässigen Angestellten. „Der Russe von nebenan stellt ständig seine Scheißkarre in meine verschissene Einfahrt. Deswegen muss ich jede Nacht, wenn ich nach Hause komme, dreimal um den Block fahren und mir einen verdammten Parkplatz suchen. Wo treibt sich dieser nutzlose Vogel von einem Hausmeister denn nur den ganzen Tag rum? Der müsste doch sehen, dass dieser Arsch von einem Russen ständig da parkt, wo er nichts zu suchen hat.“

„O.k. Mann, Du hast ja völlig Recht“, bestätigt ihn nun der Blonde. „Ich werde mit dem Wichser ein ernstes Wörtchen reden. Wenn er nicht spurt, dann fliegt er. Alles klar, Mann.“ Die beiden stoßen mit ihren Gläsern an und stürzen den Rest in einem Zug runter. Der Blonde brüllt auf Spanisch über die Straße, dass er noch einmal Nachschub benötigt.

Der Kellner, der gerade mit einem Tablett voller Getränke aus der Bar kommt, macht eine beruhigende Handbewegung. Er bringt eine Engelsgeduld mit den beiden ungewöhnlichen Gästen auf.

„Ich muss mich dringend hinlegen.“ Die Frau wankt leicht, als sie aufsteht. Sie gibt den beiden Kerlen jeweils ein Küsschen auf die Wange und geht dann rüber zu ihrem Mercedes Cabrio, das in einiger Entfernung geparkt ist. Mit quietschenden Reifen fährt sie an, nachdem sie umständlich die Autoschlüssel aus ihrer Handtasche geangelt und sich mit einiger Mühe hinter das Lenkrad platziert hat.

„Freude schöner Götterfunken...“, rezitiert der Blonde fehlerfrei, flüssig und recht lautstark Schillers Ode.

Ich war einen Augenblick durch die torkelnde Tussi abgelenkt, habe also nicht mitbekommen, wie dieser Themenwechsel nun wieder zustande kam. Als der Blonde fertig ist, bekommt er Applaus von seinem gelockten Kumpel. Die beiden stoßen erneut an.

„Weißt Du was, Alter, 90 war ich noch ein ganz kleines Licht. Ich verkaufte die ersten Autos in Polen. Alle Leute standen um einen uralten VW Passat herum und bewunderten die Karre. Mann, damals konntest Du noch Geschäfte machen. Irgendwann habe ich mich zu einem arroganten Stück Scheiße entwickelt. Ich habe Dich auch behandelt wie ein Stück Dreck. Tut mir echt leid, Alter.“

„Hör mal, drauf geschissen Mann. Ich möchte gar nicht jedermanns Freund sein, will gar nicht von jedem geliebt werden, verstehste?“

„Ich liebe Dich trotzdem, Mann. Ich werde alles wieder gut machen, weil ich mich echt geändert habe. Ich habe mit Dreißig aufgehört, Drogen zu nehmen, angefangen meinen Körper zu verändern, über wirkliche Liebe nachzudenken."

Der Gelockte lacht laut. „Du hast doch bisher andere nur erniedrigt, Mann."

„Nein, ich habe anderen lediglich ihren Platz zugewiesen. Das ist etwas anderes."

„Hör mal, Du kannst mir beweisen, dass Du es wirklich ehrlich meinst. Wenn Du Marta einfach weiter als Freundin siehst und sie ausnahmsweise mal nicht flachlegst, wie all die anderen Weiber, die Dir zufällig über den Weg laufen."

„Ehrensache Mann, ich habe Dir doch gesagt, dass ich mich geändert habe. Ich würde Marta nie ficken, da kannste Dich echt drauf verlassen. So eine Frau findeste nicht so schnell wieder. Ich meine, sie ist eine echte Freundin. Wenn wir ficken würden, wäre doch das ganze vertrauensvolle Verhältnis, wie es jetzt ist, total im Arsch. Entweder Du hast eine platonische Beziehung zu einer Frau, oder Du legst sie ordnungsgemäß flach, dazwischen gibt es nun mal nichts."

„Da kannste einen drauf lassen. Ich sehe, dass wir uns echt einig sind, Mann", lallt der Gelockte.

Sein blonder Kumpel hat seit einigen Minuten auch schon deutlich hörbare Artikulationsschwierigkeiten. Männliche Logik wird für mich wohl immer ein Geheimnis bleiben. Die Kerle scheinen jedenfalls der Meinung zu sein, dass sie diese Thematik erschöpfend diskutiert haben, denn der Gelockte beendet die Diskussion.

„Ist doch auch alles scheißegal. Wir holen uns an der Bar noch ein paar Flaschen Bier und fahren dann rüber zu Marta, die hat immer gutes Gras da, Alter."

Die beiden seltsamen Zeitgenossen umarmen sich innig, bevor sie aufstehen und mit erstaunlich sicherem Schritt in der Bar verschwinden. Nach einigen Minuten kommen sie mit einer Plastiktüte, die mit Bierflaschen gefüllt ist, wieder heraus. Der Gelockte trägt die Tüte, und der Blonde hat seinen Arm über die Schulter seines Freundes gelegt. Sie biegen an der ersten Ecke nach rechts ab und verschwinden in einer Gasse. Wenige Minuten später kommen sie in einem weißen Porsche noch einmal an mir vorbei.

Ich schaue auf meine Armbanduhr und erschrecke ein wenig. Mein Laden hätte vor einer Viertelstunde schon wieder geöffnet werden müssen.

Während ich einige Kleidungsstücke zusammenlege, die ich kurz vor der Mittagspause einer Kundin präsentiert hatte, versuche ich zu verarbeiten, was ich in den letzten beiden Tagen über die Denkweise der Männer gelernt habe. Ich bin doch einigermaßen verwirrt.

Nach einer Weile werde ich durch eine junge Frau abgelenkt, die meinen Laden betritt und zu meinen besten Kundinnen gehört. Ihre Haare sind halblang und dunkel. Ihr Name ist Marion. Ich schätze sie auf Mitte Zwanzig. Ihre Haut ist nahtlos braun, ihr Körper außerordentlich gut durchtrainiert. Davon konnte ich mich schon mehrfach überzeugen, als sie Kleidungsstücke bei mir anprobierte.

„Hast Du in den letzten Tagen was Neues bekommen?", fragt sie mich, nachdem sie sich eine Weile umgeschaut hat.

Ich zeige ihr eine Auswahl von Sommerhosen und das eine oder andere Oberteil. Marion macht den Eindruck, als wäre sie in Gedanken ganz woanders. Nachdem sie den Stoff befühlt hat, seufzt sie nur und entschuldigt sich dann bei mir für ihre Lustlosigkeit.

„Nimm es mir nicht übel, aber irgendwie bin ich heute gar nicht in der richtigen Stimmung. Ich komme in den nächsten Tagen noch mal vorbei." Sie lächelt mich an, ohne dass ihr wirklich danach zumute ist.

„Kein Problem", sage ich und versuche, dabei etwas aufmunternd zu wirken.

Ohne ein weiteres Wort verlässt sie mein Geschäft wieder.

Kurz vor Ladenschluss ruft Hansi an. Ich merke schon beim ersten Satz, dass er gesoffen hat.

„Schatz, ich liebe Dich, das musst Du mir glauben."

„Was ist denn passiert?", frage ich spontan, ohne über meine Frage nachgedacht zu haben.

„Wie kommst Du denn auf die Idee, dass etwas passiert sein soll?" Wenn Männer sich bei etwas ertappt fühlen, müssen sie immer eine Gegenfrage stellen, um Zeit zu gewinnen.

„Hansi, ich kenne Dich nun schon eine ganze Weile. Du kannst mir nichts vormachen", antworte ich in einem bewusst ruhigen Ton.

„Also gut, aber Du darfst nicht böse werden", gibt er sich schließlich einen Ruck. „Ich musste einfach noch mal meine Frau anrufen."

Ich fühle einen Stich in meinem Herz, trotzdem reagiere ich nicht, um es ihm so schwer wie möglich zu machen. Nach einem Augenblick, der mir wie eine Ewigkeit vorkommt, lässt er endlich die Katze aus dem Sack.

„Sie ist doch so hilflos. Ich kann sie einfach nicht im Stich lassen. Irgendwie fühle ich mich doch verantwortlich für sie." Meine Kehle ist wie zugeschnürt. Tränen schießen mir in die Augen. Ich glaube zu wissen, was jetzt kommt.

„Kannst Du mir das Geld für den Flug pumpen? Du bekommst es auch garantiert wieder.“ Ich habe mich nicht getäuscht. Kraftlos lege ich den Hörer auf, ohne ihm eine Antwort gegeben zu haben.

Abwechslung

Peter und ich sitzen vor dem Café „Samoa“, es ist früher Nachmittag. Er kann einfach nicht von der lächerlichen deutschen Tradition ablassen, sich um diese Zeit Kaffee und Kuchen zu gönnen. Ich mache den Ritus nur deshalb mit, weil ich das Gefühl habe, ihm etwas zu schulden. Wenn ich ihn über die Auswahl des Kuchens philosophieren höre, bin ich sicher, dass er nicht im Ansatz ahnt, wie sehr mich dieses spießige Leben langweilt.

„Marion, hast Du Dir schon einen Kuchen ausgesucht?“, fragt er mich und nimmt dabei meine Hand. Er sitzt mir gegenüber und lächelt mich verliebt an. Ich zwinge mich, sein Lächeln möglichst überzeugend zu erwidern. „Ich nehme die Sahne-Nuss-Torte“, womit ich mich für die Sorte entscheide, die mir zufällig als erste ins Auge fällt.

Ich weiß wirklich nicht, worüber ich mich mit meinem Mann unterhalten soll, deshalb schaue ich mich nach den übrigen Gästen um. Irgendwie muss ich ja die Zeit überbrücken, bis wir das süße Zeug serviert bekommen.

An einem der Nachbartische sitzt eine alte Schachtel, die mit aller Gewalt jung aussehen will. Dieser Versuch scheitert allerdings gnadenlos. Sie trägt ein hellblaues, kurzes Sommerkleidchen, das maximal für einen Twen angemessen wäre. Gierig schiebt sie sich riesige Stücke einer Obsttorte in den übertrieben geschminkten Mund. Ihre aufgedunsene Figur lässt eindeutig darauf schließen, dass sie von einer Diät schon seit Jahren nichts mehr hält. Auf ihrem Schoß liegt eine schwarz-weiß gestreifte, überdimensionale Handtasche. Offensichtlich will sie um jeden Preis auffallen. Das gelingt ihr auch, aber sicher nicht in der Weise, die sie sich erhofft. Der Himmel möge geben, dass ich solche verzweifelten Maßnahmen nicht auch mal nötig haben werde.

Direkt gegenüber von unseren Plätzen gibt es eine geschwungene Fußgängerbrücke über einen Kanal, der vom Hafenbecken aus ins Landesinnere führt. Am Ufer dieses Kanals sind unzählige Fischerboote fest gemacht. Über die Brücke gelangt man auf eine neu gestaltete Promenade, die entlang des Hafenbeckens auf die andere Seite von Port d’Andratx führt. Vier Meter hohe Palmen sind in einigen Metern Abstand frisch gepflanzt worden. Die Stadtverwaltung unternimmt einige Anstrengungen, um uns die Zeit hier so angenehm wie möglich zu machen. Auf die Qualität unserer zwischenmenschlichen Beziehungen hat sie allerdings keinen Einfluss.

Peter starrt in Gedanken versunken auf die Yachten, die vor uns im Hafenbecken liegen. Zum Glück quält er mich nicht mit angestrengter Konversation. Ich habe oft das Gefühl, dass zwischen uns schon längst alles gesagt ist. Ich bin froh, dass er heute Abend zurück nach Deutschland fliegt, um in seiner Firma nach dem Rechten zu sehen.

Die unansehnliche Kellnerin bringt uns den Kaffee und den bestellten Kuchen. Ich starre auf mein Stück und frage mich, welcher Teufel mich geritten hat, diese Kalorienbombe zu bestellen.

„Guten Appetit, mein Schatz", sagt Peter und macht sich mit Genuss über sein Stück Kirschtorte her.

Ich stochere mit der Gabel in der Sahne herum und probiere schließlich mit meiner Zungenspitze den Geschmack. Zu mehr kann ich mich einfach nicht durchringen. Noch weniger kann ich Peter beim Essen zusehen, denn mein Magen beginnt schon zu rebellieren. Ich muss dringend für ein paar Minuten aufstehen, wenn ich mich nicht gleich übergeben will.

„Mir geht es nicht so gut", sage ich und versuche dabei, so mitleiderregend wie möglich zu wirken. Diese Taktik hat bisher noch immer funktioniert. „Ich muss mich mal einen Augenblick bewegen, komme gleich wieder." Dann nehme ich meine Handtasche und lasse meinen Mann mit seinem halb vertilgten Kuchen allein am Tisch zurück.

Nur einige Meter entfernt gibt es verschiedene Boutiquen, in denen ich in den letzten anderthalb Jahren ein mittleres Vermögen ausgegeben habe. Peter ist äußerst großzügig, das ist auch der Hauptgrund, warum ich ihn geheiratet habe.

Ich kellnerte in Essen in einem exklusiven Bistro, in das er regelmäßig mit Geschäftsfreunden kam. Durch die Art, wie er mich ansah, bemerkte ich, dass er sich auf der Stelle in mich verliebt hatte. Er konnte sehr charmant sein, spielte sich auch vor seinen Partnern als Alleinunterhalter auf, um mir zu imponieren. Später sollte ich feststellen, dass er alles andere als ein Unterhaltungskünstler ist. Irgendwann lud er mich zu einem Diner in ein edles Restaurant ein. Ich überlegte nicht lange, weil ich nichts zu verlieren hatte. Als Unternehmer war er es gewohnt, schnelle Entscheidungen zu treffen. Er machte mir gleich bei unserer zweiten Verabredung einen Heiratsantrag. Ich wog ab, welche Alternativen ich hatte. Entweder konnte ich weiter für einen Hungerlohn Getränke durch die Gegend tragen, oder ab sofort auf der anderen Seite der Einkommensskala leben.

Irgendwo hatte ich mal gehört, dass Liebe auch mit der Zeit wachsen kann. Mit diesem Gedanken machte ich mir die Entscheidung etwas leichter. Vielleicht hätte dieses Gefühl zumindest vorher gesät werden müssen.

Ich schaue mich in meiner Lieblingsboutique ein wenig um. Die junge, blonde Frau, die den Laden führt, beobachtet mich. Normalerweise unterhalten wir uns über Neuigkeiten im Ort oder in unseren Leben. Heute habe ich aber keine Lust dazu. Ich schaue mir das eine oder andere Teil etwas genauer an, merke aber schnell, dass ich sowieso nicht in Kauflaune bin. Eigentlich wollte ich ja nur einige Minuten von meinem Mann weg. Ich könnte nicht mal genau sagen, warum ich dieses Gefühl habe. Einen konkreten Grund, wie zum Beispiel einen Geliebten, gibt es zurzeit in meinem Leben nicht.

Die Besitzerin des Ladens ist weit davon entfernt, mir auf die Nerven zu gehen. Sie kennt mich mittlerweile gut genug, um zu erkennen, ob sie mir irgendwie helfen kann. Sie würde mich niemals mit der blöden Frage, ob ich nur schauen möchte, aus ihrem Laden vertreiben. Lustloses, angestelltes, sogenanntes Fachpersonal in deutschen Geschäften für die Unter- und Mittelschicht würde sich gänzlich anders verhalten, davon kann ich ein Lied singen.

Nach einigen Minuten fühle ich mich stark genug, um zu meinem Mann und dem Kuchen zurückkehren zu können.

Peter sagt kein Wort, als ich mich wieder an unseren Tisch setze. Sein Kuchenteller ist bis auf vereinzelte Krümel gähnend leer. Er stochert gerade mit seiner Gabel in dem Stück auf meinem Teller herum.

Trotz der Tatsache, dass er bald die Sechzig erreicht, hat er noch eine ansprechende Figur. Immerhin hält er sich mit täglichem Jogging fit. Seine grauen Haare hat er kurz geschoren, was einige meiner Freundinnen durchaus erotisch finden. Dadurch fällt es auch gar nicht auf, dass er am Hinterkopf längst eine kahle Stelle bekommen hat. Zum Glück gehört er nicht zu den alternden Männern, die aufgrund ihrer ausfallenden Haare dermaßen Komplexe bekommen, dass sie sich die wenigen verbleibenden lang wachsen lassen, um sie dann über die Glatze zu kämmen. Es ist nichts abstoßender als vom Winde aufgetürmte Restbehaarung. Einige seiner Geschäftspartner, die ich mit den Jahren kennenlernen musste, gehören zu dieser Spezies.

„Möchtest Du etwas trinken?“, fragt er mich und tut dabei so, als wäre ich gar nicht weg gewesen.

In diesem Augenblick wünsche ich mir nicht zum ersten Mal, dass er ab und zu den Mut aufbringen würde, energisch auf den Tisch zu hauen. Davon ist er aber weit entfernt. Schließlich bin ich seine Traumfrau, was er mir bestimmt tausendmal gesagt hat. Er ist dagegen der

Mann, der mich aus meinem Dornröschen-Dasein befreit hat. Ich habe das Leben ohne finanzielle Sorgen kennen und lieben gelernt. Es würde mir sehr schwer fallen, darauf zu verzichten. Bei einer Scheidung würde ich mit einem Hungerlohn abgespeist, schließlich ist Peter kein Idiot. Den Ehevertrag musste ich unterschreiben, sonst wäre unsere Hochzeit geplatzt. Damals hat er sich wie ein echter Geschäftsmann verhalten. Heute benimmt er sich wie ein Kartenspieler, der keinen einzigen Trumpf mehr in der Hand hält.

„Ein Glas Sekt würde mir jetzt sehr gut tun", antworte ich und versuche dabei, ihn aufmunternd anzulächeln.

„Ich genehmige mir auch ein Gläschen", erwidert er, während er schon die Kellnerin herbei winkt. „Das Taxi, das mich zum Flughafen bringt, kommt erst in einer Stunde."

Früher habe ich ihn noch selbst zu seinem Flieger gefahren. Jedoch habe ich diese Gewohnheit, die zumindest ein gewisses Interesse meinerseits an ihm signalisierte, irgendwann abgeschafft. Ich könnte nicht mal sagen, wann genau das gewesen ist, oder ob es dafür einen bestimmten Anlass gab.

„Erinnere bitte Luisa daran, dass sie am kommenden Freitag genug Steaks einkauft. Der Kamphausen und seine Frau können mit der mallorquinischen Küche nun mal nicht viel anfangen." Peter hat für das nächste Wochenende einen wichtigen Geschäftspartner auf unsere Finca eingeladen. Natürlich muss alles perfekt organisiert sein, schließlich geht es um eine Menge Kohle.

„Selbstverständlich wird sich Luisa um alles kümmern", versuche ich meinen Mann zu beruhigen. „Bisher hat sie noch alles zu Deiner Zufriedenheit erledigt."

Luisa ist seit einem Jahr Haushälterin bei uns. Ein Nachbar hat sie Peter empfohlen. Ich kümmere mich kaum um sie. Immerhin hatte auch ich bisher keinen Anlass, mich über unsere Angestellte zu beschweren.

„Ich rufe Dich an, wenn ich heil zuhause angekommen bin", teilt er mir mit.

„Ist in Ordnung, Peter, es wird schon nichts passieren", sage ich, um überhaupt etwas zu erwidern.

„Was hast Du denn so in der Woche vor?", fragt er, ohne dass er ernsthaft eine Antwort erwartet.

Ich zünde mir eine Zigarette an, während unsere mit Sekt gefüllten Gläser serviert werden und erfülle seine Erwartungen.

Das Taxi kommt pünktlich. Ich fühle mich wie befreit, als Peter endlich einsteigt. Für die nächsten Tage habe ich meine Ruhe und muss nicht mehr schauspielern.

Ich sitze vor meiner Lieblingsbar, wo man einen wunderbaren Blick auf den Hafen hat. Auf dieser Seite des Beckens liegen die etwas kleineren Boote. Drüben auf der anderen Seite befinden sich die Yachten, die in ihren Rümpfen und Aufbauten Wohnraum wie ein Mehrfamilienhaus bieten. Entlang der Mole sind in regelmäßigen Abständen dunkelblau lackierte Straßenlaternen aufgestellt. Die überdimensionalen Birnen darin erinnern an die Beleuchtungen am Heck der kleinen Fischerboote, mit denen nachts die Sardinen angelockt werden.

Einige Meter weiter rechts von mir befindet sich die kleine Fischhalle. Davor sind die größeren Ausführungen der Fischerboote festgemacht, die am Nachmittag von ihren Fangfahrten zurückgekehrt sind. Manchmal komme ich um diese Zeit her, nur um den Jungs beim Entladen zuzuschauen. Irgendwie zieht mich dieser Anblick magisch an.

Ich hätte gute Lust, einen der Landsleute anzusprechen, die in den Hecks ihrer Yachten sitzen, um ihn zu bitten, mich mitzunehmen. Peter hat zwar ein superschnelles Motorboot gekauft, das auch hier an einem der Stege liegt, aber ich stehe mehr auf Segeln, weil der Krach des Motors für mein Empfinden wenig entspannend ist. Ich kann mich gar nicht daran erinnern, wann ich zum letzten Mal mitgefahren bin. Für Peter ist Segeln einfach nur langweilig.

Die Sonne steht schon ziemlich tief, deshalb werden die Temperaturen nun einigermaßen erträglich. Ich habe Glück, dass ich noch einen freien Tisch bekomme. Um diese frühe Abendstunde erwacht der Ort erst wieder richtig zum Leben.

Als ich beim zweiten Glas Sekt angelangt bin, fällt mir ein junger Kerl auf. Das liegt nicht etwa daran, dass er besonders gut aussehen würde. Im Gegenteil ist sein Äußeres recht unscheinbar. Er hat dünne, blonde Haare und eine hagere Figur, die ich nicht besonders anziehend finden kann. Ich bin überhaupt nur durch das Porsche Cabrio auf ihn aufmerksam geworden, mit dem er soeben vorfuhr und das er nun am Straßenrand gegenüber der Bar im Parkverbot abstellt.

Als er aus seinem Wagen mit Frankfurter Kennzeichen springt, zündet er sich zunächst eine Zigarette an, bevor er über die Straße herüber kommt. Er trägt eine lange, modische Jeans einer Edelmarke, die ich sofort erkenne, und ein weit offen stehendes Seidenhemd eines allseits bekannten Designers.

Mit der Kippe im Mundwinkel begrüßt er in einem für meinen Geschmack übertriebenen Ritus einen anderen jungen Kerl, der zwei Tische weiter sitzt und mir bisher noch nicht aufgefallen war. Er ist, ähnlich wie sein Kumpel, mit nicht ganz billigen Klamotten ausgestattet, sieht allerdings um einiges besser aus als der Porschefahrer. Er ist kräftiger gebaut, bestimmt über 1,85 Meter lang und hat schwarze, gelockte Haare. Er freut sich sichtlich, seinen Kumpel zu treffen.

Die beiden Typen bestellen sich je einen Cuba Libre und beginnen sofort, sich lautstark über die Möglichkeiten der Abendgestaltung auszulassen.

Sie haben Geld, das ist mal sicher. Ob sie es selbst verdienen oder von Papi bekommen, ist mir eigentlich egal. Ich habe mir irgendwann einmal geschworen, dass ich mich nicht mehr mit armen Würstchen abgeben werde, die halten später nur die Hand auf. Auch kann es durchaus schwierig sein, sie wieder los zu werden, nachdem man das bekommen hat, was man braucht.

Durch das zweite Glas Sekt fühle ich mich bereits angenehm beschwingt. Als die Kellnerin mir das dritte Glas bringt, werden die beiden Jungs irgendwie auf mich aufmerksam.

„Hey, junge Frau", spricht mich der Porschefahrer an. „Willst Du Dich nicht zu uns setzen, oder bleibst Du heute lieber alleine?"

Ich sehe sehr wohl, dass er seinem Kumpel ein verschmitztes Lächeln zuwirft. Wahrscheinlich hat er nicht ernsthaft damit gerechnet, dass ich auf sein Angebot eingehen würde. Ich bin jedoch neugierig und habe sowieso Lust dazu, den restlichen Abend in Gesellschaft zu verbringen. Daher nehme ich mein Sektglas und gehe zum Tisch der beiden rüber. Als ich mich gesetzt habe, stellt der Porschefahrer sich und seinen Kumpel vor.

„Das da ist Florian", sagt er und zeigt auf den Schwarzhaarigen, der mir mit einem festen und recht angenehmen Druck die Hand gibt. Dabei sucht er mit seinen dunklen Augen meinen Blick.

Ich erwidere ihn vielleicht schon ein wenig zu intensiv und ärgere mich darüber, da ich es ihm eigentlich nicht zu einfach machen will. Außerdem habe ich mich noch gar nicht für den Abend festgelegt.

„Mein Name ist Jan", sagt der Porschefahrer und gibt mir ebenfalls die Hand. Der Druck ist etwas weicher, trotzdem empfinde ich ihn nicht als unangenehm.

„Ich bin Marion", stelle ich mich vor.

„Sehr angenehm, Marion, na denn mal Prost", sagt Jan. Wir stoßen an und lachen, um unsere Nervosität ein wenig zu überspielen, die wohl immer in den ersten Augenblicken vorherrscht, wenn man jemanden kennenlernt.

„Was machst Du hier so?", will Florian wissen, bevor ich etwas fragen kann.

„Na ja, ich lebe in einer Finca, die dort hinten auf einem der Hügel liegt." Ich zeige in Richtung Landesinnere. „Und was treibt Ihr beide auf der Insel?“ Die Frage kommt bewusst sehr schnell, um den Jungs nicht die Möglichkeit zu geben, am Anfang mehr von mir zu erfahren, als ich eigentlich will. Ich möchte mir erst einmal ein genaueres Bild von ihnen machen.

„Wir spannen ein wenig aus“, meint Jan und grinst dabei über sein ganzes Gesicht.

„Das kann ich sehen“, erwidere ich. „Erzählt mir mal, woher Ihr kommt und was Ihr so treibt, wenn Ihr nicht gerade ausspannt.“

„Na ja, wir kümmern uns um unsere Geschäfte“, druckst Jan immer noch ein wenig herum.

Florian ist das Verhalten seines Kumpels wohl peinlich. „Marion, wir unterstützen die Immobiliengeschäfte unserer Väter hier vor Ort. Ab und zu zeigen wir einem Interessenten eine der Villen, die zum Verkauf oder zur Vermietung stehen.“

„Na, da werdet Ihr Euch ja auch nicht gerade überarbeiten“, stelle ich fest, ohne Widerspruch von einem der beiden Typen zu ernten. Stattdessen schauen sie sich nur an, weil ich ihnen zunächst durch meine bewegungslose Miene nicht verrate, wie ich diese Äußerung verstanden wissen will. Schließlich muss ich doch lächeln. Ich fühle mich mit ihnen innerlich verwandt, vielleicht deshalb, weil wir auf ähnlich mühelose Weise zu Geld gekommen sind.

„Während diejenigen, die uns das Leben finanzieren, zuhause ernsthaft arbeiten müssen, versuchen wir, so viel wie möglich von dem Zaster wieder auszugeben. Das nenne ich doch mal echte Arbeitsteilung.“ Nach meiner Feststellung muss ich schon wieder lachen. Ich bin bereits ziemlich beschwipst.

„Die Frau gefällt mir“, tönt Florian ein wenig zu laut.

Jan grinst nur, er sieht sich wohl schon relativ sicher bei einem krönenden Finale des Abends, in dem ich die Hauptrolle spielen soll. Ich würde das zu diesem Zeitpunkt nicht unbedingt ausschließen, man lebt schließlich nur einmal. Zunächst möchte ich mir aber noch alle Optionen offen halten. Man kann ja nie wissen, was sich in den nächsten Stunden noch als Alternative anbietet.

Wir sitzen vor einem italienischen Restaurant. Hier gibt es hervorragende Pasta, auf die ich ab und zu echt abfahre. Jan hat uns eingeladen. Er schiebt sich seine Pizza in riesigen Stücken in den Mund, von Genuss scheint er wenig Ahnung zu haben.

„Neulich las ich in einer Frauenzeitschrift, dass man von Männern, die beim Essen nicht genießen können, die Finger lassen soll. Solche Kerle seien im Bett genauso schnell wie beim Essen.“

Florian amüsiert sich prächtig über meine angelesene Theorie. Dabei schaut er schadenfroh zu seinem Kumpel rüber, dem vor Frust beinahe das gerade eingeführte Pizzastück im Halse stecken bleibt. Florian sieht eindeutig seine eigenen Chancen bei mir steigen. Immerhin ist mir nicht entgangen, dass er zumindest beim Essen erheblich kultivierter vorgeht als sein Kumpel. Ich möchte zu gerne erleben, wie die beiden sich weiterhin anstrengen, deshalb hole ich Jan zurück ins Boot.

„Hey Jan, das ist doch nur die Theorie irgendeiner Schreibertussi. Ich denke sowieso, dass nichts die eigenen Erfahrungen ersetzen kann." Nun ist es an Florian, etwas bescheiden dreinzuschauen.

Jan hat sein Pizzastück schließlich unfallfrei verschlungen. Durch meine letzte Äußerung bekam er sichtlich Auftrieb. Männer sind so herrlich berechenbar, denke ich, als ich die beiden gleichermaßen freundlich anlächle.

Ich bekomme Verstärkung, als wir in der Bar „Nixe" an der Theke Platz genommen haben. Der sehr ansprechend aufgemachte Laden liegt in der ersten Reihe, nur durch die Straße vom Hafenbecken getrennt. Die Tische im Gastraum sind sehr liebevoll mit Kunstblumen dekoriert. Blau und Gelb sind die beherrschenden Farben der Einrichtung, in denen auch die Stuhleinlagen gehalten sind.

Sandra steuert auf uns zu. Sie ist eine Bekannte, mit der ich ab und zu um die Häuser ziehe. Sie hat glatte, schulterlange rote Haare und trägt ein knallenges, schwarzes Sommerkleid, das ihre frauliche Figur hervorragend zur Geltung bringt. Sandra scheint schon ähnlich gut dabei zu sein wie meine beiden Begleiter und ich. Es ist mittlerweile gegen 23 Uhr. Viel ist hier noch nicht los, aber das wird sich bald ändern.

Sandra ist ganz begeistert, mich zu sehen. Während sie mir einen Begrüßungskuss auf die rechte Wange gibt, fixiert sie die beiden Typen, die ich im Schlepptau habe. In der linken Hand hält sie ein halbvolles Glas Martini, als sie mit der Rechten den beiden die Händchen schüttelt, während ich die drei einander vorstelle.

Die Jungs sind von Sandras Anblick sichtlich angetan. Männer scheinen nun mal besonders auf Rothaarige zu stehen, womit ich aber gut leben kann. Ich bin bisher noch nie zu kurz gekommen, wenn ich das nicht wollte.

Hinter der Theke steht Susi, eine Deutsche, die hier schon im zweiten Sommer jobbt. Sie kommt aus irgendeinem Kaff in Bayern. Immer, wenn ich sie sehe, muss ich daran denken, dass es mir in Zukunft erspart bleiben wird, für ein paar lumpige Kröten in der Stunde so einen Job machen zu müssen.

„Hallo Marion, hallo Sandra, was darf's denn sein?" Sie kennt uns natürlich von den zahlreichen Abenden, die wir hier zusammen verbracht haben.

Sandra bestellt sich noch einen Martini, während ich nach dem Rotwein zum Essen wieder auf Sekt umsteige.

„Ach, Jan und Florian sind ja auch dabei. Hat mich schon gewundert, dass Ihr Euch nicht eher kennengelernt habt. Was wollt Ihr denn trinken, Jungs?" Offensichtlich ist Susi kein Kneipengänger von Port d'Andratx mehr unbekannt.

Ich bin ziemlich angetrunken, Sandra geht es auch nicht anders. Die Bude ist mittlerweile gut gefüllt. Auf Susi ist trotzdem Verlass.

Markus kommt zu uns an die Theke. Er ist erst Ende Zwanzig, gut einsneunzig groß, sehr schlank und hat schwarze, halblange Haare. So weit ich weiß, geht es ihm finanziell überdurchschnittlich gut. Er pendelt ständig zwischen der Insel und Deutschland, wo er seinen Geschäften nachgeht.

„Hallo Mädels", begrüßt er Sandra und mich und gibt uns jeweils ein Küsschen auf die Wange.

„Na, willst Du mal wieder Dein Revier überprüfen?", frage ich ihn.

„Klar, Baby, würde ja gerne mit Euch um die Häuser ziehen, bin aber auf der Suche nach einem Kumpel, mit dem ich hier verabredet war, kann ihn leider nirgendwo sehen."

„Schade, wir sind heute nämlich recht gut drauf", flötet Sandra.

„Ja, das sehe ich, tut mir echt leid, dass ich keine Zeit für Euch zwei Hübschen habe. Gehe noch mal rüber ins „Peoples", vielleicht sehen wir uns später noch." Schon ist er wieder verschwunden.

Während dieses kurzen Gesprächs ist mir Florian immer weiter auf die Pelle gerückt. Ich will mich aber immer noch nicht für die Nacht festlegen. Trotzdem lasse ich ihn eine Weile meinen Oberschenkel streicheln. In dem Augenblick, in dem er meint, mit den Fingern meine Muschi erkunden zu müssen, ist erst einmal Schluss.

Ich zwicke ihn energisch mit meinen langen Fingernägeln in den Rücken seiner allzu frech gewordenen Hand, worauf er sie sofort ein wenig zurückzieht. Trotz der nicht unerheblichen Schmerzen, die er zweifellos verspürt, grinst er weiter in die Runde. Dabei hofft er mit Sicherheit, dass weder Sandra noch sein Kumpel Jan diese kleine Niederlage mitbekommen haben.

Sandra scheint heute nicht allzu wählerisch zu sein. Jan bearbeitet mit seinen Fingern abwechselnd ihren Rücken und ihre fast völlig frei gelegten, schlanken Beine. Durch ihre Sitzposition auf dem Barhocker ist ihr äußerst knappes Kleid noch weiter nach oben gerutscht. Da nur wenige Lampen das Lokal erleuchten, kann ich nicht sehen, ob meine Gefährtin einen Slip trägt. Wenn ich wetten müsste, würde ich dagegen setzen.

Nach einer weiteren Getränkerunde startet Florian einen erneuten Versuch, meine Muschi zu betasten. Ich werde nicht ärgerlich, seine Hartnäckigkeit amüsiert mich eher. Daher beschließe ich ihn noch eine Weile zappeln zu lassen. Dieses Mal kneife ich deutlich fester zu, als bei seinem ersten Versuch. Wäre es heller, könnte ich womöglich Tränen in seine Augen schießen sehen. Er gibt sich aber trotzdem keine deutlich erkennbare Blöße. Offensichtlich weiß er genau, was er will. Dafür ist er auch bereit, Opfer zu bringen, was mir nun wieder gefällt.

„Eine verlorene Schlacht ist noch kein verlorener Krieg", flüstere ich ihm ins Ohr. Der Wechsel von Zuckerbrot und Peitsche ist nach meiner Erfahrung immer noch der Weg, der am meisten Erfolg verspricht. Das hoffnungsvolle Grinsen in Florians Gesicht zeigt mir, dass ich mit meiner Einschätzung wieder einmal völlig richtig liege.

„Ich will noch tanzen gehen", lallt Sandra nach einer Weile.

„Lass uns lieber in unser Appartement fahren, Baby", säuselt Jan so gewinnend, wie es sein Zustand noch zulässt. „Ich habe super Gras da, und von dem Balkon haben wir einen Blick über das Kaff, der tierisch animierend ist."

„Nee, ich will erst mal noch rüber ins „Barracuda", besteht Sandra auf ihrem Willen.

„Ich hätte auch noch Lust, ein wenig zu zappeln", gebe ich meiner Geschlechtsgenossin Schützenhilfe. Zwar hätte ich mir zu diesem Zeitpunkt durchaus vorstellen können, mich mit Florian alleine zu amüsieren. Jetzt will ich aber doch sehen, was er noch auf sich nimmt, um mich ins Bett zu bekommen. Wie erwartet gibt er schnell klein bei.

„Na los, Alter", ruft er seinem Kumpel gegen den Krach zu, der von den vielen Gästen und der aufgedrehten Anlage verursacht wird. „Heute ist Ladies Night, und wir sind dazu da, dass sich die Damen so wohl wie möglich fühlen."

Jan ist zwar nicht von der offensichtlichen Anbiederung seines Kumpels überzeugt, macht dann aber ebenfalls gute Miene zum bösen Spiel. Ich amüsiere mich königlich, bin mir aber nicht sicher, ob Sandra nicht schon zu angetrunken ist, um diese Nuancen überhaupt noch mitzubekommen.

Wir befinden uns auf der Tanzfläche im „Barracuda".

Sandra trägt wirklich keinen Slip. Ich kann mich mehrfach davon überzeugen, da der Rand ihres superkurzen Kleidchens durch ihre lasziven Bewegungen immer wieder über ihre Pobacken hinaus nach oben rutscht.

Florian bewegt sich gekonnt zum Rhythmus der Musik. Er lässt mich keine Sekunde aus den Augen, was ich wohlwollend registriere. Der Jäger und Sammler hat seine Beute fest im Visier und wird sie auf keinen Fall kampflos wieder loslassen.

Ich spähe nach bekannten Gesichtern, sehe auch den einen oder anderen Typen, mit dem ich mal eine Nacht verbracht habe. Die Erinnerungen daran sind aber nicht so weltbewegend, dass ich spontan die Lust verspüren würde, Florian gegen einen der anderen, die sich hier anbieten, einzutauschen.

Jan ist dagegen schon so voll, dass er seinen Bewegungsablauf nur mit Mühe koordinieren kann. Er kommt immer wieder aus dem Takt, was er aber gar nicht bemerkt. Sandra scheint das völlig egal zu sein, denn sie sucht beim Tanzen ständig seine Nähe.

Als wir wieder zu unseren Plätzen an der Bar zurückkehren, macht Florian einen weiteren Versuch, bei mir endlich zu einem Abschluss zu kommen, indem er mit den Fingerkuppen seiner rechten Hand meine Wirbelsäule auf und ab fährt. Ich empfinde dabei einen angenehmen Schauer. Nun möchte ich feststellen, ob er gut küssen kann. Daher suche ich wie zufällig mit meinem Mund die Nähe seines Gesichts.

Er ist gerade dabei, irgendeinen blöden Witz zum Besten zu geben. Offensichtlich meint er, mit seinem vermeintlichen Erzähltalent weitere Punkte bei mir machen zu können. Er bemerkt allerdings sofort, was ich nun von ihm erwarte. Zu seinem Glück küsst er wesentlich besser als er Witze erzählen kann. Hätte er noch einige Minuten weiter Plattitüden von sich gegeben, hätte ich mich doch noch um einen Ersatz für ihn bemüht.

Die Sache ist nun für mich klar. Auch Sandra und Jan scheinen sich handelseinig zu sein. Sie sind schon wieder auf der Tanzfläche. Während des ganzen Schmuseliedes, das gerade gespielt wird, knutschen sie, scheinbar ohne Luft zu holen. Schließlich gehe ich zu ihnen rüber und tippe Sandra auf die Schulter.

„Wir wollen langsam los, noch einen Absacker nehmen und dann mal sehen, was unsere Jungs noch zu leisten im Stande sind“, rufe ich ihr ins Ohr, wobei mir relativ egal ist, ob Jan meinen Spruch mitbekommt. Wir sind ja schließlich keine pubertierenden Teenies mehr.

Sandra lächelt ein wenig verklärt. Ich kann nicht sicher einschätzen, ob sie einfach nur total voll oder erfüllt von sexueller Vorfreude ist. Wahrscheinlich kommt beides zusammen.

Jan wird gar nicht erst gefragt. Wir setzen voraus, dass er genau wie sein Kumpel, der gerade an der Bar unsere nicht unerhebliche Rechnung bezahlt, nichts lieber tun würde, als mit uns erotische Spielchen zu veranstalten.

Ich sitze mit Sandra hinten auf dem Notsitz von Jans Porsche Cabrio. Der kühlende Fahrtwind in dieser heißen Nacht bewirkt bei mir eher ein angenehmes Schwindelgefühl, als wieder Klarheit in meinem Kopf herzustellen. Ich bin bereit, mich völlig gehen zu lassen. Dieser geistige Zustand wird natürlich auch verstärkt durch den im Überfluss genossenen Alkohol.

Sandra scheint es ähnlich wie mir zu gehen. Sie singt laut den Song mit, den Jan über die Anlage laufen lässt. Die Boxen sind so weit aufgedreht, dass ihr Klang den Lärm, den der starke Motor verursacht, noch deutlich übertrifft.

Jan ist genauso betrunken wie wir, trotzdem bestand er darauf, selber zu fahren, statt ein Taxi zu rufen. Er meinte wohl, Sandra mit seinem Luxusschlitten imponieren zu müssen. Besondere Frauenkenntnis scheint er jedoch nicht zu besitzen. Jeder Sechzehnjährige hätte an seiner Stelle bemerkt, dass er längst am Ziel ist.

Florian sitzt auf dem Beifahrersitz und zündet sich einen Joint an. Nach einem tiefen Zug reicht er uns den Glücksverstärker nach hinten weiter. Sandra quietscht vor Begeisterung. Ich lasse mich allerdings auch nicht lange bitten.

Jans Appartement liegt ziemlich weit oben auf dem Berg. Er manövriert den Wagen trotz der zahlreichen verbotenen Substanzen in seiner Blutbahn erstaunlich sicher die engen Strassen hinauf. Als er die Eingangstür aufschließt, bin ich völlig high.

Von dem Balkon aus hat man einen fantastischen Blick über das Hafenbecken. Die Positionslichter der Schiffe spiegeln sich im Wasser, ebenso wie die Beleuchtungen der Bars und Restaurants am Ufer. Vor einigen Stunden habe ich dort die beiden Jungs kennengelernt.

Während ich an dem Glas Sekt in meiner Hand nippe, verschwimmt alles vor meinen Augen. Florian steht hinter mir, knetet mit der einen Hand meine linke Brust, mit der anderen sucht und findet er meine Muschi unter dem Minirock. Ich genieße meinen benebelten Zustand, ohne mich um ihn zu bemühen.

Neben uns stehen Sandra und Jan in einer ähnlichen Position wie wir. Ich kann aus dem Augenwinkel heraus erahnen, dass Sandra etwas aktiver ist als ich.

Irgendwann zieht mich Florian sanft rüber zu der riesigen, ledernen Couchgarnitur, die den Mittelpunkt des überdimensionalen Wohnzimmers bildet. Ich lasse mich ohne Gegenwehr von ihm ausziehen. Warum sollte ich mich auch wehren?

Ich wühle ein wenig in seinen Haaren und fahre mit meinen langen Fingernägeln über seinen Nacken. Zu eigener Initiative habe ich aber keine Lust, zumal Florian auch ohne mein Zutun motiviert genug zu sein scheint. Sandra und Jan liegen neben uns auf einem riesigen Sessel.

Florian ist nach wenigen Stößen fertig. Ich hätte es eigentlich wissen müssen. Er röchelt noch eine Weile und rollt sich dann von mir runter, um sich nackt aus dem Raum zu stehlen. Wahrscheinlich ist irgendwo da hinten das Badezimmer.

Ich spiele noch ein wenig mit Sandra und Jan. Echte Begeisterung kann ich aber auch mit den neuen Partnern nicht aufbringen. Als Florian zurückkommt und wieder an mir rumfummelt, vergeht mir endgültig die Lust. Ich lasse die Drei in ihrem Rausch zurück und finde nach kurzer Suche Florians Schlafzimmer. Nachdem ich die Tür hinter mir abgeschlossen habe, lasse ich mich kraftlos auf das riesige Doppelbett fallen.

Männer

Der Flieger von Köln/Bonn landete in Palma pünktlich um 18.10 Uhr. Mit meinem kleinen Jeep, den ich aus dem Parkhaus am Flughafen abholte, kam ich gegen halb acht in meiner Wohnung an. Sie liegt irgendwo an dem Hügel gegenüber des alten Ortskerns von Port d'Andratx.

Ich gönnte mir eine ausgiebige Dusche und zog mich dann in aller Ruhe um. Im Kühlschrank waren noch ein paar Scheiben Käse, schließlich war ich erst vor ein einigen Tagen hier. Am Flughafen besorgte ich mir dazu ein Weißbrot. Zum Essen gehen habe ich heute keine Lust.

Während ich das Brot und den Käse genieße, mache ich es mir auf dem Sofa vor dem Fernseher bequem. Ich zappe durch die deutschen Kanäle, die ich mit Hilfe der mittlerweile allgemein verbreiteten Satellitentechnik problemlos empfangen kann, und trinke dabei fast eine ganze Flasche Wasser. Auf Alkohol kann ich, wenn ich will, gänzlich verzichten.

Ich bin ziemlich geschafft. In den vergangenen Tagen habe ich eine Rundtour durch meine Kneipen gemacht, die ich in den letzten Jahren in diversen Städten im Ruhrgebiet eröffnet habe. Ich habe die Bücher überprüft und hier und da auch mal für einige Stunden hinter der Theke gestanden. Ich wollte einfach die Atmosphäre in meinen Läden schnuppern und gleichzeitig sehen, wie zufrieden die Gäste mit dem Personal sind. Das Ergebnis fiel sehr beruhigend für mich aus.

Als ich satt bin, nehme ich mein Handy und wähle Heinos Nummer. Der Anrufbeantworter sagt mir, dass ich es später noch einmal versuchen soll.

Mein Kumpel ist ein totaler Chaot. Er hält sich fast den ganzen Sommer hier in Port d'Andratx auf. Gearbeitet hat er, soweit ich weiß, noch nie in seinem Leben. Er bewohnt einen ganzen Trakt in der riesigen Villa seines Vaters, die oben auf der Halbinsel „Sa Mola" liegt. Normalerweise beschäftigt er sich lediglich damit, so viele Frauen wie eben möglich flachzulegen, was bei seinem Aussehen auch nicht unbedingt schwierig ist. Dazu hat er einen Witz, den nicht viele Typen zu bieten haben. Als ich vor ein paar Tagen die Insel verließ, hatten wir uns für diesen Abend für einen kleinen Zug durch die Gemeinde verabredet.

Nach zwanzig Minuten versuche ich noch einmal erfolglos, meinen Kumpel telefonisch zu erreichen. Ich werde leicht ungehalten, denn schließlich freue ich mich seit meiner Abreise auf unser Treffen.

Es ist 22 Uhr. Mit meinem Jeep fahre ich den Berg hinunter und um das Hafenbecken herum zur anderen Seite des Ortes. Die Gehwege sind mit Menschen überfüllt. Ständig muss ich anhalten, um Passanten über die Straße zu lassen. Die Tische vor den Etablissements sind, soweit ich das im Vorbeifahren sehen kann, alle besetzt.

Am Ende der Kneipenmeile macht die schmale Straße einen scharfen Linksknick und führt etwas ab vom Hafenbecken, danach steigt sie immer steiler an, um auf einen mächtigen Felsen zu führen. Rechts und links befinden sich zunächst Reihenhäuser, später werden die Gebäude immer pompöser. Heinos Vater ist hier nicht der einzige, der sich eine Villa mit mehreren hundert Quadratmetern Wohnfläche leisten kann.

Irgendwo unterhalb des alten Leuchtturms, der auf einer Klippe steht, von der man tagsüber einen atemberaubenden Blick aufs Meer und im Südwesten auf die Insel „Sa Dragonera" hat, erreiche ich den Palast, in dem ich meinen Kumpel anzutreffen hoffe.

Das gesamte Gelände ist mit einer hohen Mauer umgeben, sodass man keinen Blick auf das Grundstück und die Fenster im Erdgeschoss werfen kann.

Neben dem bombastischen Holztor, durch das man in die Einfahrt gelangen könnte, befindet sich die Klingel mit einer Sprechanlage. Ich betätige sie mehrfach, aber es gibt keine Reaktion.

Ich verfluche die Unzuverlässigkeit meines Freundes. Schließlich bleibt mir nichts anderes übrig, als zurück ins Dorf zu fahren, und die einschlägigen Kneipen nach ihm abzusuchen.

Für meinen Jeep habe ich in einer Seitenstraße noch eine Parklücke erwischt. Ich halte es nicht für ausgeschlossen, Heino um diese Zeit in der Bar „Nixe" anzutreffen. Daher fange ich dort mit meiner Suche an.

Der Schuppen ist noch nicht allzu voll, sodass ich sehr schnell registrieren kann, dass Heino nicht da ist. Dafür erspähe ich Marion und Sandra, zwei Luxus-Torten, die mit zwei Typen, die ich nicht kenne, an der Bar sitzen und sich ein wenig befummeln lassen.

Marion lallt schon mächtig, als sie mich freudig begrüßt, worauf ich einige der üblichen Floskeln mit ihr wechsle. Sandra ist längst im Land des permanenten Lächelns. Unter normalen Umständen hätte ich den beiden komischen Kerlen, die sich im Schlepptau der Mädels befinden, das Leben jetzt mal ein bisschen schwerer gemacht. Ich habe aber andere Pläne für den Abend und verziehe mich daher nach einigen Minuten wieder.

Die nächste Station ist das „Peoples“, eine kleinere Bar an einer Straße in der zweiten Reihe, schräg gegenüber von der Disco „Barracuda“. Zurzeit ist der Schuppen ziemlich angesagt, was sich hier aber auch jederzeit ändern kann.

Vor der Theke, die sich an der hinteren linken Seite befindet, stehen einige ältere deutsche Männer, die ich nur vom Sehen her kenne. An sieben Tagen in der Woche geben sie sich in diesem Laden ab dem frühen Abend die Kante.

Ich halte verzweifelt Ausschau nach Heino, während ich mich durch den überfüllten Raum kämpfe. In der Nähe der Theke bleibe ich stehen, um noch einmal den Raum sorgfältig abzusuchen.

„Hey, Dich kenne ich doch, Du bist ja auch ständig hier“, spricht mich einer der älteren Jungs an. Er ist recht klein und gedrungen, trägt einen Vollbart und stiert mich aus glasigen Augen an.

Ich grinse so freundlich wie möglich, obwohl ich eigentlich keine Lust auf Konversation habe und nicke nur.

Er streckt mir seine Hand entgegen. „Ich bin Ludwig“, stellt er sich vor, während er etwas übertrieben heftig meine rechte Hand schüttelt.

„Meine Name ist Markus“, sage ich mechanisch. Dabei schweift mein Blick immer wieder durch den Raum, was Ludwig aber nicht weiter zu stören scheint.

„Ich bin im Leben ganz schön rumgekommen, kann ich Dir sagen“, beginnt er nun ungefragt, mir seine Lebensgeschichte zu erzählen. „Seit gut drei Jahren wohne ich hier. Zurzeit helfe ich einem alten Bekannten, der eine Handwerkerfirma hat, seine zahlreichen Aufträge rechtzeitig fertigzubringen. Der Kerl hat so viel zu tun, dass er gar nicht weiß, wo ihm der Kopf steht. Ohne meine Hilfe wäre der ganz schön aufgeschmissen. Nötig hätte ich es ja eigentlich nicht mehr, aber den ganzen Tag faulenzen bringt es ja dann auch nicht.“ Er macht eine kurze Sprechpause, um einen Schluck aus seinem Glas zu nehmen, in dem sich nach meiner Vermutung ein Whisky mit Cola befindet.

„Da hast Du wohl Recht“, erwidere ich, um überhaupt etwas zu sagen. Den gelangweilten Unterton in meiner Stimme scheint Ludwig aber nicht zu registrieren, denn er fährt nun unbeirrt fort.

„Übrigens lebt meine Ex-Frau auch hier auf der Insel. Sie ist die Mutter meines Sohnes und hat sich irgend so einen Geldsack geangelt, mit dem sie im Zentrum von Palma in einem ziemlich teuren Appartement wohnt. Meine Ex-Freundin, die Mutter meiner Tochter, hat sich oben im Norden niedergelassen. Ich sehe sie aber nur sehr selten. Irgendwie zieht es alle meine Frauen auf diese Insel. Ist doch irgendwie komisch, oder?“

Ich weiß eigentlich gar nicht, ob ich seine Frauengeschichten, die offensichtlich alle gescheitert sind, witzig finden soll. „Na ja, ist schon irgendwie dumm für Dich gelaufen, würde ich mal sagen."

„Ach wo, mach Dir da mal keine Gedanken", will Ludwig mich gleich beruhigen. Das ist überhaupt nicht nötig. Ich wäre schon längst wieder von hier verschwunden, will jetzt aber auch nicht unhöflich sein. Schließlich leben wir in einem Dorf, und wer weiß, ob ich irgendwann noch mal seine Unterstützung brauchen kann.

„Als ich noch in Mannheim gelebt habe und eine Tischlerei mit über zwanzig Angestellten führte, besorgte mir meine damalige Freundin, ist aber nicht die Mutter meines Sohnes, von dem ich eben erzählt habe, alle Reisen für einen Spottpreis. Ich bin daher schon fast überall auf der Welt gewesen, Alter." Er lacht ein wenig triumphierend, während er einen Augenblick in der Erinnerung schwelgt. „Das war echt praktisch", fährt er schließlich fort. „Du musst Dir Deine Weiber immer nach ihrem Beruf aussuchen, kann Dir echt einen Haufen Vorteile bringen." Wieder lacht er. Ich habe aber das Gefühl, dass in ihm eher Verbitterung vorherrscht, als wirkliches Amusement.

„Danke für den Tipp", ist das Neutralste, was mir zu seiner Äußerung einfällt.

„Bin übrigens dadurch nur in den besten Hotels der Welt abgestiegen, hat mich ja praktisch nichts gekostet. Alleine bleibste in diesen Schuppen auch nie, musst nur ein paar Flaschen Schampus auf Deine Suite bestellen. Dann quatschst Du die nächst besten Weiber an, die an der Bar rumhängen, und lädst sie auf ein Gläschen auf Deine Bude ein. Schon haste die geilste Party im Gange, kann ich Dir sagen. Alles gar kein Problem."

„Ist schon klar Mann", versuche ich eine Art Wirgefühl zu erzeugen und klopfe ihm zur Bestätigung kumpelhaft auf die Schulter. Gleichzeitig warte ich nur auf die Gelegenheit, mich endlich abseilen zu können.

„Wollen wir noch einen zusammen nehmen?", gibt er mir schon bald das passende Stichwort.

„Danke Mann, sonst immer gerne, habe mich aber mit einem Freund verabredet, der irgendwo weiter drüben in einer der Kneipen sein muss. Wir haben uns lange nicht gesehen, deshalb muss ich jetzt los. Bei anderer Gelegenheit komme ich gerne auf Dein Angebot zurück."

Ludwig ist nicht sauer. „Na, dann mach's mal gut, Alter, wir sehen uns sicher bald wieder, leben ja schließlich nicht gerade in einer Weltstadt." Er nimmt einen Schluck von seinem frischen Drink, den er soeben von der spanischen Bedienung erhalten hat, und wendet sich dann wieder seinen Saufkollegen zu, die von mir überhaupt keine Notiz genommen haben.

Ich gehe auf der dem Hafenbecken gegenüber liegenden Straßenseite entlang. Dabei komme ich an ein oder zwei Bars vorbei, die nicht zu Heinos Stammlokalen zählen.

Dann erreiche ich „Tim's Bar", in der ich meinen nächsten Versuch starte. Die Einrichtung besteht aus dunklem Holz, ebenso die Theke. In einer Ecke steht ein Dart-Automat.

Vor der Bar erspähe ich einen freien Hocker, den ich auch gleich in Beschlag nehme. Allmählich bekomme ich wirklich Durst, außerdem frage ich mich langsam, was ich hier eigentlich mache. Ich hätte vorhin in der „Nixe" bei den beiden willigen Perlen bleiben sollen, ich Idiot. Stattdessen laufe ich wie Falschgeld von einem Schuppen in den anderen, während der Abend, auf den ich mich so sehr gefreut hatte, ereignislos verstreicht. Heino kann mich mal am Arsch lecken, der Blödmann. Wahrscheinlich legt er gerade irgendwo im Suff eine Tussi flach und verschwendet nicht einen Gedanken an seinen armen, einsamen Kumpel Markus.

Beim Barkeeper bestelle ich mir einen Whisky Cola. Es ist nicht sonderlich erbauend, sich stocknüchtern zwischen lauter Gästen zu befinden, die zum größten Teil schon am Spätnachmittag mit der Alkoholisierung begonnen haben. Ich nehme einen tiefen Schluck aus meinem Glas, das eine recht überzeugende Mischung enthält. Rockmusik dröhnt in übermäßiger Lautstärke aus diversen Boxen, die überall in dem Laden verteilt sind.

Ich lasse meinen Blick schweifen und stelle dabei meinen Focus auf brauchbare weibliche Gäste ein. Drüben an einem Stehtisch werde ich schnell fündig. Gleich drei recht ansehnliche Engländerinnen quasseln laut lachend aufeinander ein. Vor ihnen stehen mehr oder weniger gefüllte Gläser mit Mixgetränken. Ich bin noch völlig nüchtern und schätze daher meine Chancen auf einen erfolgreichen Flirt recht hoch ein.

In dem Augenblick, in dem ich meinen Platz an der Bar verlassen will, um mich zu den drei Mädels in Bewegung zu setzen, berührt mich jemand am Arm. „Hallo Markus, habe Dich ja lange nicht gesehen."

Neben mir steht Benno. Er ist Ende fünfzig, hat ein braungebranntes und ziemlich faltiges Gesicht und ist exklusiv gekleidet. Er trägt eine helle, lange Sommerhose, teure Lederschuhe und ein bei der noch immer vorherrschenden Hitze überflüssiges, dunkelblaues Jackett über einem weißen Hemd, das am Kragen weit offen steht. Benno hat jede Menge Kohle und muss schon seit Jahren nicht mehr arbeiten. Er ist zumindest ein bisschen schwul und mit Sicherheit Alkoholiker.

Ich bin nicht gerade übermäßig erfreut, dass er mich von meinem ursprünglichen Entschluss abhält, mein Glück bei den drei Engländerinnen zu versuchen. Da wir hier aber in einem Mikrokosmos leben und man in der ziemlich ruhigen Zeit außerhalb der Saison froh ist, wenn man abends Landsleute trifft, mit denen man die Zeit verbringen kann, will ich ihn nicht vor den Kopf stoßen. „Mensch Benno, Dich trifft man aber auch überall, was", gebe ich mich erfreut über unser zufälliges Treffen.

„Klar Junge, es bleibt mir ja auch gar nichts anderes übrig, als so viel von meiner Kohle zu versaufen, wie es geht, kann ja schließlich nichts davon mit ins Grab nehmen, oder?" Trotz der Tatsache, dass er nach meiner Einschätzung schon mindestens ein halbes Dutzend Whisky mit Wasser intus hat, artikuliert er sich völlig klar und ohne jede Unregelmäßigkeit in der Stimme. Es ist halt alles nur eine Frage des Trainings, denke ich unvermittelt, und kann dabei eine gewisse Bewunderung nicht ganz verhehlen.

Benno leert den Rest seines Drinks mit einem tiefen Schluck und bestellt sich unverzüglich einen Neuen. „Für meinen Freund Markus machst Du auch noch einen", befiehlt er dem Barkeeper. Dabei ignoriert er einfach die Tatsache, dass mein Glas noch zu Zweidrittel voll ist. Ein Widerspruch würde mit wenig Erfolg gekrönt sein, wie ich weiß, daher ergebe ich mich einfach in mein Schicksal.

„Du hast übrigens Holger nur um ein paar Minuten verpasst. Er hätte Dir draußen eigentlich direkt in die Arme laufen müssen." Benno spricht von einem seiner Saufkumpanen, der ebenfalls seit Jahren hier im Ort lebt, und ungefähr in Bennos Alter ist. Mit Holgers finanziellen Mitteln sieht es jedoch gänzlich anders aus. Soweit ich informiert bin, hat er alle Reserven bereits vor einer ganzen Weile aufgebraucht. Irgendwie schafft er es aber, sich über Wasser zu halten.

Ich habe diesen Gedanken noch nicht ganz zu Ende gebracht, als ich feststelle, wie wörtlich er in diesem Augenblick zu nehmen ist. Holger torkelt durch die Tür und ist von oben bis unten triefnass. Sein Jackett, das er noch zu besseren finanziellen Zeiten käuflich erworben haben muss, klebt an seinem leicht aufgedunsenen Körper, ebenso die übrigen Kleidungsstücke. Da seine Wohnung, wie meine auch, auf der anderen Seite des Hafens liegt, gibt es nur eine logische Erklärung für den Zustand seiner Klamotten. Er muss versucht haben, die Abkürzung durchs Hafenbecken zu nehmen.

„Mensch Markus, Du altes Haus, was hat Dich denn hierher verschlagen?" Der tropfende Kerl, der auf dem kurzen Weg vom Eingang bis zur Theke eine nasse Spur auf dem Steinboden hinter sich her zieht, ist ganz begeistert, mich zu sehen.

Ich bin so perplex, dass ich auf den Zustand seiner Kleidung gar nicht eingehe. Stattdessen strecke ich ihm meine rechte Hand entgegen und verhindere mit meinem angespannten Unterarm, dass er mich zur Begrüßung gänzlich umschlingt. Der Abend wäre endgültig gelaufen gewesen. „Schön, dass Du Zeit gefunden hast, noch mal herzukommen“, sage ich.

„Dachte mir eben spontan, dass ich noch ein Schlückchen vertragen könnte. Ausserdem fiel mir ein, dass ich meinen Freund Benno hier ja ganz allein zurück gelassen habe“, informiert er uns über seine Gedankenwelt.

Benno grinst nur und bestellt seinem Saufkumpan noch einen Whisky Cola, der Holgers Standardgetränk ist. Der klitschnasse Tropf setzt sich auf den Hocker neben Benno und scheint tatsächlich seinen außergewöhnlichen Zustand gar nicht zu bemerken.

„Hör mal, Benno, habe vorhin wohl meine letzten Mäuse verbraten. Kannste mir mal nen Hunni pumpen, wäre Dir wirklich dankbar.“ Bennos Gesichtsfarbe wird um eine Nuance blasser. Holger nimmt diese Veränderung in seinem geistigen Zustand natürlich nicht wahr.

Benno lässt aus einschlägiger Erfahrung heraus aber nicht mit sich verhandeln. „Hab nicht mehr so viel dabei, Sportsfreund, vielleicht fragst Du mal den Barmann, ob er Dir ein wenig Kredit einräumt. Bist hier ja bekannt wie ein bunter Hund.“

Genau das ist aber Holgers Problem. Der Mann war finanziell mal in der ersten Liga, hat dann aber sein ganzes Vermögen in den letzten Jahren mit seinem aufwändigen Lebensstil und auch mit dem ein oder anderen windigen Geschäft durchgebracht. Eigentlich ist er heute arm wie eine Kirchenmaus. Das hält ihn aber nicht davon ab, weiter mit seinen sogenannten Freunden mithalten zu wollen.

„Lass mal gut sein, Benno. Den einen Drink übernehme ich für diesen Herrn“, mische ich mich schnell ein, um der armen Sau einen peinlichen Disput mit dem Barkeeper zu ersparen.

„Danke Mann“, lallt der von mir Eingeladene. In einer aus purer Dankbarkeit plötzlich aufkommenden Gefühlswallung greift er mir um die Schulter, bevor ich mich wegdrehen kann. Mein T-Shirt ist an den Stellen der Berührung schlagartig triefnass. Zum Glück haben wir Hochsommer.

„Wofür kennt man sich denn seit Jahren“, versuche ich ihn emotional möglichst schnell wieder auf den Teppich zu holen.

Holger stößt mit uns an, nimmt einen ordentlichen Schluck von dem hochprozentigen Gesöff und wechselt dann das Thema. „Was macht denn die Damenwelt, mein Freund?“

„Alles im grünen Bereich, kann ich nur sagen." Ich wundere mich immer noch, dass mein Gegenüber seinen Zustand gar nicht zu bemerken scheint.

Holger lacht verschmitzt. „Das freut mich für Dich, Junge, darfst in Deinem Alter auch nichts anbrennen lassen. Habe seit einigen Wochen eine echt brauchbare Torte, macht mir die Wäsche, arbeitet tagsüber brav und ist gelegentlichen Turnübungen in der Kiste auch nie abgeneigt. Was willste als Endvierziger mehr?"

Ich bezweifle mal, dass es mit den Turnübungen, wie er es nennt, bei seinen gesundheitlichen Verhältnissen noch weit her ist. Auch mit seinem Alter nimmt er es, seit ich ihn kenne, nicht allzu genau. Von Benno weiß ich, dass er sich eher in der zweiten Hälfte der Fünfziger befindet. Holger besteht jedoch immer wieder ungefragt darauf, dass er noch nicht mal ein halbes Jahrhundert voll gemacht hat.

„Wie sieht sie denn aus?", will ich wissen. Instinktiv versuche ich, ihn am Reden zu halten, damit er abgelenkt ist. Sollte er in eine weinerliche Phase verfallen, was ich bisher nicht nur einmal bei ihm erleben durfte, könnte es hier noch peinlicher werden, als es sowieso schon ist. Die drei Engländerinnen, die ich vorhin ins Visier genommen hatte, amüsieren sich schon eine ganze Weile köstlich über das seltsame Trio, das wir darstellen.

„Eine echte Klassefrau, kann ich Dir sagen", haut Holger nun mächtig auf die Kacke, „solche Dinger, Alter." Dabei deutet er mit seinen Armen überdimensionale Rundungen vor seiner Brust an. Wasser tropft aus seinen Jackettärmeln auf die Theke und unter anderem auch in mein Glas. „Außerdem hat sie echt was in der Birne. Kann ja bei ner Frau auch nicht schaden."

„Na, hört sich ja alles prima an", versuche ich ihn weiterhin bei Laune zu halten.

Benno sitzt schweigend da, hat beide Unterarme auf die Theke gestützt und hält sein Glas mit den Händen umschlossen. Wenn er voll ist, zieht er es in der Regel vor, zu schweigen. Nur der Inhalt seines Glases ist dann noch sein Kommunikationspartner.

„Ist ja nicht gerade so, als wäre das die einzige Sache, die ich am Kochen habe. Ich weiß ja, was ich mir schuldig bin, verstehste?" Die unkoordinierte Bewegung seiner Augenlider soll wohl ein vertrauensförderndes Zwinkern darstellen.

Von diversen Erzählungen seiner Kumpane weiß ich, dass er in seinem Leben nie verheiratet war. Einen gewissen Charme kann ich ihm grundsätzlich nicht absprechen. Wenn er einigermaßen nüchtern ist, hat er durch seinen Witz und sein immer noch recht überzeugendes Äußeres eine magische Anziehungskraft auf Frauen.

Mit einem kurzen Kontrollblick sehe ich, dass mein Glas mit dem nächsten Schluck geleert ist. Noch eine Frage, dann kann ich mich verziehen. „Du kannst es wohl nie lassen, Du alter Weiberheld, was?"

Für dieses Stichwort ist er sehr dankbar. Während er redet, bezahle ich beim Barmann unsere Drinks, ohne dass Holger das zu bemerken scheint. „Willige Damen gibt es hier zuhauf, das muss ich Dir als jungem Kerl doch nicht erzählen. Lässt doch selber nichts anbrennen, wenn ich das mal so sagen darf. Na ja, wo Du mich schon danach gefragt hast, neulich bin ich noch auf einen Absacker ins „Barracuda", da stehen neben mir an der Theke zwei Junghühner von der ganz frechen Sorte und machen mich eindeutig an. Sie kichern etwas blöde, was mir aber egal war, und pumpen mich um einen Drink an. Ich lass mich natürlich nicht lumpen..."

„Hör mal, Holger, ich bin echt noch verabredet, tut mir wirklich leid, würde gerne noch mit Dir plaudern. Du weißt ja, wie das ist, man soll die Damen nicht warten lassen." Ich habe von seinem Gelaber nun endgültig die Schnauze voll. Ein kumpelhaftes Gemeinschaftsgefühl unter Männern ist immer noch die sicherste Art, einen Abgang vorzubereiten, der niemandem weh tut. Ich habe mich nicht verrechnet, was mir Holgers Reaktion sofort zeigt.

„Ist doch klar Mann, verstehe Dich voll und ganz. Zeig's ihr ordentlich." Dabei klopft er mir noch einmal mit seiner immer noch ein wenig feuchten Hand auf die Schulter.

„Mach ich doch glatt", sage ich und setze ein verschwörerisches Grinsen auf.

Benno stiert weiter vor sich hin, meinen Abschiedsgruß scheint er gar nicht wahrzunehmen. Mit einem Seitenblick zu den drei englischen Mädels, die wieder ganz mit sich beschäftigt sind, verlasse ich den Schuppen. Auf einen weiteren Annäherungsversuch verzichte ich lieber. Stattdessen habe ich die Hoffnung noch nicht ganz aufgegeben, dass ich meinen Kumpel Heino heute Nacht doch noch finde.

Der Abend ist bisher alles andere als befriedigend für mich verlaufen. Es ist längst nach Mitternacht. Ich will mal sehen, was im „Barracuda", der einzigen Disco des Ortes, abläuft. Dazu muss ich einige hundert Meter zurücklaufen.

Holger ist nicht der einzige, der von ganz oben nach ganz unten gekommen ist. Früher konnte man davon ausgehen, dass diejenigen, die hier ihre dekadenten Zelte aufgeschlagen haben, auch wirtschaftlich in der Lage dazu waren. Das soll heute längst nicht mehr die Regel sein. Viele Immobilien stehen zum Verkauf, teilweise sind die Bauprojekte auch vor der Fertigstellung abgebrochen worden.

Darüber hinaus ist es ein Trauerspiel, dass viele Schiffe, die im Hafenbecken liegen, seit Jahren nicht mehr bewegt worden sein sollen. Die monatlichen Liegegebühren sollen so manchem Phantasten das monetäre Genick gebrochen haben. Bei einigen Schiffen soll der Motor schon längst ausgebaut und verkauft worden sein.

Der Traum vom Leben im großen Stil ist gerade hier so manchem Landsmann in den letzten Jahren geplatzt wie eine Seifenblase. Da ich diese Geschichten, seit ich regelmäßig hierher komme, teilweise hautnah miterlebe, habe ich mit mir selber die Abmachung getroffen, schön auf dem Teppich zu bleiben. Ich will niemals so enden wie Holger.

Das „Barracuda" ist rappelvoll. Eigentlich hasse ich das Dröhnen der Bässe, dass einem gnadenlos in den Magen rammt, wie die Pest. Die Bude stinkt vom Qualm ungezählter Kippen, in den sich der süßliche Geruch nicht ganz legaler Rauchware zu mischen scheint.

Die Einrichtung ist genauso öde wie in jedem anderen Pressluftschuppen auf der Welt. Man kommt aber nicht hierher, um die Möbel zu inspizieren, sondern um Leute zu treffen. Leider kann man sich dabei nicht immer aussuchen, wer einem über den Weg läuft.

Kurz nach dem Eingang muss ich an einer Theke vorbei, an der zwei Typen der Kategorie stehen, von der ich heute Abend schon mehr als genug hatte. Ferdi erspäht mich schneller, als ich die Richtung ändern kann, um den beiden aus dem Weg zu gehen. Die Tanzfläche, die viel weiter hinten im Raum liegt, ist voll von spaltbarem Material. Ich fluche vor Frust, ehe ich eine scheinbar erfreute Miene auflege. Wir leben hier schließlich in einem Dorf.

„Hey Alter, echt klasse, dass Du auch noch hereinschaust", brüllt mich der tiefbraun gebrannte Typ mit den halblangen, hellblonden Haaren an.

„Echt cool Mann", kläffe ich gegen den Lärm der Soundmaschine zurück. „Hätte nicht gedacht, dass Du aus dem Paradies jemals in diese reale Welt zurückkehren würdest." Ich spiele damit auf die Tatsache an, dass Ferdi für einige Monate irgendwo in der Karibik unterwegs war, um in erster Linie seinem Laster zu frönen, dem ungehemmten Genuss zumindest in Mittel- und Südeuropa gänzlich verbotener Rauschmittel.

„Mann, die kaffeebraunen Muschis hat man irgendwann auch über", grinst er mich an. „Komm, lass uns einen auf unser Wiedersehen nehmen. Hast Du gesehen, dass Max auch da ist?"

Der Kerl, von dem Ferdi gerade spricht, verdingt sich als „Mädchen für Alles" bei Jupp. Dieser residiert in dem Viertel, in dem auch mein

Kumpel Heino logiert, in einer kleinen festungsähnlichen Wohnanlage. Max ist ein drahtiger Kerl, dem man seine lebenslange, schwere körperliche Arbeit ansieht. Er ist ähnlich braun gebrannt wie Ferdi, nur hat er sich seine Gesichtsfarbe nicht beim bekifften Sonnenbad geholt, sondern während seiner Gartentätigkeit auf dem schier grenzenlosen Grundstück seines Brötchengebers.

Ferdi legt seinen Arm freundschaftlich um meine Schulter und befördert mich mit leichtem Druck in die Richtung des Platzes an der Theke, an dem Max schon auf uns wartet.

„Markus, Du altes Haus“, begrüßt der mich mit einer dem Geräuschpegel der Umgebung angemessenen Lautstärke und schüttelt dabei energisch meine rechte Hand, die ich ihm automatisch entgegenstrecke, während Ferdi mich immer noch nicht aus seiner Umklammerung entlässt.

„Was trinkt Ihr denn gerade, Jungs?“, will ich von den beiden mächtig angeschlagenen Heinis wissen. Dabei bin ich mir nicht sicher, ob ihr recht zweifelhafter körperlicher Zustand allein vom Suff herrührt, oder ob Ferdi bereits eine Portion frisch importierter Inhalationsleckereien spendiert hat. Ich habe mich längst in mein Schicksal ergeben. Heute scheint nicht mein Tag zu sein. Die Bräute in diesem Etablissement müssen halt mal eine Nacht unbefriedigt bleiben.

„Na, was schon, Whisky natürlich, oder sind wir hier in einem Mädchenpensionat?“

„Na, dann mach uns mal noch eine Runde für die Jungs und mich“, brülle ich der durchaus ansehnlichen Schnalle hinter der Theke gegen den rhythmischen Lärm aus der Anlage entgegen. Ich versuche, sie so gewinnend wie möglich anzulächeln, während sie mir ihr kleines, erotisches Öhrchen entgegenhält. Sie hat kurze, blond gefärbte Haare und scheint ihre Freizeit am Tag, ähnlich wie Ferdi, vorzugsweise in der prallen Sonne zu verbringen.

Auf einem Hocker direkt neben uns sitzt ein Typ, der das Gesicht in seinen auf der Theke verschränkten Armen vergraben hat. Offensichtlich hat er sein Klassenziel schon vor einiger Zeit erreicht.

Das „Barracuda“ leert sich allmählich. Ich bin total voll, was ich nicht unbedingt geplant hatte, als ich vor einigen Stunden meine Wohnung verließ. Ferdi, Max und ich haben jeder mindestens drei oder vier Whisky intus, seit ich zu den beiden Straffmaten gestoßen bin. Der besoffene Typ neben uns schläft immer noch in unveränderter Sitzposition.

Max philosophiert über den gerechten Fluss des Geldes und dessen logische Gesetze im Kapitalismus. Dabei nimmt er seinen wohlhabenden Arbeitgeber zum leuchtenden Beispiel für den natürlichen Lauf der Zahlungsmittel in der freien Marktwirtschaft.

„Geld wird verteilt an die, die es magisch anziehen", lässt er uns wissen, während seine spärlich behaarte Birne hin und her wippt. Seine mit einem halbleeren Whiskyglas bestückte Hand schwankt ebenfalls rhythmisch von rechts nach links und umgekehrt, wobei er nicht unbedingt in der Lage ist, den Takt des hämmernden Sounds zu halten. „Du brauchst nur 15 000 Euro im Monat, dann kannst Du in einem Vier-Sterne-Kasten in einer Suite leben." Die Betonung legt er dabei auf die untertreibende Nuance „nur". Dann überlegt er einige Augenblicke und muss sich schließlich um ein paar Stufen korrigieren. „Nee, nee, für eine Suite brauchst Du schon 25 000 Euro im Monat. Die Mädels in so 'nem Schuppen machen Dir das Bett, waschen die Wäsche, bügeln die Hemden, und Du musst nicht mal abwaschen."

„Das ist natürlich das Wichtigste bei der ganzen Sache", mischt sich Ferdi in den Redefluss von Max ein. „Was redest Du überhaupt für eine gequirlte Scheiße, Mann, Du hast ja wahrscheinlich noch nicht mal 1500 verschissene Euro im Monat, Du Schwachmat, wie kommste denn dann auf das Zehnfache oder noch mehr?"

„Du raffst aber auch gar nichts, Du besoffener Sack", kontert Max in rhetorisch ausgefeilter Manier. „Ich rede doch nur von meinem ehemaligen Boss, Mann. Der hat's richtig gemacht. Seine Hütte oben am Leuchtturm hat er für ein paar Millionen an irgendeinen neureichen Landsmann verscherbelt und lebt jetzt in einer Suite in einem Nobelkasten irgendwo dort hinter dem Berg. Die Bude kostet ihn doch nicht mehr als die Haltung seiner Villa mit Fahrer, Gärtner, Butler, Zimmermädchen, Strom, Gas, Wasser, Scheiße und dem verfickten Bootsanlegesteg samt Sprit für sein kleines Bötchen mit ein paar hundert PS."

„Ist ja schon gut, Mann", gibt Ferdi unter dem Einfluss der zahlreich konsumierten Alkoholika und den nicht gerade bewusstseinsfördernden Glimmstengeln klein bei. „Voraussetzung für Deine durchaus allgemeingültige Theorie ist aber doch, dass Du erst mal eine Villa brauchst, die Du für einige Milliönchen verkloppen kannst."

„Da hast Du aber verdammt gut aufgepasst, Du zugekiffter Möchtegern-Rasta-Man", setzt Max noch einen drauf. „Du musst einfach nur ein Produkt haben, das jeder in Deutschland oder sonst wo auf der Welt braucht, und suchst Dir dann einen Haufen Trottel, die das Zeug für Dich verkloppen. Die suchen sich wieder ein paar Trottel, die es mit noch mehr Trotteln so handhaben, schon hast Du einen Selbstläufer. Das liegt nämlich daran, dass Du an sämtlichen Umsätzen, die alle Heinis unter Dir machen, Deinen Anteil hast. Der clevere Kerl hat das über zwanzig Jahre so gehalten, Mann, und kassiert heute noch regelmäßig an den Umsätzen seiner Untergebenen. So wird das gemacht, ist doch ganz einfach.“ Max merkt überhaupt nicht, was er für einen geistigen Überschuss von sich gibt. Ferdi ist aber noch nicht so weit im Nirwana, dass er nicht gekonnt parieren könnte.

„Pass mal auf, Du Wirtschaftstheoretiker, wenn Du alles so klar siehst, dann frage ich mich ehrlich, warum Du es vor ein paar Jahrzehnten nicht genauso gemacht hast, wie Dein Idol“, gibt er Max ungefähr den Konter, den ich auch ausgewählt hätte. „Zumindest würdest Du dann heute nicht für ein erbärmliches Häuflein europäischer Einheitswährung Handlangerdienste für Deinen ach-so-cleveren Boss verrichten.“

„Ich hatte halt damals frischen Nachwuchs angesetzt“, gibt Max eine ziemlich kleinlaut vorgetragene Erklärung ab. „Meine Frau wäre niemals mitgegangen, wenn ich mich in dieser Lebensphase selbständig gemacht hätte.“

Ferdi kann sich ein fieses Gelächter nicht verkneifen. „Siehst Du, damit sind wir wieder beim Urproblem für uns Männer.“

Ich kapiere nicht sofort, worauf er hinaus will, also ordere ich bei der süßen Schnecke hinter der Theke noch eine letzte Runde. Die Bude ist fast leer, wovon der schlafende Landsmann neben uns natürlich nichts mitbekommt.

Ferdi lässt seine verbale Mine noch nicht hochgehen, zumal er sehr wohl bemerkt, dass Max und ich irgendwie geistig auf der Leitung stehen.

Aus der Richtung der Tanzfläche wankt ein Typ auf uns zu. In jedem Arm hat er eine durchaus flachlegenswerte Kirsche. Ich brauche einige Sekunden, um zu realisieren, dass es mein lang gesuchter Kumpel Heino ist.

„Mensch, Markus, Du alter Hänger, wo warst Du denn den ganzen Abend?“, will dieser Schleimscheißer mit einem unverschämten Grinsen im Gesicht von mir wissen. Die Torten in seinen Armen lächeln lasziv, was mich für einige Augenblicke nur noch wütender macht. Ich hätte meinen alten Freund allerdings besser kennen sollen. Er hat immer schon gerne mit mir geteilt.

„Wir wollten gerade zu mir auf einen kleinen Abschiedstrunk, bist natürlich herzlich eingeladen, bin sowieso nicht mehr in der Lage, beiden Damen das zu bieten, was sie verdient haben.“

In einer Bruchteilsekunde wechselt mein Frust in ein Gefühl der dankbaren Liebe für meinen Freund. Beide Mädels machen auch noch den Eindruck, als wären sie überaus erfreut, dass Heino durch mich eine einigermaßen akzeptable Verstärkung erfährt.

„Wozu sind denn echte Freunde da“, sage ich, ohne eine Antwort zu erwarten. „Aber zuerst müssen wir uns noch anhören, welche Weisheiten unser Kumpel Ferdi zu bieten hat.“

Sowohl Heino als auch die beiden bisher für mich namenlosen Mädels schauen erwartungsvoll den zugekifften und total alkoholisierten Beziehungsstrategen an, der sich dann auch nicht mehr lange bitten lässt.

„Das Urproblem, dem wir Männer ausgesetzt sind, ist doch ganz schnell umrissen.“ Der umfangreiche Drogengehalt verschiedener Herkunft in seinem Blut müsste eigentlich auch längst Besitz von seinem Hirn ergriffen und damit die Funktionsfähigkeit seiner geistigen Schaltzentrale erheblich eingeschränkt haben. Trotzdem scheint er die geballte Aufmerksamkeit seines kleinen Publikums zu genießen.

„Max wollte uns eben verkaufen, dass er sehr wohl die Gesetze der freien Marktwirtschaft verstanden hat, diese aber nicht so anwenden konnte, wie er das gerne getan hätte. Schuld daran sei allein seine damalige Frau gewesen. Aber wie konnte sie ihn letztlich dazu bringen, genau das zu tun, was sie will?“

Er macht eine kurze Pause und fährt dann fort. „Nun, wenn wir Männer ohne weibliche Kontrolle hausen, würden unsere Buden doch total verdrecken und die gebrauchten Klamotten würden sich in jeder Ecke stapeln. Eine anwesende Frau im Haushalt hätte uns lange zur Ordnung ermahnt. Und was hätte sie unterschwellig als Druckmittel eingesetzt?“

Die beiden Kirschen, die Heino immer noch besitzergreifend im Arm hält, kichern wissend. Ich werde langsam immer geiler und damit auch ungeduldiger, womit ich indirekt Ferdis Rede bestätige, die nun folgt.

„Nur weil wir nicht ständig onanieren wollen, obwohl das ab und zu auch mal ganz schön sein kann, und wir uns obendrein leider auch nicht selbst einen blasen können, prostituieren wir Männer uns, indem wir das ganze weibische Gezeter ertragen.“

Max runzelt fragend die Stirn, Heino schaut mich unsicher an, und ich bin mir auch nicht ganz im Klaren darüber, was uns dieser Spinner eigentlich sagen will.

„Mensch Kinder, hätte Max damals richtig auf den Tisch gehauen, wäre er heute, nach seiner eigenen Einschätzung, ebenfalls Multimillionär. Aber nein, er musste sich unbedingt seiner lieben Gattin fügen. Und warum das alles? Weil er von der Muschi seiner Frau nicht loskam. Für ein paar Sekunden des feuchten Abgangs, den er alle paar Wochen genehmigt bekam, hat er sich prostituiert, was übrigens alle unsere verheirateten Geschlechtsgenossen so handhaben. Sein Boss hat es völlig richtig gemacht. Der hat bis heute keine Ehefrau. Deshalb glaube ich aber nicht, dass er nur onaniert, um seinen Hormonhaushalt ausgeglichen zu gestalten.“

Der Groschen ist nun bei allen Zuhörern gefallen. Auch die Mädels amüsieren sich köstlich über diese Lektion in männlicher Denkweise.

Als wir uns ein wenig beruhigt haben, bläst Heino zum Aufbruch. „Na, dann wollen wir mal sehen, wie das mit der zwanglosen Vereinigung der Geschlechter funktioniert. Auf geht's, Sportsfreund“, grinst er mich an.

Die beiden Schnecken kichern immer noch, als wir den jetzt hell erleuchteten Schuppen verlassen. Ferdi und Max schauen uns ein wenig neidisch hinterher. Der besoffene Typ, der seit Stunden regungslos neben uns auf dem Barhocker sitzt, pennt immer noch. Er hat wirklich was verpasst.

Allein

Ich werde wenig liebevoll aus wirren Träumen geweckt. Offensichtlich bin ich an der Theke eingeschlafen. Jemand zerrt an meinen rechten Oberarm und schüttelt mich kräftig. Grelles Licht sticht mir in die Augen. Für einige Sekunden weiß ich nicht, wo ich bin. Noch im Halbschlaf werde ich energisch vom meinem Hocker gerissen und durch den nahe gelegenen Ausgang an die frische Sommernachtsluft geleitet.

Ich realisiere bruchstückhaft, dass ich mich vor dieser verdammten Disco befinde. Es scheint eine halbe Ewigkeit her zu sein, dass ich an der Tanzfläche erfolglos versucht habe, eine Kirsche anzubaggern. An ihr Aussehen kann ich mich nur schemenhaft erinnern, drauf geschissen.

Der Schlaf an der Theke hat mir wieder genügend Kraft gegeben, um einigermaßen geradeaus gehen zu können. Mein Hotel liegt nur wenige hundert Meter entfernt, trotzdem kommt mir der Marsch entlang der menschenleeren Uferpromenade von Port d'Andratx nahezu endlos vor. Endlich steige ich die Treppe hinauf und öffne eine Glastür, durch die ich in den Frühstücksraum gelange. Dann komme ich durch eine Holztür in die Lobby. In dem altehrwürdigen Kasten, der direkt am Hafenbecken liegt, sitzt rund um die Uhr einer der spanischen Bediensteten. Ich höre mich in der Landessprache meine Zimmernummer nennen. Nachdem ich den Schlüssel erhalten habe, kämpfe ich mich mit letzter Kraft über die breite Treppe in die zweite Etage empor, torkele durch den engen Flur und bekomme schließlich auch die Zimmertür auf. Das verfluchte Schloss ist uralt und entsprechend sperrig. Selbst in nüchternem Zustand hatte ich vorhin, bei meiner Ankunft, einige Probleme, in mein Zimmer zu gelangen, ohne vor Ungeduld die Tür einzutreten.

Ich reiße mir mit Mühe die Klamotten vom Leib, gehe noch mal schiffen und falle dann völlig erledigt aufs Bett. Der erste Tag meines Selbsterfahrungstrips endet nicht viel anders als ein Wochenendausflug mit ein paar Kumpels.

Am frühen Morgen desselben Tages sitze ich an einem Fensterplatz des Fliegers, der mich von Leipzig nach Palma bringen soll. Eben habe ich mich von meiner Frau verabschiedet, die mich zum Flughafen gebracht hat. Es ist das erste Mal in meinem Leben, dass ich ganz alleine verreise. Über den Grund für diesen Entschluss möchte ich zurzeit aber nicht nachdenken.

Wir landen einige Minuten vor der geplanten Ankunftszeit. Als ich an dem Laufband stehe und auf meinen Koffer warte, befällt mich ein beklemmendes Gefühl. Alle anderen Fluggäste, die um mich herum Ausschau nach ihrem Gepäck halten, scheinen in gelöster Stimmung zu sein.

Einige Muttis versuchen, ihren Kindersegen in Schach zu halten, während sich das Familienoberhaupt um die Logistik kümmert. Junge Pärchen stehen verträumt dreinschauend da, während sie sich gegenseitig im Arm halten. Die Wartezeit spielt für sie keine Rolle. Ein Rentnerehepaar scheint etwas nervös zu sein, weil sie ihren Koffer immer noch nicht entdeckt haben, obwohl die Gepäckstücke schon seit einer ganzen Weile an uns vorbei gefahren werden.

Ich bin allein, niemand wartet auf mich, und ich kann zurzeit auch mit niemandem sprechen, weil jeder konzentriert auf das Laufband starrt. Schließlich entdecke ich meinen dunkelblauen Koffer.

Auf einem Computerausdruck, den ich in der Hand halte, steht der Name der Mietwagenfirma, bei der ich mir übers Internet einen Kleinwagen bestellt habe. An dem ebenfalls auf dem Zettel angegebenen Ausgang sehe ich zwar die Schalter der großen Verleihunternehmen, die Billigfirma, die ich suche, hat hier aber offensichtlich keine Repräsentanz. Auch die Hostess, die auf dem Revers ihres blauen Blazers das Logo einer Stuttgarter Automarke trägt, kann mir nicht weiterhelfen.

Kurz bevor ich einen ersten Nervenzusammenbruch bekomme, sehe ich durch eine Glasscheibe einen gedrungenen Spanier, der ein Schild mit meinem Namen vor seinen mächtigen Bauch hält. Ich fahre mich schnell wieder runter.

In der dritten Etage des riesigen Parkhauses komme ich mit meiner Gepäckkarre aus dem Fahrstuhl. Ich halte den Autoschlüssel in der Hand. Ein Anhänger baumelt daran, auf dem das Kennzeichen des Honda vermerkt ist, den ich gemietet habe. Hier stehen Hunderte von Autos. Den genauen Stellplatz konnte mir der Typ, bei dem ich die nötigen Formulare ausgefüllt habe, aber nicht nennen.

Ich schiebe meine Gepäckkarre an den endlosen Fahrzeugreihen vorbei. Nach einer vollständigen Runde um das Parkdeck habe ich den Wagen immer noch nicht entdeckt. Mein Blutdruck steigt langsam, aber stetig wieder an. Als ich schon in Erwägung ziehe, von irgendeiner Briefkastenfirma abgezockt worden zu sein, mache ich doch noch den Honda aus, der zu meinem Erstaunen nagelneu ist.

Nachdem ich im Hotel eingecheckt habe, gönne ich mir einen kleinen Imbiss, Toastbrot mit aioli, der leckeren Knoblauchmayonnaise, dazu ein Glas Rotwein. Ich sitze vor dem „Cafe Central“ unter einer Markise, die zwar ausreichend Schatten spendet, die allgegenwärtige Hitze aber nicht wirklich mildern kann.

Für eine Weile schweifen meine Gedanken in alle Richtungen, ohne dass ich das bemerke. Ich komme zum ersten Mal auf meiner Reise zur Ruhe.

Schließlich werde ich aus meinem Tagtraum wach. Für einen Augenblick befällt mich das Gefühl, unbedingt weitergehen zu müssen, beeinflusst durch einen Drang, der mir wohl über die Jahre in Fleisch und Blut übergangen ist. Dann wird mir aber bewusst, dass niemand auf mich wartet, ich auch nicht auf die Bedürfnisse und Wünsche von anderen Menschen Rücksicht nehmen muss. Ich habe alle Zeit, die ich mir selbst zugestehe. Da ich mich hier einfach wohl fühle, bestelle ich mir bei dem schlaksigen Spanier, der den Gast, wie allgemein üblich, nach jeder Bestellung mit einem fröhlichen „muy bien" lobt, noch ein zweites Glas Wein.

Einige Tische weiter sitzt ein hagerer Typ, der ununterbrochen Zigaretten der Marke raucht, auf dessen Schachtel eine höckeriges Wüstentier abgebildet ist. Er tippt hastig auf den Tasten seines Handys herum. Obwohl er, wie ich, im Schatten sitzt, trägt er eine dunkle Sonnenbrille. Nach einer Weile erhält er einen Anruf. „Lass bloß meine Post zu, … was, 44 Euro beim Aldi? … jetzt telefonieren wir für 5 Euro wegen so einer Scheiße, … da bin ich mal ein paar Tage weg, schon läuft alles aus dem Ruder, … keiner rührt meine Post an, ist das klar?" Mit diesem energischen Befehl beendet er abrupt das Telefonat.

Unwillkürlich schaue ich auf mein eigenes Handy, um festzustellen, ob ich irgendwelche Nachrichten erhalten habe, was aber nicht der Fall ist. Die Hektik, die dieser Typ verbreitet, hatte mich für einige Augenblicke angesteckt. Sie wechselt aber schnell wieder in eine entspannte Stimmung.

Ich habe mich frisch geduscht und bin schon ein wenig angetrunken, als ich das Restaurant betrete, das ich mir zum Abendessen ausgesucht habe. Nach einem Spaziergang durch die Gassen des Ortes habe ich mir am frühen Abend einen Gin Tonic vor der Bar „Noray" genehmigt.

Das „Es Portal" liegt in einer der Seitenstraßen, die im rechten Winkel vom Hafenbecken wegführen. An meinem ersten Abend habe ich Lust auf Fisch. Nach einem kurzen Blick auf die Karte stellen sich die Preise als einigermaßen erschwinglich heraus.

Direkt neben dem Eingang befindet sich ein kleiner Tisch für zwei Personen, den ich mir aussuche. Von meinem Platz kann ich den gesamten Gastraum überschauen. Außerdem sitze ich unmittelbar an der großen Scheibe, durch die ich einen freien Blick auf die vorbei kommenden Leute habe. Da ich mich vorerst mit niemandem unterhalten kann, suche ich instinktiv nach anderen Möglichkeiten der Ablenkung.

Einige Ventilatoren, die unter der Decke angebracht sind, sorgen für einen angenehmen Wind im Gastraum. An den Wänden hängen verschiedene Ölgemälde mit Motiven der Felsenküste, die sich im Westen der Insel befindet.

In aller Ruhe studiere ich die Karte. Eine recht ansehnliche Spanierin, die ich auf ungefähr fünfzig Jahre schätze, hat sie mir gebracht. Ich vermute, dass sie die Chefin des Hauses ist.

Ich kann mit niemandem darüber diskutieren, welches Gericht ich auswählen soll. Auch dieses Gefühl ist ungewohnt für mich. Letztlich bestelle ich mir eine Seezunge mit Kartoffeln. Dazu gibt's eine kleine Flasche Wein. Ich will es ja mit dem Alkohol nicht übertreiben.

Direkt an der Fensterscheibe zur Straße gibt es einen weiteren Tisch für zwei Personen. Mit dem Gesicht zu mir sitzt ein deutsches Mannsweib. Sie trägt ein enges T-Shirt in leuchtendem Orange, auf dem ein Schriftzug in dunkelblau aufgedruckt ist. Ich kann ihn aber nicht entziffern, da er zum Teil unter ihrem mächtigen Busen verschwindet. Das poppige Outfit will nicht so recht zu ihrem kräftigen Körperbau passen. Mit ernster Miene unterhält sie sich mit einer ihr gegenüber sitzenden Frau, die mir den Rücken zukehrt.

Auch sie hat eine auffällige Farbe für ihre Oberbekleidung gewählt. Eine knallgelbe Bluse spannt sich über ihren Hüften, die ein wenig über den roten Gürtel quellen, der ihre hellblaue Sommerhose am Bund zusammenhält.

Schräg gegenüber von mir beendet gerade eine deutsche Familie ihr Abendessen. Der Papa studiert die Rechnung, die er dann ausgiebig mit seiner Frau diskutiert. Diese wird ständig von ihrem Sohnemann abgelenkt, der vielleicht fünf Jahre alt sein mag. Seine Mutti ermahnt ihn wiederholt zur Ruhe, wovon der Bengel sich aber nicht beeindrucken lässt. Er bombardiert sie weiterhin mit Fragen zu einem Kartenspiel, das er in den Händen hält. Die gute Oma sitzt auch noch mit am Tisch und lächelt unaufhörlich. Offensichtlich findet sie das nervende Verhalten ihres Enkels einfach nur süß. Sie kommt auch nicht auf die Idee, die Mutti des lieben Kleinen ein wenig zu entlasten. In diesem Augenblick bin ich nur froh, dass mein Nachwuchs aus dem Gröbsten heraus ist.

Meine Gedanken schweifen wieder ab, sodass ich mich ein wenig erschrecke, als meine Seezunge nach einer Weile serviert wird. Ich bekomme einen ganzen Fisch, nicht ein oder zwei Filets, wie in den heimischen Restaurants üblich. Auch der Preis von 10 Euro, den ich für mein Gericht zahlen muss, würde zuhause bei weitem nicht reichen.

Während ich es mir schmecken lasse, wird der Tisch neben mir von zwei englischen Paaren in mittleren Jahren besetzt. Alle vier Personen haben auffallend rote Gesichter und sind schon recht lustig. Ich möchte jedoch annehmen, dass ihre leuchtende Hautfarbe von der Sonne herrührt und nicht vom Suff.

Da ich meine kleine Flasche mit dem leckeren Rotwein, ohne es wirklich mitbekommen zu haben, bereits geleert habe, bestelle ich mir noch eine zweite. Niemand ist da, der mich zur Raison rufen könnte. Meine eigene Gesichtsfarbe wird schon langsam den Ton meines bevorzugten Getränks angenommen haben, zumindest beginnen sich erste Drehungen in meinem Hirn einzustellen. Der Alkohol hat einen nicht unerheblichen Einfluss auf den Blickwinkel, aus dem ich meine Tischnachbarn betrachte.

Die Jungs und Mädels von der Insel bestellen sich jeweils einen Gin Tonic mit einer großen Extraflasche des süßen Blubberwassers als Aperitif.

Eine der beiden Damen hat ihre blonden Haare zu einem dicken Zopf zusammengebunden. Ich möchte sie mal als vollschlank bezeichnen. Die frei gelegten Ohrläppchen sind mit recht umfangreichen, knallgelben Plastikringen geschmückt. Sie trägt einen halblangen Rock und eine gestreifte Bluse, die sie wahrscheinlich älter wirken lässt, als sie in Wahrheit ist.

Die zweite Dame ist deutlich kleiner und auch erheblich schlanker. Sie hat sehr kurze, dunkle Haare. Zu einem weißen T-Shirt trägt sie eine lange, dunkelblaue Jeans.

Als Vorspeise lassen sie sich Gambas in einer roten Sauce servieren. Die Größere der beiden Damen arbeitet intensiv am Ausbau ihres Körperumfangs, indem sie unablässig Weißbrotstücke in die mit Knoblauch angereicherte Masse taucht, in der die schmackhaften Schalentierchen eingelegt sind.

Die beiden Partner der englischen Mädels beschäftigen sich als Vorspeise lieber mit der Vernichtung des Gin Tonics, zu dem sie sich mittlerweile noch eine Flasche Weißwein geordert haben. Einer der beiden spricht mich an, worauf ich in meiner Lethargie gar nicht gefasst war. Ich habe in den letzten Jahren keine Gelegenheit gehabt, englisch zu sprechen.

„What did you say?“, muss ich erst einmal nachfragen.

Er trägt ein hellblaues Hemd und hat schlohweiße Haare. Eine braune Cordhose komplettiert sein Erscheinungsbild, das ein wenig seltsam auf mich wirkt. Sein Kollege beweist auch nicht viel mehr Geschmack bei der Auswahl seiner Garderobe.

Er fragt mich noch einmal, wie mein Fisch schmeckt. Ich bin eigentlich froh darüber, dass ich die Gelegenheit bekomme, mich ein wenig zu unterhalten. Nach einigen holprigen Formulierungsversuchen kommen meine Englischkenntnisse fast lückenlos aus meinem Langzeitgedächtnis zurück. Der Inhalt der dritten Flasche Rotwein, die ich mir im Überschwang der Gefühle bestellte, trägt erheblich zur Lockerung meiner Zunge bei.

Wir reden über Fußball, über den Euro und irgendwann auch über Politik. Dass ich gerade Churchills Erinnerungen vom zweiten Weltkrieg lese, finden sie zwar lobenswert, grundsätzlich halten sie den Kerl aber für einen Versager und sind froh darüber, dass er nicht mehr unter den Lebenden weilt. Ich wechsle schnell das Thema, da mir die englische Mentalität nicht sonderlich geläufig ist.

Die beiden Ladies lachen viel und herzlich, offenbar kann ich auch auf Englisch einigermaßen unterhaltend sein. Die große Blonde beginnt irgendwann unverblümt damit, mir schöne Augen zu machen. In meinem Zustand sind beinahe alle Frauen begehrenswert, sodass ich ein wenig mitspiele. Das scheint aber ihr Mann sehr bald mitzubekommen. Wie aus heiterem Himmel bestellt er die Rechnung, obwohl ich bis dahin den Eindruck hatte, dass wir uns wunderbar verstehen würden. Meine Flirtpartnerin macht noch einen zaghaften Versuch, unser Beisammensein ein wenig zu verlängern, indem sie vorschlägt, noch eine Flasche Wein zu ordern. Ihr Mann hat aber beschlossen, dass jetzt alle müde zu sein haben.

Er zahlt die Rechnung für beide Paare. Die Verabschiedung fällt leider ein wenig frostig aus. Der Mann verteidigt halt in jeder Altersklasse sein Revier, was ich für absolut legitim halte. Ich finde mich damit ab und bestelle meine eigene Rechnung, die nun doch etwas höher ausfällt, als ich es mir zu Beginn des Abends ausgerechnet hatte.

Im „Peoples“ latsche ich dem nächsten Hahn emotional auf die Füße. Ich bin so voll, dass ich keine Hemmungen mehr kenne. Ein Deutscher in der zweiten Hälfte der Fünfziger lässt es zunächst zu, dass ich eine der zwei Damen, die er im Schlepptau hat, in ein Gespräch verwickle. Offenbar bin ich immer noch in der Lage, einen gewissen Charme zu versprühen, denn die Frau fühlt sich schnell gut unterhalten. Als auch ihre Freundin, die wohl die Gattin des Herrn ist, sich amüsiert in unser Gespräch einmischt, ist dieser damit eindeutig abgemeldet. Seine liebe Frau dreht ihm den Rücken zu, um besser an der Konversation teilnehmen zu können, was dann doch eine Stufe zu heftig für ihn ist.

Als die beiden Täubchen, wie allgemein üblich, zusammen auf die Toilette verschwinden, teilt er mir unverblümt mit, dass ich in dieser Runde ab sofort unerwünscht sei. Trotz meines benebelten Hirns verstehe ich sofort, was die Stunde geschlagen hat. Ohne die Rückkehr der Damen abzuwarten, ziehe ich den geordneten Rückzug weiteren offenen Worten unter Männern vor. Als ich den Schuppen verlasse, grinse ich ein wenig in mich hinein, denn die Zeche überlasse ich meinem Rivalen.

Im „Barracuda" gehen bei mir aber bald die Lichter aus. Ich mache noch einen letzten Baggerversuch an der Tanzfläche, der aber kläglich scheitert, so weit ich mich erinnern kann. In meinem zweifelhaften körperlichen Zustand gebe ich kaum noch eine überzeugende Figur ab, was ich auch schnell einsehe.

Bei der Torte hinter der Theke bestelle ich mir im Alkoholnebel irgendein Mixgetränk. Letztlich sind die Anstrengungen dieses ersten Singletages dann doch zu viel für mich. Mein Körper nimmt sich die Auszeit, die er dringend benötigt, und mein Geist hat offensichtlich nichts dagegen. Der Barhocker und die Theke erweisen sich als völlig ausreichende Unterlagen, um ein ausgiebiges Nickerchen halten zu können.

Am nächsten Morgen verpasse ich das Frühstück, weil ich erst gegen 11 Uhr aufwache. Im ersten Augenblick befällt mich ein schlechtes Gewissen, dann wird mir aber schnell klar, dass ich mich vor niemandem rechtfertigen muss. Ich drehe mich daher im Bett noch einmal auf die andere Seite, döse eine Weile und begebe mich schließlich in aller Ruhe ins Bad.

Die Einrichtung des Zimmers ist einfach. Zwei Betten, ein Stuhl mit einem Tischchen davor, ein uralter Schrank und ein Kleinbildfernseher, an dem man nicht mal die Lautstärke verstellen kann, rechtfertigen den recht gesalzenen Übernachtungsobolus auf keine Weise. Dafür habe ich von meinem Balkon aus einen herrlichen Blick auf einen Teil des Hafenbeckens. Auch die Nähe zu vielen gastronomischen Einrichtungen von Port d'Andratx wird ihren Teil zur Preisgestaltung des Hotels beigetragen haben.

Es dauert eine nervtötende Ewigkeit, bis aus dem Duschkopf warmes Wasser kommt. Während ich ungeduldig auf eine einigermaßen akzeptable Temperatur des teuer bezahlten Erfrischungselementes warte, ersäufe ich mit dem noch eiskalten Wasser ein Krabbeltierchen, das sich meine Badewanne als Revier ausgesucht hat. Kurz danach verbrenne ich mir beinahe die Haut, da die Temperatur übergangslos den Siedepunkt erreicht. Mit dem Hahn steuere ich reaktionsschnell gegen, worauf ich wenige Sekunden später fast schockgefroren werde. Immerhin finde ich nach einigen weiteren Regulierungsmaßnahmen eine einigermaßen erträgliche Temperatur. Mein Kreislauf ist nach diesem zweifelhaften Duschvergnügen jedenfalls auf Touren gekommen.

Einige Kilometer nach dem Ortsausgang komme ich in einen großen Kreisverkehr, von dem aus man in alle Richtungen abbiegen kann. Der Blinker ist schon gesetzt, um Richtung Palma gelangen, als ich mich spontan anders entscheide. Die nächste Ausfahrt führt mich durch Andratx ins Tramuntana-Gebirge. Das Gefühl, mit niemandem Entscheidungen absprechen zu müssen, erfüllt mich mit einer gewissen Befriedigung. Langsam finde ich Gefallen an meiner freiwillig gewählten Einsamkeit.

Die Hektik, die normalerweise mein Fahrverhalten im heimischen Straßenverkehr bestimmt, ist völlig von mir abgefallen. Durch das geöffnete Fenster genieße ich die frische Luft und den herrlichen Ausblick auf das Meer und die felsige Küstenlandschaft. Einmal fahre ich rechts ran, um einen ungeduldigen Autofahrer vorbeizulassen. Auf so eine Idee wäre ich zuhause nie gekommen.

Nach ungefähr zwanzig Kilometern parke ich meinen Wagen vor dem Restaurant „Es Grau“, da ich einen Imbiss einnehmen will. Das Gebäude steht unmittelbar am Rande einer Klippe. Ich gehe hindurch und gelange auf eine Terrasse, die über den Rand des Abgrunds hinaus gebaut wurde. Von dem letzten freien Tisch, den ich ergattern kann, habe ich einen fantastischen Blick auf das Meer, das einige Dutzend Meter unter mir friedlich zu schlummern scheint.

Bei einem Kellner in fortgeschrittenem Alter bestelle ich mir eine Honigmelone mit Schinken. Dazu gönne ich mir ein Glas Rotwein und eine Flasche Wasser. Der Nachdurst macht sich schon seit einer ganzen Weile bemerkbar.

Nach einigen Minuten kommt ein Rentnerehepaar auf die Terrasse. Da keine Tische mehr frei sind, fragt mich der alte Herr, der mit Shorts und einem Trägerhemd bekleidet ist, ob er sich mit seiner Frau zu mir setzen darf. Wenn ich mit meiner Gattin hier sitzen würde, hätte ich mir wahrscheinlich irgendeine Ausrede einfallen lassen, um zu verhindern, dass sich jemand mit an unseren Tisch setzt. Jetzt habe ich allerdings nichts gegen ein wenig Unterhaltung.

Die alte Dame trägt ein buntes Sommerkleid, ihre Haut ist tiefbraun gebrannt. Während ich akribisch das Fett von den Schinkenscheiben auf meinem Teller entferne, erzählt sie mir, dass sie mit ihrem Mann das halbe Jahr auf Mallorca verbringt und empfiehlt mir Cala Ratjada zur Besichtigung. Am Rande des Urlauberghettos gäbe es ein gut erhaltenes Fischerdorf mit zahlreichen, urigen Kneipen, in denen man ausgezeichnet essen könne.

Ich bedanke mich artig für den wohlgemeinten Rat. Tatsächlich schließe ich nicht aus, mir den Ort an einem der nächsten Tage einmal näher anzusehen. Schon nach einem Tag des Alleinseins sträubt sich aber alles in mir dagegen, Pläne für mehr als einige Stunden im voraus zu machen.

Als die nette, alte Dame damit beginnt, über das deutsche Rentensystem zu philosophieren, entscheide ich, dass mir meine Zeit für solche Themen zu kostbar ist. Ich verabschiede mich freundlich und steige wieder in meinen Kleinwagen.

Nach zwei oder drei Kilometern liegt links von der Straße ein Turm aus Natursteinen auf einem Felsvorsprung. Ich verspüre Lust auf den fantastischen Ausblick, den man zweifelsfrei von dort haben wird.

Oben angekommen treffe ich eine Deutsche mit kurzen, dunklen Haaren, die eine lange Stretchhose und eine blaue Windjacke trägt. Sie steht regungslos da und schaut verträumt aufs Meer hinaus und scheint mich zunächst gar nicht zu bemerken.

Nach einigen Augenblicken schaut sie mich an. „Ein fantastischer Ausblick, nicht wahr“, sagt sie. Ich habe den Eindruck, dass sie mehr zu sich selbst spricht, als mich bewusst anzureden. Ich nicke daher nur.

Nachdem eine Weile vergangen ist, hat sie eine Bitte. „Würden sie wohl ein Foto von mir machen?“ Während sie das sagt, hält sie mir ihren Apparat entgegen.

Ich gebe mir besondere Mühe, ein gelungenes Foto zu produzieren, obwohl ich von diesem Metier eigentlich keine Ahnung habe.

„Sind Sie auch alleine auf der Insel?“, mochte ich wissen.

„Ja, das herrliche Wanderrevier, das man hier vorfindet, hat es mir besonders angetan.“

„Es ist mein erster Versuch als Alleinurlauber“, erzähle ich ihr. „Irgendwie war mir gestern, als ich hier ankam, ein wenig mulmig, als mir bewusst wurde, dass niemand da ist, der auf mich wartet.“

Sie lächelt verständnisvoll. „Ich empfand das beim ersten Mal auch so. Mittlerweile habe ich dermaßen Gefallen daran gefunden, dass ich regelmäßig alleine Urlaub mache.“

„Ich glaube, dass es mir genauso gehen wird“, sage ich. Offensichtlich klinge ich noch recht unsicher, denn sie hat das Gefühl, mich ein wenig beruhigen zu müssen. „Man bleibt nicht alleine, wenn man nicht will."

„Das habe ich gestern Abend auch schon festgestellt. Eigentlich wollte ich es hier etwas ruhiger angehen lassen, es ist dann aber doch wieder spät geworden."

„Geben Sie sich Zeit, das wird schon", sagt sie. Als sie abfährt, winkt sie mir noch einmal zu und lächelt dabei.

Ich bleibe noch eine Weile alleine auf dem Turm. Meine Gedanken schweifen zurück in die Heimat,

Meine Frau Claudia hat mir eine letzte Bedenkzeit gegeben. Ich habe ihr vor kurzem das Verhältnis mit meiner Arbeitskollegin gestanden, weil ich mit den vielen Lügen in meinem Leben nicht mehr leben konnte. Ich beendete vorher die Beziehung zu Anette offiziell, was sie allerdings mit einem Wutanfall und der Drohung quittierte, alles meiner Frau zu erzählen.

Claudia reagierte dagegen absolut souverän. Sie hatte schließlich die Idee dieser Reise. Ich sollte in Ruhe eine Entscheidung treffen. Sie sagte mir, dass sie mich immer noch liebt, trotz meines Fehltrittes. Beim Abschied am Flughafen wünschte sich nichts mehr, als dass ich zu ihr zurückkehren würde, aber nur dann, wenn es von ganzem Herzen geschehe. Tja, und jetzt stehe ich hier und vermisse sie schon ein wenig.

Es ist erst halb acht, als ich am nächsten Morgen völlig ausgeruht alleine im Frühstücksraum sitze. Durch großflächige Glasscheiben genieße ich den Blick auf die Hafeneinfahrt, die zwischen zwei mächtigen Felsen liegt. Ich habe mich dazu gezwungen, meine Frau nicht anzurufen. Unbeeinflusst möchte ich die Zeit arbeiten lassen.

Ich gönne mir eine dritte Tasse Kaffee. Das übersichtliche Buffet bietet, neben verschiedenen Marmeladen, je zwei Käse- und Wurstsorten, wird daher sicher keinen Gourmetpreis gewinnen, ist aber für meine Bedürfnisse völlig ausreichend. Ein sichtlich übermüdeter Kellner in fortgeschrittenem Alter zupft die weißen Decken an den noch unbesetzten Tischen zurecht, da er sonst nichts weiter zu tun hat.

Nach 70 Minuten Fahrt komme ich über Palma nach Alcudia im Nordosten der Insel. Die Stadt überzeugt mich nicht sonderlich, sodass ich meinen Rundgang nach kurzer Zeit abbreche.

In südlicher Richtung fahre ich daraufhin entlang der Küste durch schier endlose Bettenburgen, die sich auf beiden Seiten der Straße auftürmen. Für viele Pauschaltouristen ist dieser Anblick, der auf mich einfach nur frustrierend wirkt, der einzige Eindruck, den sie von Mallorca bekommen. Man scheint sich aber allgemein damit zufrieden zu geben, denn Millionen kommen jedes Jahr wieder hierher.

Nach einer Weile führt die Straße ein wenig ab vom Meer, und links von mir baut sich allmählich eine Hügellandschaft auf. Ich erreiche den Abzweig nach Arta. Die Landstraße führt an dem Städtchen vorbei, sodass es von zufällig einfallenden Touristen bisher weitgehend verschont geblieben ist.

Im romatischen Garten des Hotels „Sant Salvador" gönne ich mir einen Kaffee. Es liegt unterhalb des Kirchberges. In dem ehemaligen Stadtpalast wurden unter deutscher Führung acht Zimmer in völlig unterschiedlichen Stilrichtungen liebevoll eingerichtet, was ich einem Prospekt entnehme. Hier ließe sich bestimmt wunderbar Versöhnung feiern, denke ich, als ich wieder aufbreche.

Ich folge der Beschilderung zur „Ermita Betlem". Es ist später Nachmittag. Ich denke, dass der Besuch einer Einsiedelei irgendwie zu meiner jetzigen Verfassung passen würde.

Die schmale Landstraße mündet nach einigen Kilometern in immer steiler werdende Serpentinen, die einen Berg hinauf führen. Für einige besonders enge Kurven klemme ich hinter einem Radsportler, der sich den Berg hinaufkämpft.

Unten am Berg wechseln sich Nadel- und Olivenbäume ab. Etwas weiter oben kommen verschiedenste Gräser, bunte Blumen, Schilf und auch Fächerpalmen hinzu.

Ich bin von diesem Anblick so gefesselt, dass ich einfach vergesse, den Fahrradfahrer zu überholen. Irgendwann winkt er mich energisch vorbei. Wahrscheinlich stört ihn das Motorgeräusch meines Wagens, der aufgrund seiner äußerst begrenzten Pferdestärken gewaltig mit der Steigung zu kämpfen hat.

Schließlich erreiche ich den Pass des Berges. Die „Ermita Betlem" liegt auf einem erheblich tieferen Niveau als der Pass, sodass man von dort aus keinen allzu überzeugenden Ausblick hat. Ich spare mir daher die Fahrt zur Einsiedelei.

Nachdem ich meinen Wagen abgestellt habe, gehe ich zu einem etwa zwei Meter hohen Felsen, der aus der Vegetation herausragt. Ich setze mich und genieße den Blick nach Norden. Die Luft ist so klar, dass ich sogar das Cap Formentor sehen kann, dass die Nordspitze der Insel bildet und gut 25 Kilometer Luftlinie von meinem Beobachtungspunkt aus entfernt liegt.

Hier gibt es nur natürliche Geräusche. Das Zwitschern vereinzelter Vögel, das Summen der Insekten und das permanente Rauschen des

Windes geben ein äußerst beruhigendes Konzert, daher vergesse ich völlig die Zeit.

Wieder muss ich an meine Frau denken, aber auch an Anette, was mich ein wenig irritiert. Warum trauere ich ihr nach, obwohl sie sich so gemein verhalten hat? Warum kann ich nicht loslassen, um wieder frei für Claudia zu sein?

Von Arta aus gelange ich über Manacor in die Außenbezirke von Palma. Der Kontrast zwischen der heutigen technisierten Zeit und der von der Landwirtschaft geprägten Vergangenheit der Insel könnte unmittelbar unter der Einflugschneise des Flughafens, an dem ich rein zufällig vorbeikomme, nicht größer sein. Über hunderte von teilweise sehr ansprechend renovierten Windmühlen donnern unablässig Flugzeuge im Landeanflug hinweg. In diesem Augenblick sind mein Aufenthalt auf dem Berg nahe der Einsiedelei und das Gefühl der völligen Entspannung, das ich noch vor einer Stunde empfunden habe, schon wieder ganz weit weg.

Als ich durch Port d'Andratx zu meinem Hotelparkplatz fahre, bewegt sich eine dichte Menschenmenge entlang der Uferstraße auf der Suche nach Vergnügen und Gesellschaft. Ich spüre nun das Verlangen, wieder unter Leute zu kommen. Es wird, trotz dieses für mich prägenden Tages, nicht von heute auf morgen ein Einsiedler aus mir.

Nach einer erfrischenden Dusche gönne ich mir im „La Brasa" ein schmackhaftes Steak. Danach sitze ich in einer Bodega in einer der Seitenstraßen auf einem Barhocker vor einem runden Hochtisch. Der Laden ist sehr gut gefüllt. Ich fühle mich immer noch völlig entspannt, schaue mir das Treiben der Gäste an und denke eigentlich gar nichts. Der unbedingte Drang, mit Menschen direkt in Kontakt zu treten, der mich noch am ersten Tag erfüllte, ist nicht mehr da.

Eine blonde Kellnerin wirbelt durch den Raum und versucht, die Wünsche der Gäste so schnell wie möglich zu erfüllen. Ich habe Zeit, warte deshalb, ohne mich bemerkbar zu machen, darauf, dass sie zu mir kommt. Ich werde das Gefühl nicht los, dass ich sie kenne. Als ich dann an der Reihe bin, muss ich nicht mehr darüber nachdenken, wo ich sie schon einmal gesehen habe.

„Sag mal, kann es sein, dass Du aus Jena kommst?", fragt sie mich.

„Da hast Du allerdings Recht", antworte ich und teile ihr mit, dass sie mir ebenfalls bekannt vorgekommen sei.

„Ich habe mal im „Sockenschuss" gearbeitet, das ist aber schon mehr als drei Jahre her, seit dem bin ich hier auf der Insel."

„Hast Du denn gar kein Heimweh nach der langen Zeit?“, ist die Frage, die mir spontan einfällt. Ich sehe allerdings sofort, dass ich damit einen wunden Punkt bei ihr getroffen habe. Ihre Gesichtsfarbe wird sichtlich blasser und ihre anfängliche Freude, jemanden aus der Heimat zu sehen, weicht offensichtlich einer gewissen Ernüchterung.

„Was willst Du denn nun trinken?“, möchte sie wissen. Das Thema ist so schnell erledigt, wie es angesprochen wurde.

„Einen eiskalten Wodka Lemon bitte. Übrigens bin ich noch eine ganze Weile hier“, mache ich ihr ein indirektes Angebot.

In der Folgezeit bemerke ich, dass sie immer wieder nachdenklich zu mir herüberschaut. Nach dem zweiten Drink möchte ich noch einmal das Lokal wechseln. Sie ist nicht auf mein Angebot eingegangen. Ich bin ja auch noch einige Tage auf der Insel, vielleicht ergibt sich noch eine andere Gelegenheit.

Der Tag endet für mich wie mein erster Abend im „Barracuda“. In irgendeiner Spelunke werde ich in den frühen Morgenstunden von einer mir gänzlich unbekannten Person unsanft geweckt. Den Umgang mit der Einsamkeit muss ich wohl noch ein wenig üben.

Realität

Es ist gegen 22.30 Uhr. Die Bodega füllt sich langsam, daher kann ich nur ab und zu hektisch an einer Zigarette ziehen, die zum großen Teil im Aschenbecher verqualmt.

Ich gehe rüber zu einem Hochtisch, an dem ein einzelner Gast sitzt, den ich auf Mitte bis Ende Dreißig schätze. Er ist braun gebrannt, trägt eine lange Jeans und ein T-Shirt in einem knalligen Gelbton. Ich habe sofort das Gefühl, dass ich den Typen schon mal gesehen habe. Wir stellen fest, dass wir die gleiche Heimatstadt haben. Dann fragt er mich, ob ich überhaupt kein Heimweh verspüre.

Ich fühle bei dieser Frage einen Stich in der Brust. Irgendwie verliere ich schlagartig die Lust, mich mit ihm noch weiter zu unterhalten, deshalb frage ich ihn einfach, was er denn nun trinken möchte.

Er bemerkt meinen Stimmungsumschwung sofort. Trotzdem lächelt er tapfer, ist aber offensichtlich ein wenig verunsichert. Ich versuche ebenfalls zu lächeln, glaube aber nicht, dass mir das überzeugend gelingt.

Carlos, mein Chef, führt seinen Job hinter der Theke wie immer mit äußerster Gelassenheit durch. Er zapft Biere, schenkt Wein in Gläser, öffnet gekonnt Champagnerflaschen, mixt zügig, aber korrekt, die klassischen Longdrinks und hat immer noch ab und zu die Muße, mit dem einen oder anderen Gast persönliche Worte zu wechseln.

Die Souveränität, die er ausstrahlt, hat mich von Anfang an fasziniert. Dazu kommt noch, dass er aufgrund seiner körperlichen Fitness deutlich jünger aussieht als er ist. Seine kurz geschnittenen, ursprünglich pechschwarzen Haare sind an den Schläfen graumeliert, worauf ich besonders stehe. Mit fast 1,90 Meter Körpergröße liegt er um einiges über dem spanischen Durchschnitt. Seine dunkelbraune Haut und die gleichfarbigen Augen komplettieren das perfekte Bild eines Spaniers, wie ihn sich wohl jede deutsche Frau, die auf südländische Typen steht, wünscht.

Als ich vor gut drei Jahren aus Jena auf die Insel kam und hier nach einem Job gefragt habe, stellte er mich zunächst für den Sommer ein. Er hielt es damals nicht für nötig, seine Frau Olga vorher darüber zu informieren.

Olga ist klein, drahtig und einige Jahre jünger als ihr Mann. Sie sieht ähnlich attraktiv aus wie er und hat unter den Stammgästen durchaus ihre Fans. Vor dem zahlenden Publikum spielt sie ihre Rolle hervorragend, kann aber hinter den Kulissen durchaus auch ein Drachen sein.

Als sie irgendwann den Verdacht bekam, dass ich mit ihrem Mann ein Verhältnis eingegangen sein könnte, ließ sie mich bei jeder Gelegenheit ihren ganzen Zorn spüren, was ja durchaus verständlich war. Carlos ist aber nun mal der Chef, sowohl in dem gemeinsamen Unternehmen, als auch in der Ehe. Er hielt seine schützende Hand über mich, sodass ich meinen Job behalten konnte. Er und ich waren seit dieser Krise wesentlich vorsichtiger in der Art unserer Kommunikation und hatten nur noch Sex, wenn wir absolut sicher waren, dass Olga uns nicht überraschen konnte.

Irgendwann lernte ich auch andere Männer kennen, daher ließ ich unsere Liaison mit der Zeit einschlafen. An dem sehr guten Verhältnis zwischen Carlos und mir änderte das aber nichts. Er hat sich längst, wie auch schon vor meiner Zeit, die eine oder andere weibliche Abwechslung gesucht, um seinen ausgeprägten Jagdinstinkt zu befriedigen.

Meine Beziehung zu seiner Frau bewegt sich zwar nur auf rein geschäftlicher Basis, ist aber mit den Jahren immer herzlicher geworden. Immerhin hatte ich mich sehr schnell eingearbeitet, und Spanisch sprach ich schon relativ gut, als ich hierher kam. Olga wusste meine zügige und korrekte Arbeitsweise durchaus zu schätzen. Zusätzlich hatten meine blonden Haare und meine nicht unerheblichen Rundungen an den passenden Stellen einen positiven Einfluss auf den Umsatz. Insofern ist meine Chefin also ohne Probleme in der Lage, Geschäft und Privatleben zu trennen.

Ich bringe ein Tablett mit je zwei Gläsern Sekt und Bier an einen der Hochtische. Auf den Barhockern davor sitzen zwei Paare.

Marion und Sandra sind recht gut aussehende Mädels um die Dreißig. Ich kenne sie schon seit ein paar Jahren. Sie haben sich irgendwann ältere und vor allem reiche Männer gesucht und beschäftigen sich nun intensiv damit, so viel wie möglich vom Geld ihrer emsigen Gatten wieder auszugeben. Dazu suchen sie sich regelmäßig Kerle aus, die eine ähnliche Position im Leben bekleiden wie sie selbst. Auch ihre heutigen Begleiter gehören zu dieser Kategorie.

Jan und Florian sind Typen, wie ich sie überhaupt nicht mag. Ich habe die beiden selten nüchtern erlebt. Schon um die Mittagszeit, in der sie auch ab und zu hierher kommen, darf ein Schuss Alkohol in der Cola nicht fehlen. Offensichtlich sind die Arbeitszeiten der beiden Faulenzer eher nicht erwähnenswert.

Alle vier schauen aus glasigen Augen, als ich die Getränke vor sie auf den Tisch stelle. Florian bemerkt mich gar nicht, weil er sich ganz auf Marions Oberschenkel konzentriert, zwischen denen er mit einer seiner Hände schwer beschäftigt ist. Jan bearbeitet Sandras Rücken mit den Fingern seiner rechten Hand. Es schüttelt mich regelrecht bei der Vorstellung, mich von diesem Schleimer befummeln zu lassen. Ich lächele aber trotzdem freundlich, auch wenn Marion die einzige aus der Runde ist, die mich überhaupt wahrnimmt. Sie bedankt sich artig für die Lieferung der Getränke.

Ich zünde mir eine neue Zigarette an, während ich vor der Bar darauf warte, dass mein Tablett gefüllt wird. Mein Blick schweift über die fröhlich wirkenden Gäste. Viele von denen, die hier den Abend genießen, sind Einheimische. Dazu zähle ich ebenfalls meine Landsleute, die auf der Insel wohnen, auch wenn es nur jeweils für Monate oder gar Wochen ist. Diejenigen, die Mallorca als ihre Wahlheimat auserkoren haben, führen ein Leben, welches sie sich zumindest früher einmal wie im Paradies vorstellten. Mir ging es vor Jahren genauso.

Mein langjähriger Lebensabschnittsgefährte Rene und ich hatten eine wunderbare Wohnung im sogenannten Damenviertel von Jena. Wir lebten in drei Zimmern unter dem Dach einer der vielen Villen aus der Jahrhundertwende, die zum Glück Krieg und sozialistische Misswirtschaft überlebt haben.

Ich arbeitete eine Weile im „Sockenschuss" und später auch im „Irish-Pub". Beide Kneipen lagen damals nur einige Meter voneinander entfernt. Ich konnte sie bequem von unserer Wohnung aus zu Fuß erreichen.

Rene verdiente gutes Geld in einer Tiefbaufirma. Ich lernte ihn als Gast im „Sockenschuss" kennen, als ich dort arbeitete. Vom ersten Augenblick an war ich in sein sportliches Aussehen verschossen. Er ließ mich ebenfalls nicht mehr aus den Augen. Zu einfach wollte ich es ihm aber dann doch nicht machen. Er kam jeden Abend wieder, nur um mich zu sehen. Nach einigen Tagen ließ ich mich von ihm nach Dienstschluss zu einem ersten gemeinsamen Drink einladen. Schon nach kurzer Zeit suchten wir uns eine gemeinsame Wohnung.

Eine Gemeinsamkeit zwischen uns war von Anfang an die Liebe zu Mallorca. Wir flogen mehrfach im Jahr dort hin. Anfänglich machten wir mit anderen Bekannten die Gegend um den Ballermann unsicher. In späteren Urlauben erkundeten wir mit Mietwagen die Insel und buchten dann auch andere Orte, die wohl eher als landestypisch zu bezeichnen sind. Einige Jahre träumten wir von einem gemeinsamen Leben auf der Insel. Rene wollte sich als Handwerker selbständig machen. Ich hätte in meinem Job auf der Insel weiter tätig sein können.

Der Traum zerplatzte wie eine Seifenblase, als er mir eines Morgens gestand, dass er sich in eine andere verliebt hatte. Nach Wochen der totalen Niedergeschlagenheit nahm ich diese Enttäuschung als Anlass, mein Leben alleine so weiterzuführen, wie ich es mir immer erträumt hatte. Ich buchte nur einen Hinflug, nachdem Rene mit seiner Neuen unsere Wohnung übernommen hatte.

Fast ein Jahr musste ich mich mit meinen spärlichen finanziellen Reserven und Gelegenheitsjobs über Wasser halten, bevor ich diesen langfristigen Job bekam. Ich kaufte mir ein kleines, beinahe schrottreifes Auto, damit ich für meine Arbeitssuche mobil war. Die eine oder andere Anstellung, die ich ergattern konnte, war jeweils nur für einen kürzeren Zeitraum. Hatte ich dadurch etwas Geld, gab ich es schneller wieder aus, als es mir gut tat. Die Einraumwohnung, die ich weiter hinten in einer Seitenstraße bezogen hatte, war nicht sonderlich teuer, wenn man aber nur sporadisch Einnahmen erzielt, ist jeder Betrag eigentlich zu viel.

Kurz bevor meine finanziellen Mittel endgültig aufgebraucht waren, lernte ich Carlos kennen. Ich wäre nicht die erste gewesen, die ihren Traum vom Leben auf der Insel aus finanziellen Gründen aufgeben musste.

Mit meinem gefüllten Tablett kämpfe ich mich durch die gut besetzte Bar. Selbst als Raucher, oder gerade weil ich einer bin, bekomme ich erhebliche Atemprobleme. Trotz der Höhe des Raumes ist die Luft mit dichten Nikotinwolken erfüllt.

Ich kenne die Lebensgeschichten vieler Stammgäste. Jose ist ein spanischer Großunternehmer. Er demonstriert seinen Reichtum durch einen mächtigen Bauch und grundsätzlich mindestens eine spärlich bekleidete Blondine an seiner Seite. Er hat eine Halbglatze, um die sich ein Kranz schwarz gefärbter Haare gruppiert, die mit Glanzlack nach hinten gekämmt sind. Aus dem weit geöffneten Kragen seines dunkelblauen Seidenhemdes quillt schwarzes Brusthaar. Natürlich darf die Goldkette um den Hals nicht fehlen, an der ein Anhänger mit der Madonna zu sehen ist. Die dicke Zigarre, die er im Mundwinkel mit seinen tadellos gepflegten Zähnen festgeklemmt hat, soll ihm wohl ein Anzeichen von Macht verleihen, die er zweifellos auch besitzt.

Das blonde Hühnchen neben ihm muss er in irgendeiner Nobeldisco in Palma aufgegriffen haben. Sie grinst für meine Begriffe ein wenig dümmlich, tut mir aber auch schon wieder ein bisschen leid. Sie ist eine von den vielen naiven Mädels, die in jedem Jahr hierher kommen und meinen, ihr großes Glück mit dicken Titten und einem überzeugenden Hintern erkaufen zu können.

Ich stelle den Schwenker mit einem uralten Sherry vor den dankbar grinsenden Gast und versorge die bedauernswerte Blondine mit einem

Glas Wasser, das sie bei mir bestellt hat. Sie scheint instinktiv zu spüren, dass es ihrer Selbsterhaltung dienlich ist, wenn sie an diesem Abend einigermaßen nüchtern bleibt.

Die beiden Typen, denen ich ein frisches Bier bringe, kenne ich irgendwo her. Allerdings sehe ich sie heute zum ersten Mal in diesem Etablissement.

„Wo kann man denn heute Abend noch was erleben, wenn man hier genug hat?“, will der eine der beiden von mir wissen. Er ist fast zwei Meter lang und trägt ein nichtssagendes T-Shirt, das lässig über eine allerdings nicht ganz billige Marken-Jeans herab hängt. Seine glatten, blonden Haare fallen bis auf die Schultern herab. Die sichtbaren Hautpartien sind braun gebrannt. Jedoch verfügt der Kerl über eine beachtliche Hakennase, die sein Erscheinungsbild etwas trübt.

Klar, verstehe schon, ihr beide sucht willige Mädchen, die für ein kurzes Abenteuer taugen, denke ich. Meine Antwort fällt allerdings der Situation angemessen aus. „Wenn Ihr noch richtig abtanzen und ein paar nette Mädels mit Niveau treffen wollt, solltet ihr später mal rüber ins „Barracuda“ gehen.“

„Vielen Dank für den Tipp“, meint der andere, der kurze, schwarze Haare hat. Er ist zwar deutlich kleiner als sein Kumpel, beweist dafür aber auch mehr Geschmack in der Auswahl seiner Klamotten. Er trägt ein auffällig gemustertes Hemd aus Seide und dazu eine helle Sommerhose. „Wann hast Du denn Feierabend?“ Die Frage hatte ich von diesen Typen schon erwartet.

„Ich komme hier erst in den frühen Morgenstunden raus, dann will ich nur noch schlafen“, antworte ich und lächele artig, während ich mich schon wieder abwende, um zur Theke zurückzugehen.

Während ich auf meine nächste Fuhre warte, überlege ich immer noch, woher ich die beiden Vögel kenne. Vielleicht habe ich ja nachher doch noch Lust, tanzen zu gehen.

Einer von diesen Fernsehmoderatoren hat bei mir eine Flasche Rotwein für sich und seine Begleitung bestellt. Der Typ ist nahezu täglich am Nachmittag auf einem der deutschen Privatsender zu sehen. In seiner Show gibt er dem Abschaum unserer Gesellschaft die Möglichkeit, für ein paar Scheine das eigene verkorkste Leben einem Millionenpublikum zu präsentieren. Er macht mit Sicherheit einen Haufen Kohle mit diesem zweifelhaften Job.

Der arrogante Kerl nimmt mich gar nicht wahr. Er bemerkt auch nicht, dass ich einen kleinen Schluck des edlen Tropfens in sein Glas laufen lasse, damit er probieren kann. Nachdem ich einen angemessenen Zeitraum gewartet habe, ohne dass er reagiert, schenke ich in beide Gläser ein. Die Turteltauben sind völlig aufeinander fokussiert, sodass ich sie nicht weiter stören will.

Er trägt ein Hawaii-Hemd und eine lange, helle Sommerhose. Die dunkle Sonnenbrille einer exklusiven Marke auf seiner Nase würde ich anstelle seiner Gesprächspartnerin als einigermaßen unhöflich empfinden. Sicher versucht er mit diesem unpassenden Hilfsmittel, seine wahre Identität vor den übrigen Gästen zu verbergen.

Das hiesige Publikum ist aber nun mal in der Mehrzahl ebenso gut betucht wie er. Ich zähle daher die anwesenden Gäste zu einer Volksgruppe, die nicht unbedingt zum typischen Stammpublikum seiner Show gehört. Daher läuft er hier auch kaum Gefahr, von Autogrammjägern belästigt zu werden.

So weit ich weiß, ist der Kerl seit vielen Jahren verheiratet. Die Kleine, die ihn verliebt anhimmelt, kann also unmöglich seine Ehefrau sein. Das geht mich aber nun wirklich nichts an. Außerdem ist diese Situation nicht mehr neu für mich.

Unter anderem befindet sich ein Glas mit Wodka Lemon in meiner nächsten Lieferung. Irgendwie befällt mich ein ungutes Gefühl, als ich den Drink vor den Typen aus Jena auf den Tisch stelle. Er scheint meine Stimmung zu erahnen, lächelt mich nur dankbar an und sagt weiter nichts.

Die Frage nach dem Heimweh, die mir der Gast vorhin gestellt hat, hat genau das angesprochene Gefühl ganz plötzlich in mir ausgelöst.

Sicher hatte ich schon öfter Gespräche mit Leuten, die direkt aus meiner Heimatstadt kamen. Dabei hat mich aber bisher keine besondere Emotion erfasst. Wir tauschten den einen oder anderen Satz darüber aus, wie es zuhause so läuft, oder wie es sich hier auf der Insel lebt. Das war's.

In diesem Fall habe ich aber das Gefühl, dass ich einen alten Bekannten wiedertreffe, obwohl ich nicht mal seinen Namen kenne. Vielleicht habe ich ihm vor vielen Jahren ab und zu mal ein Glas Bier hingestellt, möglicherweise haben wir sogar ein wenig geflirtet, wer weiß das schon heute noch. Womöglich liegt es aber auch einfach nur an der Tatsache, dass seit meinem plötzlichen Aufbruch mittlerweile genug Zeit vergangen ist.

Mir fällt plötzlich auf, dass keiner meiner alten Freunde mich jemals hier in meiner neuen Heimat besucht hat. Was soll's denn auch? Mein Job macht mir hier schließlich mehr Spaß als im verregneten Deutschland.

Die Leute sind völlig anders drauf. Das ewig gute Wetter hält die Bio-Kurve fast das ganze Jahr auf einem deutlich höheren Niveau als in der Heimat. Die Lebensfreude der Einheimischen strahlt auch auf mein eigenes Gefühl ab. Die Begeisterung der Touristen für den Ort verwandelt sie in ausgeglichene und ewig gut gelaunte Gäste, die überdimensional viel Trinkgeld geben und einem den einen oder anderen Fehler bei der Aufnahme einer Bestellung liebend gern verzeihen. Die Schönen und Reichen, die diesen Ort mehr als jeden anderen auf der Insel aufsuchen, strahlen eine Aura von Erfolg und Gesundheit aus, die mich auch erfasst hat. Die spanischen Jungs sind solch feurige Liebhaber, dass ich nie wieder einen Deutschen haben möchte. Finanzielle Sorgen spielen bei dem allgemeinen Glücksgefühl, das einen hier permanent durchflutet, überhaupt keine Rolle. Sorgen können allgemein gar nicht erst aufkommen. Selbst Zahnschmerzen lassen sich hier mit einer unglaublichen Leichtigkeit ertragen. Was für ein Schwachsinn!

Auf meinem Tablett befindet sich noch ein doppelter Bourbon Ginger Ale. Er ist für Jürgen bestimmt, der vor ein paar Minuten noch alleine an einem der Tische im hinteren Bereich des Lokals saß. Nun erspähe ich ihn an einem Nachbartisch seiner ursprünglichen Position, wo er gerade zwei deutschen, noch sehr jungen Mädels, eine Geschichte erzählt, die sie herzlich zum Lachen bringt.

Jürgen ist mindestens schon so lange Stammgast, wie ich in diesem Laden tätig bin. Er ist ein Typ, der keine Hemmungen kennt. Wenn er eine Frau sieht und sie irgendwie interessant findet, spricht er sie an und lässt auch so schnell nicht wieder locker.

Ich kann mich gut an einen Fall erinnern, in dem er um ein Haar von einem humorlosen deutschen Touristen aus dem Ruhrpott Prügel bezogen hätte. Der Kerl war mit einer nicht gerade überzeugend aussehenden Tussi hier. Warum Jürgen ausgerechnet diese Frau ansprechen musste, weiß ich nun wirklich nicht. Auf jeden Fall nutzte er die Gelegenheit, als ihr Begleiter auf dem Klo war. Sie fand Jürgen gleich ganz witzig, aber nur so lange, bis ihr Kerl wieder auftauchte. Jürgen ließ sich zunächst nicht abwimmeln. Die Tussi lachte auch weiter dankbar über seine coolen Sprüche, die wiederum ihren eigenen Typen mit seiner flachen Ausdrucksweise noch dümmer aussehen ließen, als er ohnehin schon war. Letztlich sah der Vogel keine andere Möglichkeit mehr, sein Revier zu verteidigen, als Jürgen die Lädierung seines Doppelkinns anzudrohen. Erst darauf hin zog dieser sich dezent zurück, übrigens ganz zum Bedauern der blonden Freundin des wenig Spaß verstehenden Proleten. Sie durfte sich einige nicht ganz druckreife Zurechtweisungen anhören, bevor der Typ sie am Oberarm griff und energisch aus der Bodega drängte.

Jürgen bedankt sich bei mir für das Getränk, das ich vor ihn auf den Tisch stelle. „Mädels, möchtet Ihr noch was trinken?“, fragt er seine neuen weiblichen Fans. Ihre Gläser sind noch zur Hälfte mit Martini gefüllt. Die Mädchen, die maximal Anfang Zwanzig sind, kichern nur und schütteln ihre niedlichen Köpfchen.

Wenn ich eins hasse, sind es verzogene Gören wie diese beiden. Sie sind in ihrer bewusst auffälligen Aufmachung allemal austauschbar. Von diesen Exemplaren habe ich in den letzten Jahren Dutzende kommen und gehen sehen. Vielleicht sollten sie sich mal mit Profis in diesem Bereich unterhalten, wie zum Beispiel mit Marion und Sandra. Die wissen, wie es geht, aber auch, was man dafür bezahlen muss. Na ja, was geht's mich überhaupt an.

Jürgen ist vielleicht irgendwo in der Mitte der Vierziger. Er trägt einen gut gepflegten, recht kurz gehaltenen Vollbart. Ein buntes Oberhemd von Versace kann seinen mächtigen Bauch, der in erster Linie vom regelmäßigen Alkoholkonsum herrührt, nicht wegzaubern. Für mich wirkt sein Outfit eher wie das eines Zuhälters, bei den kritiklosen Junghühnern erreicht er damit jedoch genau die beabsichtigte Reaktion.

Womit er sein Geld verdient, habe ich bis heute nicht rausbekommen. Ich weiß nur, dass er sich über den ganzen Sommer hier auf der Insel aufhält und unverheiratet ist. Vor einiger Zeit hat er mal versucht, mich auf seine Yacht zu lotsen. Dabei hat er betont, dass er ungebunden sei, als wäre das nun das einzige Kriterium, nach dem sich eine Frau entscheidet, ob sie mit einem reichen Mann ins Bett geht oder nicht.

Ich lehnte dankend ab, was er mir aber nie übel genommen hat. An weiblichem Nachschub mangelt es hier ja nun wirklich nicht. Vielleicht hat ihm mein Verhalten auch ein wenig Respekt abgenötigt, denn er ist der Gast, von dem ich über die Jahre mit Abstand am meisten Trinkgeld bekommen habe.

„Danke erst mal, Mandy, wir brauchen Dich bestimmt später wieder“, sagt Jürgen zu mir und legt bereits einen Arm um die Schulter der neben ihm sitzenden Blondine, die sich das gerne gefallen lässt. Die andere rückt noch etwas näher an ihre Freundin heran, als wolle sie ihm signalisieren, dass sie nicht vernachlässigt werden möchte.

„Wisst Ihr übrigens, dass ich drüben auf der anderen Hafenseite ein Schiff liegen habe …“ Alles klar, Jürgen, denke ich nur und gehe zurück zur Theke.

Während ich einen Augenblick Pause machen kann, weil der Gästestrom langsam, aber sicher abebbt, muss ich wieder an die glückliche

Zeit denken, die ich zusammen mit Rene verbracht habe. Damals hätte ich geschworen, dass sie niemals enden wird. Als diese heile Welt schließlich in Trümmer brach, war Geschäftigkeit das, was ich brauchte, um mich abzulenken, um zu vergessen. Daher suchte ich mir wohl diesen Ort aus. Zum ersten Mal seit Jahren frage ich mich, was ich hier eigentlich zu suchen habe.

Ich habe ein kleines Vermögen an die Seite gelegt, das mir in erster Linie die vielen reichen Kerle mit ihren übertriebenen Trinkgeldern finanzierten. Dafür haben sie mit Sicherheit nicht mal mein Gesicht bewusst wahrgenommen, während sie meine Brüste umso genauer inspizierten.

Ich könnte wahrscheinlich noch fünf oder sechs Jahre weiterhin Getränke durch die Gegend schleppen und würde am gleichen Punkt sein wie heute. Nur die Falten in meinem Gesicht würden ausgeprägter sein. Vielleicht wäre ich etwas dicker, obwohl das bei der Bewegung, die ich zwangsläufig jeden Tag habe, eher unwahrscheinlich ist.

Ich würde noch ein paar Jahre von halb oder ganz besoffenen Typen, die viel Geld haben und sich deswegen auch noch für unwiderstehlich halten, eindeutige Angebote bekommen. Ich könnte zum Schein darauf eingehen. Vielleicht würde ich sogar zufällig meinen Traumprinzen kennenlernen, was ich mir aber nicht vorstellen kann.

Heute habe ich zum ersten Mal, seit ich auf der Insel bin, das Gefühl, dass ich endlich wach werde.

Erfolg

Es war gestern wieder heftig. Als ich am späten Nachmittag in meiner Koje aufwache, habe ich für einige Sekunden extreme Orientierungsprobleme. Mit dieser Schwäche, die ich seit einigen Jahren grundsätzlich nach dem Aufstehen verspüre, kann ich aber mittlerweile umgehen.

Schon um die Mittagszeit, als ich von meiner angeschwollenen Wasserlatte geweckt wurde, schmiss ich in weiser Voraussicht zwei Kopfschmerztabletten ein. Ich schaute in den Spiegel und sah mein leicht aufgedunsenes Gesicht. Mit einem Bart 3versuche ich diese Tatsache ein wenig zu vertuschen. Mein eigener Anblick machte mir zu diesem Zeitpunkt aber keinen Spaß. Nachdem ich mich erleichtert hatte, legte ich mich noch mal hin, um die heilende Wirkung der Chemie abzuwarten. Gott segne die Pharmaindustrie.

Als ersten Akt des Tages gönne ich mir ein Glas Bourbon. Man soll ja immer mit dem anfangen, mit dem man am Abend zuvor aufgehört hat. Zu diesem Zeitpunkt kann ich noch nicht ahnen, dass ich am Abend zwei blonde Junghühner in der Bodega kennenlernen werde, die mir später willig auf meine Yacht folgen.

Zu dem edlen Schluck zünde ich mir eine gute Zigarre an und mache es mir im Heck meiner „Pinta", einer 19 Meter messenden Motoryacht, bequem. Das Wohlbefinden, das mir die Zigarre und der frische Alkohol bescheren, wird durch den Anblick der neidischen Touristen noch verstärkt. Sie kommen, wie an jedem Tag, in Scharen auf die Stege, um unsereinen zu begaffen, als wäre man irgendein exotisches Tier im Zoo. Mein Schiff kostet im Monat mindestens so viel an Haltung und Liegegebühren, wie die meisten dieser Heinis im gleichen Zeitraum brutto verdienen. Das ist schon irgendwie ein erhebendes Gefühl.

Die Zigarre schmeckt noch mal so gut, als ich einen deutschen Familienvater beobachte, der in einigem Abstand zu meinem Liegeplatz stehen bleibt, und seinen beiden Gören, die vielleicht zehn oder zwölf Jahre alt sind, irgendetwas zu meinem Schiff erklärt.

Der Kerl hat rote Haare und hellweiße Haut, ebenso seine beiden Töchter, die ich nicht unbedingt als Schönheiten bezeichnen würde. Seine Frau sieht dagegen wirklich ansprechend aus. Sie trägt ein äußerst knappes Höschen und eine kurzärmelige Bluse, die sie über dem Bauchnabel zusammen geknotet hat. Ihre langen, blonden Haare hat sie zu einem Pferdeschwanz zusammengebunden. Ich hätte sie gerne an Bord gebeten, wenn sie alleine gewesen wäre.

Am frühen Abend sitze ich alleine an einem Tisch unmittelbar am Rande des Hafenbeckens vor dem Cafe „Central“. Mein Magen hat noch immer nicht wieder seine normale Funktionstüchtigkeit erreicht, sodass ich keinen echten Hunger verspüre. Die Flasche eines exzellenten Rotweins will ich meinem gepeinigten Verdauungsorgan aber ohne Unterlage auch nicht zumuten, sodass ich mir dazu eine Portion „Pa amb oli“ genehmige. Das inseltypische Gericht, mit Tomate und Öl eingeriebenes getoastetes Weißbrot, das mit einheimischem Schinken und Käse belegt wird, ist unter normalen körperlichen Voraussetzungen jederzeit ein Genuss.

Trotz der immer noch enormen Hitze, fühle ich während des Essens, wie meine Energie langsam zurückkehrt. Gemäß meinem mühsam antrainierten Biorhythmus steigt die Kurve meiner körperlichen Leistungsfähigkeit mit den Abendstunden immer weiter an. Andere Volksgenossen in fortgeschrittenem Alter scheinen mit den herrschenden Außentemperaturen nicht so gut klar zu kommen wie ich.

Zwei Tische weiter sitzt eine alte Schachtel bei einem Salat und einem Glas Wasser. Offensichtlich traut sie sich nicht, in der Öffentlichkeit ihre sonst üblichen Essgewohnheiten zu praktizieren. Ihr beachtlicher Körperumfang lässt eher darauf schließen, dass sie im Normalfall kalorienreichere Nahrung zu sich nimmt.

Plötzlich sackt sie, wie vom Blitz getroffen, in sich zusammen und rutscht dann langsam von ihrem Metallstuhl auf den steinernen Boden. Vielleicht hätte sie ihrem Körper nicht eine geballte Ladung Gesundheit zumuten sollen. Der kann offenbar nicht viel mit nährstoffreicher Nahrung und kalorienarmen Getränken anfangen.

An den Tischen um die Zusammengebrochene herum fährt man zunächst mit seinen Gesprächen und Essvorgängen ungerührt fort. Der Abgang der Tischnachbarin wird vorerst nur mit fragenden Seitenblicken zur Kenntnis genommen. Schließlich erhebt sich dann doch ein braver Familienvater ohne Hast von seinem Stuhl und leitet erste Hilfsmaßnahmen ein. Da er unmittelbar neben der Kollabierten saß, konnte er das Drama nicht weiterhin glaubhaft übersehen. Außerdem will er wohl vor Gattin und Nachwuchs ein wenig glänzen.

Daher kann ich nun mit reinem Gewissen damit beginnen, intensiv Ausschau nach brauchbarem Material für die weitere Abendgestaltung zu halten. Ab und zu kommen Miezen vorbei, die in der ersten Hälfte der Zwanziger liegen, wie ich es besonders mag. Sie mustern das männliche Angebot an den Tischen im Vorbeigehen und versuchen dabei, so unverbindlich und abgeklärt wie eben möglich auszusehen. Andere Geschlechtsgenossen, die weniger Erfahrung haben als ich, könnten diese Junghühner vielleicht in die Irre führen. Ich amüsiere mich köstlich über diese ungeübten Versuche, sich zu präsentieren und dabei möglichst gleichgültig zu wirken.

Später erscheint ein Kleinwagen der lokalen Polizei. Zwei Uniformierte, die alle Ruhe der Welt besitzen, begeben sich zum Ort des Kollapses. Die Wiederbelebungsmaßnahmen des heldenhaften Familienvaters waren offensichtlich erfolgreich. Die Dame sitzt, von ihrem Retter gestützt, apathisch auf dem Boden. Ihr Gesicht ist zwar totenblass, aber sie lebt. Die Polizisten schleppen sie letztlich zu ihrem Streifenwagen und setzen sie vorsichtig auf die Rückbank. Man hält es wohl nicht für nötig, einen Krankenwagen zu rufen. In gemäßigtem Tempo verschwindet der amateurhafte Transport schließlich in einer Seitenstraße.

Nach dem Essen, einer weiteren guten Zigarre, Kaffee und Cognac wechsele ich das Lokal. In der Bodega weiter hinten im Ort sollte jetzt langsam die Show losgehen.

Mit rund 6 Euro für ein Glas Hauswein beginnt dort die nach oben offene Skala der Getränkepreise. Allein dadurch wird verhindert, dass sich hier allzu viele Gäste aufhalten, denen man schon durch ihre Kleidung ihr begrenztes Budget ansieht. Es gibt einige längliche, rustikale Holztische, an denen jeweils größere Gruppen sitzen, die sich bei Weinproben den einen oder anderen Euro aus der Tasche ziehen lassen.

Nachdem ich die breite Steintreppe herunter gestiegen bin, suche ich mir einen der runden Hochtische aus, um die jeweils vier Barhocker mit Bastbezug angeordnet sind. Dann bestelle ich mir bei Mandy, der geilen, deutschen Bedienung, einen doppelten Bourbon Ginger Ale. Vor einigen Jahren hatte ich mich im Suff mal darum bemüht, sie in meine Koje zu lotsen. Der Versuch ist aber leider kläglich gescheitert. Wir verstehen uns trotzdem prächtig.

Während ich auf meinen Drink warte, erspähe ich an einem Tisch ganz in der Nähe zwei Mädels, die genau nach meinem Geschmack sind. Ziemlich jung, recht aufreizend, aber nicht billig gekleidet, linsen sie zu mir rüber, während sie kichernd miteinander tuscheln. Alles klar, es kann losgehen.

„Na, Ihr zwei Süßen, ich sehe Euch heute hier zum ersten Mal. Da ich praktisch mit dem Laden verheiratet bin, kann das nur heißen, dass Ihr hier Jungfrauen seid“, sage ich mit ernster Miene, nachdem ich an den Tisch der beiden Mädels herangetreten bin.

Sie schauen sich einen Augenblick fragend an, können meinen Spruch offensichtlich nicht so ganz deuten, sehen dann, wie ich mein Grinsen kaum noch zurückhalten kann, und müssen herzlich lachen. Das Eis, das es in Wirklichkeit gar nicht zwischen uns gegeben hat, ist schon gebrochen.

„Ich bin der Jürgen“, stelle ich mich vor und reiche den beiden aufgeschlossenen Mädchen die Hand. Ohne nach deren Zustimmung zu fragen, setze ich mich auf einen der freien Hocker an ihrem Tisch.

„Ich bin Sandy, und das ist Manu“, antwortet die etwas Feschere der beiden. Sie hat schulterlange, blonde glatte Haare und trägt ein bunt gemustertes Sommerkleid, bei dem überzeugend am Material gespart wurde.

Manu hat braune, etwas längere Haare als ihre Freundin. Sie trägt knallenge Jeans und ein ebenso knapp bemessenes, weißes Bauchfreitop. Dadurch kann ich ihre perfekt geformten Igelschnuten förmlich vor mir sehen. Ich weiß gar nicht, von welcher der beiden ich mehr begeistert sein soll.

Mandy kommt mit dem bestellten Drink an unseren Tisch. Meinen Respekt haben die Mädchen, die das ganze Frühjahr und den Sommer hindurch Tag und Nacht schuften müssen. Die wissen zumindest, was arbeiten heißt.

Wenn ich mir die beiden Schätzchen an meinem Tisch so ansehe, kann ich mir nicht vorstellen, dass sie in ihrem Leben bisher jemals auch nur einen Handschlag getan haben. Dafür bekommen sie heute genau das, was sie verdienen.

„Wisst Ihr übrigens, dass ich drüben auf der anderen Hafenseite ein Schiff liegen habe“, bringe ich ein Argument vor, welches nach meiner Erfahrung mit ziemlicher Sicherheit dafür sorgen wird, das Interesse an mir zu erhöhen. Während ich sie durch diese Information relativ offen über meine überzeugenden finanziellen Verhältnisse aufkläre, lege ich einen Arm um Sandys Schulter und ziehe sie etwas näher an mich heran. Sie lässt sich das gerne gefallen.

„Ehrlich, das ist ja klasse“, reagiert Manu ebenfalls positiv auf diese Information und rückt mit ihrem Hocker noch näher an ihre Freundin heran. Sie scheint nicht zu kurz kommen zu wollen, was ja nun ganz in meinem Sinne ist.

„Willst Du uns Dein Boot später mal zeigen?“, möchte Sandy von mir wissen. Dass es heute so einfach werden würde, hätte ich nun nicht unbedingt erwartet. Aber warum soll man nicht auch mal Glück haben?

Manu kommt mir zuvor, bevor ich antworten kann. „Aber Sandy, was wird denn Jürgens Frau dazu sagen“, spielt sie mir genau den Ball zu, den ich noch gebraucht habe.

„Keine Angst, Mädels“, sage ich und muss dabei mit aller Kraft einen triumphierenden Unterton in der Stimme unterdrücken. „Der Jürgen ist und war niemals verheiratet. Er hat sein Schiff ganz für sich allein." Die Augen der beiden leuchten gleichermaßen vor Begeisterung und Erleichterung, zumindest will ich den Glanz darin auf diese Weise interpretieren.

„Klar wollen wir, oder was meinst Du, Sandy?"

„Ich denke schon. Zunächst sollten wir aber erst mal sehen, wie uns der Herr hier noch anderweitig unterhalten kann", versucht die kleine, blonde Schlampe einen auf reserviert zu machen. Offensichtlich fühlt sie sich nun ziemlich sicher. Ich will gerne eine Weile mitspielen.

Irgendwann kommt ein mir wohl bekanntes Paar hinzu.

Heinrich ist Anfang Fünfzig und Unternehmer in der Elektrobranche. Er trägt einen tiefschwarzen Vollbart, an dem, wie auch an seinem gleichfarbigen Haupthaar, noch nicht eine graue Strähne zu sehen ist. Sein Frisör leistet regelmäßig ganze Arbeit. Heinrich trägt eine weiße, lange Hose aus Segeltuch, ein weißes, oben weit offen stehendes Hemd und einen blauen Blazer. Für sein Alter ist er körperlich noch recht gut beisammen.

Hubert, den alle nur Berti nennen, ist einige Jahre jünger und leitender Angestellter in einem Großkonzern. Er ist etwas höher gewachsen als sein Geliebter, dafür aber auch nicht so gut trainiert. Ein ziemlich heftiger Bauchansatz zeichnet sich über der Gürtelschnalle unter einem blau-weiß geringelten T-Shirt ab. Er trägt eine dunkelblaue Jeans und hat eine ebenfalls blaue Segeltuchjacke über dem linken Arm.

Die beiden Turteltauben kommen aus Bremen. Ich kenne sie schon seit Jahren. Der Liegeplatz ihrer Yacht befindet sich direkt neben meinem. Da selbst in diesem Ort, der vermeintlich sehr weit weg von zuhause liegt, fast jeder jeden kennt, machen sie zumindest in der Öffentlichkeit aus ihrer sexuellen Neigung erfolgreich ein Geheimnis. Ihren Frauen verkaufen sie seit Jahren, dass sie nur einen Männerurlaub machen, um in Ruhe segeln zu können. Dazu nehmen sie sich mehrmals im Jahr einige Tage Zeit.

Beide sind Spätstarter, die sich ihre wirkliche Neigung erst im fortgeschrittenen Alter eingestanden haben. Zu dem Zeitpunkt waren sie aber bereits verheiratet, hatten Kinder und Positionen, in denen ihnen ein Geständnis in der Öffentlichkeit womöglich echte Probleme eingebracht hätte. Zuhause scheinen sie durchaus auch etwas mit Frauen anfangen zu können. Nur auf der Insel leben sie ausgiebig so, wie sie es am liebsten das ganze Jahr täten.

Heinrich und Berti stellen sich galant den Damen vor. Ich habe nichts dagegen, dass sie sich zu uns gesellen. Allerdings müssen sie stehen, denn den letzten freien Hocker hatte sich vor einigen Minuten jemand vom Nachbartisch ausgeliehen.

„Mandy, bringst Du uns noch eine Runde und für meine beiden Freunde hier jeweils ein Bier", rufe ich meiner vorbeiflitzenden Lieblingsbedienung zu. In der Folgezeit bin ich bei den Damen vorerst abgemeldet. Berti bringt einen Gag nach dem anderen, und meine Mädchen amüsieren sich köstlich. Auch Heinrich, der in seiner Freizeit in einer Laientruppe schauspielert, gibt einige Kostproben seines Könnens, die ihm weitere Punkte in der Damenwelt einbringen. Wüsste ich nicht, dass die beiden nur elende Schwuchteln sind, könnte ich mit der Zeit ein kleines bisschen stinkig werden.

„Mandy, noch einen Bourbon Ginger Ale, aber sag Deinem Chef, dass er nicht an dem Fusel sparen soll", nehme ich schon wieder die Dienste des Personals in Anspruch. „Noch einen Martini, die Damen?", frage ich in die Runde und spiele damit auch etwas gehässig auf die Neigung der beiden Kerle an, die mir nun doch die Show stehlen.

„Gerne", flötet Sandy, die in ihrer Naivität leider meinen verdeckten Hinweis nicht mitbekommt. Manu hat meine Frage gar nicht gehört, da sie förmlich an Bertis Lippen hängt, als der wieder irgendeine schwachsinnige Story erzählt.

„Wir nehmen auch noch ein Pilsener", zischt Heinrich mich an. Er hat meine Spitze sehr wohl richtig gedeutet.

Meine Laune hebt sich augenblicklich, als ich sein Gesicht vor Wut rot anlaufen sehe. Er zahlt es mir jedoch augenblicklich heim. Ich traue meinen Augen nicht, als die blöde Schwuchtel ihren Arm um Sandys Hüfte legt. Die Kleine lässt sich das gerne gefallen. Während er eine weitere Schote zum Besten gibt, rückt Manu immer näher an Berti heran.

Nachdem ich vor einigen Minuten kurz austreten war, hatte ich mich zwischen die beiden Mädchen gesetzt. Zu dem Zeitpunkt war ich ja auch noch der Hahn im Korb. Jetzt bin ich plötzlich das fünfte Rad am Wagen und komme mir ziemlich isoliert und unbeachtet vor, während meine schon sicher geglaubten Kopulationsfavoritinnen für die Nacht sich von zwei Schwuchteln anbaggern lassen. Ich muss dringend was unternehmen.

Eine Gelegenheit scheint sich zu bieten, als die Mädchen endlich zusammen die Toilette aufsuchen, um sich ihre süßen Näschen zu pudern. In dieser Beziehung enttäuschen sie mich heute Nacht auf jeden Fall nicht. Wenn man sich auf eins bei Frauen in jeder Altersklasse verlassen kann, dann ist es die Tatsache, dass sie im Duett die Toiletten dieser Welt aufsuchen.

„Hört mal, Ihr beiden Witzbolde“, eröffne ich den Disput, sobald meine vermeintlichen Eroberungen außer Hörweite sind. „Was soll diese Show eigentlich? Seid Ihr jetzt etwa wieder andersrum, oder was?“ Ich bin schon ziemlich voll, verdammt.

Die beiden lachen sich schlapp. Wahrscheinlich wirke ich weniger bedrohlich, als viel mehr von wachsender Panik ergriffen.

„Schau Dir den Hengst an“, grinst Berti seinen Geliebten an, oder seinen Kumpel oder was weiß ich, was Heinrich heute Nacht für ihn ist. „Der hat doch tatsächlich Angst, dass wir ihm seine Stuten ausspannen könnten.“

„Hey, Du bist hier der Herr im Ring“, sagt Heinrich. Irgendwie habe ich trotzdem das Gefühl, als wollten die beiden mich verarschen.

„Ich werde mich gleich mit den Torten auf mein Schiff verziehen, und Ihr beiden Süßen verpisst Euch dann dezent, alles klar?“

„Ist doch Ehrensache, Sportsfreund“, lacht Berti, „Wir unterhalten uns nur prächtig mit Deinen Damen, denen das auch sehr gut zu gefallen scheint. Trotzdem ist alles easy, Mann, bleib locker.“

Ich versuche, in Bertis Augen zu lesen. Er labert zwar eine Menge, irgendwie werde ich mein ungutes Gefühl trotzdem nicht los. Außerdem habe ich keine Zeit, weiter darüber nachzudenken, denn die Täubchen kommen von der Toilette zurück und nehmen zu meinem Bedauern ihre alten Sitzpositionen wieder ein.

Die beiden Schwuchteln legen auch gleich erneut los wie die Feuerwehr. Zu allem Überfluss lassen sich die Mädels auch noch gerne von ihnen begrabschen, während ich dazwischen sitze wie Hein Blöd. Mir bleibt nichts anderes übrig, als hoch zu pokern, denn ich bin schon voller, als mir lieb ist. Wenn ich noch eine Weile weiter gute Miene zum bösen Spiel mache, kippe ich entweder vom Hocker, oder ich schlafe hier ein. Beides wäre wenig schmeichelhaft für mich.

„Mandy, die Rechnung bitte“, rufe ich meiner agilen Landsfrau zu. Jetzt habe ich wieder die ganze Aufmerksamkeit der beiden kleinen Schlampen.

„Hey, Jürgen, Du willst doch nicht schon gehen“, säuselt Sandy und muss trotzdem ein wenig betrunken kichern.

„Komm schon“, bläst Manu in das gleiche Horn wie ihre Freundin, „es ist doch gerade so lustig.“

Die beiden Homos halten sich klugerweise geschlossen. Offensichtlich sind sie sehr gespannt, ob ich doch noch mein Ziel erreiche.

„Mädels, ich will mit meiner Yacht morgen rüber nach Arenal fahren. Da sollte ich schon einigermaßen fit sein. So weit ich mich erinnere, wolltet Ihr noch mein Schiff sehen. Also, jetzt oder nie. Wenn

Ihr schön lieb seid, nehme ich Euch morgen auch mit auf den kleinen Törn."

Sandy rückt etwas von Heinrich ab, Manu scheint das Interesse an Berti auch schlagartig zu verlieren.

„Ist schon in Ordnung", gibt mir Heinrich unerwartet Schützenhilfe, zumindest gehe ich im ersten Augenblick davon aus. „Wir wollen auch los. Da unsere Schiffe direkt nebeneinander liegen, können wir ja zusammen zurückgehen." Das passt mir nun wieder gar nicht. Die Kerle sind ja heute Abend wie die Zecken.

„Ihr habt wohl auch ein Schiff hier im Hafen?", kommt auch gleich von Manu die von mir befürchtete Reaktion.

Berti stuft meinen Blick völlig richtig als lebensbedrohlich für ihn ein. „Ja, aber unsere Yacht ist nicht ganz so groß, wie die von Jürgen."

„Na, dann können wir doch auf Jürgens Schiff zusammen noch einen Absacker nehmen", schlägt Sandy vor.

Ich könnte kotzen vor Wut, reiße mich aber mit den letzten mentalen Kraftreserven zusammen. „Meinetwegen, aber dann sollten wir wirklich langsam aufbrechen".

Meine Rivalen vom anderen Ufer grinsen sich an, als hätten sie gerade einen Sieg davon getragen. Ich habe aber keine Möglichkeit, ihr Mienenspiel weiter zu beobachten, da Mandy mit der Rechnung an unseren Tisch kommt. Ich versuche, die Zahlen auf dem Ticket zu entziffern, die ich nur schemenhaft erkennen kann. Mandy kennt mein Problem von anderen Gelegenheiten her und nennt mir geistesgegenwärtig den zu zahlenden Betrag. Dafür erhält sie wie immer ein überdimensionales Trinkgeld von mir.

Auf dem Heimweg am Hafenbecken entlang erkämpfe ich mir die Position zwischen meinen Schnecken. Mit je einem Arm umfasse ich ihre schmalen Hüften, um meinen Besitzanspruch unmissverständlich deutlich zu machen. Die Mädels sind mehr als angetrunken und kichern unablässig.

Heinrich und Berti gehen nebeneinander her, als seien sie wirklich nur Kumpels. Mir liegt ein verräterischer Spruch auf den Lippen, den ich mir aber vorerst verkneife. Sollte echte Gefahr im Verzug sein, kann ich immer noch diese letzte Trumpfkarte ausspielen.

Ich gebe mir alle Mühe, die beiden Miezen angemessen zu unterhalten, um den Kerlen erst gar keine Gelegenheit zu geben, sich aus reiner Gehässigkeit erneut dazwischen zu drängen. Als ich versuchsweise mit meiner Hand hoch zu Sandys rechter Brust fahre, wehrt sie sich nicht.

Ganz im Gegenteil lächelt sie mich nur lüstern an, genau so, wie ich es mir erhofft habe.

Als wir die Liegeplätze unserer Schiffe erreichen, kommt der Augenblick der Entscheidung. Ich habe bis jetzt gehofft, dass sich die Schwuchteln freiwillig verziehen, aber Manu macht meine Wunschvorstellung schnell zunichte.

„Mensch Jürgen, das ist aber ein schönes Boot, da haben ja deutlich mehr Leute Platz als wir fünf."

„Sollen wir wirklich noch mitkommen?", fragt Heinrich scheinheilig. „Eigentlich sind wir schon ziemlich müde, nicht wahr Berti?"

Ich meine, den Ansatz eines schadenfrohen Grinsens um seinen Mundwinkel spielen zu sehen. Berti sagt einen Augenblick gar nichts, sondern überlässt äußerst clever den umworbenen Damen die Entscheidung.

Natürlich steigt Sandy, die blöde Kuh, gleich auf den Spruch von Heinrich ein. „Ach, kommt doch noch auf einen Drink mit. Jürgen hat vorhin auch gesagt, dass wir zusammen noch einen Absacker nehmen wollen."

Berti versucht, den Eindruck zu erwecken, als hätte er eine schwere Entscheidung zu fällen, indem er sich einige Sekunden mit seiner Antwort Zeit lässt. „Na gut, aber wirklich nur auf einen Drink", sagt er schließlich.

„Ich bin auch schon ziemlich müde", spielt Heinrich das Schauspiel mit.

„Ihr wollt Euch doch bestimmt noch ausgiebig gegenseitig die Rosette versilbern", schießt es mir unvermittelt durch den Kopf. Ich kann mir diese Äußerung so gerade noch verkneifen.

Wir sitzen auf der gemütlichen Polstergarnitur im Salon meiner Yacht. Verschiedene Getränke stehen vor uns auf dem Mahagonitisch. Die Süßen haben sich für Sekt entschieden, die beiden Schwuchteln bleiben bei Bier. Ich habe mir in meiner vom Alkohol geförderten Unvernunft einen überdimensionalen Bourbon Ginger Ale gemixt. Als ich den ersten Schluck nehme, frage ich mich, welcher Teufel mich nun wieder geritten hat. Es dreht sich schon alles in meiner suffgeschwängerten Glocke, weswegen die Auswahl und das Mischverhältnis meines Drinks angesichts meiner Planung für das Finale dieses Abends mehr als überflüssig ist. Aus taktischen Gründen habe ich mich wieder zwischen die beiden scheinbar willigen Damen gesetzt. Heinrich hockt außen neben Sandy, während sich Berti auf der anderen Seite neben Manu platziert hat. Es wird viel gelacht, und ich merke letztlich gar nicht, dass ich nach relativ kurzer Zeit eine zweite Runde kredenze.

Meine Hand auf Manus Knie wandert eine wenig nach oben, ohne dass die Kleine meine fordernden Finger aufhalten würde. Von diesem Teilerfolg ermutigt, bearbeite ich mit der anderen Hand wieder Sandys herrliche Möpse. Auch von ihrer Seite aus erfahre ich keinen Widerstand.

Aufgrund meines fortgeschrittenen Alkoholpegels bin ich nicht mehr in der Lage, besonders geistreiche Sprüche von mir zu geben. Das erledigen die beiden Schwuchteln dafür umso überzeugender. Die Mädels kommen aus dem Lachen gar nicht mehr heraus. Ich gebe mich dagegen mit meinen vermeintlichen Fortschritten im körperlichen Bereich zufrieden.

Irgendwann muss ich mal pissen. Ich wuchte mich mit einiger Mühe aus den Polstern. „Dass Ihr mir schön artig bleibt“, lalle ich und drohe scherzhaft mit dem erhobenen Zeigefinger.

Die vier lachen laut, und ich versuche, möglichst unfallfrei zur Toilette zu gelangen. Das gelingt mir schließlich auch. Als ich auf dem Pott sitze, wird mir total schwindelig. Bevor ich mich entscheiden kann, ob ich nun kotzen muss oder nicht, schlafe ich auf der Schüssel sitzend ein.

Ich weiß nicht, wie lange ich hier gepennt habe, als jemand energisch gegen die Klotür hämmert.

„Jürgen, geht es Dir gut?“, fragt eine Frauenstimme.

Nach einigen Augenblicken weiß ich wieder, wo ich bin. „Ja, ja, ist alles in Ordnung. Muss wohl eingeschlafen sein.“ Ich ziehe meine Hose hoch und öffne die Tür. Als ich registriere, dass Manu nackt auf dem Sofa sitzt, bin ich schnell wieder bei der Sache. Sandy hat auch nicht viel mehr an.

„Wo sind denn die beiden Schwuchteln?“, entfährt es mir unbeabsichtigt.

„Schwuchteln?“, fragt Manu in einem ungläubigen Tonfall, „Den Eindruck machten mir die beiden Herren in der letzten Stunde aber nicht.“

Wahrscheinlich wechselt meine, bis zu diesem Zeitpunkt zweifellos blasse Gesichtsfarbe, in Bruchteilen von Sekunden in ein leuchtendes Rot. Sandy spürt instinktiv, dass Gefahr im Verzug ist. „Du standest ja nicht zur Verfügung“, säuselt sie, während sie mir in den Schritt fasst. Manu legt ebenfalls ein sehr überzeugendes Lächeln auf.

Ich habe überhaupt keine Lust auf Stress, zumal mein kleiner Freund dank Sandys Zuwendung langsam aktiv wird. Die beiden geilen Schnecken geben alles am Gerät, sodass ich nach wenigen Minuten fertig bin. Verdammt, ein bisschen mehr hätte es schon sein dürfen.

Ich werde wach und liege alleine auf meiner Matratze. Zunächst muss ich alle geistige Konzentration aufbringen, die mir zur Verfügung steht, um gegen das hämmernde Geräusch in meinem Schädel zu registrieren, wo ich eigentlich bin und was in der vergangenen Nacht geschehen ist.

Nur mit äußerster Mühe kann ich mich dazu durchringen aufzustehen. Auf dem Weg zum Klo kann ich durch eine Tür ins Heck des Schiffes spähen. Die beiden Mädels sitzen dösend in der Sonne. Es muss schon bald Mittag sein.

„Guten Morgen, Jürgen", ruft Manu, als sie mich sieht. Das ist mir in meinem Zustand gar nicht recht. Ich hätte lieber geduscht, bevor ich den Schnecken unter die Augen trete.

Der Schweiß tritt mir auf die Stirn, während ich eine halbe Ewigkeit auf dem Klosett verbringe. Danach lasse ich kaltes Wasser aus dem Duschkopf über meinen Körper laufen. Während die Lebensgeister allmählich zurückkehren, macht mich die Vorstellung, es mit den Hühnern im Dreiklang zu treiben, für ein paar Momente echt geil. Ich spiele ein wenig an mir rum, bringe aber nicht die Konzentration und Ausdauer auf, um die Handarbeit zuende zu bringen.

Auf der Theke der Kochstelle steht ein Pott mit frischem Kaffee. Die Mädels fühlen sich an Bord wohl bereits ganz wie zuhause. Mir soll's recht sein. Ich mixe mir einen kleinen Bourbon Ginger Ale und packe eine Menge Eiswürfel dazu. Mit dem ersten Schluck spüle ich die obligatorischen Kopfschmerztabletten runter. Will ja schließlich heute Morgen nicht den Heldentod sterben. Dazu fülle ich einen großen Becher mit Kaffee. Ich fühle mich nun stark genug, um die Aufgaben des Tages angehen zu können.

Wir schippern in gemäßigtem Tempo entlang der Felsenküste Richtung Palma. Da die Tabletten nicht so wirkten, wie ich mir das erhofft hatte, verordnete ich mir aus rein medizinischen Gründen noch einen zweiten Drink, bevor wir ablegten.

Während wir mit Kurs auf Arenal quer durch die Bucht von Palma tuckern, kann ich die beiden Mädels zu einer gepflegten Manualtherapie zwischen meinen Beinen motivieren, allerdings kommt für eine überdurchschnittlich lange Zeit nicht mehr als heiße Luft. Verdammt, ich hätte nicht schon wieder so viel saufen sollen. Irgendwann klappt es zu meiner unendlichen Erleichterung doch noch.

Bevor hier ein falscher Eindruck entsteht, stelle ich schnell einiges klar. „Hört mal Mädels, jeder Mann hat ab und zu einen schlechten Tag. Vielleicht hättet Ihr beide mit etwas mehr Gefühl zu Werke gehen sollen. Unsereiner spürt das, wenn Ihr Frauen nur rein mechanisch bei der Sache seid. Nehmt das mal als Ratschlag für die Zukunft mit, o.k.?“

Die beiden frechen Hühner schauen sich für einen Augenblick fragend an, zucken dann nur mit den Schultern und scheinen sogar ein spöttisches Grinsen zu unterdrücken.

„Ich glaube, ich weiß, was Du uns sagen willst“, erwidert Manu schließlich.

Während der weiteren Fahrt bis zum Hafen von Arenal habe ich alle Mühe, nicht am Ruder einzupennen.

Während sich die beiden Frauen auf ihre Art und Weise für den Abend frisch machen, stehe ich unter der Dusche und hole mir gepflegt einen runter. Ich komme übrigens wesentlich zügiger zu einem passablen Ergebnis, als es vorhin die Damen mit vereinten Kräften geschafft haben. Irgendetwas stimmt nicht mit mir, denke ich, als ich gegen die Wand der Kabine ejakuliere. Nun bin ich wieder völlig entspannt und freue mich auf den Abend. Allerdings habe ich schon einen mächtigen Schleier vor den Augen.

Wir sitzen in einem Restaurant an der Promenade von Arenal. Meine Mädels wollten einen Aperitif am Ballermann nehmen, was ich so gerade noch verhindern konnte, bin doch kein Prolet.

Zwei junge Kerle kommen mit freiem Oberkörper vorbei. So einen Waschbrettbauch, wie sie ihn zur Schau tragen, habe ich in meinem Leben leider nie besessen. Ich wusste immer schon ein gutes Essen mit einem edlen Tropfen zu schätzen, was natürlich meiner körperlichen Entwicklung nicht immer förderlich gewesen ist. Die Schönlinge gaffen unverhohlen nach meinem weiblichen Anhang.

„Ganz schön frech, die Jugend heutzutage“, haue ich ein wenig auf die Sahne. „So ein Verhalten kann auch schnell mal ganz schön ungesund werden.“

„Hey Jürgen“, flötet Manu, „Du bist ja ein richtiger Tiger.“ Sie hat mittlerweile einige Martinis intus. Ich bin mir aber nicht sicher, ob ich schon wieder verarscht werden soll.

Apropos Arsch, im Augenblick fühle ich mich hervorragend dazu in der Lage, die Mädels nachher noch so richtig zu bestrafen.

Wir sind in irgendeiner Disco gelandet. Trotz der Tatsache, dass der Pressluftschuppen maßlos überfüllt ist, haben wir, dank meines nicht unerheblichen monetären Einsatzes, vom Personal einen ordentlichen Tisch bekommen.

Manu und Sandy sind längst genauso voll wie ich. Zwischen den diversen Martinis, die ich ihnen in regelmäßigen Abständen bestelle und die sie sich in zügigem Tempo in ihre süßen Hälse schütten, gehen sie zusammen auf die Tanzfläche.

Irgendwann unternehme ich einen sinnlosen Versuch, als Tänzer eine überzeugende Figur zu machen. Ich schaffe es unter großer Anstrengung, mich durch den Wald rhythmisch zuckender Körper bis zu meinen Miezen durchzukämpfen. Dann halte ich mich an ihren Hüften fest, um einen einigermaßen sicheren Stand zu haben.

Während ich mich bemühe, passende Bewegungen zur Musik zustande zu bringen, fällt mir eine Braut auf, die wenige Meter von mir entfernt alleine tanzt. Sie hat lange, schwarze Locken, trägt einen superkurzen Rock und eine kurzärmelige Bluse. Ich versuche, ihre Aufmerksamkeit auf mich zu ziehen, indem ich sie möglichst gewinnend anlächle. Sie nimmt aber keine Notiz von mir. Es kommt mir sogar eher so vor, als quittiere sie meinen Kontaktversuch mit einem arroganten Rümpfen ihres Näschens. Zum Glück bin ich auf ihr Wohlwollen nicht angewiesen.

Dafür erhalte ich die ganze Zuwendung eines Muskelheinis, als ich ihm versehentlich auf die Füße latsche, was der wiederum gar nicht lustig findet. Er gibt mir die dezente Empfehlung, mich wieder an meinen Platz zu begeben. Von dort könne ich doch an dem Geschehen teilhaben, ohne dabei jemanden ernsthaft zu verletzen. Ich leiste ohne Widerspruch seinem durchaus berechtigten Vorschlag Folge.

Ich bin so voll, dass sich die bunten Beleuchtungen dieses Tanzetablissements in meinem Hirn zu einem Cocktail aus Blitzen vermischen, die meinem Gleichgewichtssinn alles andere als förderlich sind. Ich lalle irgendetwas in Richtung des Barkeepers. Offensichtlich habe ich etwas bestellt, denn er bringt eine neue Runde. Da die beiden Schnecken noch keine Anstalten machen, von der Tanzfläche zu mir zurückzukehren, kann ich ja schon mal ein wenig an dem frischen Drink nippen.

An diesem Abend habe ich meine Kräfte eindeutig überfordert. Ich schlafe am Tisch ein, bevor die Mädels sich ausgetobt haben.

Eheglück

Bevor ich ab morgen früh wieder 14 Tage durcharbeiten muss, gestehe ich mir noch eine Nacht in den Discos von Arenal zu. Ich tanze mir seit Stunden die Seele aus dem Leib und habe aus reiner Unvernunft schon einen Wodka Lemon mehr getrunken, als ich vertragen kann.

Die Tanzfläche ist gut gefüllt, was mich aber nicht weiter stört. Ich bin völlig in eine Welt aus Musik, Rhythmus und Lichteffekten eingetaucht. Die Gesichter der Tanzenden um mich herum nehme ich schon seit längerer Zeit gar nicht mehr konkret wahr.

Dann torkelt einer dieser aufgedunsenen Geldsäcke auf die Tanzfläche und begrabscht dabei gleichzeitig zwei blutjunge, blonde Mädels. Er trägt einen Bart. Während er mich aus glasigen Augen angafft, tritt er einem von diesen omnipräsenten Muskelpaketen versehentlich auf die Füße. Der Protz behält aber die Nerven. Er redet kurz auf den Bonzen ein, worauf der sich sofort zurückzieht. Durch dieses kleine Intermezzo bin ich jedoch aus meiner Trance erwacht. Ich tanze zwar noch ein Weile weiter, nehme aber nun meine Umwelt wieder bewusster wahr.

Schließlich genehmige ich mir noch einen letzten Drink an der Bar. Dann mache ich mich auf den Weg zu dem Hotel, in dem ich in den nächsten Wochen dafür sorgen darf, dass unsere lieben Landsleute sich richtig wohl fühlen. Manchmal frage ich mich, welcher Teufel mich geritten hat, als ich mir diesen Job ausgesucht habe.

Ich bin todmüde und habe mächtige Kopfschmerzen. Der Flieger, mit dem meine Schäflein aus Düsseldorf kommen sollen, hat eine halbe Stunde Verspätung. Das wird schon den ersten Ärger geben, denke ich, während ich vorne im Bus sitze, mit dem die Ladung Ankömmlinge nachher zum Hotel transportiert werden soll. Ich gönne mir noch einige Minuten Schlaf.

Schließlich tippt mir der spanische Busfahrer an die Schulter. Ich schrecke hoch, beruhige mich aber sofort wieder. Ein Blick auf die Uhr zeigt mir, dass ich noch gut zehn Minuten Zeit habe bis der Stress losgeht. Ich zupfe mir meine schwarzen Locken zurecht, dann gehe ich die wenigen Meter rüber zum Ankunftsbereich. Ich halte ein Schild mit dem Logo des Reiseveranstalters, der mich gebucht hat, vor den Bauch. Die ersten Fluggäste aus der Düsseldorfer Maschine schieben ihre Gepäckwagen durch die sich automatisch öffnende Doppeltür. In den suchenden Blicken mancher Reisender erkenne ich Erleichterung, als sie das Logo erkennen, das ich zur Schau trage. Ich setze das gewinnendste Lächeln auf, das mir in meiner Verfassung möglich ist, und heiße jeden einzelnen Gast möglichst herzlich auf der Insel willkommen.

Ein Kerl, den ich auf Anfang Sechzig schätze, hat eine Videokamera in der rechten Hand und filmt erst einmal die Anzeigentafel, auf der die Verspätung seiner Maschine minutiös dokumentiert ist. Er trägt ein verwaschenes Polohemd zu weißen Shorts. Seine unbestrumpften Füße stecken in braunen Sandalen. Auf seinem spärlich behaarten Schädel thront eine dunkelblaue Baskenmütze.

Nachdem er seine filmische Tätigkeit erfolgreich abgeschlossen hat, lässt er sich von seiner Gattin, deren Körperumfang in krassem Gegensatz zur hageren Statur ihres Mannes steht, ein Formular reichen. Bei näherem Hinsehen bestätigt sich meine Vermutung, dass es sich dabei um die „Frankfurter Tabelle" handelt. Es soll Tageszeitungen geben, die diese offizielle Schadensregulierungsliste in jedem Jahr rechtzeitig vor der Urlaubssaison veröffentlichen, damit sich der germanische Standardtourist ausgiebig am Reiseveranstalter schadlos halten kann.

Dieser Spießer und seine unansehnliche Gattin meinen doch tatsächlich, dass mein Arbeitgeber für die Verspätung der Fluggesellschaft haftbar gemacht werden kann. Das schließe ich aus dem triumphierenden Grinsen, mit dem er einen Vermerk in das Formular macht. Dazu reicht ihm seine ebenfalls unverschämt grienende Frau einen Kugelschreiber aus der Handtasche, aus der sie bereits das Formular hervorgezaubert hat. Zu allem Überfluss befindet sich auch noch das Logo meines Arbeitgebers auf dem Stift. Wahrscheinlich hat der Kerl denselben in seinem Reisebüro abgestaubt. Jetzt plant er, den Sponsor des Stiftes in die berühmte Pfanne zu hauen.

Trotz dieses unverschämten Verhaltens habe ich mich nervlich recht gut im Griff. Meine Routine in solchen Situationen macht sich bemerkbar. Immerhin muss ich mich mit dieser Gattung von Gästen in den kommenden zwei Wochen wohl täglich auseinander setzen.

Zwei Männer in den Vierzigern kommen gut gelaunt auf mich zu. Sie sind beide über einsachtzig groß, haben muskulöse Oberarme und machen auch sonst einen sportlichen Eindruck. Ihre kurz geschorenen Haare zeigen erste Spuren von Grau, was mir durchaus gefällt. Sie tragen Markenjeans und weiße T-Shirts mit dem Aufdruck „Mallorca 2006 – Wir sind wieder da!" Ich bin mir nicht sicher, ob ich diesen Spruch nun als Drohung auffassen soll, oder ob die Insel sich über die Ankunft der beiden fröhlichen Typen freuen darf.

„Na, Mädchen", begrüßt mich der eine, „wenn der Service Eures Ladens so gut ist, wie Du aussiehst, dann kann ja gar nichts mehr schief gehen." Dann rammt er seinem Kumpel mit einem Grinsen im Gesicht freundschaftlich den Ellenbogen in die Seite.

Der findet das offensichtlich ganz angemessen, grinst ebenfalls über das ganze, glatt rasierte Gesicht und fragt mich dann nach meinem Namen.

„Ich bin Isabelle", beantworte ich die Frage in einer Tonlage, die auch die anderen ankommenden Mitglieder der Gruppe hören können. Ich entscheide mich dafür, die beiden Typen sympathisch zu finden.

„Ich bin übrigens Manni und das da ist mein Kumpel Ralle."

Ich lächele Manni freundlich an und hake dann die beiden auf meiner Liste mit den Adressen der erwarteten Gäste des Reiseveranstalters ab, ohne sie nach ihren Nachnamen zu fragen.

„Ihr seid direkt aus Köln, oder?", stelle ich sicherheitshalber eine Kontrollfrage.

„Ganz genau, Mädchen, wir sind echte kölsche Jungs", bestätigt Ralle mit einigem Stolz in der Stimme.

„Und da traut ihr Euch, von Düsseldorf aus hierher zu fliegen?" Ein Mann in einem Hawaiihemd, unter dem sich ein strammer Bauch abzeichnet, grinst die beiden Kölner an. Er trägt weite Shorts. Ein Bart um den Mund herum kaschiert sein zweifellos vorhandenes Doppelkinn. Sein Haupthaar ist nur noch spärlich vorhanden.

„Hey Mann", lacht Manni, „wir sind im Urlaub, wollen doch nicht die alte Rivalität unserer rheinischen Metropolen ins siebzehnte Bundesland tragen, oder?" Dann gibt er dem Hawaiihemd die Hand.

„Ich bin der Dieter und das ist meine Frau Cordula." Die Eheleute sind nach meiner Schätzung in der Mitte der Vierziger und halten sich eng umschlungen. Irgendwie will dieses zur Schau gestellte Bild von frischer Verliebtheit nicht so ganz passen.

Cordula hat kurze, blonde Locken und war bei der Auswahl der Größe ihrer weißen Hose etwas zu optimistisch. Auch ihr hellgelbes Trägerhemd ist arg knapp bemessen, betont aber dafür umso intensiver ihren mächtigen Busen. Sie hat sich mit allerlei Goldschmuck um Handgelenke und Hals ausstaffiert und war in letzter Zeit offensichtlich regelmäßig im Sonnenstudio.

„Freut mich, Euch kennenzulernen", sagt sie, während sie Manni und Ralle die Hand gibt.

„Es tut mir leid, das sagen zu müssen, aber diese erhebliche Verspätung des Fluges können wir nicht einfach so hinnehmen, junge Frau", mischt sich nun der Kerl mit der Videokamera ein. „Wann geht es denn nun zum Hotel? Schließlich wollen wir unseren Urlaub ja nicht hier auf dem Flughafen verbringen." Seine Stimme wirkt bedrohlich. Seine

Alte verleiht seiner unterschwelligen Drohung Nachdruck, indem sie die Hände in ihre umfangreichen Hüften stemmt.

Bei meiner Erwiderung bleibe ich völlig ruhig. „Ich kann ihre Verärgerung durchaus verstehen, leider fehlen uns noch zwei Personen. Sobald sie da sind, gehen wir rüber zum Bus, der Sie unverzüglich zu Ihrem Hotel bringen wird."

„Na, hoffentlich hat der nicht auch noch Verspätung", giftet die Matrone hinter dem Zwerg.

„Aber, aber, schöne Frau", lacht Manni. „Die Busse stehen gleich vor dem Eingang. Machen sie sich mal keine Sorgen."

Die humorlose Tussi glotzt den charmanten Schlichter aus weit aufgerissenen Augen an, atmet tief durch und überlegt wohl einen Moment, ob er sich über sie lustig machen will. Sie entscheidet sich schließlich für die friedliche Variante. „Na, das wollen wir mal hoffen." Zu einem Lächeln kann sie sich aber nicht durchringen.

Zwei Teenager kommen durch die Glastür. Sie tragen beide Basecaps und Sonnenbrillen, kurze Sporthosen und T-Shirts. Aufreizend langsam schieben sie den Gepäckwagen auf uns zu, auf dem zwei Sporttaschen übereinander gestapelt sind. Es sind Tom und Bodo, die nach meiner Liste vor kurzem achtzehn Jahre alt geworden sind. Sie kommen aus Bonn.

„Hallo Leute", brüllt einer der beiden. Er hat einen Kopfhörer über die Ohren gestülpt, aus dem der Sound in einer Lautstärke dröhnt, die ich über Meter hinweg hören kann.

„Bist Du die Torte von dem Reiseveranstalter?", will der andere von mir wissen und grinst mich dabei frech an.

Ich überhöre seine unverschämte Bezeichnung für mich und frage ihn pro forma nach seinem Nachnamen, hake dann die letzten beiden Personen auf der Liste ab und fordere die Truppe auf, mir zum Bus zu folgen.

Der Stau in Richtung El Arenal wird von dem Hobbyfilmer penibel dokumentiert. Seine Frau notiert sich etwas auf ihrem Formular, während ihr Gatte unermüdlich die Videokamera vors Auge hält. Die beiden Teenies haben ihre Caps tiefer in ihre Gesichter gezogen und nutzen die Verzögerung, um im Schlaf noch etwas Kraft zu tanken.

Manni und Ralle quatschen mit Dieter über den rheinischen Fußball, während Cordula schweigend neben ihrem Mann sitzt. Ich habe nicht den Eindruck, als würde sie sich in irgendeiner Weise für das Thema interessieren. Dafür ist Dieter bester Laune, lacht laut und viel, ebenso wie seine neuen Kumpels. Der Rest der Mannschaft, die ich zu betreuen habe, verhält sich mehr oder weniger ruhig und nimmt die Verzögerung durch den Stau als gegeben hin. Den nächsten Ärger gibt es dann erst wieder im Hotel.

Ausgerechnet für das nörgelnde Duo ist kein Zimmer da. Alle anderen Gäste bekommen die zugesagten Unterkünfte. Das Hotel ist einfach überbucht.

„Natürlich werden wir alles tun, um Ihnen so schnell wie möglich ein angemessenes Domizil zur Verfügung zu stellen. Leider kann ich Ihnen für die erste Nacht nur einen Raum im Keller anbieten." Ich komme trotz der tadellos arbeitenden Klimaanlage in der Lobby ins Schwitzen, als sich die Alte vor Wut aufplustert.

„Das werden wir uns auf keinen Fall bieten lassen", legt sie auch gleich angriffslustig los, während ihr Mann die Kamera mitlaufen lässt. Unter allerlei verbalen Katzbuckeleien und wiederholter Eingeständnisse der Schuld des Veranstalters kann ich dann doch erreichen, dass sie sich zunächst beruhigt, sich mit der Notlösung abfindet und nicht auch noch den Rest der Gruppe gegen mich aufhetzt.

Ich habe Glück, dass am nächsten Tag eine Familie vorzeitig abreist, weil eines der Kinder krank geworden ist. Somit bekommen die Motzkopfs, wie ich sie längst für mich getauft habe, nach einer Nacht im Keller eine Suite, obwohl sie nur ein einfaches Zimmer ohne Meerblick gebucht haben. Natürlich haben sie an der Tatsache nichts auszusetzen, dass sie nun auf Kosten des von ihnen verfluchten Veranstalters mehr Leistung bekommen als sie bezahlt haben. Wenn ich für einen Augenblick die Hoffnung hatte, dass sie dafür mir und meinem Arbeitgeber auf ihrer Mängelliste wieder Punkte gut schreiben würden, werde ich schnell eines Besseren belehrt.

„Das ist aber auch das Mindeste", ist die Reaktion des Schlachtrosses, als ich ihr die frohe Kunde mitteile.

Ich finde die Motzkopfs zu dieser frühen Morgenstunde am Pool, wo sie gerade ihre Handtücher auf zwei Liegen ausbreiten. Auf diese Weise wollen sie sich die vermeintlich besten Plätze für den Tag reservieren. Der Handtuchkrieg hat sich seit den Anfängen des Pauschaltourismus zu einem deutschen Nationalsport entwickelt. Ich hätte mein spärliches Monatsgehalt darauf verwettet, dass diese beiden Zeitgenossen sich daran beteiligen werden.

Gerade habe ich erst auf dem Sofa in der Lobby Platz genommen, wo ich an jedem Morgen zwischen zehn und halb elf für die Sorgen und Wünsche der Gäste zur Verfügung stehe, als die beiden Spezialisten schon wieder bei mir auftauchen. Der verkniffene Gesichtsausdruck und der energische Gang, mit dem die streitlustige Matrone auf mich zusteuert, während ihr Mann sichtlich Probleme hat, mit seinen kurzen Beinen ihrem Tempo zu folgen, verheißt neuen Ärger.

„Also, Fräulein, das Zimmerchen ist ja ganz nett, aber dieser Schuppen scheint ja doch von einem recht schlampigen Personal geführt zu werden." Ihr Mann filmt meine Mimik, was mich langsam aber sicher nervös macht.

„Nehmen Sie bitte zunächst mal dieses Gerät runter. Ich glaube nicht, dass ich mit Ihnen einen Filmvertrag geschlossen habe, auch wenn Sie bestimmt ein ganz hervorragender Kameramann sind", sage ich und versuche dabei zu lächeln, obwohl mir danach nun wirklich nicht zumute ist.

Der kleine Kerl ist es offensichtlich gewohnt, Befehle von Frauen auszuführen, denn er lässt augenblicklich die Hand mit seinem Lieblingsspielzeug sinken. Bei seinem Weib beiße ich allerdings auf Granit.

„Sie sind sicher hervorragend ausgebildet und wissen, wie man gute Stimmung macht", schnaubt sie, „aber bei mir können Sie sich das Süßholzgeraspel sparen. Was denken Sie, was das hier ist?" Mit den Spitzen von Daumen und Zeigefinger ihrer rechten Hand hält sie eine weiße Unterhose in die Höhe, die einige bräunliche Flecken aufweist. Sie erwartet gar keine Antwort von mir, denn sie redet sofort weiter. „Dieses stinkende Stück habe ich unter der Decke meines vermeintlich frisch bezogenen Bettes gefunden."

Ich will gerade mit entschuldigenden Ausflüchten beginnen, da setzt die Kuh noch einen drauf. „Und was denken Sie, was das hier ist?" Mit zwei Fingern der anderen Hand hält sie mir eine vertrocknete Wurstscheibe unter die Nase. Ich bin ehrlich sprachlos, was mir nur selten passiert. „Dieser Müll lag unter dem Stuhl neben dem Kühlschrank. Wer weiß, was wir noch für Überraschungen erleben werden, wenn ich etwas genauer hinschaue."

„Das Personal wollte Ihnen halt möglichst schnell ein angemessenes Zimmer zur Verfügung stellen. Da können doch solche Flüchtigkeitsfehler mal passieren, meinen Sie nicht?" Mehr fällt mir in diesem Augenblick einfach nicht ein.

„Das mag ja alles sein, aber wenn ich mich einmal im Jahr für mein hart erarbeitetes Geld erholen will, kann ich auch erwarten, dass alles reibungslos läuft. Wenn das nicht der Fall ist, dann werde ich zumindest dafür sorgen, dass ich einen finanziellen Ausgleich erhalte. Können Sie das wenigstens verstehen, junge Frau?"

Ihr Mann notiert etwas auf dem bereits gut gefüllten Formular. Seine energische Gattin wartet mit funkelnden Augen auf eine Antwort von mir. Da einige andere Mitglieder meiner Gruppe langsam durch die weitläufige Lobby auf mich zukommen, möchte ich die Angelegenheit möglichst schnell beenden.

„Natürlich kann ich Ihre Aufregung voll und ganz verstehen und mich nur im Namen meiner Firma in aller Form bei Ihnen entschuldigen", schnurre ich und könnte gleichzeitig vor Wut kollabieren. „Darüber hinaus werde ich natürlich mit der Hotelleitung sprechen und dafür sorgen, dass die Verantwortlichen zur Rechenschaft gezogen werden." Ich werde natürlich nichts dergleichen tun.

„Ich sehe schon, wir verstehen uns, mein Fräulein", gibt sie sich plötzlich recht versöhnlich. Offenbar habe ich den richtigen Ton getroffen. „Ich weiß ja, dass Sie nichts dafür können, aber Sie stehen nun mal leider sozusagen an vorderster Front, nichts für ungut."

Mit einem gütigen Lächeln, das für mich bestimmt ist, entfernt sie sich mit ihrem Mann im Schlepptau gerade noch rechtzeitig, bevor die anderen Gäste etwas von dem Drama mitbekommen können. Ich befürchte allerdings ernsthaft, dass diese Geschichte sehr schnell die Runde machen wird.

Zwei Tage ohne nennenswerte Zwischenfälle sind vergangen, als ich mich nach dem Mittagessen für eine Stunde auf eine freie Liege an den Pool lege. Bei dieser Hitze haben sich die meisten Hotelgäste auf ihre Zimmer zurückgezogen. Die härtesten Sonnenanbeter sind rüber zum Strand gegangen. Im Pool toben ein paar Kinder.

Die beiden Teenager aus Bonn haben sich in einiger Entfernung Liegen im Schatten zum Mittagsschlaf ausgesucht. Sie erholen sich, wie an jedem Tag, bis zum späten Nachmittag von den Anstrengungen des Nachtlebens. Nur zum Mittagessen unterbrechen sie ihre Regenerationsphase.

In Hörweite von mir ist ein einziger Tisch besetzt. Manni, Ralle, Dieter und seine Frau Cordula sitzen im Schatten eines Sonnenschirms auf weißen Plastikstühlen. Vor ihnen stehen Longdrinkgläser, die mit einem Cola-Mix gefüllt sind. Zum Mittagessen hatten die Männer schon einige Gläser Bier. Cordula trank Wasser, jetzt scheint sie aber auch auf Alkoholisches umgestiegen zu sein. Eigentlich will ich mir ja ein Nickerchen gönnen, aber schon der erste Satz von Manni weckt meine Neugier.

„Ich hatte schon bestimmt ein Dutzend Ferraris. Wenn die Kisten in der Zeitung oder im Netz zum Verkauf angeboten werden, haben sie alle grundsätzlich rund 8000 Kilometer gelaufen, geht ja auch sehr einfach, an der Hinterachse musste nur nen Stecker ausklemmen, schon läuft der Tacho nicht mehr mit."

„Ist ja unglaublich", staunt Dieter. Ich habe zwar meine Augen geschlossen, erkenne die Gesprächspartner aber ohne Probleme an ihren Stimmen.

„Übrigens bemängeln alle Typen, die selber keinen Ferrari haben, bei gelben Ausführungen, dass sie nicht rot sind. Dabei wissen diese Idioten gar nicht, dass die ursprüngliche Farbe eben gelb ist", spottet Ralle über die Unwissenheit des gewöhnlichen Autofahrervolkes.

„Das wusste ich auch noch nicht", outet sich Dieter gleich als ein solcher.

„Ich hatte mal einen Ferrari, da musste ich bei meiner ersten Fahrt wegen einer Bandscheibengeschichte gleich nach 5 Kilometern wieder aussteigen und mir nen Taxi rufen. Wenn du so einen Wagen für hundert Riesen wieder abstoßen willst, warteste locker nen halbes Jahr, biste einen Käufer gefunden hast, gibt halt einfach zu viele von den Dingern auf dem Markt."

Ich werde einen Augenblick von dem Gespräch abgelenkt. Die Kids im Pool unterhalten sich über ihre Erfahrungen in den Hotels dieser Welt.

„Im letzten Urlaub gab's immer vier Gänge, zwei Vorspeisen, eine Hauptspeise und eine Nachspeise", teilt einer der Jungs, die vielleicht zehn Jahre alt sein mögen, seinen Kumpels mit.

„Musste man das alles immer aufessen?", fragt ein anderer Bengel, dem dieser Gedanke nicht ganz geheuer zu sein scheint.

„Klaro", lässt sich der Gefragte aber nicht weiter in die Karten schauen.

„Ja, und was war, wenn man das nicht geschafft hat?"

„...die SL-Typen kotzen alle ab, weil der neue SLK die schönere Schnauze hat." Manni hat wieder meine ganze Aufmerksamkeit und gerade das Thema gewechselt.

„Übrigens, Dieter, wenn Du mal echt günstig nen Porsche kaufen willst, da kenn ich einen Typen, ist praktisch mein bester Kumpel, auf den kannste dich voll und ganz verlassen", gibt sich nun Ralle ganz gönnerhaft. „Der Kerl ist eigentlich Großbäcker, Single und hat ne Villa mit ein paar Hundert Quadratmetern Wohnfläche irgendwo in Süddeutschland. Trotz Putzfrau, Gärtner und Scheibenputzer hat er noch weniger Kosten im Monat, als ich mit meinen zwei Kindern."

„Da hast Du wohl Recht." Es ist das erste und einzige Mal, dass ich Cordulas Stimme höre. Nach ihrem Kommentar lacht sie bitter.

Ralle geht gar nicht auf ihre Bemerkung ein. „Der Kerl hat einen Haufen Freundinnen, die auch nicht billiger sind als ein Rudel Kinder."

Manni scheint mit dem Thema rein gar nichts anfangen zu können. Er kommt lieber wieder auf seine ganz eigenen Babies zu sprechen.

„Ich habe meinen letzten 456er jetzt für einen Maserati in Zahlung gegeben, wollte einfach mal was anderes fahren."

Ich habe genug gehört, schlafen kann ich jetzt sowieso nicht mehr. Als ich später mit einer Gruppe, die ich auf einem Abendausflug nach Palma begleiten soll, wieder am Pool vorbeikomme, sind die italienischen Luxusgefährte immer noch das beherrschende Thema am Tisch. Dieter kann weiterhin nichts zum Gespräch beisteuern, da er weder das Geld noch das Fachwissen hat, um auf eigene Erfahrungen in diesem Bereich zurückgreifen zu können. Seine Frau scheint sich innerlich schon lange von der Runde verabschiedet zu haben. Mit dem leeren Glas in der Hand schaut sie verträumt den Kids beim Spielen im Pool zu.

Am nächsten Vormittag sitzen Dieter und Cordula bereits auf dem Sofa in der Lobby und warten auf mich, als ich zu meiner Sprechstunde komme. Irgendetwas ist schon wieder im Busch. Ich versuche zunächst einmal, gute Laune zu verbreiten.

„Na, habt Ihr Euch ein wenig eingelebt? Das Wetter ist fantastisch, die Leute alle gut drauf, was will man mehr, oder?"

„Ja, ja", kommt eine wenig überzeugende Bestätigung von Dieter. Cordula atmet nur tief durch.

„Wie kann ich Euch helfen, Leute?" Ich habe meine eigenen Vermutungen.

„Was können wir hier denn so machen?", fragt Dieter. „Jeden Tag am Pool rumhängen ist nicht so unser Ding."

„Na, worauf hättet Ihr denn Lust?", will ich wissen. Cordula zuckt nur mit den Achseln, während ihr Mann sie fragend anschaut.

„Habt Ihr irgendwelche Hobbys? Ich meine, was macht Ihr denn zuhause in Eurer Freizeit?" Mit dieser Frage habe ich in ein Wespennest gestochen

„Das ist ja das Problem, zuhause hat jeder seine eigenen Freunde. Dieter trifft seine Skatbrüder, geht am Samstag zum Fußball oder bastelt im Hobbykeller an seinen blöden Schiffsmodellen", sprudelt es nun aus Cordula heraus. „Ich habe meine Freundinnen und meinen Fernseher."

„Aber Schatz, Du hattest Dich doch auch so auf den Urlaub gefreut. Wir wollten endlich mal die Zeit genießen, die wir ganz für uns alleine haben, wo doch die Kinder jetzt aus dem Haus sind. Wir haben uns vorgestellt, wie toll es werden wird."

Cordula schaut ihren Mann an, versucht zu lächeln und macht mir doch eher den Eindruck, als würde sie jeden Augenblick anfangen zu heulen.

„Ich muss nachher nach Palma, habe dort einige Dinge auf dem Amt zu erledigen. Ich könnte Euch mitnehmen, dann könntet Ihr Euch die Stadt anschauen, vielleicht die Kathedrale besichtigen, etwas shoppen gehen, später in der Altstadt schön essen, na, was meint Ihr?“ Als ich die Möglichkeit des Einkaufens erwähne, sehe ich einen Schatten über Dieters Gesicht huschen. Er reißt sich aber zusammen und ermuntert seine Frau, wohl auch deshalb, weil ihm diese Beichte vor mir ein wenig peinlich ist.

„Na, es ist alles besser, als hier auf dem Sofa zu hocken und Trübsal zu blasen“, sagt sie schließlich.

Motzkopfs kommen durch die Lobby auf uns zu. „Ich fürchte, dass ich eben noch ein Problem lösen muss. Ihr könnt ja am Pool auf mich warten. Glaubt mir, es wird ein toller Tag.“

Beide lächeln sich unsicher an, stehen dann auf und gehen. Dieter hat seinen Arm um die Hüfte seiner Frau gelegt, was aber für mich nicht ehrlich liebevoll wirkt.

„Wo drückt denn der Schuh?“, frage ich möglichst freundlich, als meine beiden Lieblingsgäste bei mir angekommen sind.

„Also, der Pool ist ja total überchlort. Schauen sie sich mal meine entzündeten Augen an …“

Die Sprechstunde am nächsten Morgen wird etwas heftiger. Cordula und Dieter sind schon da, als ich meinen Dienst beginnen will.

„Wie war’s denn gestern?“, frage ich, um überhaupt etwas zu sagen. Die Antwort glaube ich schon zu kennen.

„Ich hätte mir ja gerne mal die eine oder andere Sehenswürdigkeit der Stadt angeschaut“, legt Dieter gleich los. „Für meine Frau waren jedoch nur die Klamottenläden sehenswürdig.“

„Ja, dafür hast Du Dich in dieser schäbigen Spelunke schon am Nachmittag ausgiebig alkoholisiert“, kontert Cordula. „Als wir abends in das niedliche Restaurant unten am Hafen kamen, war der Kerl sternhagelvoll“, beschwert sie sich bei mir.

„Anders kann man diesen langweiligen Einkaufsscheiß ja auch nicht ertragen. Meine Frau hat ein halbes Vermögen ausgegeben, kannst Du Dir das vorstellen?“ Ich überlege noch, wie ich möglichst neutral antworten kann, da befreit mich Cordula von diesem Problem.

„Hör mal, wenn ich mir sonst im ganzen Jahr nichts Großartiges leiste, dann kann ich das doch wenigstens im Urlaub machen. Außerdem gibt es hier Sachen, die keine meiner Freundinnen zuhause trägt. Das muss man einfach ausnutzen.“

„Typisch Frau, Hauptsache, Ihr könnt Euch gegenseitig ausstechen. Und dann kommen wir mit dem Taxi zum Hotel zurück und unsereiner hat die Hoffnung, dass wenigstens im Urlaub mal wieder im Bett richtig die Post abgeht. Madame ist aber leider viel zu kaputt von dem anstrengenden Einkaufsmarathon. Die Migräne scheint ja hier im Süden noch schlimmer zu sein als zuhause." Dieter ist echt stinksauer.

„Euch Kerlen geht's doch nur ums Ficken. Das hätte ich eigentlich wissen müssen. Ich musste mich zuhause ja neben dem Haushalt auch noch um unsere Jungs kümmern, da ist frau nun mal abends kaputt."

„Genau, nur sind wir hier im Urlaub, und wie Du sicher bemerkt hast, sind unsere Kinder nun aus dem Haus. Diesen Vorwand für Deine Prüderie kannst Du nun nicht mehr anführen."

„Nein, aber es macht mir auch keinen Spaß, mich von einem völlig besoffenen Kerl rammeln zu lassen."

„Mit anderen Worten kann ich mich darauf einrichten, dass ich auch in den nächsten zwanzig Jahren auf Sex verzichten darf. Hast Du das gehört?", fragt er mich.

Ich hüte mich, irgendetwas dazu zu sagen.

„Hätte ich mir ja denken können, dass Ihr Weiber zusammen haltet", stellt er nach einigen Sekunden fest. „Weißt Du was, wenn ich Dir so zu wider bin, dann können wir doch gleich hier einen Schlussstrich ziehen. Offensichtlich langweilst Du Dich ja nur noch mit mir, also warum geht dann nicht jeder seinen eigenen Weg?"

„Eine durchaus berechtigte Frage. Darüber habe ich schon lange nachgedacht." Cordula scheint das absolut ernst zu meinen.

„Tja, wenn das so ist, dann machen wir doch sofort Nägel mit Köpfen. Die junge Frau kann unseren Entschluss schriftlich bezeugen. Nicht, dass Du es Dir noch mal anders überlegst." Dieter ist wild entschlossen.

„Keine Angst, mein Lieber, das wird auf keinen Fall passieren. Wir machen das liebend gern schriftlich. Kannst Du mir ein anderes Zimmer besorgen? Mit diesem Kerl werde ich keine weitere Nacht in einem Bett verbringen."

Für Schlichtungsversuche bleibt mir gar keine Zeit, denn Motzkopfs sind im Anmarsch. Auf die Leute ist wenigstens Verlass.

Als ich den Dienst am nächsten Vormittag antrete, ist mein Empfangssofa leer. Am Vorabend musste ich tatsächlich ein formlos aufgesetztes Papier unterzeichnen, worauf sowohl Cordula als auch Dieter bestanden. Sie bräuchten mich dringend als Zeugen für ihren Entschluss.

Cordula wohnt nun in einem Nachbarhotel, wobei ihr die Tatsache, dass sie dort fast den doppelten Preis bezahlen muss, völlig egal ist. Sie wollte auf keinen Fall auch nur eine weitere Nacht mit ihrem zukünftigen Ex-Mann das Bett teilen. Dieter hat sich über den Abend an der Hotelbar voll laufen lassen. Ich konnte beobachten, wie er sein verletztes männliches Ego mit dem einen oder anderen Annäherungsversuch an vermeintlich einsame Damen aufzupolieren versuchte. Er ist allerdings kläglich gescheitert, was in seinem Zustand auch nicht weiter verwunderlich war.

Ich erlebe es ja nicht zum ersten Mal, dass es im Urlaub erhebliche Ehekonflikte gibt. In der Heimat geht jeder in seinem eigenen Rhythmus durchs tägliche Leben. Im Urlaub müssen die Paare dann 24 Stunden miteinander auskommen. Das geht eben manchmal schief. So endgültig wie in diesem Fall werden die Kämpfe allerdings nur selten ausgefochten.

„...hallo junge Frau, sind Sie zuhause?"

Ich werde aus meinen Gedanken gerissen und schaue direkt in das feiste Gesicht von Frau Motzkopf, das nur wenige Zentimeter von mir entfernt ist.

„Wo ist denn Ihr Mann?", will ich wissen.

„Tja, deswegen muss ich mal mit Ihnen reden." Sie ist heute viel zahmer als sonst. Ihr Ton ist gemäßigt, fast freundschaftlich. Sie versucht sogar zu lächeln, also will sie eindeutig etwas von mir. Ich hoffe nur, dass es nicht noch ein zweites Scheidungsdrama zu bewältigen gibt.

„Wie kann ich Ihnen helfen?", frage ich, wobei es mir allerdings schwer fällt, freundlich zu wirken.

„Also, mein Mann, dieser Trottel, ist doch tatsächlich heute morgen im Bad ausgerutscht und so unglücklich gefallen, dass er sich das rechte Fußgelenk gebrochen hat. Wir sind sofort mit dem Taxi zum Krankenhaus gefahren, wo wir diese niederschmetternde Diagnose erfahren haben. Das Problem ist nur, dass man ihn unbedingt operieren muss."

„Ich sehe da aber gar kein Problem", sage ich ein wenig erstaunt. „Wir haben in Palma hervorragende Ärzte und Krankenhäuser und..."

„Ja, ja, das weiß ich doch alles, nur haben wir leider keine Auslandskrankenversicherung. Mein Mann hat zwar unendlich viele Angebote verglichen, um für diese Reise einen möglichst günstigen Preis zu bekommen, aber so etwas Elementares hat er bei der Planung total übersehen. Er müsste operiert werden und dann einige Tage im Krankenhaus bleiben. Das wird aber von unserer Krankenkasse nicht bezahlt. Dann würde er auch noch unseren Rückflug verpassen. Den Rücktransport müssten wir also auch noch selber bezahlen. Das geht auf keinen Fall."

„Tja, wie kann ich denn nun helfen?" Ich sehe noch nicht, worauf sie eigentlich hinaus will.

„Nun, würden Sie bitte beim Flughafen anrufen. Wir brauchen schnell einen Rückflug."

„Sie meinen doch sicher zwei Flüge", frage ich nach, „für Sie und Ihren Mann, oder?"

Es folgt eine kurze Pause, dann kommt eine überraschende Antwort. „Also, wissen Sie, Albert hat das Ding schließlich verbockt. Sie haben ihn im Krankenhaus ordentlich verbunden. Nun liegt er oben auf dem Bett, nachdem wir auf eigenes Risiko mit dem Taxi wieder hergekommen sind. Warum soll ich wegen seiner Schusseligkeit meinen Urlaub abbrechen und dann auch noch einen Extraflug für mich zahlen? Er wird schon alleine klar kommen, machen Sie sich da mal keine Sorgen."

Sie sieht meinen ungläubigen Blick und buhlt dann noch einmal um mein Verständnis. „Glauben Sie etwa, dass mich dieser Kerl die ganzen Jahre glücklich gemacht hat, Mädchen? Das ist doch jetzt die einmalige Gelegenheit für mich, Albert mal für ein paar Tage los zu sein. Niemand steht neben mir und filmt auch noch alles. Ich muss mich endlich mal für nichts rechtfertigen. Nee, nee, Mädchen, die Chance lasse ich mir nicht entgehen, außerdem hat Albert sich diese Sache ja selbst eingebrockt."

Ich zucke nur mit den Schultern und habe auch gar keine Lust, diese Diskussion noch weiterzuführen. „Wenn Sie meinen, werde ich mich halt mal mit dem Flughafen in Verbindung setzen."

Die Matrone lächelt mich sichtlich erleichtert an. Während ich die Nummer wähle, bin ich sehr froh darüber, dass ich nicht verheiratet bin. Außerdem nehme ich mir vor, mich in Zukunft über gar nichts mehr zu wundern.

Alkohol

Die letzte Nacht war wieder erste Sahne. Mein Kumpel Bodo und ich haben nach dem üblichen Auftakt am Ballermann zunächst die Schinkenstraße unsicher gemacht. Später sind wir in einer der Discos versackt und haben das Ende der Nacht nicht mehr bewusst mitbekommen. Dieses Mal sind wir in unseren eigenen Betten wach geworden, was nicht unbedingt die Regel ist. Wir haben uns gerade noch rechtzeitig zum Mittagessen aus den Federn gequält und wollen nun im Schatten am Pool noch ein wenig verdauen, bevor die Action wieder losgehen kann.

Einige Liegen weiter sonnt sich die süße Maus, die uns während unseres Aufenthaltes hier im Namen des Reiseveranstalters betreut. Die schwachsinnigen Ausflüge, die sie anbietet, um Extraeuros für ihren Arbeitgeber einzufahren, sind eigentlich nichts für uns. Trotzdem habe ich am ersten Tag überlegt, ob ich einen dieser Trips buchen soll, um der Perle mit den langen schwarzen Locken und der 1a Figur etwas näher kommen zu können. Bodo hatte aber überhaupt keinen Bock, und alleine wollte ich mich auch nicht mit den älteren Semestern unserer Gruppe den ganzen Tag in einen Bus hocken.

„Mann Bodo, der würde ich jetzt gerne mal einen verbraten, die liegt doch völlig geil auf ihrer Liege, hat die Augen geschlossen und träumt wahrscheinlich von dicken Schwänzen. Ich sollte ihr mal meinen anbieten."

„Du redest vielleicht einen Scheiß, Mann. Mädels in dem Alter stehen auf reifere Typen, nicht auf solche Hosenscheißer wie Dich. Die spielt einfach in einer anderen Liga, oder hast Du den Eindruck, dass sie in irgendeiner Form von Dir Notiz genommen hätte?"

„Ist ja schon gut, Mann, danke übrigens für die seelische Unterstützung, die Du Deinem alten Kumpel Tommy zuteil werden lässt. Werde mich bei Gelegenheit revanchieren, Du Arsch." Bodo grinst nur und legt sich dann auf die Seite. Das Gespräch ist für ihn beendet.

Ich spanne noch mal für eine Weile zu der Torte rüber. Sie hält ihre Augen aber geschlossen, scheint wirklich zu schlafen und lässt sich auch von den alten Labersäcken nicht stören, die sich weiter hinten an einem der Tische voll laufen lassen und ununterbrochen über Ferraris und Porsches reden. Mir soll's recht sein, die werden von der Nacht nichts mehr mitbekommen. Spätestens nach dem Abendessen fallen die besoffen ins Bett.

Während ich noch eine Weile den Anblick der geilen Schnecke genieße, schlafe ich langsam ein.

Gegen halb fünf am Nachmittag sind wir wieder bei Kräften. Wir gehen hoch auf unser Zimmer und duschen ausgiebig. Danach zischen wir uns ein oder zwei Hülsen mit eiskaltem Becks rein, von denen wir einen ausreichenden Vorrat im Kühlschrank gebunkert haben. Wir dieseln uns ordentlich ein.

Ich wähle eine kurze Jeans aus, die ich jetzt den dritten Tag in Folge trage, und ziehe mir ein weißes Muskelshirt über, auf dem zwei rammelnde Hasen abgebildet sind. Bodo trägt heute eine kurze Adidas-Sporthose und ein knallrotes T-Shirt mit dem Emblem des FC darauf. Unsere nackten Füße stecken in weißen Turnschuhen, Sonnenbrillen mit Spiegelglas dürfen natürlich auch nicht fehlen.

Direkt neben dem Hoteleingang gibt es eine Bank mit einem Geldautomaten, an dem wir uns, wie vor jedem Trip, mit ausreichend Barem versorgen, um im Verlaufe des weiteren Abends keine finanziellen Engpässe erleiden zu müssen.

Den Weg zum Ballermann 6 können wir in fünf Minuten bewältigen. Wir haben Glück, dass gerade ein Krampfadergeschwader seine Plätze an einem Tisch in der ersten Reihe räumt, als wir ankommen.

„Es wird aber auch Zeit, dass die alten Leutchen in die Heia kommen“, stellt Bodo erleichtert fest. Wir stürzen auf die freien Stühle zu und sind dabei schneller als zwei weibliche Schnürschinken, die es ebenfalls auf diese Plätze abgesehen haben. Bei den übergewichtigen Torten in ihren mindestens eine Nummer zu klein gewählten Klamotten setzt vor Enttäuschung auch gleich der Achselterror ein, was mich durchaus amüsiert.

„Sind die anderen Plätze da an Eurem Tisch noch frei?“, will eine der beiden wissen und versucht, ein gewinnendes Lächeln aufzusetzen.

„Tut mir leid, Mädels“, antwortet Bodo ganz in meinem Sinne, „aber wir warten auf unsere Freundinnen, die jeden Augenblick hier auftauchen müssen.“ Der Wichser setzt eine bedauernde Miene auf, die so überzeugend wirkt, dass die beiden Dicken sich auch noch für ihre Frage entschuldigen, bevor sie sich vom Acker machen. Weitere freie Plätze gibt es hier nämlich zurzeit nicht.

Wir bestellen uns zwei Bitburger beim mächtig schwitzenden Kellner, pfeifen uns das Gesöff in Rekordzeit in die Kehlen und ordern zügig Nachschub.

Der DJ hinter der Theke gibt alles, um das in Hochstimmung befindliche Publikum bei Laune zu halten. Ein großer Teil des anwesenden Völkchens singt den schwachsinnigen Text eines Liedchens mit, in dem es um Haare auf der Brust geht, warum irgendwer ein Bär ist. Aus den

Megaboxen wird der halbe Strand beschallt. Ich lache mich schlapp, als ich mir vorstelle, wie das wäre, wenn die mitsingenden Mädels mit dem Text wirklich ihr eigenes Aussehen beschreiben würden.

Neben uns sitzen vier Typen mit freien Oberkörpern, halbvolle Weißbiergläser stehen vor ihnen auf dem Tisch. Mächtige Weizenspoiler quellen über den Rand ihrer Badehosen, wofür sich aber keiner der Fettsäcke zu schämen scheint. Sie stieren zu dieser frühen Abendstunde aus vom Suff geröteten Augen in die Gegend. Mindestens seit den Mittagsstunden sind die Kampftrinker nach meiner fachmännischen Einschätzung schon bei der Arbeit. Sie grölen mit heiseren Stimmen etwas, das den Text des Songs nachbilden soll, aber kaum zu verstehen ist.

Eine Truppe von Typen in blau-weiß karierten T-Shirts und grauen Spitzhüten auf den Schädeln kommt vorbei. „Scheiß FC Bayern", brüllen Bodo und ich spontan in deren Richtung, wofür wir einige nach oben gerichtete Daumen von Kerlen in unserem Umfeld ernten. Der Krach der Anlage verhindert, dass die Verspotteten unsere verbale Attacke überhaupt mitbekommen. Sie bleibt somit ohne körperliche Folgen für uns, worüber wir aber auch nicht weiter nachdenken.

An einem Tisch in der Nähe des DJ's sitzen einige alte Schachteln, die begeistert zu dem Song klatschen. Die Weiber sind aber schon so besoffen, dass jede ihren eigenen Rhythmus hat. Eine besonders exaltierte Tussi aus der Runde hat sich einen Typen von einem anderen Tisch gekrallt und tanzt mit ihm auf einer kleinen, freien Fläche vor der Theke.

Zwei Schnecken in Shorts und Bikinioberteilen kommen vorbei. „Geile Titten", ist Bodos einziger Kommentar.

„Sag mal Alter, weißt Du, worüber ich schon seit Jahren nachdenke?".

„Nee, aber Du wirst es mir bestimmt gleich verraten", antwortet er, ohne seine Augen von den wohlgeformten Ärschen der beiden Mädels zu lassen. Sie genießen ganz offensichtlich die Blicke der geilen Böcke an den Tischen, während sie langsam vorbei stolzieren.

„Was haben wir eigentlich davon, wenn wir den Mädels auf die Titten schauen? Ich meine, wir sehen ein paar geile Teile, geben einen bewundernden Kommentar ab und haben sie in wenigen Sekunden wieder vergessen. Kommen die nächsten Titten vorbei, wiederholt sich das Ganze. Ich meine, was haben wir denn davon, wir können ja sowieso nicht dran spielen, verstehste, was ich meine?"

Bodo glotzt mich an, als würde ich eine andere Sprache sprechen. „Sag mal, bist Du schon total voll, oder was? Das ist doch einfach geil, weiß gar nicht, was Du Dir für Gedanken über solch selbstverständliche Sachen machst." Er bringt es im Prinzip auf den Punkt. Ich bin zufrieden.

Passend zu unserem tiefschürfenden Gesprächsthema kommt aus den Boxen nun die musikalisch untermalte Feststellung, dass jemand auf dicke Titten steht, auf denen er, welch grandioser Reim, gerne Schlitten fährt. „Siehst Du, der Typ weiß, wovon er redet und hinterfragt nicht immer alles", stellt Bodo fest.

Das Thema mit den dicken Titten wird im nächsten Song, den der Zampano hinter der Theke auswählt, noch etwas vertieft. „Sei doch bitte, bitte meine Matratze", bettelt so ein Heini eine imaginäre Schlampe an.

Drüben auf der Mauer, die die Promenade vom Strand abgrenzt, haben sich eine Menge Leute eingefunden. Sie können wohl die Kneipenpreise am Ballermann nicht bezahlen, haben sich deshalb ihr Gesöff aus irgendwelchen Discountläden in der Umgebung besorgt und wollen einfach nur an der Party teilnehmen.

Zwei Typen, die lediglich mit Badehosen und Cowboyhüten bekleidet sind, halten Hülsen mit einer spanischen Biermarke hoch und wedeln sie im Takt des nächsten Liedes, sodass eine Menge Schaum aus den Blechgefäßen läuft. Die Prolos können sich keine Kneipenpreise leisten, aber dann schaffen sie es, die Hälfte von dem Billigfusel zu verschütten.

Ein Rudel spaltbaren Materials in unserem Alter bietet sich einige Tische weiter hinten an. Sechs körperlich recht überzeugend ausgestattete Mädels verfeinern dort ihre Saugtechnik, indem sie über ellenlange Strohhalme aus Weißbiergläsern Sangria schlürfen. Leider ist die Zeit des Eimersaufens seit einigen Jahren vorbei. Über die Anlage stellt gerade ein Typ fest, das Weiber mit Arschgeweihen scheiße aussehen.

Eine der Torten fühlt sich persönlich herausgefordert, steht auf und zeigt auf den Assi-Sticker, der sich über dem oberen Rand ihres Tangas befindet. Die anderen besoffenen Dosen applaudieren begeistert, während ein paar Straffmaten an ihrem Nachbartisch, die um einiges älter sind als die Mädels, laut buhen. Die sich wenig damenhaft benehmende Corona zeigt den Kerlen geschlossen den Stinkefinger. Das ist ein guter Augenblick für meinen Kumpel und mich, selbst in Aktion zu treten.

Ich nicke in die Richtung unserer potentiellen Opfer. Bodo kapiert sofort, was ansteht. Als wir uns erheben, muss ich mich einen Augenblick zusammenreißen, da mich ein leichtes Schwindelgefühl befällt. Bodo scheint noch nicht unter Ausfallerscheinungen zu leiden, denn er steuert mit dem Bierglas in der Hand direkt auf den Tisch der Mädels zu.

„Hey Mädels, ich stand schon immer auf Tatoos an wohlgeformten Hintern", brüllt Bodo gegen den Krach der Anlage in die Runde.

„Du alter Schleimscheißer", lobt ihn die tätowierte Ische und lacht ihn herzlich an.

„Das hier ist mein Kumpel Tommy", sagt er und zeigt auf mich.

„Hallo Tommy", rufen die Hühner bestgelaunt, „setzt Euch, Jungs."

Ich habe immer noch Probleme mit der Koordinierung meiner Bewegungen, reiße mich aber mächtig zusammen, um vor den Perlen nicht wie ein Bettnässer dazustehen.

„Ich mach's mir gerne selber …", stimmen sie gerade in den neuen Song aus der Anlage ein. Ich glaube zwar nicht, dass auch nur eine aus der Truppe das nötig hat, verkneife mir aber im Augenblick weitere Kommentare, weil ich befürchte, dass ich ein wenig lallen könnte. Nach wenigen Minuten habe ich je eine Schnalle im Arm, ebenso wie Bodo auf seinem Platz mir gegenüber.

Einige Bitburger weiter wechseln wir rüber in den Mega-Park, der auf der anderen Straßenseite direkt hinter dem Ballermann liegt. Der Schuppen ist rappelvoll, die Menschenmassen quellen bis auf die Straße.

„Jaaa, er lebt noch …", brüllt das feiernde Volk im Chor, obwohl dem alten Sack aus dem Erzgebirge schon seit über zwanzig Jahren das Hacken schwer fällt. Bodo und ich stimmen gleich mit ein. Wir sind nicht in der Stimmung, um über Sinn und Inhalt von Songtexten nachzudenken.

Beim Drängeln durch die schwitzende, zuckende, tanzende und grölende Festgemeinde verlieren wir unseren zutraulichen Hühnerhaufen vom Ballermann aus den Augen. Da es hier ein Überangebot an willigen Mädels gibt, verschwenden wir keine weitere Zeit mit der Suche nach ihnen.

An der vorderen linken Ecke gibt es einen Fressalienstand. Wir haben beide einen Mordshunger und wollen für eine ausreichende Unterlage in unseren Mägen sorgen. Allerdings macht es einige Schwierigkeiten, den halben Meter Bratwurst und die Portion Pommes einigermaßen unfallfrei zu vertilgen, da man ständig geschubst und gezogen wird. Wären wir nicht innerlich so ausgeglichen, könnten wir diese permanenten Rempler zum Anlass nehmen, um dem einen oder anderen Typen gepflegt ein paar auf die Fressleiste zu geben. Das erledigen dann ein paar Minuten später einige andere Jungs, die offensichtlich nicht die gleichen Prioritäten setzen wie wir.

Wir kämpfen uns entlang der verschiedenen Theken, die an der linken Seite des Schuppens aufgereiht sind. Dann wenden wir uns durch die Massen ins Zentrum des Geschehens, das sich vor einer Bühne und einer riesigen Leinwand, auf der abwechselnd Werbespots und Videoclips ablaufen, unter freiem Himmel befindet.

Für einen freien Platz auf einem der rustikalen Barhocker an den stabilen, hölzernen Hochtischen gibt es für uns keine Chance. Wir versuchen mit äußerster Anstrengung, unseren Platz mit gutem Blick auf die Bühne zu verteidigen und bestellen bei einem der Kellner zwei Biere. Die Kerle müssen eine intensive Nahkampfausbildung gemacht haben, denn sie schaffen es, ohne Unfälle rappelvolle Tabletts durch die wogende Menge zu transportieren.

Auf den Hochtischen tanzen Go-Go-Girls, um die sowieso schon aufgeheizte Stimmung noch weiter zu pushen. Später sollen auf der Bühne die Jungs aus dem Osten auftreten, die in einer Sprache einen Sommerhit gelandet haben, die keine Sau in Mitteleuropa versteht. Der Refrain, der gerade zum ungezählten Male über die Anlage zur Einstimmung läuft, könnte jedes Kindergartenkind mitsingen.

Nach einiger Zeit sucht eine Kirsche, die mir den Rücken zugewandt hat, den Körperkontakt zu mir. Ich lasse mich eine Weile auf das Spielchen ein, indem ich im Rhythmus der Linie 18, die heute bis nach Istanbul fährt, meinen Hintern an ihrem reibe. Als sie sich jedoch umdreht und ich in ihr Gesicht gucken kann, erlischt mein Interesse schlagartig.

Bodo hat eine Torte im Arm, die absolut akzeptabel aussieht. Wir stehen zwar erst einige Minuten hier, trotzdem knutschen die beiden schon intensiv. Ich werde ein wenig neidisch, beruhige mich aber mit dem Wissen, dass es noch früh am Abend ist und es weiß Gott genug Material gibt.

Weiter vorne an einem der Hochtische flippen einige total besoffene Jungs in Shorts und freien Oberkörpern ein bisschen aus. Ihre Hühnerbrüste und dünnen Ärmchen flößen einem nicht gerade Respekt ein. Auf ihrem Tisch steht eine meterlange Plastiksäule, aus der sie permanent Wodka Red Bull in ihre Gläser laufen lassen. Durch den Suff sind ihre Milchgesichter ganz rot angelaufen und ihre Augen weit aufgerissen, während sie sich gegenseitig anrempeln und irgendeinen Scheiß grölen, den ich aber nicht verstehen kann.

Einer der Schwachmaten kommt auf die grandiose Idee, seinen Gummilatschen einem seiner Kumpels an die Birne schmeißen zu wollen. Leider trifft er nicht ganz sein Ziel, dafür streift die Fußbekleidung die glattrasierte Omme eines tätowierten Zwei-Meter-Schranks, der sich zufällig in der Wurfbahn befindet. Mit freiem Oberkörper und vor der mächtigen Brust verschränkten Armen stand er bisher reglos da und beobachtete das Geschehen um ihn herum. Die Gelegenheit, ein wenig seine Muskeln spielen zu lassen, lässt sich das Hohlbrot natürlich nicht entgehen.

Er stürzt mit einer Agilität, die ich ihm gar nicht zugetraut hätte, auf den Gummilatschenwerfer zu und verpasst ihm eine wirkungsvolle

Ohrfeige. Der Geschlagene stürzt von seinem Barhocker, wird aber sofort von seinen Kumpels aufgefangen, sodass er sich nicht ernsthaft verletzt. Der Schrank grinst zufrieden, gibt den Bubis, die vor Schreck allesamt ganz bleich geworden sind, noch einige wichtige Ratschläge für ihr weiteres Leben mit auf den Weg und nimmt dann wieder seine ursprüngliche Position ein. Eine blonde Tussi mit einigem Blech in der Visage hängt sich gleich an seine Schulter, streichelt ihm den Nacken und schaut bewundernd zu ihm auf. Jeder Topf findet halt seinen Deckel.

Ich bekomme Augenkontakt zu einer süßen Schnecke, die weiter vorne an der Bühne steht und zufällig in meine Richtung schaut. Sie lächelt mich an und fordert mich damit auf, zu ihr zu kommen. Bodo knutscht immer noch neben mir mit seiner neuesten Eroberung. Ich will ihm gerade mitteilen, was ich vorhabe, als wir von einer menschlichen Welle erfasst werden, die uns beinahe umwirft.

Zwei besoffene Volltrottel dreschen aufeinander ein, als wollten sie für das olympische Boxturnier trainieren. Es kommt allerdings zu keiner Entscheidung, da ein Typ, der den Verdrescher des Gummilatschenwerfers noch mal um einige Zentimeter überragt, die zwei Prolos auseinander bringt.

Einer der beiden Streithähne lässt sich aber dummerweise nicht von dem Schlichter beeindrucken. Er brüllt ihm irgendwas ins Gesicht und versucht dabei, seinem Kontrahenten noch einen Haken zu verpassen. Der Schläger hat wenig Geduld mit dem rebellischen Gast und versetzt ihm eine Kopfnuss, die den auf diese Weise Traktierten unmittelbar auf die Bretter schickt. Zur Sicherheit tritt er seinem nun wehrlosen Opfer mit seinen schwarzen Schuhen noch ein- oder zweimal in die Fresse. Danach zieht er ihn wieder auf die Beine, wozu der Kerl alleine bestimmt nicht mehr fähig gewesen wäre, und zerrt ihn an seinem blutverschmierten T-Shirt nach draußen.

Der DJ ermuntert das Volk über die Anlage, sich nicht weiter in der Feierlaune beeinträchtigen zu lassen und meint, dass nun das Liedchen passend wäre, in dem ein Ring um die Eier gezogen wird. Unter dem Eindruck der blutigen Angelegenheit, deren Zeuge ich eben werden musste, fasse ich mir unvermittelt ans Gemächt und stelle zu meiner Zufriedenheit fest, dass noch alles unversehrt ist. Trotzdem fühle ich mich hier nicht mehr richtig wohl.

„Hey Alter“, ich tippe meinem knutschenden Kumpel, der offensichtlich von den Aufräumarbeiten um ihn herum nicht allzu viel mitbekommen hat, auf die Schulter. „Lass uns mal den Schuppen wechseln.“

Er zuckt gleichgültig mit den Schultern. „Willst Du mitkommen?“, fragt er seine Zungenpartnerin. „Der Bierkönig ist angesagt, Baby.“

„Vielleicht später“, antwortet sie und lacht. „Ich muss erst mal meine Freundin wiederfinden.“

„Na, Du weißt ja, wo Du uns zu suchen hast“, sagt Bodo und gibt ihr noch einen Kuss. „Mein alter Freund Tommy ist zurzeit auch noch solo. Aber lasst Euch nicht zu lange Zeit, es gibt schließlich genug einsame Damen an diesem Ort.“

„Mach Dir mal keine Sorgen um uns“, kontert die freche Perle. „Wir sind hier bis jetzt auch noch nicht an Einsamkeit gestorben.“

„Dann sind ja die Verhältnisse geklärt“, sage ich und drehe mich um. Bodo folgt mir.

Wir gehen einige Meter an der Strandpromenade entlang und biegen dann nach rechts in die Schinkenstraße ab. Auf unserem Weg werden wir ständig von deutschen Schleppern angequatscht, die uns mit vermeintlichen Megaangeboten ins „Riu Palace“ oder ins „Paradise“ lotsen wollen. Unter diesen Freaks gibt es durchaus anbaggernswerte Muschis, aber die müssen hier ihre Brötchen hart verdienen, können sich deshalb auf keine langwierigen Flirts einlassen. Das haben wir gleich am ersten Abend mitgeschnitten. Wir lassen uns also erst gar nicht auf irgendwelche Diskussionen ein, da wir ein klares Ziel haben.

Der Bierkönig ist eine Riesenkneipe, die sich zum Teil über zwei Etagen erstreckt. Zahlreiche Theken verteilen sich über eine unüberschaubare Fläche. Alle hölzernen Hochtische sind besetzt mit meist recht jungem Publikum, was uns durchaus entgegen kommt. Auf einzelnen Tischen versuchen alkoholisierte Anfängerinnen, die Go-Go-Profis vom Megapark möglichst beeindruckend nachzuahmen.

Über eine unsichtbare Anlage dröhnt zum wasweißichwievielten Male der Holzmichelsong, zu dem gerade die geschlossene Corona die Tatsache bejubelt, dass er immer noch lebt. Manchmal wünschte ich, dass der alte Sack endlich das Zeitliche segnen würde.

Wir besorgen uns an einer der Theken je ein Bier und werden dann von der Woge der tanzenden Massen mitgerissen. Eine hagere Blonde hängt mir plötzlich am Hals. Sie ist eigentlich nicht mein Typ. Ich greife ihr aber erst mal um die schmalen Hüften und wiege mich mit ihr im Takt zu einem der sich endlos wiederholenden Happysongs dieser Saison, den man sich in nüchternem Zustand gar nicht anhören würde.

Die Schnalle neben mir ist total voll, schiebt mir nach einer Weile ihre Zunge ins Ohr und zeigt mir dann ihren rechten Arm mit dem Hinweis, dass sie absolut clean sei. Mich befällt eine Panikattacke.

Zum Glück habe ich mit ihr noch keine Körperflüssigkeiten ausgetauscht. Ich verziehe mich mit dem Hinweis, dass ich mich dringend erleichtern müsste. Tatsächlich fühle ich eine leichte rektale Disharmonie, womöglich sind mir die fettigen Pommes nicht so recht bekommen.

Ich kämpfe mich die Treppe in die erste Etage hoch, wo sich die Toiletten befinden. Die Pissbecken sind alle besetzt. Ein größerer Teil meiner Urin ausscheidenden Geschlechtsgenossen hat offensichtlich nicht genug Zielwasser getrunken. Eine bedauernswerte Spanierin in einem blauen Kittel versucht, mit einem Wischmopp die Pfützen aufzuwischen. Da aber die Urinaten hier ständig für flüssigen Nachschub auf den Bodenfliesen sorgen, geht es ihr auch nicht besser als dem Knaben aus der Antike, der seinen Job irgendwie nie zuende bringen konnte. Wie hieß der noch gleich?

Ich finde endlich eine unverschlossene Tür an einer der zahlreich vorhandenen Kabinen, kann mich aber trotzdem nicht erleichtern. Vor dem Pott steht ein schmieriger Typ, der so intensiv beim Einhandsegeln ist, dass er mich gar nicht bemerkt. Zu meinem Glück wird gerade nebenan eine Kabine frei.

Als ich nach einer ganzen Weile eher zufällig meinen Kumpel Bodo treffe, hat der besoffene Sack zwei Junghühner an der Angel. Er teilt mir mit, dass sie aus dem Ruhrpott kommen und stellt sie mir dann vor. Andrea ist vielleicht 18, ihre Schwester Susi deutlich jünger. Beide Mädels haben ein riesiges Glas Sangria in der Hand. Susi saugt verträumt an dem Strohhalm und bewegt ihren kleinen Arsch zur Stimmungsmucke. Bodo labert ihrer Schwester wahrscheinlich Schweinskram ins Ohr, denn sie kichert unablässig.

Ich weiß nicht so recht, ob ich die Situation nun lustig finden soll. Um das herauszufinden, genehmige ich mir erst mal einen Wodka Cola, dann noch einen und spendiere aus einer plötzlichen Laune heraus den Mädels noch je ein Glas Sangria. Susi erzählt mir irgendwann, dass sie 16 Jahre alt sei und mich total klasse fände.

„Nee, Baby", lalle ich und nehme sie in den Arm, was sie sich sehr gerne gefallen lässt. „Du bist maximal 14."

„Soll ich Dir beweisen, wie alt ich bin?", säuselt sie mir ins Ohr, während eine ihrer Hände von hinten zwischen meine Beine fährt. Dann schaut die Göre mir tief in die Augen. Ich beschließe, die Diskussion sofort abzubrechen. Sie wird schon wissen, wie alt sie ist.

Bodo knutscht mit Andrea rum, ich probiere es mal mit Susi aus. Wie alt sie auch immer wirklich sein mag, das macht sie jedenfalls nicht zum ersten Mal.

Wir nehmen noch ein paar Gläser. Irgendwann bin ich so voll, dass ich für Bodo und mich kritiklos davon ausgehe, Paarungspartnerinnen für die Nacht gefunden zu haben.

„Wollen wir bei uns im Hotel noch ein wenig weiterspielen?", frage ich die Kleine, die von der Knutscherei gar nicht genug bekommen kann. Die Mädels stecken ihre Köpfchen zusammen, tauschen sich kurz aus und kichern dann, sodass man für einen Augenblick meinen könnte, dass sie uns Jungs nur verarschen wollen.

„Wir gehen lieber zu uns", meint Andrea dann. „Das Hotel liegt hinten gegenüber vom Yachthafen, einverstanden Jungs?". Die beiden lächeln uns dermaßen motivierend an, dass weder Bodo noch ich willens sind, diesen Vorschlag abzulehnen.

Wir gehen entlang des Strandes an den unzähligen Bars und Restaurants vorbei, unsere Partnerinnen fest im Arm. Andrea ist deutlicher angetrunken, als ich es bisher vermutet hatte. Auch Susi muss ich immer wieder ein wenig stützen, sonst würden wir wohl bis zu unserem Ziel die doppelte Strecke zurücklegen. Andrea stimmt eines der Liedchen an, mit denen wir den ganzen Abend beschallt wurden. Ihre Schwester fällt begeistert in den Refrain mit ein, in dem es um Titten und Schlitten geht. Irgendwie geht mir dieser Schwachsinn ein wenig auf die Nerven. Ich überlege einen Augenblick, ob ich den peinlichen Gesang abbrechen soll, wäge dabei aber auch ab, dass es wichtig ist, die Harmonie zwischen den Miezen und uns aufrecht zu erhalten, wenn wir heute noch zum Schuss kommen wollen.

Ich brauche allerdings keine endgültige Entscheidung mehr zu fällen, denn plötzlich stürzt ein seltsamer Vogel in einem ätzenden Hawaiihemd auf uns zu und brüllt etwas, das ich nicht komplett verstehen kann. Auf jeden Fall beschimpft er unsere Mädels auf ordinäre Art und Weise. Dann visiert er mich aus engen Sehschlitzen an und versucht zu meiner größten Verwunderung, mir mit seinen ausgestreckten Armen an die Kehle zu gehen.

Aus reinem Selbsterhaltungstrieb heraus hebe ich mein rechtes Knie an, was er aber nicht zu registrieren scheint. Er trifft ungebremst mit seinen Eiern meine Kniescheibe. Mit schmerzverzerrten Gesichtszügen bricht er auf dem Pflaster zusammen.

Nach einigen aufgeregten Wortwechseln zwischen den Hühnern und dem Angreifer stellt sich heraus, dass es der liebe Herr Papa ist. In diesem Augenblick ist mir nicht ganz klar, was die beiden eigentlich mit uns vorhatten. Womöglich wollten sie uns nur als Begleitservice zu ihrem Hoteleingang missbrauchen.

Die Mädchen lächeln uns an und zucken nur bedauernd mit den Schultern. Dann nehmen sie ihren Vater in die Mitte und entfernen sich langsam vom Ort des kleinen handgreiflichen Intermezzos. Ein erwartungsvolles Publikum hatte sich bereits um uns versammelt.

„Mann, da haben wir ja noch mal Glück gehabt", stellt Bodo fest, als die drei sich ein Stück entfernt haben. „Wenn der Kerl uns mit seinen Töchtern in der Kiste erwischt hätte, hätten wir uns warm anziehen können."

„Ehrlich gesagt bin ich irgendwie froh, dass es so gekommen ist. Wenn die Hühner noch mit Mami und Papi in den Urlaub fahren, werden sie wohl doch so jung sein, wie ich es vorhin befürchtet hatte. Der Suff hat nur wieder mal meine Selbstbeherrschung auf den Nullpunkt gesenkt."

„Drauf geschissen, Mann", lacht mein Kumpel. „Die Nacht ist noch lang."

...

Bisher vom Autor erschienen:

Ossi-Land oder was war und was daraus geworden ist, Paperback, 398 Seiten, ISBN 3-86516-049-2, 17,80 Euro

„Ossi-Land“ ist ein satirischer Roman. Der Untertitel „Was war und was daraus geworden ist“ gibt dem Inhalt ein Programm.

Aus der ganz speziellen Sicht des Helden werden scheinbar alltägliche Situationen mit Ironie und Sarkasmus auf die Spitze getrieben. Dabei werden die heutigen Verhältnisse in dem Teil der neuen Bundesländer, in dem er lebt, karikiert.

Im Kapitel „Baumarkt“ kann zum Beispiel der Kauf eines simplen Bilderrahmens zu einem echten Problem werden. In „Penis-Verlängerung“ erlebt der Held unter anderem den wohl jedem Autofahrer bekannten Wahnsinn auf Deutschlands Fernstraßen. „Coitus Interruptus“ beschreibt eine ganz besondere Party. Das sind nur drei Beispiele für eine Reihe weiterer Situationen, die manchem Leser durchaus bekannt vorkommen dürften, wenn auch vielleicht nicht aus der beschriebenen Sichtweise. Über allen Beschreibungen der Gegenwart im „Ossi-Land“ steht die Frage, ob beide deutsche Landesteile immer noch sehr unterschiedlich sind, oder ob schon viel mehr zusammen gewachsen ist, als es viele sehen oder auch wahrhaben wollen.

Gleichzeitig erzählt der Held mit einer gehörigen Portion Selbstironie seine Geschichte, die ihn als „Wessi“ kurz nach der Maueröffnung in den Osten verschlägt. Den recht freizügigen Schilderungen seiner Bundeswehr- und Studienzeit in den alten Bundesländern in Kapiteln wie „Schützenfest“ oder „Student sein“ folgen die ganz speziellen Beschreibungen der historischen Ereignisse vor, während und nach der Maueröffnung. Die entsprechenden Kapitel tragen Titel wie „Dunkel-Deutschland“ oder „Notarzt“.

Danach versucht der Held sich in „Plattenbau“ oder auch „Aufbau-Ost“ langsam in seiner neuen Heimat zurechtzufinden.

Mit der Zeit lernt er seine Landsleute im Osten immer besser kennen, verstehen und auch lieben.

Bei allem Humor und Witz, mit dem er bisweilen auch recht deftig seine Umwelt beschreibt, verliert er aber nie sein eigentliches Anliegen aus den Augen. Er wehrt sich gegen das Vergessen dessen, was einmal im „Ossi-Land“ gewesen ist.

Leseproben und Lesermeinungen unter www.ossiland-online.de